流
りゅう

東山彰良
ひがしやまあきら

講談社

父と母
あの世の祖父へ

目次

主な登場人物

葉　秋生（イエ　チョウシェン）　本作の主人公。台北の高等中学に通う十七歳。

趙　戦雄（ジャオ　ジャンション）　幼馴染みの悪友。通称・小戦（シャオジャン）。

毛毛（マオマオ）　幼馴染みの看護師。二歳年上の姉的存在。

葉　尊麟（イエ　ヅゥンリン）　祖父。山東省出身。蔣介石死去の翌月、殺害される。

林　麗蓮（リン　リイリェン）　祖母。尊麟の二番目の妻。

明輝（ミンフイ）　父。本好きの高校教師。

蔡　玉芳（ツァイ　ユウファン）　母。気が短い女傑。

明泉（ミンチュエン）　叔父。借金まみれの怠け者。

小梅（シャオメイ）　叔母。大学出の編集者。

宇文（ユイウェン）　叔父。腕っぷしの強い船乗り。尊麟の養子で、血は繫がっていない。

胖子（パンズ）　毛毛の叔父。街のチンピラで少年たちの天敵。

高　鷹翔（ガオ　インシャン）　街を取り仕切る小戦の兄貴分。通称・鷹哥（イン兄さん）。

雷威（レイ　ウェイ）　不良たちの頭目的存在。喧嘩詩人。

曲　宏彰（チュ　ホンジャン）　兵役時代の同期。喧嘩っ早い。

汪　文明（ワン　ウェンミン）　兵役時代の同期。屁理屈屋。

余　元介（ユ　ユェンジェ）　兵役時代の同期。通称・大魚（ダアユー）。

夏　美玲（シャア　メイリン）　日本で出会う女性。取引先の通訳。

馬　大軍（マ　ダアジュン）　尊麟の兄弟分で葉家の恩人。青島に住んでいる。

許　二虎（シュウ　アルフウ）　国民党の遊撃隊隊長。尊麟と共に王一家を殺害した。

王　克強（ワン　コオチャン）　日本軍の間諜。同胞を裏切り、家族ごと殺害された。

流《りゅう》

魚が言いました：わたしは水のなかで暮らしているのだから
あなたにはわたしの涙が見えません

王璇「魚問」より

プロローグ

その黒曜石の碑《ひ》は角が取れ、ところどころ剝《は》がれ落ち、刻まれた文字もまたかなり風化していたが、それでも肝心な部分は辛うじて読み取ることができた。

一九四三年九月二十九日、匪賊葉尊麟は此の地にて無辜の民五十六名を惨殺せり。内訳は男三十一人、女二十五人。もっとも被害甚大だったのは沙河庄で――（数行にわたって判読不能）**――うち十八人が殺され、村長王克強一家は皆殺しの憂き目を見た。以後本件は沙河庄惨案と呼ばれるに至る。**

碑文を写真に収めてしまうと、とたんに手持ち無沙汰になって途方に暮れてしまった。

腰をのばし、どこまでも広がる冬枯れの畑を見渡す。この日の青島の気温は一、二度しかないはずだが、天気晴朗にして風はなく、おかげであまり寒いとは感じなかった。

かつてこの場所に集落があったとは到底思えないほど人煙《じんえん》は遠く、かすかだった。色の黒い年寄りがひとり、畦道《あぜみち》に自転車を停めてじっとこちらをうかがっていた。白い顎鬚《あごひげ》を生やし、濃緑色の上着におなじ色の人民帽をかぶっている。畦道の先には広大無辺の天地しかなく、あの自転車が空を飛べるのでないかぎり、わたしには彼がどこかへたどり着けるとはどうしても思えなかった。

年寄りの来し方に目を転じる。茫洋たる荒野の彼方に鉄道線路がのび、芥子粒《けしつぶ》ほどの大きさの人々がうずくまっていた。わたしをここまで乗せてきたタクシーの運転手に尋ねると、あれは汽車が落としていった石炭をひろっているのだと教えてくれた。

「同志、ついでにもうひとつ訊《き》きたいんですが」わたしは腹をさすりながら重ねて質問した。「どこかにトイレってないですか？」

運転手は難儀そうに、すこしばかり離れた道路脇に立つ壁を指さした。そう、壁である。助手席の馬爺爺《マじいさん》は陽だまりのなかでこっくりこっくり舟を漕《こ》いでいる。運転手は腕時計をちらちらのぞきながら、絶句のわたしを急きたてた。

それは立っているというよりはまだ倒れていないと言ったほうが正確な、なにかの建物の残骸だった。身の丈百七十七センチのわたしの胸ほどの高さしかない。そばには白楊《はこやなぎ》の樹が一本生《は》えており、落葉した枝をみじめったらしく広げていた。わたしたち台湾人の感覚では、それはただの壁以外の何物でもない。しかし中国人があくまでそこはトイレだと言い張るのなら、わたしにはどうすることもできなかった。

日本を発つまえから、わたしは便秘に悩まされていた。が、無事に大陸に降り立って緊張の糸が緩んだのか、四日ぶりの便意が大波のように押し寄せ、真冬にもかかわらず額から汗がぽたぽたと滴《したた》り落ちた。

選択の余地はない。

小走りで壁の陰に駆けこむと、わたしはポケットティッシュを握りしめ（神様、ありがとう、わたしにティッシュを持たせてくれて！　東京駅で金髪の男が配っていた消費者金融のティッシュである。このような場合に備えて、ティッシュはいつだってもらっておくべきなのだ）、一気にジーンズを下ろしてしゃがみこんだ。とたん、大きな屁が出て一驚を喫してしまった。辺土に谺《こだま》するほどの荒々しい屁だったので、白楊に羽を休めていた鴉《からす》が鉄砲で撃たれたと勘違いして飛びたってしまったほどだった。

そこはたしかにトイレだった。前人の残していったものがちゃんとあり、わたしは嫌悪と安堵を同時に嚙みしめた。が、いくら肛門よ裂けろ、裂けるなら裂けてしまえと力《りき》んでみても、下腹はまるでコンクリートでも詰まっているかのようにビクともしない。すぐに滝のような脂汗をかきだした。

わたしはひとりぼっちで戦った。かつてこの場所で共産主義者と戦った祖父とは大違いだ。腹はきりきり痛み、出るものは出ず、大地を吹きぬける寒風のせいで尻は凍えるほど冷たい。おまけに違和感を覚えてなんの気なしにふりむくと、壁の上からのぞきこんでいる赤黒い顔があるではないか！

わたしは仰《の》け反《ぞ》り、尻餅《しりもち》をつきそうになった。尻餅などついたら、先客のものの上にすわりこんでいたかもしれない。尻餅などつかなくてほんとうによかった。

それは濃緑色の人民帽をかぶり、白い山羊鬚《やぎひげ》を生やした先ほどの自転車の年寄りだった。年寄りはわたしのあられもない姿を正視しても睫毛《まつげ》一本動かさないばかりか、こう言い放ったのである。

「你在干什么《なにをしとるんだ》？」

耳がおかしくなったのかと思った。もしもだれかがトイレと信じられている場所で尻を出してしゃがんでいるなら、台湾や日本ではまずされない質問である。年寄りはわたしをじいっと見つめた。わたしも肩越しにその赤黒い顔をにらみかえした。わたしたちのあいだを空っ風が吹きぬけ、荒野の土埃《つちぼこり》を巻き上げる。すると年寄りの頭がひょいとひっこみ、だらだらと歩き去る足音が聞こえてきた。

ああ、世界はなんて広いのだろう！

わたしは立ち上がってジーンズを穿き、ベルトをしめてトイレから――どこからがトイレで、どこからが外かわからないが――歩み出た。便意などすっかり雲散霧消していた。

驚いたことに年寄りはまだそこにいて、白楊の木陰に少女のようにひっそりとたたずんでいた。そしてわたしを見るや、もう一度おなじ質問をしてきたのである。なにがなんだかわからなかった。すると年寄りがまた口を開いた。

「さっきあの石碑のところでなにをしとったんだ？」

それでやっと彼が変人でも阿呆でもないと確信した。しかしそうなると、返答に苦しむ局面である。わたしは父に、けっして山東省に近づいてはいけないときつく釘を刺されていた。正味の話、子供のころから耳にタコができるくらい言われていた。おまえのじいさんはあそこでたくさん人を殺してるんだぞ、その人たちの家族がまだたくさん生きているんだ、おまえが葉尊麟《イエツゥンリン》の孫だと知れたらどうなると思う？

わたしは用心深く口をつぐんだ。

「ひょっとすると、あんた……」老人の目が鈍く光った。「葉尊麟の息子かね？」

第一章　偉大なる総統と祖父の死

一九七五年はわたしにとって、あらゆる意味で忘れられない年である。

大きな死に立てつづけに見舞われたのだが、そのうちのひとつは家の門柱に国旗を掲げなければならないほど巨大なものだった。さらにそれよりはずっと取るに足らないが、わたしにしてみればやはり「人生を狂わされた」としか言いようのない不運な出来事があった。

四月五日にそのニュースが台湾全土を駆けめぐったときのことは、忘れようにも忘れられない。

わたしは十七歳で、制服のボタンをみんなよりひとつだけ多く開けて着流すような、ちょいとばかり粋がった高等中学校の二年生だった。男子なら丸刈り、女子は西瓜の皮《おかっぱ頭》以外認められていなかった時代に、わたしは襟足《えりあし》をほんのすこしだけ長くのばしていた。わたしは天真爛漫で、心配事といえば、生活指導部に自慢の襟足をちょん切られることくらいだった。のちにわたしを泥沼に引きずりこむことになる無謀な計画はいまだ趙戦雄《ジャオジャンション》の胸のうちにあって、わたしとはなんの縁もゆかりもなかった。

三時間目の授業中に政治学の教師が呼ばれて出ていき、しばらくしてまるで空が落っこちてきたかのような沈痛な面持ちで戻ってきた。そして、厳かにこう告げた。

「総統が逝去なされました」

教室の蛍光灯がバチバチッと明滅した。

わたしたちはそわそわとおたがいに顔を見合わせた。先生がハンカチで目頭をぬぐうと、数人が首尾よく涙を絞り出していち早く愛国心を天下に見せつけた。それまで晴れ渡っていた空に突如暗雲が逆巻きながら流れこみ、世界を灰色一色に塗りつぶしていった。蔣介石の亡骸《なきがら》から抜け出た黒龍が雲を割って昇天していく様が、台北市のどこからでも望めた。まるで不吉な予言を運んできたかのように、鴉たちがけたたましく啼《な》きながら校舎の上を旋回していた。

「本日の授業はこれにて終了します」と、先生が手短に言った。「各自すみやかに帰宅し、待機していてください」

大街小巷から人影が消え、野良犬すらいなくなった。だれもいなくなった公園ではリスが梢《こずえ》を渡り、小鳥が楽しげにさえずっていた。

だれもが薄暗い家のなかで息を殺してテレビやラジオにかじりつき、この好機を共産主義者どもが逃すはずがないとおびえた。わたしたちを守っていた巨人が倒れ、邪悪なものが台湾海峡を越えて攻めこんでくるのは時間の問題だった。

「おれたちが備蓄している弾薬では五分ももたんぞ！」さっそく頭に変調をきたした者が外で呼ばわった。「いますぐ投降するんだ、弾を撃ち尽くしてから投降しても遅すぎるんだぞ！」

憲兵隊のジープがさっと走ってきて、いずこへともなくその男を連れ去った。わたしは焦土と化した宝島（台湾の別称）を想像して身震いした。

ほかの学校でも授業が中断され、子供たちは家に帰された。先生たちの表情はやはり鉛のように重く、だれも多くを語らなかったはずだ。

つづく数日、旗竿という旗竿には一本残らず弔意を表する半旗が掲げられ、悲嘆に暮れた大人たちは蔣公中正先生（蔣介石のこと）を鄭重《ていちょう》に黄泉路《よみじ》へと送り出すべく、ある者は正装し、またある者は伝統にのっとってずだ袋をかぶって総統府へ詰めかけた。

我が家の白黒テレビの画面は、数キロにわたってのびる弔問客の列をずっと映し出していた。弔問客は自分の番がまわってくるのを辛抱強く待ちつづけ、そのあいだもこらえきれずに涙を流し、そして青天白日旗に包まれた棺《ひつぎ》のなかで白い花に埋もれている我らが総統にすがりついては、またおいおい泣くのだった。ああ、巨星が墜ちました。アナウンサーの悲痛で大仰な声が泣き声にかぶさる。我らが偉大なる総統はもういないのです。黒塗りの霊柩車がとおる沿道では女たちが地面に身を投げ出して蔣介石の雷名を叫び、男たちは歯を食いしばって敬礼し、小さいときからそうするように仕込まれた子供たちは競い合うようにして泣き叫んだ。

世界中どこでもそうだが、大人たちの涙には多分に政治的配慮が働くものである。ここで存分に愛国心を発揮しておかなければ、のちのちどんな災厄が降りかかるか知れたものではない。なんといっても台湾を仕切っているのは国民党で、わたしたちは一九四九年からつづく戒厳令の下に暮らしていたのだから。

しかしあの年代の台湾の子供たちにとって、蔣介石は神にも等しい存在だった。すべては老総統の思し召し、映画が観られるのも、テレビが観られるのも、アメリカのガムが食べられるのも、学校で勉強できるのも、三度三度きちんとご飯が食べられるのも、なにもかも国民党のおかげだった。大陸出身者である外省人も、その外省人に迫害されていた土着の本省人も関係ない。小学校のころ、図画工作の時間に指人形を作らされたことがある。わたしがアメリカの保安官のつもりで人形の胸に黄色い星を描いたら、星は共産主義者のしるしだと言われて楊《ヤン》先生にいやというほど棒で掌《てのひら》をぶったたかれた。牝豚のように肥え太ったその楊先生などは、生粋の本省人だったのである。つまり、だれにとっても国民党は燦然《さんぜん》と光り輝く正義で、共産党は殲滅《せんめつ》すべき憎き悪だったのだ。わたしはかなり大きくなるまで、毛沢東の頭には角が生えていると思っていた。

それなのに、わたしたちはそれほど長くは喪に服さなかった。ひと月も経つと、曇天の下で力なくはためく半旗だけが、烈火の如き悲しみを思い出させる唯一のよすがとなった。とくに息子の蔣経国が後継者に立ってからは、万事が急速にもとどおりになっただけでなく、心なしか軽やかにさえなった。そのぽっちゃりした顔つきからして、蔣経国は父親とちがって、どこか牧歌的なところがあった。着ているものも厳《いかめ》しい軍装や中山服ではなく、まるで中小企業のおっさんのようなジャンパーだった。そのときはまだ彼の真の恐ろしさなど知りもしなかった。台湾最大の暴力団竹聯幇《チュウリエンバン》を顎で使えるような人だとは。十年後、蔣経国は竹聯幇の大親分陳啓礼《チェンチンリイ》をサンフランシスコへ送りこみ、自分の批判的な伝記を書き著した江南《ジャンナン》を自宅で殺害させることになる。この事件がアメリカで取り沙汰されるや陳啓礼は台湾で逮捕され、終身刑の判決を受けたが、恩赦で出獄し、六十六歳で亡くなるまで竹聯幇に影響をおよぼしつづけた。しかし考えてみれば、これは不思議でもなんでもない。蔣介石だって上海にいたころは青幇《チンバン》の首領杜月笙《ドゥユエシャオ》と懇意にしていたではないか。

ともあれ、わたしは新しい総統に親近感を持った。まわりの大人たちも女に意地汚い彼を小馬鹿にしていたと記憶している。台湾の足首にくくりつけられていた重石《おもし》が取れ、アディダスのランニングシューズに履きかえたような空気がそこはかとなく漂いだした。この男なら、とわたしは思った。五分しかもたない弾薬でわたしたちに無茶なことはさせないだろう、おなじ中国人どうし、腹を割って話せば、毛沢東だってわたしたちをそう無下にはしないはずだ、と。

やがて国情が落ち着いてくると、人々はまた日常の些事にかまけるようになった。女たちは麻雀卓を囲みながら食料品が値上がりしたと文句を垂れ、男たちは仕事以外に家事もやらされることにじっと耐え、若者たちは色恋沙汰にうつつをぬかした。

そんななか、祖父が殺された。

当時の台北市はいまよりうんと混沌《こんとん》としていて、どんなことでも起こりえた。経済的には、日本よりも二十年立ち遅れていると言われていた。西門町のあたりには安くて美味《うま》いがひどく不衛生な屋台が軒を連ね、数年に一度、B型肝炎を大流行させていた。そのような屋台では、残飯の上澄みからすくいとった廃油を精製して食用油として再利用していた。ビール腹のようにボンネットをでんと突き出した市バスが朝から晩まで中華路をふさぎ、ガラの悪い運転士が大声で世界をののしりながら、まるでレーシングカーのようにぶんぶん飛ばしていった。そのバスのあいだを、たちの悪さではバスより数段上のタクシーが鮫《さめ》のように走りまわっていた。タクシーの運転手たちはティアドロップ型のサングラスをかけ、血のような檳榔《びんろう》の嚙み汁を窓から吐き飛ばし、喧嘩をも辞さない覚悟で客をだまくらかす。遠回りなどはあたりまえで、メーターに小細工をして十秒ごとに課金したり、こちらはたしかに百元渡したのにいけしゃあしゃあと五十元しかもらってないと言い張ったりした。通りをはさんで怒鳴り合うおばさんたち、子供を見かけるたびに理由もなく小突いてくるおじさんたち、路地裏でこちらの目を狙って石を投げつけてくる、くわえ煙草の悪たれども。

そんなところだったので、もめ事も小さいものから大きなものまでなんでもござれだった。いまならそんな厄介事は警察や裁判所の手に委ねられるのだろうが、むかしは裁判といえば人の生き死にに関わるほどの重大事にかぎられ、細々した日々のいざこざは当事者の家の家長どうしが話し合って決着をつけたり、これもまた人生とあきらめたり、神仏にお伺《うかが》いを立てて物事を決めたりしていた。とくに戦争中に人を殺したことのある年寄りたちは、神や幽鬼《ゆうき》をおろそかにしなかった。

わたしの祖父もそんな迷信深い年寄りだった。

祖父は中国は山東省の生まれで、纏足《てんそく》をしていた曾祖母の腹から生まれ落ちるや、まだ目も開いてないはずなのに、狐火《きつねび》を見たと言い張った。大人たちは祖父を見て、この子はたしかにほかの子とはちがうと言い合った。七歳のころにひどい水疱瘡《みずぼうそう》を患って死にかけたが、このときも鬼火《おにび》が夢にあらわれ、おまえはまだ死なん、共産主義者どもをぶち殺せ、というお告げを聞いたそうだ。長じては兄弟分たちと戦乱に乗じて食用油を売りまくり、ちょっとした財を成した。

十五の年にお狐様のお告げどおりになった。上海クーデター（一九二七年四月十二日に蒋介石が起こしたクーデター。多数の共産党員、労働者が虐殺された。一九二三年孫文－ヨッフェ共同宣言により成立した第一次国共合作がこれにより崩壊した）のあと、祖父のようなヤクザ者にとってどちらの陣営につくかは、どちらの陣営に義理があるかで決まった。祖父や祖父の兄弟分の面倒を見ていた地回りが、たまたま王豫民《ワンユウミン》という人の部下だった。王豫民は元小学校教師で国民党員だったので、勢い祖父たちも国民党に加担して共産主義者を殺すようになったのである。

子供のころ、わたしは祖父から戦争の話を聞くのが大好きだった。祖父は脇腹と右足の甲と左足の脛《すね》に銃創があり、いつも『三国志』や『水滸伝』ばりに誇張した武勇伝を語り聞かせてくれた。右足の甲を撃たれたとき、祖父は被弾したことにすら気づかず五十キロの道のりを行軍したそうだ。ブーツの縁から血があふれ出してようやく「もしや」と思い至ったという。

「日本に原爆が落とされて第二次世界大戦が終わったのは知っとるだろ、秋生《チョウシェン》?」祖父の言葉からは、乾いた土塊《つちくれ》道や無限に広がる麦畑を連想させる力強い山東訛《なま》りが一生取れなかった。

「そのあと、蒋介石と毛沢東は重慶交渉で決裂したんだ。それで第二次国共合作はあっという間に崩壊したというわけよ。わしらは王豫民といっしょに戦っておったが、青島で国民党に編入された。まあ、正規軍じゃなく、使い捨ての遊撃隊のようなもんよ。匪賊《ひぞく》あがりの、ゴロツキのあつまりだった。ある日、隊長の許二虎《シュウアルフウ》からどこそこの村に潜伏しとる共産主義者どもを殲滅する命令が下った。わしらはたったの五人でそこへむかった！　やつらは二、三十人はおったかな。なあに、いつものことよ。わしらには鉄砲があったし、そういうことはもう何度もやっとったから慣れたもんだった。やつらにも鉄砲はあったが、弾がなかった。弾薬帯に木の枝を詰めてふくらませとったな。あのころは鉄砲さえ持っとりゃ怖いもんなしだった。有槍就是草頭王《鉄砲があればならず者の王》さ」

祖父はけっして生々しい話をしてはくれなかった。祖父が亡くなったあとに父から聞かされたところでは、祖父たちは抗日戦争のころから、つまり共産党と戦うまえから、弾薬を節約するために捕まえた敵は生き埋めにしていたということだった。

「わしらに大義なんぞありゃせんかった」と、祖父は言った。「おなじ部隊に劉貴仁《リョウグイレン》というのがおったが、こいつなんかは自分の両親をいじめた共産党の一家を皆殺しにして国民党に入ってきた。みんな似たり寄ったりさ。こっちと喧嘩しとるからあっちに入る、こっちで飯を食わせてくれるからこっちに味方する。共産党も国民党もやることたあいっしょよ。他人の村に土足で踏みこんじゃあ、金と食い物を奪っていく。で、百姓たちを召し上げて、またおなじことの繰り返しだ。戦争なんざそんなもんよ」

祖父は何度も死線をかいくぐったが、一九四八年の十一月に勃発した淮海《ワイカイ》会戦のときは、さすがにもはやこれまでと観念したという。この戦いで共産党は決定的な勝利を収め、長江以北を押さえ、国民党の牙城だった南京と上海をおびやかすようになった。共産党側の損害は約十三万人、対して国民党側は約五十五万人の死傷者を出した。国民党側の司令官たちは捕虜となったり、遁走《とんそう》したり、自決したりした。祖父の話では連日連夜、雨あられと降ってくる砲弾のせいで兄弟分たちのほとんどが吹き飛び、骨すら残らなかったそうだ。しかし、わたしがこの世に存在しているということは、祖父の命運がここでも尽きなかったことを意味する。

絶体絶命、四面楚歌、砲煙弾雨の塹壕《ざんごう》から祖父を導き、蜘蛛の糸より細い一縷《いちる》の活路を見出させたもの、それはまたしてもあの怪火だった。

厳しい寒さと餓え、不眠不休の戦闘と仲間たちの死で精も根も尽き果てていた祖父は、ええい、ままよ、とばかりにふわふわ漂う狐火のあとを追った。深い霧のなかをさまよっているみたいで、自分が生きているのか死んでいるのかすらわからなかった。砲弾にえぐられた穴に足をとられ、累々たる屍《しかばね》につまずき、顔をかすめてびゅんびゅん飛んでゆく銃弾に身をすくめた。戦車に踏みつぶされた死体をいやというほど見た。そのたびに祖父は膝が萎《な》え、もう一歩も歩けないと思ったが、狐火はいつも中空に留まって待ってくれた。

いつしか砲声が間遠になり、祖父は夢うつつのまま戦地の徐州をさまよい出ていた。六日六晩歩きとおして生まれ故郷の五蓮へ帰り着いた。そして妻と子供たち——つまり、わたしの祖母と父と叔父と叔母——を兄弟分に託し、自分はほかの兄弟分の家族を救いに走った。ころがる石のように敗走する国民党に合流して台湾へと渡ってきたのは、その直後である。

「お狐様がついとるかぎり、わしは不死身よ」などと嘯《うそぶ》いて、祖父は呵々《かか》大笑したものだった。

さて、香港経由で台湾に逃れ落ちた祖父は迪化街で布屋を営みはじめた。刻苦勉励《こっくべんれい》して商売に精を出し、妻と四人の子供たちを養いながら、いつの日か大陸を光復することを夢見てひそかに爪を研いだ。臥薪嘗胆《がしんしょうたん》の日々に老兵を支えたもの、それは「有槍就是草頭王《鉄砲があればならず者の王》」という生涯変わらぬ人生哲学と、遊撃隊時代から肌身離さず持っているドイツ製のモーゼル拳銃だった。ひどい癇癪《かんしゃく》持ちの祖父は気分しだいで子供たちをぶん殴ったので、撃ち殺されることを恐れて拳銃の隠し場所をけっして明かそうとはしなかった。店にある古いミシン台の下が怪しいということは、みんな薄々気づいてはいたが。国家の記念行事に軍事パレードなどが行われると、濃緑の制服を着た警備総部の軍人がうちへやってきて拳銃を没収していく。そのたびに祖父は仕事場から家族を追い出し、おとなしくモーゼルを差し出した。オープンカーに乗った蔣介石をだれも狙撃したりせずにパレードがつつがなく終わり、護身符の鉄砲をかえしてもらうまで、祖父はいつにもまして怒りっぽくなったという。祖父は弾丸が錆《さ》びつかないようにワセリンの瓶に入れていた。

布屋の商売は順調だったが、いくら金を稼いでも、祖父が兄弟分たちの寡婦《かふ》や孤児たちに気前よく分けあたえてしまうので、うちの台所はいつも火の車だったそうだ。小梅《シャオメイ》叔母さんはそんな祖父を蛇蝎《だかつ》の如く嫌っていた。わたしがまだ幼い時分には、しょっちゅう悪口を聞かされたものだ。

「あんたのおじいちゃんはね、秋生、ろくでなしのクズよ。おばあちゃんにどれだけお金で苦労をかけたか知ってる？　買い物ひとつするにもおっかなびっくりお金をもらわなきゃならなかったんだから。一度なんか、あんたのおばあちゃんが子供たちになにか食べさせたいからお金をくださいって言ったら、うちの二階から百元札を一枚放り投げてひろわせたんだから！」

高等中学三年のとき、ついに小梅叔母さんは祖父に長い長い呪いの手紙を書き送った。祖父がいかに家族を傷つけているかを滔々《とうとう》と語った。のちに出版社で編集の仕事に就くことになる小梅叔母さんの文才は、このころに芽吹いたのかもしれない。恨みつらみは、いつだって言葉を育てるものなのだ。便箋二十枚におよぶその手紙のせいで、祖父は小梅叔母さんの大学進学については、文句も言わないかわりに学費もびた一文出さなかった。叔母さんの学費を工面したのは、わたしの父と宇文《ユイウェン》叔父さんである。

祖父のような男の妻は、きっと度し難い辛酸を嘗《な》め尽くしたにちがいない。四人の子供たちを食わせるだけでも大変なのに、そのうちのひとりは血を分けた実の子ではなく、祖父の兄弟分の忘れ形見とあっては、宇文叔父さんに対する風当たりが多少強いからといってだれが祖母を責められよう。

若いころの祖母、林麗蓮《リンリイリエン》はたいそう美しく、またそうでなければ祖父をたぶらかして自分と所帯を持たせることなどできなかっただろう。祖母は祖父の二番目の妻なのだ。祖父には中国大陸に残してきた最初の妻がいるが、その女性が石女《うまずめ》だったのも祖母にとっては追い風となった。他人のものを略奪した女というのは、たとえ負い目など感じていなくても、ときに疑心暗鬼になることをまぬがれない。祖父がうわの空で煙草などぷかぷか吹かしているだけで、祖母は祖父の心がむかしの女房のもとへ行っているのだと決めつけて大暴れした。割を食うのは、たいてい宇文叔父さんだった。祖母は小言を漏らしもすれば、手も出した。機嫌が悪いときにはよくしなる木の棒で子供たちをぶったたいたが、たたき方は平等ではなかった。えこひいきも徹底しており、パンひとつ分けるにしても、ほかの子供たちには真ん中のやわらかいところを食べさせ、宇文叔父さんにはパンの耳を平気であたえた。宇文叔父さんが高校を卒業するや家を飛び出し、二年の兵役ののちに船乗りになってしまったのも無理からぬことだった。

ところが、祖父はだれよりも宇文叔父さんを可愛がっていた。腕っぷしが強く、根っからの反共主義者で、義理人情に厚い宇文叔父さんを若かりし日の自分と重ね合わせていることは、だれの目にも明らかだった。おっとりして本ばかり読んでいる父の明輝《ミンフイ》や、姑息な明泉《ミンチュエン》叔父さんとちがって、宇文叔父さんには義兄弟の契りを交わした黒道《ヤクザ》の友達がたくさんいた。宇文叔父さんの船が台湾に帰ってくるたびに、祖父はいつでも高粱酒《コーリャン》で一杯機嫌になって「血はつながってなくとも、わしのほんとうの息子はおまえだけだ」と吼《ほ》えた。すると宇文叔父さんが育ての恩を恭しく述べ、祖父は膝をぴしゃりとたたいていつものキメ台詞《ぜりふ》を吐く。

「なあに、三人も四人も変わらん、茶碗がひとつ増えるだけのことよ」

いまはもう取り壊されてしまった中華商場の一郭に祖父がお狐様を祀《まつ》る祭壇をしつらえた直接

の理由は、宇文叔父さんの船がスマトラ島沖で海賊に襲われたせいである。

数十人いた乗組員のうち、生きて帰ってこられたのは四人だけだった。あとの三人がどういう経緯《いきさつ》で命びろいをしたのかは知らないが、宇文叔父さんに関して言えば、海賊に襲われる前夜、叔父さんのインドネシア女房が「光が見える、あの船に乗ってはいけない」とグズったのだそうだ。叔父さんは祖父の話をないがしろにしていなかったので、これはお狐様のお告げにちがいないとすぐにピンときた。そこで数日後にマレーシア女房と会うことになっていたにもかかわらず、インドネシアで下船することに決めて事なきを得たのだった。

「こりゃいかん」祖父は、はじかれたように寝椅子から飛び起きた。「お狐様にちゃんとお礼をせにゃ七代先まで祟《たた》られるぞ!」


第一発見者はわたしだった。

その年の一月、そして蔣介石が死んだ四月のどさくさに、祖父の布屋は二度にわたって泥棒に入られていた。一度目はテレビやミシンや時計といった金目のものが盗《と》られたので、祖父も用心して、店には盗られてもいいようなものしか置いておかなかった。ミシンは太い鎖で架台にがっちり留められた。甲斐あって、二度目の被害を最小限に食い止めることができた。宇文叔父さんが祖父に贈ったイタリア製の青い革靴がなくなっただけだった。泥棒にしてみれば骨折り損のくたびれ儲けでむかっ腹が立ったのだろう、靴を盗むだけでは腹の虫が承知せず、布を納めた木棚が倒され、引き裂かれ、とどめにアイロン台の上に立派なうんこまで残していった。高価な絹風の布地で尻を拭いた形跡まであった。泥棒が犯行現場でそのような暴挙に出るのはたしかに奇怪だが、さりとてまったく聞かない話でもない。泥棒たちは仕事に臨んでは勇気を鼓舞《こぶ》するために、もしくは実入りがすくなかったときの報復措置として、そのようなおぞましいサインを残すことがあるのだ。

祖父は腸《はらわた》が煮えくりかえった。小梅叔母さんをどやしつけてうんこを始末させると、さっそくその晩から店に泊まりこみ、あのモーゼルを片手にどうか泥棒が舞い戻ってきますようにとお狐様に祈りつづけた。小梅叔母さんは悔し涙を流しながら、ますます祖父に対する憎悪をつのらせた。

もちろん、祖父が泥棒を射殺するような事態には至らなかった。生来飽きっぽい性格の祖父はいつしか寝ずの番をやめ、また広州街のわたしたちの家に帰ってきて寝るようになった。父は長男なので、祖父母はわたしたちといっしょに暮らしていた。

何事もなく日々は過ぎゆき、ついに陽暦の五月二十日が日めくりカレンダーのいちばん上にきた。

その晩の七時過ぎ、祖父は狐火が見えたと言って大騒ぎした。わたしたちは食事を終えたばかりで、居間につどって台湾電視台の七時のニュースを観ていた。当時はチャンネルが三つしかなく、すべて国営放送局だった。首のうしろにドッジボールほどもある大きな瘤《こぶ》を生やした男が除去手術に成功したというニュースをやっていて、わたしたち一家は我が国の医療技術の高さに度《ど》肝《ぎも》を抜かれていた。

「こんな瘤が治せるんなら」と明泉叔父さんが目を丸くして言った。「いまに癌《がん》だってすっかり治せるようになるはずだぜ」

テレビで男がインタビューに答えて言うには、瘤のせいで目までおかしくなった、目がおかしくなったら注意したほうがいいとのことだった。白衣を着た執刀医は、瘤と視神経の関連性はさしあたり見られないが、人の体はすべてつながっており、頻尿が心不全のサインということもあるので、この瘤をホルマリン漬けにして研究をつづけなければならないと応じた。そこで祖母はこっそり祖父の背後にまわりこみ、首筋に異常がないかをためつすがめつした。祖父が見たと言い張る狐火を、瘤の初期症状ではないかと疑ったのだ。

「なにをしとる?」

その問いかけに、祖母は手を祖父の額にあてるという形で応えた。

「熱なんぞないわ!」

「でも、あんた、もし瘤が……」

「ええい、そこをどけ!」

祖父は今夜こそあのうんこ垂れに目にもの見せてやると息巻いて、家族が止めるのも聞かずに家を飛び出していった。

祖母はまるで十八の乙女のようにそわそわとその後ろ姿を見送り、小梅叔母さんは「泥棒に殺されりゃいいのよ」と冷笑したが、叔母さんはそのことを死ぬまで後悔することになる。だって、それがわたしたちと祖父の今生の別れとなったのだから。

翌日の昼過ぎ、お得意先から午前中にとどくはずの布地がまだきてないと苦情の電話が入った。店のほうにも電話をかけたが、ずっと話しちゅうだという。わたしは趙戦雄と映画でも観にいこうかと思っていたのだが、うるさくせっついてくる祖母を邪険にもできず、けっきょく迪化街まで自転車をすっ飛ばす破目になった。

店のシャッターは下りたままだった。

わたしはシャッターをバンバンたたいて祖父を呼んだが、なんの返事もない。となりの乾物屋のオヤジがいったい何事かと見に出てきた。

「うちのじいちゃんいる？」

乾物屋の馮《フォン》さんが肩をすくめた。

で、わたしは合鍵を使った。電気はついておらず、店のなかは暗かった。人の気配はない。半分開いたシャッターから射しこむ光のなかに塵《ちり》がきらきらと浮遊していた。

「じいちゃん」

わたしの声は店の奥へむかって、ひんやりとのびていった。

静寂はびくともしなかった。壁時計が時を刻む、カチ、カチ、カチ、という音だけが、まるで死人の心電図のように脈打っていた。もう一度呼んでみたが、あまり返事を期待していなかったので、それが投げやりな声にもあらわれた。どうせまたいかがわしい床屋にでも行っているのだろう。

壁のスイッチを入れると、天井の蛍光灯が何度か明滅してから点いた。ミシンやアイロン台、納品を待つ布地が整然と横たわる木棚。わたしはそのあいだを縫《ぬ》って進み、床にころがっている帳場の黒電話を見下ろした。ペンが一本と、小銭もすこし落ちている。おかしなところといえば、それだけだった。人間のいないときにだけあらわれる悪戯《いたずら》好きの小人たちがわたしの突然の来訪に泡食って、電話に悪さをしている最中に逃げ出してしまったかのようだった。電話をひろい上げ、受話器を耳にあててみる。ツーという電子音のむこうから、ぴちゃっと水の跳ねる音が聞こえた。

受話器を架台に戻し、電話を帳場におく。

それから、奥にある洗面所の扉を押し開けた。便器、そして洗面台の先にある浴槽の表面が、廊下から侵入した明かりを受けて鈍く光った。縁まで水が張られた浴槽は、まるで黒い鏡のようだった。蛇口から水滴がしたたり落ちると、水面に金属質な水紋が危なっかしく広がり、その下にある得体の知れないなにかの輪郭をゆらめかせた。

浴槽に目を奪われたまま、手探りで壁のスイッチを押す。

天井から蛍光灯の光がパッと降りそそぎ、黒い鏡のなかに閉じこめられているものを映し出した。ぴちゃっという音が、まるで手榴弾のように炸裂した。揺れる水面に平衡感覚をたぶらかされ、洗面所が溶けた麦芽糖のようにぐにゃりとゆがんだ。

わたしは目を見開き、吸い寄せられるように足を踏み出した。浴槽をのぞきこむと、水面に映る自分の青白い顔と目が合った。わたしは魚みたいに口をぽかんと開けていた。

目の焦点がずれる。

わたしの顔の下に、もうひとつ顔が沈んでいた。その頭にわずかに残った髪が、まるで海藻のようにゆらめいていた。鼻孔のまわりに小さな泡《あぶく》をいっぱいくっつけている。口は大きく開かれ、充血した真っ赤な目は虚ろだった。後ろ手に縛《いまし》められ、足首にも端切れが幾重にも巻かれている。

祖父は体を「く」の字に曲げて、水の底に沈んでいた。

頭が現実に追いつくのに、百年くらいかかった。ひっ、と声を呑んで、思わず跳びすさってしまった。かかとを敷居にひっかけ、ひっくりかえった拍子に廊下の壁で後頭部を強打した。

「幹《くそ》！」わたしは足を蹴り、なおもうしろへ退《さ》がろうともがき、あがいた。「くそったれ、なんなんだよ……なんだってんだよ⁉　幹！　幹你娘《くそったれ》！」

わたしの尻を蹴飛ばして跳び上がらせたのは、突然けたたましく鳴りだした電話のベルだった。

「ひっ！」

とっさに体を丸め、腕で顔をかばってしまった。心臓が口から飛び出し、廊下を跳ねまわった。大声でののしりながら、猫のように壁に爪を立てて体を起こす。膝がへなちょこで、また尻餅をついてしまった。四つん這《ば》いになって洗面所と帳場のあいだを右往左往した。電話はわたしを急かしつづけた。わたしはいま死者の世界にいて、この電話に出なければ永遠に生者の世界には帰れないのだと思った。そこで悪口雑言をまき散らしながら脚をたたいて立ち上がり、よろめきながら電話にすがりついた。

「喂《もしもし》！」

回線の彼方からかえってきたのは沈黙だけだった。

「喂《ウエイ》！　喂！」わたしは受話器に怒りと恐怖をぶつけた。「た、大変だ……警察を……早く警察を呼んで……幹！　おい、聞こえねえのかよ⁉　もしもし！　もしもし！」

すっと背筋が冷たくなり、口をつぐむ。回線のなかに谺《こだま》する自分の声がかすかに残った。わたしといま電話でつながっているのは犯人かもしれない。なんの根拠もないが、ふとそう思った。

ぴちゃっという音にふりかえる。

薄暗い廊下にずぶ濡れの祖父が立っていた。ぎょっとしてあとずさりすると、腰が帳場の机にぶつかって文房具の入った缶を派手にぶちまけてしまった。祖父はどこにもいなかった。祖父は冷たい水の底に沈んでいた。

汗ばむ手で受話器を持ちなおす。

「だれだ、おまえ?」

押し殺したような息遣いが何度か聞こえた。

わたしはごくりと固唾《かたず》を呑み、こういう言い方が正しいかどうかはわからないけれど、姿の見えない敵に目を凝らした。わたしの混乱は送話口から電話線のなかへ吸いこまれ、電気信号に変換され、相手の受話口からじっとりと滲《にじ》み出ていたかもしれない。こちらの受話口からは黒い霧のようなものがあふれた。その黒い霧の正体が相手の溜息だと気づき、わたしは逆上した。

「おい! おまえ、どこのどいつだよ!?」

吼えたとたん、ハッとした。わたしと相手をつないでいるのがとてつもなく細い糸であることに気づき、急ブレーキをかけて語気を和らげた。電話を切られてしまったらおしまいだ。

「すみません……どちらさま、ですか?」

相手が口を開く。そんな画が見えたような気がした。しかしつづいて耳朶《じだ》を打ったのは、回線が静かに切断される音だった。

第二章　高校を退学になる

警察は祖父の店をアルミニウムの粉だらけにしたが、怪しい指紋はついに採取できなかった。解剖の結果、祖父の肺を浸していたのは浴槽の水であることが確認された。これはつまり、映画などでよくあるように、だれかが祖父をべつのところで殺害し、なんらかの理由であの浴槽に沈めたわけではないということだ。

五月二十日の午後七時から二十一日の午後一時。そのあいだに祖父は自分の店で襲われ、手足を縛られ、そして溺死させられた。店を物色した跡がないので、物盗りの線はさっさと捨てられた。犯人と争った形跡がほとんどないので、顔見知りによる犯行説が浮上した。祖父の体重が八十七キロだったことから犯人は男性、もしくは複数による犯行である可能性が高いと警察は説明した。

「以上のことに鑑《かんが》みて」と、髪を整髪料で七三に固めた周《ジョウ》警官は結論を下した。「さしずめ怨恨による犯行でしょうな」

「だけどおかしいじゃないですか!」父と明泉《ミンチュエン》叔父さんと小梅《シャオメイ》叔母さんはいっぺんに食ってかかった。「暴行を受けた痕跡もなかったんですよ!　怨恨なら殴ったり蹴ったり、もっとそれらしい傷が体につくはずでしょ！」

　周警官は神妙にうなずき、わたしにそんなことを言われても困る、わたしは自分の考えを述べただけだ、と気持ちをこめて父たちを諭《さと》した。そんなに犯人の心理がわかるのなら、あなた方が警察になったらいいじゃないですか、とも。それから部下たちをぞろぞろ引き連れて、迪化街で聞き込みをはじめた。

　話し好きの商店主たちは祖父のことを、他人の子供でも自分の子供のようにどやしつける頑固者、他人のもめ事には率先して鼻を突っこみたがる年寄り、いつも上半身裸でそのへんをうろつきまわっているじじい、何度かいやらしい目で見られたことがあると警察に証言しただけでなく、訊かれもしないのに自分の身の上話までせずにはいられなかった。うちの表六玉もむかしはさんざん極道をやったものだけど、あんな殺され方をするなんてよっぽどのことだよ、このへんも物騒になったもんだ、おれの従兄《いとこ》は衡陽路で宝石商をやっているけど去年押し入り強盗に遭ったぜ、従兄は顔を殴られて歯を折ったんだが、それくらいで済んでよかったと思わなきゃな。

「だれかに恨まれていたようなことは？」

　周警官が足を使ってひろいあつめた事実を黒い手帳に書きこみながらそう尋ねると、だれもが曖昧《あいまい》に首をふるのだった。

　祖父は迪化街に店を構えているだけで、実際に住んでいたわけではない。周警官はもちろん広州街でも念入りな聞き込み捜査をした。ところがどっこい、広州街の住人は義理堅く、人情にも厚かったので、祖父の人品骨柄を褒めそやしこそすれ、死人の悪口を言うような卑怯者はひとりもいなかった。それが捜査のたすけにならないことなど思いもよらないのだ。他人の子供でも自分の子供のように叱《しか》ってくれる昔気質《むかしかたぎ》の人、他人のもめ事はほうっておけない性分の正義漢、いつも上半身裸でそのへんをうろつきまわっている好々爺《こうこうや》、あのあたたかい眼差《まなざ》しが失われてとてもさびしいと周警官に証言した。大陸時代から祖父とは肝胆《かんたん》相照らす兄弟分だった李爺爺《リじいさん》や郭《グオ》爺爺《じいさん》などは天井裏に隠しておいた日本刀をひっぱり出し、自分たちの手で祖父の仇《かたき》を討つのだと息巻いたが、周警官にぶちこむぞと脅《おど》されて、面従腹背《めんじゅうふくはい》の体《てい》で白刃を鞘《さや》に納めたのだった。

「それで、彼がだれかに恨まれていたということは……」

周警官が言い終わらないうちから年寄りたちは激昂し、祖父が如何《いか》に天下無双の好漢だったかを一九二〇年代にまでさかのぼって綿々と語り聞かせた。しかも、ふたりとも山東訛りが強くて、ふつうの人にはなにを言っているかすらわからない。周警官はすぐにくたくたになってしまった。李爺爺は唾を飛ばし、抗日戦争のときに祖父が日本軍の内通者を始末したときのことを熱く語った。郭爺爺は国共内戦のときに祖父が自分を救うために共産主義者を殺してくれたことを涙ながらに訴えたが、わたしにはそれが捜査のたすけになるとは思えなかった。

ほとほと疲れ果てた周警官が足を引きずりながら立ち去ってからも老人たちの怒りは収まらず、わたしの家に押しかけてきておなじ話を二度ずつ繰り返した。

「その男は趙琪《ジャオチイ》の手下じゃった」憤懣《ふんまん》やるかたない李爺爺は拳《こぶし》をふりまわした。「そいつのせいで多くの中国人が鬼子《日本人》に殺された」

「趙琪ちゅうのは青島治安維持会の会長よ」おれにもしゃべらせろとばかりに郭爺爺が口をはさむ。「傀儡《かいらい》傀儡、鬼子の操り人形さ」

祖母がわたしの手をぎゅっと握りしめた。祖母は頭痛がひどいと言って額に薄荷《はっか》の精油を塗っていたので、薄暗い客間にはひんやりした香りが漂っていた。小梅叔母さんが年寄りたちに熱い茶を出した。

七月に入り、地獄みたいに暑い日がつづいていた。

「あのとき皇軍は三光《さんこう》政策を採っとった」李爺爺は茶をすすり、茶葉をコップにペッと吐き戻した。「殺光《殺し尽くす》、搶光《奪い尽くす》、焼光《焼き尽くす》よ。方々で掃討作戦を展開しとった。あの男は……えーと、名はなんじゃったかな、老郭？　ほら、日本軍の間諜《かんちょう》をやっとった男がおったろ？」

「王克強《ワンコオチャン》だよ。忘れたのか、老李、みんなに黒狗《ヘイゴウ》と呼ばれとったじゃないか」

「黒狗、黒狗！」李爺爺ははっしと額を打ち、「頭が耄碌《もうろく》してかなわん。名前が日本語の『小犬《わんこちゃん》』とおなじ発音だっちゅうんで、王克強は日本人に『わんこ』と呼ばれとったな。とにかく、その漢奸《売国奴》の手引きでたくさんの村がつぶされた。あれは一九四三年の七月じゃった。わしとおまえのじいさんは、秋生《チョウシエン》、街に食用油を売りに出とった」

わたしはうなずいた。

「日本人に見つかればただでは済まんから夜中にこっそり出かけていったんじゃが、つぎの日、村に帰ったらみーんな殺されとった。この世の終わりみたいな暑い日じゃったな、老郭」

郭爺爺はうなずきながら煙管《きせる》をくわえた。

「おまえのじいさんの親兄弟もみんなといっしょに村役場に閉じこめられて、毒ガスで蒸し殺されとったわ。村はずれの破れ寺に何人か隠れとったんだが、そいつらが口をそろえて黒狗が日本人を連れてやってきたと言うた。だから、おまえのじいさんは許二虎《シュウアルフウ》という男といっしょに黒狗を殺しに行ったんだ」

「じいちゃんの隊長だった人だね？」

「ああ、宇文《ユイウエン》の親父さんじゃよ」

宇文叔父さんの戸籍上の名前は「葉宇文」だけど、ほんとうの名前は「許宇文」なのである。

「道中、飯を食わせてくれたのがたまたま国民党の兵隊だったわけよ」郭爺爺はずっしりした煙を吐き流した。「あれがもし共産党じゃったら、わしらもみんな共産党についとったはずさ。人の一生なんざ、そんなもんよ。だれのためなら命を投げ出せるか、そうやって物事は決まっていくんだ」

祖母が小梅叔母さんに支えられて部屋へひきとったあとも、李爺爺と郭爺爺はわたしを相手にカイロ会談のなんたるかを論じていた。中国を日本空襲の拠点にしようというフランクリン・ルーズベルトの思惑がなんたらかんたら、日本軍による大陸打通作戦がどうたらこうたら、その際の国民党の不甲斐なさと救いようのない腐敗っぷりなどなど。蔣介石は日本人を殺すことにはさほど熱心ではなかった。加えて大陸打通作戦での一連の失態により英米に愛想を尽かされ、そのせいでヤルタ会談も蚊帳《かや》の外に置かれてしまったわけだが、老総統は日本より共産党の殲滅を見据えていたのだとふたりの意見は一致した。

年老いたならず者たちは時間を忘れ、子供のように昔話に熱中した。話せば話すほど、ふたりのじいさんは若がえった。霜焼けで黒ずんだ頰を煤《すす》だらけにし、拳銃を握りしめ、目をぎらぎらさせて荒野を駆けていたころの若者に戻っていった。ひび割れた饅頭《マントウ》と舌がしびれるほど辛いネギをかじり、だれかの大切なものを奪う。彼らは水牛のように愚鈍で、兎のように敏感で、餓えた犬のように凶暴だったろう。龍のように尊大で、蛇のように執拗《しつよう》だった。そして、陶酔。ふたりは、わたしの祖父とは一心同体なのだと何度も強調した。もしそれがほんとうなら、とわたしは思った。じいさんたちがこんなにも晴れやかなのも理解できる。祖父の死は彼らの禊《みそぎ》なのだ。好き勝手に生きてきた半世紀ぶんのツケは、いずれなんらかの形で、だれかが支払わなければならないのだから。

祖母は客間に大きく引きのばした祖父の写真——毛皮の帽子をかぶった祖父が手にモーゼル銃を持っている写真を飾り、朝から晩まで語りかけるようになった。数珠《じゅず》を繰りながら自分の運命の過酷さを呪い、自分を置いて先に逝《い》ってしまった祖父を呪い、そしてもちろん犯人のこともたっぷり呪った。その繰り言を聞いていて、わたしは図らずも祖父母には父と明泉叔父さんのほかに、もうひとり息子がいることを知った。末っ子のその子はまだよちよち歩きのころに箸を持ってころび、それで自分の喉を突き刺して死んでしまったのだった。

あるよく晴れた午後、祖母は死んだその叔父さんも供養せねばと思い立ち、近所の植物園で蓬《よもぎ》をどっさり摘んできて蓬餅を大量にこしらえた。庭の連翹《れんぎょう》がほころびかけていた。
「あんたのほうがあの世では先輩だからね」餅をこねながら、祖母は心をこめて話しかけた。
「お父さんがそっちに行ったら、いろいろ教えてあげるんだよ」

祖父の布屋をどうするかということで、小梅叔母さんと明泉叔父さんのあいだでひと悶着《もんちゃく》あった。

他人の懐《ふところ》をあてにするような生き方しかできない明泉叔父さんは、方々で夢のような儲け話をしては金を借りていたが、財を成す気配は微塵《みじん》もなかった。李爺爺と郭爺爺にもそれなりの借金をしており、一度会っただけの人にも言葉巧みに無心できるという特技を持っていた。まだ十代のころ、小梅叔母さんが当時真剣に付き合っていた人の、なんとその父親からも金を借りようとしたことがあるらしい！　男にふられて号泣する小梅叔母さんから事情を聞きおよんだ祖父は、怒髪天《どはつてん》を衝《つ》いた。いまも家のまえにある芙蓉《ふよう》の樹に明泉叔父さんを吊るし、衆人環視のなか、泣きながらとりなす祖母を足蹴にし、革のベルトで血が出るまで叔父さんをひっぱたいたが、そのときのことはいまでも広州街の語り草になっている。以後、明泉叔父さんが悪さをすると、祖父に先んじて李爺爺や郭爺爺までもがベルトをふりまわすようになったという。それでも明泉叔父さんはしょっちゅう年寄りたちと麻雀を打っては性懲《しょうこ》りもなく儲け話をでっちあげ、ときに怒りを買い、ときにうっとりさせていた。

明泉叔父さんの話は、実際、心楽しいものだった。弁舌さわやかな武勇伝や色恋沙汰は、法螺《ほら》話と知りつつも、ついつい聞き入ってしまう。一度、明泉叔父さんがオートバイでころんで帰宅したことがあったが、そのときなどは「肩の骨が皮膚を破って飛び出し」、「折れた肋骨《ろっこつ》が肺に突き刺さった」。それもこれも「道路に飛び出してきた小犬を避けるため」だったと嘯《うそぶ》きながら、夕飯をもりもりかきこんだ。空軍に長くいたので、パラシュートが開かずに墜落したこともある。上空五百メートルから落下したら人の体がどうなるかという話に幼いわたしは心底おびえ、将来兵役のときにはどうか空軍のくじだけは引きませんようにと祈りまくったものだ。

ともあれ、明泉叔父さんと小梅叔母さんの確執はそのときからつづいていたので、小梅叔母さんは明泉叔父さんのやることなすことに異を唱えずにはいられなかった。

「なんでいっつもおれに楯突《たてつ》くんだ？」

「あの店を兄さんの思いどおりになんかさせないからね！」

「じゃあ、おまえは親父の借金をどうやって払うつもりなんだ？　契約不履行でおれたちを訴えると言ってるやつまでいるんだぞ」

あらゆる死がそうであるように、祖父の死にも経済的な影響があった。布屋のお得意先は祖父の不幸を心から悼《いた》んだが、それはそれとして、商売のことはまたべつの話だった。納期に遅れたとして、数人が違約金の支払いを求めてきたのである。その額五十万元、郊外なら家が一軒買える値段だった。

「あそこには父さんの心血が詰まってるのよ」小梅叔母さんは髪をふり乱して叫んだ。「まだ三ヵ月も経たないのに、なんで売ってしまえなんて言えるの⁉」

「じゃあ、だれが金をかえすんだ？　おまえか？　どうにかしなきゃ、秋生の学費だって払えねえんだぞ」

「兄さんは楽な道を選んでるだけじゃない！」

「だったらなんだ？　言っとくが、おれは親父の借金を肩代わりするつもりはないからな！」

ふたりは激しくののしり合い、そこへ祖母が箒《ほうき》をふりまわして乱入してきたものだから、手のつけられない大騒ぎになった。隣近所の人たちがいったい何事かと門柱の陰からのぞきこんだ。だれが知らせたのか、李爺爺がすっ飛んできて、明泉叔父さんを指さしてこの親不孝者めとなじった。鶏が飛び、犬が跳ねまわった。みんなを黙らせたのは、長男であるわたしの父だった。

「犯人を捕まえるのが先決だ」と、まっとうな意見を述べた。「周警官に相談してみて、もし事件現場を保全したほうがいいと言うのなら、おれは店をそのままにしておいたほうがいいと思う」

「じゃあ、借金はどうするんだよ？」

「とりあえず会《フイ》を募ってみようと思う」

それは頼母子講《たのもしこう》（組合員が一定の掛金を出し合い、期日にくじ引きなどで定められた金額を順次組合員に融通する互助的な金融組合）の一種で、会員は会銭《フイチエン》と呼ばれる金を月々支払い、いちばん高い利子をつけた者がその月の会銭を競り落とせる。会銭を競り落とした者は、その会が終わるまで利子を払いつづけなければならない。急場しのぎにはもってこいの方法で、会のおかげで大学に行けた人もいれば、家を買えた者もいる。とはいえ好事魔多しで、会の途中でだれかが逃げたりすると（これを倒会《ダオフイ》という）、利子はおろか、それまで投じた元本すら回収できないことになる。そのせいで刃傷沙汰が起こることもあった。

「兄貴が会頭《フイトウ》になるのか？」明泉叔父さんが用心深く訊いた。「倒会なんかされた日にゃ、借金がどんどんかさむだけだぞ」

会頭とは会の言いだしっぺのことで、会員が投資した金を保証しなくてはならない。最悪の場合、女房を質に入れても投資金を返還する責任を負うわけだが、実際にそこまでやるかどうかはひとえに会頭の人格にかかっている。投資金を踏み倒して高飛びしてしまう会頭などざらにいた。

「わしも一口入るぞ」李爺爺は語気を強めた。「明輝《ミンフイ》が会頭をやるんなら、会員なんぞすぐにあつまりよるわ」

父が感謝してうなずいた。

「あたしも」と、小梅叔母さん。「父さんの店を守るためだもん。宇文兄さんだってきっとのってくれるわ」

それからみんなして明泉叔父さんのことをじっと見つめた。

「ああ、くそ」叔父さんが舌打ちをした。「わかったよ、おれも入るよ。どうせ人殺しがあったところなんかだれも買うもんか」


数日後、左手に石膏《せっこう》を打った宇文叔父さんが血相を変えて南アフリカから帰ってきた。父は事件後すぐに船舶会社に連絡を取り、七つの海のどこかにいる宇文叔父さんに電報を打ってもらったのだが、陸《おか》の上でさえしょっちゅう郵便物が紛失していた時代だったので、海の上では言わずもがなだった。父は生来の粘り強さを発揮して船舶会社に掛け合い、職員に邪険にされてもめげず、低姿勢に徹して都合七通の電報を打ってもらった。しまいには受付の職員と顔馴染みになり、すべてが落ち着いたらぜひ一献《いっこん》、という話にまでなっていた。

宇文叔父さんが祖父の訃報に接したのは、船がアラビア海を航行中のときだった。途方に暮れた宇文叔父さんは救命ボートでボンベイまで引きかえそうとして、船乗りたちに総がかりで止められたという。スグ帰ル、と打電したあとは膝を抱え、船が港へ着くのを一日千秋の思いで待ちわびた。船乗りたちはそんな宇文叔父さんに同情を寄せたが、苛立ちをつのらせる者もいないわけではなかった。そのような者たちにしてみれば海は父であり、母であり、学校であり、そして船はあたたかい家だったので、うつけたようになっている宇文叔父さんを見るにつけても、小《こ》癪《しゃく》に障って仕方がないのだった。宇文叔父さんが左腕を骨折したのは、彼らのひとりと船乗りらしく拳骨で談判したせいである。

台湾が国連を脱退したのは一九七一年のことで、理由は中国が加盟したことに蔣介石がつむじを曲げたためである。どちらも「一個中国《ひとつの中国》」を標榜していたので、国連にしてみればあちらを立てればこちらが立たぬ状態にあったわけだが、中国はこのスローガンを楯に取って諸外国にわたしたちとの国交断絶を迫った。台湾に見切りをつけなきゃこっちからおまえたちと国交を断ってやるぞ、さあ、台湾か中国か選べ、ふたつにひとつだぜ。まるで子供の喧嘩のようだが、逆境にもめげず、南アフリカだけはずっと台湾と外交関係を保ちつづけた。アパルトヘイトのせいで国連のつまはじき者だった国と、おなじような仲間はずれ国家が仲良くなるのは、至極当然のことだった。一九七五年当時の南アフリカでは、中国人は黒人とおなじ扱いだが、台湾人は日本人とともに名誉白人と見なされていい気になっていた。

そうは言っても、まだ飛行機の直行便を飛ばし合うほどの仲ではなかった。船がポートエリザベスという港町に投錨《とうびょう》するや否や、宇文叔父さんは濃緑色のダッフルバッグをひっ摑み、海沿いの道を乗り合いバスとヒッチハイクで二日二晩かけてケープタウンまで行った。そこからヨーロッパの空港をいくつか経由し、最終的に台北の松山空港に降り立ったのはそのさらに三日後のことだった。よほど混乱していたのだろう、祖母にシーラカンスのTシャツを買ってきていた。すでに祖父の葬儀はつつがなく済み、遺骨と位牌《いはい》は天母の慧済寺に安置されていたので、宇文叔父さんにできることは祖母のしなびた手を取り、ふたりして思う存分悲嘆に暮れることだけだった。

「人というものはおなじものを見て、おなじものを聞いていても、まったくちがう理由で笑ったり、泣いたり、怒ったりするものだが」と、宇文叔父さんは深い溜息をついた。「悲しみだけは霧のなかでチカチカともる灯台の光みたいに、いつもそこにあっておれたちが座礁《ざしょう》しないように導いてくれるんだ」

だれもが心を痛めていた。

父は高校の教師をしていたが、胸中の憂さを生徒たちで晴らしてはいけないと、いつにもまして寡黙になった。しかしいくら心を包帯でぐるぐる巻きにしても、家に帰れば異臭を放つ悲しみや怒りがじんわりと滲み出ることがあった。人間、無理をすればかならずどこかに祟る。割を食うのは当然わたしや母だった。まるでハズレくじでも引いたようなその目つきは、父が祖父の死に乗じて、おれはけっしておまえたちに満足しているわけじゃないんだとほのめかしているようだった。明泉叔父さんや小梅叔母さんに対する愚痴《ぐち》が、いつも母をとがめるような強い口調で語られた。どいつもこいつも、という例の負け犬的飛躍。

気の短い母は、およそ中国女らしからぬ態度に出た。すなわち、父の理不尽にじっと耐えた。せっせと編み物をしながら、夜が更けるまで父の繰り言に付き合い、ときには飲めない酒まで飲んだ。そしてある日とうとう、お義父《とう》さんのことは気の毒に思うけど、お義父さんだってむかしたくさん人を殺したじゃない、もし因果応報というものがあるのならそんな人が良い死に方をするはずがない、とついに忌憚《きたん》のないところを口にしたのだった。

「あれは戦争だったんだ！」父が吼えた。「そうしなきゃ、そもそもおれたちだって出会えなかったんだぞ！」

「葉明輝」と、母は静かに父の名を呼んだ。「こんな状態がこれからもつづくなら、わたしたちの出会いもつぎの段階に進むことになるわよ」

離婚をほのめかすこのひと言に、父はぎくりとした。

「物事はとにかく動いていくの」母は事もなげに編み針を動かした。「じたばたしても自分がつらいだけよ」

母も戦争でふたりの兄を亡くしていたので、その言葉はずっしりと父の胸に響いた。これで自律心を取り戻した父の目からは、わたしたちをとろ火で煮てやろうというあの鈍い光がすこしずつ消えていった。完全に立ち直るまでにはもうすこし時間がかかったが、理由もなくわたしをぶつことはなくなった。でもいざぶつとなると、やはり人が変わったようにぶったたいた。授業をサボり、祖父のことをぼんやり考えながら吸っていた煙草を教師に見つかってしまったときなど、ここで存分にぶたれてやるのも親孝行かもしれないなと悟ってしまうほどぶたれた。父は祖父の骨相を受け継いでいたので、鞭《むち》をふるう父を透かして若いころの祖父が見えるようだった。


わたしの夢に出てくる祖父はいつもずぶ濡れで、髪の乱れを嘆いていた。

生前の祖父は週に一度、整えるほども残っていない白髪頭を整えるために、理髪店に通っていた。理髪店なら近所にもあるが、もちろんそんな堅気《かたぎ》の理髪店などお呼びじゃない。当時、台北のいたるところで見かけた、入口が黒塗りの理髪店へわざわざタクシーをすっ飛ばして出かけていった。そういう店では体に張りつくようなミニスカートを穿いた若い女たちが調髪したり、爪にやすりをかけたり、肩をマッサージしてくれる。平たく言えば、売春宿を兼ねていた。

子供のころ、祖母にそそのかされて、わたしは何度か駄々をこねまくって祖父に同行したことがある。

「秋生、ほら、おじいちゃんに髪を切りに連れてってもらいなさい。お店にはゲーム機もあるよ」

祖母はわたしを小さなスパイに仕立てようとしたわけだが、わたしの見るかぎり、祖父のやることといったら、せいぜい若い女たちの手をさするくらいのものだった。祖父はそんなあざとい祖母を心から憎んだが、何度かに一度はわたしのわがままを聞き入れてしぶしぶ散髪に連れていってくれた。祖父は息子たちには厳しかったが、孫のわたしには甘かった。扇風機をつけっぱなしにしていると言っては小梅叔母さんを怒鳴り散らすくせに、わたしの部屋にはクーラーを設置してくれた。わたしが明泉叔父さんのレコードコレクションをフリスビーにした廉《かど》でひっぱたかれると、おまえは音楽なんぞ呑気に聴いとる場合か、だからいつまで経ってもだめなんだ、と明泉叔父さんを箒の柄でぶん殴ってくれた。

だからわたしは常に祖父の味方で、子供心にもあの理髪店通いにはなんら害がないように思えた。むっちりした太腿《ふともも》をあらわにした女たちを何人もはべらせ、贅沢にも調髪と爪の手入れとマッサージをいっぺんにやらせているギラギラした男たちとくらべれば、の話だが。だからといって、ほんとうに無罪だったかどうかは疑わしい。そもそも孫のまえで馬脚《ばきゃく》をあらわすはずがないし、あんたのおじいちゃんは花々公子《プレイボーイ》よ、と女たちに意味ありげな含み笑いを添えて言われたことも一度ならずある。あんたも大人になったらきっとそうなるわよ、おじいちゃんにそっくりだもん。

いったいだれが不死身の祖父をあんな目に遭わせたのか？

外省人が台湾に渡ってきて三十年近くになるが、ほとんどの年寄りたちはこの島を仮住まいと見なしていた。心はいつも大陸にあった。国民党がいずれ反攻に転じ、戦局をひっくりかえしてくれれば、故郷に錦を飾る気満々だったのだ。蒋介石の死がそんな彼らの一縷の希望を粉々に打ち砕いてしまうまで、古強者《ふるつわもの》たちは『我的家在大陸《わたしの家は大陸》』というそのものずばりの歌を口ずさみ、やるせない里心をまぎらわせていた。ラジオから聴こえてくる『叫我如何不想他《彼を思わずにいられようか》』という古くさい恋歌の「他《彼》」を「大陸」になぞらえては、望郷の涙を流した。台湾生まれのわたしには不可解なことではあるが、世界には不可解なことがいくらでもあるので、不可解なりに理解できた。祖父たちは大陸で戦争をし、台湾でちょっと休憩をしたあと、もう一度勝負に出る気でいたのだ。休憩中にもめ事を起こすのは、大局が見えない愚か者だけだろう。祖父はそのような阿呆ではない。ドイツ製のモーゼル拳銃をぴかぴかに磨きあげ、いつでも出撃できる準備を整えていたのだから。

わたしの考えはこうだ。

周警官の見立てどおりこれが怨恨がらみだとすれば、その恨みが生まれた場所は中国大陸以外に考えられない。だとすれば、犯人は外省人だということになる。わたしは空想した。台湾へ逃れ落ちる国民党の船に、まるでガラスの破片のようにまぎれこんだ復讐者の姿を。怪我人がひしめく甲板、遠ざかる故郷に一時《いっとき》の別れを告げようと船の縁にへばりつく人々、泣き叫ぶ赤ん坊や人いきれで呼吸もままならない船倉の片隅で、復讐者は静かに決意をみなぎらせ、そして昏《くら》い目で新天地をにらみつけていたにちがいない。

わたしが迂闊《うかつ》にも幼馴染みの趙戦雄《ジャオジャンション》こと小戦《シャオジャン》の旨い話にのってしまったのは、わたしなりに家計のことを慮《おもんぱか》ってのことである。

「そいつは成功したら十万出すって言ってんだぜ」

それだけあれば父の肩の重荷をすこしだけ軽くしてやれる。母をすこしだけ幸せにできる。家族全員（あの明泉叔父さんでさえ！）が祖父の死に果敢に立ち向かっているときに、自分だけがなにもできないことにわたしは忸怩《じくじ》たる思いを抱いていた。

「なあに、絶対にバレっこねえ。まあ、その襟足はチョキンと切ってもらわなきゃなんねえがな」

「その彭文章《ポンウェンジャン》ってどんなやつなんだ？」

「おれらの一コ下で、去年高校受験に失敗してるからもうあとがねえんだ。親は今年もだめだったら軍官学校の予備班に入れると言ってるらしい。ぼんぼんだから、おまえに礼をするくらいの貯金はあるんだとよ」

「おまえはいくらもらうんだ？」

「これは人助けなんだぞ！　おれが金で動く男じゃねえって知ってるだろうが」

「いくらだ？」

「三万だよ、三万！　気が済んだかよ、ああ？」

「そいつはおまえとどういう関係なんだ？」

「おれの兄弟分のダチの弟……いや、従弟《いとこ》だったかな」

「………」

「どうだっていいだろ、そんなの」小戦が舌打ちをした。「おれはおまえんちのピンチを見るに見かねて助け舟を出してやってんだぜ」

　早い話、替え玉受験である。

　そのころ、わたしは台北でも一、二を争う進学校へ通っていた。両親の誇り、一族の星だった。父と小梅叔母さんに次いで、葉家で三人目の学士になることを期待されていた。

　これが大凶と出た。

　いまだになぜバレたのかわからない。細工はりゅうりゅうで、彭文章の受験票にはわたしの顔写真まで貼ってあったというのに。

　首尾よく試験を終え、意気揚々と会場を出たところで、わたしは万引き犯のように首根っこを押さえられて別室へひったてられたのだった。だれかが密告したとしか思えない。密告はなにも共産党のお家芸だというわけではない。草の根レベルで監視社会を堅牢にし、政権に楯突く不満分子を早期発見すべく、国民党によっても推奨されていた。つまるところ共産党も国民党もおなじ中国人で、中国人の考えることはどこでもおなじなのだ。

「なにかの間違いですよ！」わたしは名裁判官包青天《バオチンティエン》のまえに引きずり出された罪人のように冤罪を叫んだ。「濡れ衣です！　ぼくは彭文章ですよ！」

　ほどなくして部屋に入ってきた威風堂々たる軍人にすがりつき、天地神明にかけて自分は彭文章本人に間違いないと訴えたが、その人が彭文章の父親である可能性に思いが至らなかったのは、なんとしても浅はかなことであった。

「兒子《小僧》、きみのお母さんは金門島で看護婦をしていたのかね？」

　わたしは二の句が継げなかった。

「そうじゃなきゃ辻褄が合わんな」彭文章の父親は哀れみたっぷりに言った。「もしきみがわたしの兒子《息子》なら、わたしが金門島で昏睡していたときに看護婦にもてあそばれたとしか思えん」

彼は民国四十七年、すなわち一九五八年に金門島が共産党の砲撃を受けたときのことを言っているのだ。砲撃開始からたったの八十五分で、約四万発の砲弾が対岸の福建省から飛来して金門島に降りそそいだ。彭文章の父親は金門砲戦でお国のために負傷した英雄だったのだ！

「息子は軍校予備班に入れる」と、言った。「きみがわたしの息子ならいっしょにぶちこんで、その腐った性根をたたきなおしてもらうんだがな」

背後関係を厳しく詰問されたが、わたしが口を割るまえに彭文章の口から黒幕趙戦雄の名前が出た。当然追及の手は小戦にものび、お縄を頂戴することになったが、やつに関して言えばさほど影響はなかったはずだ。それというのも小戦は中学を卒業したあと士官学校へ入り（体つきが貧相なので炊事班にまわされ、朝から晩までクッキーを焼いていたそうだ）、暴力沙汰を起こして二年で退学処分を食らい（先輩に自慢のクッキーを馬鹿にされたのが直接の原因だ）、わたしと同い年の十七にしてすでに黒道《ヤクザ》の盃《さかずき》を受けていたのだから。小戦の兄貴分は鷹哥《イン兄さん》といって、小指がなく、人を殺したことがあると言われていた。その後、この鷹哥が用意した心臓病の偽診断書のおかげで、小戦はまんまと徴兵逃れに成功したのだった。

「おれのことは心配するな」二ヵ月の感化院生活へ勇進するにあたって、小戦は所信を述べた。

「感化院なんざ屁でもねえや」

「だれがおまえの心配なんかするか！」わたしはやつを乗せて走り去る警察車両に石を投げつけた。「二度と帰ってくるな、王八蛋《ばか野郎》！」

父のことを思ってしたことなのに、その父は鞭をふるってわたしの尻に怒りをぶつけた。祖母は監督不行き届きで母を責め、母は麻雀のときに使うプラスチックの牌棒《パイぼう》でわたしを打擲《ちょうちゃく》した。深夜まで折檻《せっかん》されたあげく、間もなく十八歳を迎えるわたしの身のふり方については兵役か、もっと馬鹿な高校へ編入するしかないということになった。

言うまでもなく、わたしが選んだのは後者のほうだった。軍隊に入るくらいなら、地獄に堕ちるほうがましだった。そこは厦門《アモイ》にあるキリスト教系高校の台北分校で、名前さえ書ければだれでも入れた。当時その気になればだれでも入れるところといえば、刑務所とこの学校くらいのものだった。

台湾での新学年は九月からはじまる。両親といっしょに編入手続きをしに行った日は、九月もなかばだというのにうだるような暑さがまだ客人のように居座っていた。ぎらつく太陽に蟬《せみ》たちでさえあきれてものが言えず、蜃気楼《しんきろう》の立つ校庭を生徒たちがまるで囚人のように箒で掃いていた。学校を取り巻く外壁には反共産主義的なスローガンがならび、埃にまみれた棕櫚《しゅろ》の樹が植わっている。なんの変哲もない学校風景だが、なんの変哲もないのは外観だけだった。煤けた天井扇が気怠《けだる》く熱気を攪拌《かくはん》するその真下で、土気色の顔をした校長にこう言われた。

「ゴミというものはですな、ひとつところに集めればみんなが臭い思いをせんで済むんですわ」

自分の息子がゴミ呼ばわりされたというのに、両親は恐縮してうなだれていた。わたしは己の行く末を案じて戦慄した。

こうして、わたしは囚人服とどっこいどっこいの不名誉な新しい制服に身を包み、犯罪者予備校のような学校へ通うことと相成ったのである。

新しい学校は小高い山の上にあり、なだらかな坂道をのぼっていかなくてはならなかった。道の両側には草花が生い茂り、春には杜鵑花《つつじ》、秋には金木犀《きんもくせい》が花をつけた。

新生活はわたしの想像を遥かに超えていた。喧嘩、恐喝、売春斡旋のはびこる弱肉強食の世界だと決めつけていたのだが、蓋《ふた》を開けてみると、それは半分だけ正しかった。つまり、そういう世界がある一方で、詩や小説を愛するやつらもいた。そういうやつらは勉強が嫌いなだけで、おしなべて頭が良く、俠気があり、血まみれの喧嘩のなかで摑み取ったきらきら光るものを吼えるように書きつけていた。ずっとあとになってわかることだが、不良どものボス格だった雷威《レイウェイ》もそうした喧嘩詩人のひとりだった。わたしがもといた学校での話題といえば将来を見据えた官僚的なものばかりだったが、この学校では、いま、この瞬間のことしか話題にならない。どこそこの誰某《だれそれ》とどこそこの誰某との確執、バイクのこと、女のこと、性病のこと。

新しい制服はすさみきったわたしの気分にぴったりだったうえに、その威力も絶大だった。粛々と歩いているだけなのに、善男善女はまるでわたしの背中に大きく「人殺し」とでも書かれているかのように眉をひそめた。商店に入ると、店の主人は目を皿にしてわたしの一挙手一投足を追う。まえから歩いてくる女の子たちは落ち着きをなくし、わざわざ道路を渡って反対側を歩く。エレベーターのなかでくっさい屁をこいたやつが降りるのと入れ違いにとんでもない美人が乗りこんできてしまったような気分を、わたしは毎日味わわされた。わかってもらえるだろうか？　いまのおれはおれじゃない、これには理由《わけ》があるんだ、と弁解してまわりたかった。わたしたちの学校は、聞き分けのない子供を脅す際に親が引き合いに出すようなところだったので、それも致し方のないことだった。

街のゴロツキのなかには、この制服を着ているというだけの理由で喧嘩をふっかけてくるのもいた。喧嘩上等。いつしかわたしは生傷の絶えない身となった。わたしたちはみんな、二十センチほどの鉄の定規を削って尖《とが》らせた、いわば定規刀を学生鞄に忍ばせていた。有事の際にはこれがものを言う。だったら手っ取り早くナイフを持てばよさそうなものだが、定規刀なら警察に調べられたとき、あくまで文房具だとシラを切りとおせるのだ。

そんなところで生きていく自衛策として、転校した当初、わたしはチンピラの小戦にオートバイで学校まで送らせていた。小戦の上唇には、むかしわたしにやられた大きな傷痕がある。角材をバットがわりに野球をしていたとき、わたしの鋭いひと振りがキャッチャーをしていた小戦の上唇をザックリ切り裂いたのだ。そのせいでやつは押し出しの利いた風貌になっていた。わたしの人生を狂わせたのは小戦だが、学校の不良たちがわたしに対して迂闊なことを仕掛けてこなかったのも、これまた小戦のおかげだったのである。


新生活が二ヵ月ほど過ぎたあたりで、わたしは一目置かれる存在となった。道のりはけっして平坦なものではなかった。そうなるまでには、数回の殴り合いを経なければならなかった。一度などは他校の不良たちに校門のまえで待ち伏せされたりもしたが、結果、わたしに手出しをするのは割に合わないということが知れ渡ることとなったのである。

そのときのことを話そう。

当時の喧嘩はけっして当事者同士だけの問題ではなかった。だれかがやられたら、そいつの背後に控えているありとあらゆる勢力がしゃしゃり出てくる構造になっていた。その勢力とはヒステリックな母親の場合もあれば、ぶちのめされたやつの兄弟分ということもあり、ひいては兄弟分の兄貴分、さらにその兄貴分の兄弟分まで参戦してくることもあった。

火種はいつでもささいなことで、わたしの場合は方華生《ファンファシェン》というケチな男に目をつけられたことが発端だった。名前の発音が花生《ファシェン》と似ているということで、方華生は一味徒党では花生《ピーナッツ》と呼ばれていたが、実際、よく嚙まずに呑みこんで翌日の大便といっしょに出てきたピーナッツのようないやらしい面構えをしていた。子供の時分には好んで鼻くそを食べていたようなタイプだ。

わたしのなにがピーナッツの気に障ったのかはわからないが、たぶんなにもかもだろう。彼らが高校三年生で勉強していることをわたしが小学校五年生で終えていたのは、わたしの過誤ではない。この学校の生徒が教育部の定める正規のカリキュラムより五年ないし六年の遅れをとっているからといって、なぜわたしが指弾されねばならないのか。しかしいちばんの理由はやはり、わたしが彼らの話す台湾語を上手く話せなかったせいだろう。ちぇ、お高くとまりやがって、てな具合である。あるいは自分でも気づかぬうちに、わたしの物腰に彼らを嘲《あざけ》るような調子があったのだろうか。

つまりこういうことだ。わたしは国民党の感化政策にのっとって、標準的な中国語しか話せない（祖父のしゃべる山東語は聞き取れるが話せはしない）。わたしが生まれ育ったのは比較的裕福な外省人が多く住む広州街で、祖母をはじめとして、台湾人を見下している者が多かった。後年マーク・トウェインの本に接し、彼の生まれ育ったところも人種差別が激しい土地柄だったと知った。マーク・トウェインは子供のころ、白人のご婦人をちょっとばかり長く眺めすぎたというだけの理由で石で打ち殺されてしまった黒人を目撃したことがあるそうだ。そのとき彼は、それが別段悪いことだとは思わなかったと告白している。百五十年前のアメリカではあたりまえのことだったのだ、と。あのころの台湾で、大陸渡来の外省人が土着の本省人を見下していたのは、いわば鳥が空を飛び、犬がくそを食らうくらい疑問の余地のないことだった。祖母が台湾人という言葉を口にするときは、まるで泥棒と言っているような響きがあった。

父はどちらかといえばリベラルな人間だが、そんな祖母のお乳を飲んで育ったわけだから、まったく影響を受けないわけにはいかない。表立って台湾人を非難することはないにしても、警察官であり作曲家でもあった高一生《ガオイシェン》が反乱罪で銃殺されたのは致し方のないことだと思っていた。高一生は二・二八事件（一九四七年二月二十八日に台北市で発生した本省人と外省人の大規模な抗争。その後台湾全土に飛び火し、国民党によって武力鎮圧された。発端は闇煙草を売っていた本省人女性に対する官憲の暴行）のとき、故郷の阿里山を守るために仲間たちとともに嘉義県の弾薬庫と飛行場を襲撃し、その廉で国民党に逮捕された。父は国民党の非を認めつつも、国を統治するためにはときに非情にならざるを得ないという立場を貫いた。大陸で生まれた父は、生涯大陸的なものの考え方から脱却しきれなかった。

わたしは性格的にも肉体的にも流血沙汰とは距離を置きたいと願う者だが、やはりあの年代の青少年なので、まったく無縁というわけにもいかなかった。子供のころには悪童どもに石をぶつけられもしたし、ぶつけもした。口の利き方が悪いと、小梅叔母さんに火がつくほどビンタされた。わたしが学校ではなはだしく逸脱したときなど、父は水を張った盥《たらい》に鞭をひたし（いまもってなんのためにそうしていたのかさっぱりわからない）、家庭内の規律や目上の人に対する尊敬や人間はけっきょく痛い目をみなければなにも学ばないといったことをぶつぶつぶやきながら息子の帰宅を待っていたものだ。学校でも体罰があたりまえだったので、わたしたちはみんな、なにをどうすればどれくらい痛いかということをまがりなりにも知っていた。

だからこそ、できることなら方華生との無益な争いは避けてとおりたかった。しかしわたしが目を背《そむ》ければ背けるほど、汝《なんじ》の敵を愛そうとすればするほど、ピーナッツのやつは図に乗った。わたしを怒らせることに心血をそそいだ。わたしの弁当に鉛筆の削りカスをまぶし、小用を足している最中に襟首を摑まえて引きずりまわし、わたしの行く道に短い脚を突き出してころばそうと謀《はか》った。こちらがいくらおまえなんぞ馬鹿にする価値もないという態度をとっても、やつには通じなかった。わたしが手出しをしないのは、自分を恐れているからだとでも思っていたのだろう。そこである日、わたしはとうとうやつをぶっ飛ばし、文字どおりピーナッツのように踏みつぶしてやったのだった。

とくれば、当然やつの兄弟分が黙っちゃいない。

ピーナッツは喧嘩詩人の雷威とつながっていた。雷威は不良どもの頭目的存在で、それというのもこの男の家業が萬華の的屋で、緑亀を売ったり、射的やチンチロリンなどで子供たちの小遣い銭を巻き上げたりするその裏で、ありとあらゆるいかがわしい商売に手を出していたからだ。萬華といえば台北屈指の荒っぽい界隈である。売春宿や蛇を食べさせる店が軒を連ね、男女の悲しみや蛇の血のせいで街全体に饐《す》えたようなにおいが漂い、刺青《いれずみ》を入れ、檳榔《びんろう》の嚙み汁で歯を真っ赤に染めた極道たちが暮らしていた。雷威自身、すでに肩口に鯉を一匹彫っていた。のちに雷威の口から直接聞いたのだが、この刺青のせいで父親に体中の皮を剝がされそうになったらしい。こうしたすさんだ環境がやつの感性を磨き、言葉を育んだのだ。

雷威の襲撃は二日後の放課後で、教師の目のとどかない校舎の片隅でひっそりと行われた。わたしは雷威の顔面を数発殴ったが、やつの腰ぎんちゃくどもが手出しするまでもなく、たちまちたたき伏せられてしまった。そのあとでピーナッツにも顔面を二発蹴られた。わたしはピーナッツの仕打ちをちゃんと憶えておくことにした。

さあ、因果応報のはじまりだ。

腫《は》れふさがったわたしの顔を見た感化院帰りの趙戦雄が激怒し、免許もなければ報復措置に出る気もなかったわたしに無理矢理スクーターの運転を押しつけ、その日のうちにふたり乗りで萬華界隈をぶんぶん流した。学校で襲えばよさそうなものだが、今度また退学になるようなことがあれば、父から軍隊にぶちこまれてしまう。それだけは御免こうむりたかった。

わたしたちは西昌街や華西街の夜市を慎重に走りぬけ、参拝客の焚《た》く香でもうもうとなっている龍山寺の境内を注意深くのぞいた。龍山寺の門前にはいかがわしい強精剤やいかがわしい写真を売る男たちがいて、盲目の按摩《あんま》さんが路地に椅子をならべて客を待っていた。

初秋の風がひんやりと心地よく、首から翡翠《ひすい》のお守りをぶら下げた小戦は半袖シャツの前を全開にして大街小巷に目を光らせた。

そして、わたしたちは発見した。

雷威は檳榔をぐちゃぐちゃやりながら、屋台で豚血糕《ヂュシュエガオ》を買おうとしていた。豚血糕とは餅米を豚の血で固めて串刺しにしたおやつで、なにを隠そう、わたしの大好物である。小戦はわたしの頭を小突き、スクーターを雷威に寄せさせた。やつのなかで煮えたぎる血潮が伝わってくる。わたしたちは背後から標的に忍び寄り、そして走りぬけざま、小戦が隠し持っていた煉瓦《れんが》で雷威の横っ面をガツンと殴りつけた。

「幹你娘《ガンニニャン》！」とは本来、おまえのお袋さんを犯してやるぞというほどの意だが、喧嘩沙汰の場面ではいろんな意味に使える便利な言葉だ。「ざまあみやがれ、鶏巴《ちんこ野郎》！」

「な、なにすんだ、小戦⁉」

「いいから早く逃げろ！」

小戦の高笑いを聞きながら、わたしは雷威の口から盛大に吹き出した真っ赤な液体がどうか檳榔の嚙み汁でありますようにと祈った。ひるみまくったわたしはスロットルを全開にし、くずおれる雷威と台湾語でわめきつづける豚血糕屋台のオヤジをふりきった。わたしたちのスクーターは勝利の雄叫《おたけ》びと白煙を引きずって夜陰にまぎれていった。


友達が受けた辱《はずかし》めを我が事とするのはいわばあたりまえのことだが、友達がいるのはなにもわたしだけではない。こちらに小戦がいるなら、あちらには小戦のような友達が何十人もいた。

萬華での急襲から四日後、脳震盪《のうしんとう》から立ちなおった雷威は半ダースほどの兄弟分を引き連れて、学校帰りのわたしを待ち伏せたのだった。

やつらは四台のバイクでやってきた。雷威の頭には真っ白な包帯が巻かれ、顔の半分がまだパンパンに腫れていた。その顔をひと目見ただけで、やつの決意のほどがうかがえた。口や鼻や耳はおろか、毛穴という毛穴から黒い煙を噴いていた。わたしは自分の墓石に刻む文句を考えずにはいられなかった。

雷威は煙草をはじき飛ばし、滑り止めのテープを巻いた定規刀をひっぱり出した。やつの兄弟分たちはバイクに腰かけたり、アスファルトにしゃがみこんだりしていた。自転車のチェーンを拳に巻きつけているやつもいた。下校中の生徒たちは足早にその場を立ち去り、すこし離れたところで成り行きを見守った。

秋空は青く澄み渡り、金木犀のさわやかな芳香が川のように流れていた。

ただの不良と詩的な不良にちがいがあるとすれば、ただの不良は目のまえにいる敵のことしか見えないが、詩的な不良の場合、敵は己の内面にもいるということだ。雷威はもちろんわたしを痛めつける気満々だったわけだが、ただ痛めつけるだけでなく、詩的に痛めつけたかったのだと思う。そうじゃなければ、わざわざ定規刀をわたしに投げて寄こしはしなかったはずだ。

「ひろえ、葉秋生《イエチヨウシエン》」やつは定規刀をもう一本持っていた。「これで恨みっこなしといこうや」

わたしは固唾を呑んで足下にころがっている定規刀を見下ろした。そして、動脈のことを考えた。

額を流れ落ちる汗が目に入り、口のなかはカラカラに乾いていた。雷威の兄弟分たちが口々に台湾語で物騒な脅し文句をならべ立てる。わたしには彼らの言っていることがあまり理解できないが、言わんとすることはわかった。彼らはわたしを臆病者呼ばわりし、わたしの母親を犯してやると息巻き、わたしの息の根を止めるだけでなく、手足をバラバラにしてドブに捨ててやると宣言していた。

わたしの肩から学生鞄が滑り落ちると、彼らが目をぎらつかせた。雷威が出張《でば》る。腹をやられたら一巻の終わりだ、こうなったらせめて腹だけは守ろう。ふるえる手で定規刀をひろい上げながら、わたしはそう心に決めた。もちろん、首筋も気をつけなければならない。

雷威が腰を落とし、順手に定規刀を構える。

わたしは目に入った汗をしめ出そうと、瞼《まぶた》をぎゅっと閉じた。つぎの瞬間、激しい耳鳴りが聞こえ、体のなかがよじれるような感覚に襲われた。びっくりして目を開けると、わたしは阿婆《アポ》の店にいた。目のまえにいるのは雷威ではなく、しわくちゃの阿婆だった！


目をしばたたき、きょろきょろとあたりを見まわす。

穀物や乾物や香辛料の入った南京袋、木棚にならべられた洗剤や石鹸《せっけん》、天井からぶら下がっているくじ付きの駄菓子、阿婆の個人的なものもいろいろ入っているアイスクリーム用の大きな冷凍庫——季節は金木犀香る初秋ではなく、蔣介石の御世は万世不易で、薄暗い店の外では盛夏の蜃気楼が白っぽく揺らめいていた。

油照りの七月、わたしは手に溶けかけのアイスキャンディを握りしめて立っていた。

「おまえはいくつじゃ？」

「えっと……」わたしは妖怪のような阿婆に恐れをなし、そうかといって界隈に一軒しかない駄菓子屋の主の機嫌も損ねたくないので、あとずさりしながらもどうにか答えた。「五歳」

「見えたかい？」

まるで夢から覚めたかのように、わたしは自分がなにをしていたのかを思い出した。祖母が阿婆の店のとなりの美容室でパーマをかけていると知り、小遣いをせびろうとあわてですっ飛んできたのだ。ふだんはしぶちんの祖母ではあるが、ご近所さんの目があると、とたんに気前がよくなる。それを見越してのことだった。

「なにが見えた?」

「ナイフが……」わたしは口ごもった。「ぼくはナイフみたいなものを持っていた」

「ほう、ナイフか」阿婆は歯が一本もない口を開けてにんまりした。「そこがおまえの人生の分かれ道じゃな」

年寄りの言うことを真に受けるつもりもなければ、五歳のわたしには難しすぎて理解もできなかった。溶けだしたアイスが手に垂れてくることのほうがよほど大問題だった。わたしは祖母から せしめた小銭で買ったアイスキャンディの根元をちゅうちゅう吸った。

阿婆の店は我が家が広州街に落ち着いたころからおなじ場所にあるが、その時分から百歳くらいのばばあであったという。店の名前はあるにはあったのだろうが、みんなにはただ〝阿婆《ばばあ》の店〟と呼ばれていた。それはわたしの時代になっても変わらず、近所の子供たちに阿婆は何歳かと尋ねれば、十中八九、百歳くらいという答えがかえってきた。ふだんはにこにこして、歯のない口をもぐもぐさせているだけの老婆だが、興が乗ってくると、たまさか恐ろしい予言をして人々を戦慄させることがあった。

実績だってある。

小学校二年生のときのクラスメートに藩家強《パンジャチャン》というのがいたが、こいつなどは阿婆の店で駄菓子を貪り食っているときに「頭に気をつけろ」と言われ、その二日後にほんとうに頭に怪我をしてしまった。休み時間に大きなのびをしてうしろに仰け反ったら、運悪くうしろのやつが削りたての鋭い鉛筆を机に立てて遊んでいた。それが藩家強の後頭部にグサリと突き刺さったのだ。鉛筆は消しゴムがついているタイプのもので、目撃者の話によれば、その消しゴムぎりぎりのところまで鉛筆がうずもれていたという。おでこから芯の先っちょが飛び出ていたと言い張る者もいた。さすがにそれは眉唾《まゆつば》だが、藩家強が頭にひどい怪我を負ったのはまぎれもない事実だった。「ナイフはおまえを守りもすれば、傷つけもする」それにしても阿婆は台湾語しか話せないのに、このときだけ彼女の言うことが理解できたのは、なんとしても面妖なことだった。「どう使うかでおまえの先の人生は大きく変わってくるぞ」

わたしはわあっと叫んで阿婆の店を飛び出し、今日《こんにち》までの十二年と四ヵ月をひと息で駆けぬけた。頭にどでかい炊飯器のようなパーマ機をかぶった祖母が飛び去り、角材のバットで流血した趙戦雄がまたたく間に時空の狭間へと落下していった。楊先生にいたぶられた小学校時代、戦争映画の断片、李小龍《ブルース・リー》、片想いをした柯美《コオメイジュエン》娟に声すらかけられなかった中学時代などが煙のように逆巻き、長々とたなびきながらかき消えてゆく。台北随一の進学校に入学しては父を有頂天にさせ、蔣介石が死に、祖父が殺され、替え玉受験がバレては退学を食らい、父に死ぬほど鞭でひっぱたかれ、両親といっしょに新しい学校へ面接に赴き、新しい生活のなかで方華生をぶっ飛ばし、その仕返しに雷威にぶっ飛ばされ、さらにその仕返しに趙戦雄が雷威の頭をたたき割り、仕返しの仕返しに――

光陰が百倍速ほどで飛び去り、わたしの足下にはいま、あのとき阿婆の店で垣間見た未来がでんと横たわっていた。

「ひろえ」雷威が自分の定規刀をかざす。「これで恨みっこなしといこうや」

わたしは固唾をいっしょに激しい既視感をごくりと呑み下す。それから学生鞄を蹴りどけ、ゆっくりと腰を折って定規刀をひろい上げた。

雷威が腰を落とし、順手に定規刀を構える。

わたしたちはたがいから目をそらさず、攻撃や妥協、そして逃げ道をほのめかすあらゆる兆候を必死で探った。驚いたことに、喧嘩を仕掛けてきた雷威でさえ、逃げ道を探っている節《ふし》があった。人を殺したときにだけ性欲が軒昂《けんこう》するような獣《けだもの》でないかぎり、こんな状況はだれも望んでいないのだ。だれもがやむにやまれず自分じゃないふりをしている。世界はそうやってわたしたちを手懐《てなず》ける。だからこそわたしたちは人を愛したり、人を殺したりするのだ。

相手がすり足でじりじり間合いを詰めてくる。

雷威の目に浮かぶ凶暴な光はこう言っていた。退《ひ》け、たのむから退いてくれ、おれを人殺しにしないでくれ！　その目を見て、わたしは彼も自分の未来を担保にして、いまこの瞬間をどうにかやり過ごそうとしているだけなのだとわかった。殺人者の悲しみ、それは生きるか死ぬかの瀬戸際で摑み取った真実を、だれに対しても説明のしようがないこと。言葉になどできやしない。その真実はわたしと雷威にしか見えない狐火のようなもので、どちらが死ぬにせよ、死者のうちに封じられ、勝者に取り憑《つ》いて一気に百も老いさせる。

雷威のほうには退く意志がまったくなかった。人殺しになりたくないと思っている以上に、偽物になりたくないと思っていた。仲間たちに対して、そしてのちに目覚める自分の文学に対して。

つまり、血を見なければ、この場はけっして収まりがつかない。

にじみ寄る雷威の足が小石を蹴る。その音でわたしは、自分がただ無防備に突っ立っていることに気づいた。狼狽したわたしを見て、雷威は事態が動きだす気配を嗅ぎ取った。が、ここは踏みこんで初撃を繰り出すのが上策か、それとも様子見を決めこむのが利口かを量りかねていた。彼は妥協策を採ることにした。一歩だけ派手に踏みこんで、わたしを挑発したのだ。わたしはすくみあがり、外野から嘲笑《ちょうしょう》が投げつけられた。目をしばたたくわたしを見て、泣くぞ、あの外省人はもうすぐべそをかくぞ、と野次《やじ》が飛んだ。

しかし、わたしは泣きたいわけではなかった。

はじめは金木犀の花が風に舞っているのかと思った。小さな花がたまたま寄りあつまって、夕陽を受けて輝いているだけなのだと。それとも、花香のせいで光が屈折でもしたのだろうか？

わたしが目をこすると、外野が狂喜乱舞した。どうやら、だれにも見えていないらしい。ほのかに燐光《りんこう》を発しながらふわふわ漂う鬼火は、黄色の小花をいくつか纏《まと》ったまま、まずはわたしの定規刀の刃先にとまり、それからわたしの右太腿のなかへと消えていった。

「どうした？」雷威がにやりと笑った。「おまえがこないならこっちからいくぜ」

阿婆の予言に加え、あの狐火を目のあたりにしたあとでは、わたしの採るべき道はひとつしかないように思えた。

「そんなに喧嘩したいのか？」

わたしの硬い口調が雷威の顔から笑いを吹き飛ばした。外野が身を乗り出す。檳榔をぐちゃぐちゃやっていたやつの口が止まった。

「おれの頭を割ったあのふざけた野郎もただじゃ済まさねえ」

「だったらどうするんだ！」

吼えるなり、わたしは定規刀を自分の太腿にたたきつけた。ちょこっと血が出ればいいという程度ではない。藩家強の頭に刺さった鉛筆も裸足で逃げ出すくらい、ぐっと刃先を沈めてやった。手を離しても落ちなかった。お狐様のご加護があるのはわかっていたから、なにも怖くはなかった。

雷威の血走った目が飛び出す。それはやつの兄弟分もおなじだった。バイクに腰かけていたやつが仰け反った拍子にシートからころげ落ちた。しゃがんでいたやつが立ち上がり、立っていたやつはうっかり檳榔の嚙み汁を呑みこんでしまった。

「来いよ」太腿から定規刀を抜き取ると、わたしはそれを雷威に投げかえした。ベージュの学生ズボンに黒いシミが広がり、脚を伝ってスニーカーのまわりに血溜まりをこさえた。「素手でやろうぜ」

雷威はこちらをにらみつけるばかり。いろんなことが竜巻のように、やつの胸中で吹き荒れていた。わたしは血や刃物だけでなく、多勢に無勢という状況をも恐れないことを証明してみせた。つぎは雷威がなにかを証明する番だ。が、やつはなにをどうしたらこの局面をひっくりかえせるのか、その答えを持ち合わせていなかった。

やつの兄弟分たちが驚愕と賞賛の入り混じった声で「幹你娘《くそったれ》」とつぶやいた。それは彼らの事実上の敗北宣言にも等しかった。

あとのことはアクション映画のエンディングみたいだった。パトカーがサイレンをやかましく鳴らして駆けつけてくるかわりに、数人の教師が小犬のようにわめきながら走ってきた。雷威たちはバイクに飛び乗って逃走したが、教師たちは雷威がからんでいることなら、においで判別できた。

雷威はすでに素行不良で「大過」、すなわち「大きな過失」をふたつつけられていた。これはすべての学校に見られる淘汰方式で、「警告」を三回受けると「小過」をひとつつけられ、「小過」は三つで「大過」ひとつに相当する。で、「大過」が三つたまると、バッター三振、猫のように学校から放り出されてしまうという寸法だった。喧嘩や不純異性交遊だけでなく、雷威のふてぶてしい態度は反国民党的でもあった。たとえば課題で作文を書かされると、わたしたちは教師の覚えをめでたくするために、文末にかならず「反攻大陸」や「建国必勝」などの一文を書き添えて提出するのが常だった。雷威はそんなおためごかしをいっさい書かなかったので、教師の心証をはなはだしく害していた。

ともあれ、札付きの雷威はこの一件で生活指導部の閻魔帳に三つ目の「大過」を付けられ、めでたく退学処分と相成ったのだった（わたしは「小過」をひとつ食らった）。

わたしは傷口をきつく縛られ、生活指導部の祝《ジュ》先生の車で病院に運ばれた。それは黒煙をまき散らすテントウムシのようなフォルクスワーゲンで、揺れがひどく、病院に着くまでに体中の血がゆすり落とされてしまいそうだった。宵闇《よいやみ》迫るころ、治療室で二十針ほど縫われた。帰宅したのは午後九時過ぎで、すでに連絡を受けた父が鞭を水に浸して待ち構えていた。

「あんたはもう高三なのよ！」母が泣き叫んだ。「来年は受験なのに、どういうつもりなの⁉」

もし祖父が生きていたら、「この子にも山東の血がちゃあんと流れとる」などと言って、鞭打たれるわたしを誇らしげに見守ったにちがいない。しかしその祖父はもういないので、わたしは歯を食いしばって人生に耐えてゆくしかなかった。

第三章　お狐様のこと

年が明けて一九七六年になると、わたしは漠然と大学受験のことを考えるようになった。具体的な行動を起こしたわけではないが、このまま台湾一の馬鹿高校を卒業して、そのまま馬鹿として一生を終えることを考えただけで、だれかを痛めつけてやりたい気分になった。幸いにしてわたしの学校は、なにはなくとも痛めつけてもよい連中にだけは事欠かない。わたしはチンケな喧嘩沙汰をこつこつ積み重ね、まるでスタンプラリーのように「警告」や「小過」を着実に溜めこみ、あと「警告」がひとつで「大過」がふたつになるというところまで来ていた。

その日曜日は朝から雨が小止みなく降っていた。

「オレンジ色のボンネットいっぱいに黒い鳥が描かれてんだぜ」昼過ぎにふらっとやってきた趙《ジャオ》戦雄《ジャンシヨン》は、小南門のところで見かけたスポーツカーのことを熱く語っていた。「車高なんか這うように低くてよ。おまえにも見せたかったぜ、アメリカ映画に出てくるようなやつさ。くそ、どうやったらあんな車に乗れるんだろうな」

あの年代はまだヤクザと堅気の見分けがついた。小戦《シヤオジヤン》は当時のチンピラに大人気だった日本の学生服を着ていた。背中に訳のわからない日本語の刺繍があり、金魚の尾びれみたいな喇叭《らっぱ》ズボンを穿いていた。檳榔の食べすぎで唇は真っ赤だった。

「それは胖子《パンズ》のだ」わたしは教えてやった。「なんでもいま付き合ってる女が金持ちらしい」

「謝《シィエ》家の胖子か？」

「ほかに胖子がいるのか？」

「おまえんとこの明泉《ミンチュエン》おじさんと同級生だろ？」そう言って、小戦は煙草に火をつけた。「えらいちがいだな」

「部屋で吸うなよ」わたしは窓をすこし開けてやり、「謝胖子は顔がいいから、あんな車にも乗れちゃうんだ」

胖子《デブ》と言っても、それは子供のころの渾名《あだな》なのだ。どの家庭も傍目《はため》には見えにくい問題を抱えているものだが、わたしの家に明泉叔父さんがいるように、謝家にも胖子がいる。もしかすると、胖子のほうがたちが悪いかもしれない。控え目に言っても、やつは子供の天敵だった。

子供のころ、わたしたちはよく路地で壘球をしていた。ルールは野球とおなじだが、いわゆる壘球《ソフトボール》とはちがい、やわらかいゴムボールをころがして、それを素手で打つ遊びだった。親指を人差し指の上にひっかけて付け根の部分をふくらませ、それでころがってくるボールをすくい上げるようにして打ち飛ばす。そのせいでわたしたちの利き腕はアスファルトに削り取られ、いつも傷だらけだった。

わたしたちが壘球をしていると、夕方ごろになってやっと起き出してきたような胖子が寝ぼけた顔でふらふら近づいてきて、出し抜けにボールを蹴飛ばしていくことがあった。そのせいでボールがなくなってしまったことも、一度や二度ではない。すれちがいざまに怒鳴られたり、頭をどやしつけられたこともある。午前十時に阿婆《アポ》の店のまえで、だらしなく地面にしゃがみこんで缶ビールを飲んでいるような大人だった。わたしたちはみんな胖子を軽蔑していたので、陰では彼のことを呼び捨てにしていた。明泉叔父さんとは厄介者どうし馬が合うらしく、中学のころからつるんでいる。一度だけ殴り合いの大喧嘩をしたことがあるそうだが、明泉叔父さんがでたらめを言ったのでなければ、インドの牛とアフリカの子供、生まれ変わるならどっち、という信じられないことに関する意見の不一致が原因だった。顔だけは映画スターの狄龍《ティ・ロン》ばりで、しかも明泉叔父さんによれば「多芸多才な一物」を天から授かっているらしい。そのせいで望まぬ妊娠をしてしまった女性は、胖子の父親の謝医師の手によって人知れず処理され、その事実は闇から闇へと葬《ほうむ》られた。

「あいつに落とせなかった女は後にも先にもひとりだけだったな」と、明泉叔父さんは言った。「むかしはあいつもあんなじゃなかったんだぞ。信じられないかもしれないけど、ひとりの女を一途《いちず》に想う紅顔の美少年だったたんだ。で、心《しん》から惚れた娘《こ》と高校を卒業してすぐ駆け落ちするはずだったたんだが、ものの見事にすっぽかされてな。あいつが女に対して不人情になったのはそれからさ」

「相手はどんな人だったの？」

おれたちの同級生さ、級長なんかやるような面白くもなんともねえ女だったたな——明泉叔父さんの声が先細りに消えてしまうと、わたしは無聊《ぶりょう》にまかせて小戦に尋ねてみた。

「おまえ、まだ鷹哥《イン兄さん》の仕事を手伝ってんのか？」

「くそ、いつになったらあんな車が買えるかわかりゃしねえ」小戦が舌打ちをした。「ああ、やってるよ。いまは主に借金の取り立てだ。おまえは？　ちゃんと勉強してんのか？　もうすぐ受験だろ」

「まだ四ヵ月ある」

やつがちらりと見やったのは、受験勉強をした形跡など微塵もないわたしの机だった。カセットテープや漫画、西洋哲学をかいつまんで紹介した本などが散乱している。

「こないだのやつはどうしてる？」と、話題を変えてきた。「学校をクビになったやつさ」

「雷威《レイウェイ》か？」わたしは肩をすくめた。「さあな、兵役に就いてるんじゃないか」

「おれのことをなんか言ってなかったか？」

「屁とも思ってないんじゃないかな」

それきり、話が途切れた。

祖父の一件からこっち、万事、どうにも力が入らないのだった。受験勉強をしようにも、文字や数式がざらついて目の滑りを妨げる。英単語のひとつひとつが何トンもの重さがある鉄塊と化し、目にするだにくたびれた。辛うじて読めるのは、ほんとうか嘘かわからない、正しく翻訳されているのかどうかも怪しい哲学書だけだった。ルネ・ジラールという人は、人間は暴力から手を切ることはできないと説いている。わたしたちにできるのは暴力を一ヵ所に限定すること、つまり全員でひとりの人間に暴力をむけることだけなのだ、と。こうしてひとりの聖なる犠牲者が出るかわりに、世界に秩序がもたらされる。そしてジャック・ラカンという人は、わたしたちは他人を模倣し、その欲望を取り入れることでしか、わたしたち自身になりえないと説く。

もし彼らの言い分が正しいとすれば、とわたしは思った。この世界から戦争がなくなることはないし、復讐の連鎖が途切れることもないな、だってわたしたちの街にはお手本となる復讐劇があふれているのだから。小説や映画や歌、そして年寄りたちが臨場感たっぷりに語り聞かせる昔話のなかに。

わたしは雨に煙る庭の連翹《れんぎょう》を眺めやった。

転校してわずか半年のあいだに、わたしはポケットに手を突っこみ、前かがみで歩く癖がついてしまった。鼻の先にニンジンをぶら下げた馬のように、不機嫌な空気がいつも顔のまえにぶら下がっていた。街で不良とすれちがっても、最後まで目をそらさなかった。そのせいで痛い目を見ることもあったが、わたしは気にしなかった。注意散漫、酔生夢死、無為徒食がすっかり板についていた。先月も学校の軍事訓練の授業でへまをやらかして、顔の半分を笑い事じゃ済まないくらい腫らしてしまった。小銃の分解、組み立ての際に銃口蓋《じゅうこうがい》をつけ忘れて教官にぶん殴られたのを皮切りに、立射《りっしゃ》のときに床尾《しょうび》をしっかり肩につけなかったものだから、発砲の反動で銃が馬のように跳ね上がり、頬を激しく打ってしまったのだ。一から十まで自業自得だった。

「なあ、死人を見たことあるか？」わたしは言った。

小戦は目を伏せ、煙草を一服した。なにをどう話したらよいものやら、考えあぐねているようだった。

「鷹哥についてりゃそのうちいやでも見ることになるさ。自分が先に殺されなきゃな。いや」と、首をふった。「おれは見たことないな」

「おれもだ」

わたしが顎をしゃくると、小戦は言わずもがなで煙草を一本ふり出してくれた。ブックマッチをはじいてつけてくれた火に、わたしはくわえた煙草を近づけた。

「あの日まではな」

「おまえはおれとちがって頭がいい」やつが言った。「ちゃんと勉強して大学に行けよ。おれみたいになったら、他人を踏みつけるか、他人に踏みつけられるかの人生しかねえぞ」

「大学に行ったところでそれはおなじだろ」

「それはちがうぜ。大学に行けばそういう環《わ》から抜け出せるかもしんねえ。踏みつけられてるやつをたすけることだってできるかもしんねえ。おなじ踏みつけるにしても、自分の足で直接踏みつける必要がなくなるしな」

わたしは黙って煙草をくゆらせた。

「べつにおまえのせいでじいさんが死んだわけじゃねえんだからよ。おれの知ってる台湾人のおばさんなんか娘を殺されて息子も事故で亡くしてるけど、毎日ちゃんと市場に野菜を売りに行ってるぜ」

「わかってるよ。でも、なんか――」

「じいさん、おまえのことを可愛がってたからな」

「ああ」

「憶えてるか、ガキのころ植物園の池で釣りをしてて竿を条子《おまわり》に取り上げられたことがあったろ？　で、ふたりで交番に忍びこんで取りかえそうとしたら――」

「ああ、見つかってさんざんぶたれたな」

「あんときのおまえのじいさんときたら」小戦が吹き出す。「あの条子を生きたまま食っちまいそうだったな。魚は人に釣られるためにいるんだ、とか言ってよ」

「みんなはもうまえに進んでる」わたしは最後にひと吸いして、煙草を空き缶でもみ消した。

「胸のなかにはいろいろあるんだろうけど、とにかくそう見える。ばあちゃんでさえまた麻雀をやりだした。でも、おれだけ……で、気がついたんだけど、家族のなかでおれだけ死人を見たことがなかったんだ。明泉叔父さんなんかガキのころ共産党が国民党の兵士を大きな鍋でぐつぐつ煮てるところを見たと言ってた。鍋をかきまわしてるやつがちょっとつついたら、肉が骨からズルッと剝がれたらしい」

「その話ならおれも聞いたことがあるぜ、あんなの――」

「ああ、法螺だ」わたしは笑ってみせた。「大丈夫、すぐにもとどおりになるさ」

小戦が煙草を空き缶に捨てるのと、部屋のドアが開くのと、ほとんど同時だった。父が顔を出して鼻をひくひくさせた。

「こんちは、おじさん」

「小戦、煙草を吸ってただろ」

「あ、いや――」

「悪さばかりしてるとひっぱたくぞ」それからわたしに目をむけ、「出かけるぞ、秋生《チョウシェン》」

「どこへ?」

「お狐様にお参りに行く」父が言った。「小戦も暇ならいっしょに来い」

中華商場は、中華路に沿ってえんえん一キロ以上南北にのびる鉄筋コンクリート三階建ての複合商業施設である。八座の棟からなり、それぞれの棟は八徳、すなわち忠、孝、仁、愛、信、義、和、平と名付けられている（ちなみに、日本ではこの八徳が仁、義、礼、智、忠、信、孝、悌となる。悌とは年長者に対して従順なこと）。横並びの店面は客の方向感覚をたぶらかす似たり寄ったりのつくりで、地元の者でさえ一度入った店に二度とたどり着けないことがしばしばだった。その灰色の通路に立つと、まるで合わせ鏡のなかにいるみたいに頭がくらくらした。一軒一軒小さく区切られた店には煮炊きのにおいが立ちこめ、いったいだれが買うんだというような洋服や古本やトロフィーや軍備品などを売っていた。店舗を住居として使用する家も点在した。そこでは裸同然の子供たちが通路を走りまわり、女たちが高笑いし、洗濯物が干され、年寄りたちが茶をすすりながら将棋を指したりしていた。うっかりそんな区画に足を踏み入れようものなら、住人たちの無表情な目に迎えられて落ち着かない気分を味わうことになる。どんなに天気のいい日でも、中華商場の上だけどんより曇っているような感じだった。もしもここを舞台に映画を撮るなら、うっかり迷いこんだ客を店の奥へと引きずりこみ、中華包丁でバラバラにするようなストーリーがぴったりだった。

祖父が数年前に借りあげたのはそんな中華商場の、まさに住居がひしめく一郭の、二階部分の店面だった。ずいぶん長いあいだ借り手がつかなかった場所で、それというのも夜中に黒い影を見ただの、だれもいないはずなのに麻雀をやる音が聞こえただの、白い服を着た女が立っていただのといった目撃談が相次いだせいだ。口さがないご近所さんによれば、むかしここに住んでいた一家の主がとんでもない博打《ばくち》狂いで、あげくに女房を質草にして勝ち目のない大勝負を挑み、その結果、女房を質受けするどころか、三代かかってもかえせないほど身代をすってしまい、夫婦もろとも首を吊ったためだった。ほら、ちょうどその梁にロープをかけてさ、ふたりして仲良くぶら下がっていたんだ、それからだよ、おかしなことが起こるようになったのは。おかげで、周囲の店も迷惑をこうむっていた。点心世界という大きな餃子屋などはちゃんと注意して調理をしているにもかかわらず、どうしても料理のなかにまで火がとおらないことがあり、生焼けの餃子を食わされた客がしょっちゅう文句を言っていた。

おあつらえむきの場所じゃないか！　なぜって、祖父がしようとしていたのは、まさに幽鬼を祀ることだったのだから。

幽鬼を祀るのは、台湾では珍しいことではない。土地公《とちこう》や菩薩や航海の守り神の媽祖《まそ》といった由緒正しい神仏を祀った廟は〝陽廟《びょう》〟と呼ばれ、人々はそこで香を焚《た》き、叩頭《こうとう》して、家内安全、満願成就、万事如意を祈願する。対して、『三国志』の武将関羽や、溺れている人を救うべく犠牲となった功徳のある犬などは死したのちに、つまり幽鬼となったのちに信仰の対象となった。ゆえに彼らを祀った廟は〝陰廟〟と呼ばれ、人々はそこで香を焚き、跪拝《きはい》して、等身大の祈りを捧げる。宝くじを当てさせてください、妻子ある男をわたしのものにしてください、どこそこの誰某を呪ってください。

陽廟におわします神々とはちがい、陰廟を仕切っている幽鬼たちは願いを叶えてやるかわりにきっちり見返りを求める。祈願時に約束した見返りが果たされないと、へそを曲げて仕返しに出るのだ。親分にまでのし上がったヤクザ者が黒塗りのベンツを自分の廟に乗りつけて札束をごっそり置いていった、などという話はどこでも聞くことができた。祖父のしつらえた神棚が陰廟のカテゴリーだということは言うまでもない。

中華商場の住人たちはよろこんだ。災い転じて福となすとはこのことだ。それまで悪さをしていた幽鬼を祖父のお狐様が駆逐しただけでなく、ふらりと立ち寄った参拝客が落としていく金で商売にも多少の潤いが出るようになった。点心世界の餃子にはちゃんと火がとおり、客たちは親指を立ててその味を褒めた。

はじめのうち、祖母は夫がまたそんな阿呆なことに大枚をはたいたことを嘆き悲しみ、小梅《シャオメイ》叔母さんもおなじ理由で激怒したが、黄健忠《ファンジェンジョン》医師の犬の一件があってからは、ふたりとも進んで神棚の運営を手伝うようになった。つまり暇なときにやってきては掃除をしたり、線香や紙銭《しせん》を売ったり、喜捨《きしゃ》をちょろまかして派手な服を買ったりした。正味の話、ただの神棚が狐狸《こり》廟という異名で呼ばれるようになったのも、そのころからである。

黄健忠医師は三軍総医院の外科医で、大の犬好きだった。当時台湾ではまだ珍しかったドーベルマンを飼っていたが、それは映画の『ドーベルマン・ギャング』が封切られる数年前のことである。そのドーベルマンがあるときいなくなった。途方に暮れた黄医師は方々に手を尽くし、占い師に教えを乞《こ》い、求神拝仏して愛犬の行方を探った。彼がどこでお狐様のことを聞きつけたのかは知らないが、ある五月のよく晴れた月曜日の朝、憔悴《しょうすい》しきった顔でふらりとあらわれた。目の下に黒々とした隈《くま》をつくり、すっかり打ちのめされていた。神棚ができて二、三年後のことだったので、一九六九年か七〇年だったはずだ。

怠け者で失業中だった明泉叔父さんは、そのときも神棚の番をさせられていた。その明泉叔父さんが言うことには、黄医師はもし犬が見つかるなら十万元出しても惜しくないとはっきり口に出して誓ったそうだ。高校教師だったわたしの父の月収が五千元だったことを思えば、これはべらぼうな額と言わざるを得ない。しかし、犬を飼う人は往々にしてそういうものなのだ。黄医師は誘拐された息子の身代金を払うくらいの意気込みだったにちがいない。

それからふた月ほどが経ったある日の夕刻、黄医師がまたやつれ顔を見せた。今度は脚にギプスをはめ、松葉杖をついていた。そして長々とお狐様に胸のうちを明かしたあとで、懐から分厚い封筒を取り出して明泉叔父さんに差し出した。十万元が入っていた。もしもそのとき小梅叔母さんがふらりと立ち寄っていなければ、明泉叔父さんはこの金をネコババし、わたしたちには事の真相はわからずじまいになったはずだ。不審に思った小梅叔母さんが理由を尋ねた。

「あのあと、わたしの犬は見つかりました」お狐様に言い訳をするかのように、黄医師は弱々しく両手を広げた。「すぐにお礼にあがるべきだったのですが、なにぶん仕事が忙しくて」

黄医師がはじめてお狐様に参ってから五日後のことだった。ドーベルマンはいなくなったときとおなじようにふらりと帰ってきたそうだ。犬は足取りも軽くマンションに駆けこみ、管理人の呼びかけにわんと応え、エレベーターに乗り、十二階で降り、家の呼び鈴を鳴らし、応対に出てきた黄医師に飛びかかって顔をぺろぺろ舐《な》めたという。

「ああ、よかった、心からそう思いましたよ！　でも、まさかあんなことになるなんて……」

黄医師と犬はひと月ほど波風のない充実した時間を過ごしたが、事態は彼の家の台所が水漏れしたことで急転直下の動きを見せた。修理にやってきた配管工が帰ってしまうと、またしても犬がいなくなってしまったのだ。黄医師は胸騒ぎを覚えた。配管工たちは評判のよい万屋《よろずや》だったが、外省人、しかも広東人だということはだれもが知るところだった。

「おたくは本省人ですか？」

「いえ、山東です」

「ああ、山東ですか！」黄医師は小梅叔母さんにむかって手をふりまわした。「だったらわかりますよね、どんなに正直者でも広東人は広東人ですからな！」

それだけで、小梅叔母さんと明泉叔父さんにはすっかり事情が呑みこめた。こんな言い回しがある。広東人は饅頭《マントウ》を恐れ、饅頭は山東人を恐れ、山東人は犬を恐れ、犬は広東人を恐れる。なぜ恐れるのか？　広東人が饅頭を恐れるのはたんに口に合わないからだが、犬が広東人を恐れるのは、広東人が犬を食べてしまうからだ。

「わたしが万屋に乗りこんだとき、やつらはうちの犬でこしらえた火鍋をつついてましたよ！　やつらはちがうと言い張りましたがね、犬肉のにおいは間違えようがありませんよ！」

明泉叔父さんがうなずき、自分も軍隊にいたときに食ったことがある、あのときは近所の赤犬を捕まえてきて銃殺にしたのだがいまだに忘れられない味だ、と忌憚《きたん》のない意見を述べると、黄医師がわっと泣き崩れた。

「でも、それならなぜいまになってお金を？」小梅叔母さんが当然の質問をした。「犬は死んだんですよね？」

「それからは不運つづきですよ」黄医師は松葉杖で右脚のギプスをコンコンとたたき、「脚は折るし、手術は失敗して患者を死なせるし。これはおかしいということで偉い坊さんのところへ行ったら、わたしに狐の霊が憑《つ》いていると言うじゃありませんか！」

祖父が亡くなってからというもの、狐狸廟のシャッターは下ろされ、鍵がかけられていた。

父が解錠してシャッターを押し上げると、神棚にわだかまっていた黒い影が光から逃れるように散っていった。風が吹きこみ、白い光のなかで塵芥《じんかい》が舞った。古い蜘蛛の巣が煙のように揺らめいた。

父はわたしと小戦に命じて徹底的に掃除をさせた。ヤクザ者は信心深いので、小戦は一心不乱に働いた。わたしたちは黴臭《かびくさ》い空気を胸いっぱいに吸いこみ、一丸となって狐狸廟を隅々までぴかぴかにした。心をこめて色鮮やかな神棚を磨きあげた。それから、紙銭をどんどん燃やした。

火柱の立つ一斗缶に紙銭を放りこみながら、めいめいが祖父に言葉をかけた。父さん、九泉《あの世》で鬼どもにいじめられたらこの金で勘弁してもらってください、こっちのことは大丈夫、心配しないで、じいちゃん、これで冥土でも床屋に行けるよな、可愛い女鬼がいるといいな、葉爺爺《イエじいさん》、おれは小戦です、おれも犯人のことを調べてるんだぜ、なんかわかったら秋生に知らせるからな、父さん、こっちはみんな変わりありません、明泉は中山北路で真面目にマンションの管理人をやってるよ、小梅は編集長に昇進しました、宇文《ユイウエン》が腕を骨折したのは知ってるよね、治るまで船に乗れないからいま迪化街の店に住んでます、じいちゃん、ばあちゃんは今日龐奶奶《パンばあさん》のところに麻雀に行ってるぜ、大丈夫、おれがちゃんとそばにいるからさ、南無阿弥陀仏、南無阿弥陀仏

——

「よし」と、父が洗われたようなすがすがしい声で言った。「お狐様に参って帰るぞ」

わたしたちは線香をともし、神棚にむかって三拝九拝した。

わたしは真剣に祈った。もし犯人に法の裁きを受けさせることができるなら、心を入れかえて

勉学に励み、いい大学へ入り、立派な大人になります、お狐様、どうか犯人にしかるべき報いを、そのかわりぼくがお金持ちになったら、こんな狭苦しいところじゃなく、ちゃんとした廟を建てさせていただきますから、どうか、どうか！

父と別れたあと、わたしと小戦は中華商場に数軒あるレコード屋へ足を運んだ。わたしは六十分のカセットテープを購入し、客を客とも思わない店員に録音してほしい曲目を書いた紙を渡した。こういう店では売り物のレコードを使って、客の好みに合わせて精選集《ベスト版》をつくってくれる。小戦はつまらなそうにレコードをめくっていた。

「あと一曲いけるよ」

吻合唱団《キッス》のTシャツを着た横柄な店員は、わたしが最後の選曲をするあいだ、いらいらしながら待っていた。収銀台《カウンター》のなかの彼は、食べかけの弁当に戻りたくてしようがなかったのだ。わたしがついに老鷲合唱団《イーグルス》の《Desperado》にしますと告げると、眉を持ち上げ、大きくうなずき、丁寧な字でリストのいちばん下に曲名を書き入れてくれた。

レコード店を出たわたしたちは映画を観ようか、それともビリヤードをしようか、はたまた最近ブームになっているブロック崩しでもやろうかと言い合いながら雨の西門町をぶらついた。遊戯場にはくわえ煙草でテレビゲームに群がる屈強な小学生がたくさんいた。わたしたちを見ると小銭をねだってきたので、小戦がこいつらの頭をひとつひとつどついて恨みを買った。真善美劇院のまえで、両脚のない男が香りのよい玉蘭花や芝蘭口香糖《チクレットガム》を地べたにならべて売っていた。こうした物売りの背後にはヤクザがいて、売上げをピンハネしていると言われていた。

不意に小戦が立ち止まり、物売りのまえにしゃがむ。ガムでもほしいのかなと思っていると、無造作に愛国宝くじを数枚購入し、ひと言の説明もなくまた歩きだした。

「おい、宝くじなんか買ってどうすんだ？」

「人助けさ、おれはいつもあの物売りからなにか買うことにしてんだ」

「でも、宝くじなんか買ったことないだろ？」

わたしたちは広州街へむかってとぼとぼ歩いた。

お狐様はな、ちゃんと努力した者にだけ一臂《いっぴ》の力を貸してくださるんだ。いつだったか、祖父がそう言っていた。努力をせんかったら神頼みなぞしても意味がないぞ、お狐様が分けてくれるのはほんのちょっとした運なんだからな。

じいちゃんの言うとおりだ、とわたしは思った。おれもそろそろ本腰を入れて受験勉強をしたほうがよさそうだな、だってまずはこっちからやる気を見せなきゃ、お狐様だっておれのお祈りが本気かどうかわからないじゃないか。

「おい」ふと思い立って、尋ねてみた。「おまえ、さっきなにを祈ったんだ？」

小戦はわたしと目を合わせようとせず、頑《かたく》なにまえだけを見ていた。雨は降りつづいていた。

「宝くじが当たりますようにって祈ったんだろ」

「…………」

「うちのじいちゃんのお参りに来てんのに、胖子の車のことを考えてたな！」

小南門のところで小戦と別れ、わたしは家に帰ってベッドに寝そべり、天井を見上げた。

もしかすると祖父の死は、わたしが思うほど深刻なものではないのかもしれない。毎日どこかでだれかが不幸な死に方をしている。それでも人々は相変わらず宝くじのことを考えたり、映画を観たり、レコードを聴いたり、失踪犬にかまけたりしている。

そうやって日々は過ぎてゆく。

わたしは勉強机に散乱したガラクタを片づけ、ひさしぶりに参考書の類を開いた。真剣に大学受験のことを考えれば、わたしにはもうあまり時間が残されていなかった。

第四章　火の鳥に乗って幽霊と遭遇する

そのときの宝くじがほんとうに当選してしまうのだから、人生はわからない。

学校帰りにバスを待っていると、粋がったオレンジ色のスポーツカーがタイヤを軋《きし》らせて走ってきたのだった。車はまっすぐわたしにむかって突進してきた。とっさに歩道に跳びすさったからよかったようなものの、さもなければ轢《ひ》かれてしまうところだった。後輪を滑らせた車は、わたしから五センチのところにピタリと停まった。

バス停にいた学生たちが色めき立った。低くて凶暴なエンジン音は、まるでボンネットいっぱいに描かれた黒い鳥が吠えているかのようだった。銀色のラジエーターグリルがビリビリふるえている。胖子《パンズ》のとおなじ車だ。

わたしは肩にかけた学生鞄をアスファルトにたたきつけ、運転席の人影をにらみつけた。胖子のようなハッタリ屋が乗っているにちがいない。受験まで二ヵ月を切っており、ここでもめ事を起こすのは得策じゃないとわかってはいたが、もめ事というものはいつだってこちらの都合などおかまいなしなのだ。

問題は相手の心当たりがまったくないことだった。この二ヵ月に関して言えば、わたしはだれかにつけ狙われるような真似をいっさい控えていた。不良と見れば目をそらし、参考書に顔をうずめた。制服のボタンをきちんと留め、バスのなかでは年寄りに席を譲りさえした。わたしは本気でお狐様との約束を守ろうとしていたのだ。

「おい！」

車のなかの男が呼ばわり、わたしは学生鞄の肩紐を握りしめた。もう定規刀は入っていなかったが、かわりに重い辞書が入っている。男がいちゃもんをつけてきたら、この鞄をふりまわして顔面を殴ってやろうと思った。

「おい！」運転席から体をのばして助手席のドアを押し開けたのは、なんと趙戦雄《ジャオジャンション》だった。

「乗れよ、秋生《チョウシェン》」

「おまえ、この車……」わたしは小戦《シャオジャン》と車をかわるがわる見た。「謝《シィエ》胖子のとおなじじゃないか……おまえ、どうしたんだ、これ？」

「胖子から買ったんだ」

「はあ？」

「車んなかで話そうぜ」我が友がじれったそうに手招きをした。「いいから乗れって」

わたしがおたおたと車にもぐりこむと、小戦はシフトレバーをしかるべきポジションにたたきこみ、いきなりアクセルペダルをべた踏みにした。エンジンが吠え、排気筒が火を噴く。それはまるでオレンジ色の弾丸だった。五秒で時速八十キロを突破し、助手席の背に押しつけられたわたしはシートベルトを探しまくった。

うおおおお、すげえや！

フロントガラスに映る街並みが矢印のようにすぼまってゆく。道端の杜鵑花《つつじ》がつぎつぎに舞い上がり、首をのばしてわたしたちを見送る学生たちがあっという間に花吹雪に隠れた。

いっしょに祖父のお参りをして以来、小戦とこうして会うのはおよそ二ヵ月ぶりだった。聞けば一枚十元の愛国宝くじが三十万元に化けたとのこと。わたしが心を入れかえて勉学にいそしんでいたこの二ヵ月のあいだに、やつはこっそり自動車学校にも通ったという。

「しっかし新聞の当選発表を見たときは目を疑ったぜ！」小戦はすっかりやにさがっていた。「どうせあぶく銭だからパアッと使っちまおうと思ったわけさ」

「胖子に車を売ってくれって言いに行ったのか？」

「どこでこんな車が買えるのか訊きに行ったんだ。そしたら人を小馬鹿にしたように『そんなことを訊いてどうする？　おまえなんざ一生働いても買えないぞ、このチンピラめ』ときやがったわけさ。だからおれはポケットからぶっとい札束をひっぱり出して、これでもか！　てな感じで、野郎の鼻面に突きつけてやったわけよ。あのときの胖子の顔を見せてやりたかったぜ。腹をすかせた犬みたいによ、いまにもベロを出して涎《よだれ》を垂らしそうな面をしてやがった。『どうしたんだ、その金？』って訊きやがるから、そんなことはおまえの知ったこっちゃねえって言ってやったよ。そしたらあの馬鹿、おれが鷹哥《イン兄さん》の右腕かなんかに昇進したんだと勝手に思いこみやがった。掌をかえしたようにへいこらするわけさ。で、もしよかったら自分のこの車を売ってやろうかと持ちかけられたわけよ」

「いくらだったんだ？」

「はじめは四十万ってふっかけてきやがった」

「胖子はもう二年くらいこの車に乗ってるぞ」

「だから、まず走行距離を確認したんだ。そしたらもう六万キロくらい走ってたから、これじゃせいぜい十万だと言ってやった。『そりゃないぜ、小戦、この車を知らねえのか？　龐蒂克火鳥《ポンティアック・ファイヤーバード》だぜ』。そこでおれもピンときた。ははーん、この野郎、金が入用だな。で、値切りに値切って最終的に十四万七千で折り合ったってわけさ」

「三十万当たったんだろ？　残りは？」

「お袋に十万ほど渡したら、おれの足に頭をこすりつけて感謝されたよ」

「つまり……」

「ああ」その顔に笑みが広がる。「まだ五万以上残ってるぜ」

「やったぜ、小戦！」わたしは、ホウ、ホウ、と奇声をあげてダッシュボードをたたいた。「おまえはやる男だと思ってたぜ！」

「小戦哥《兄さん》と呼べ！」

「小戦哥！」

呵々大笑した小戦がアクセルペダルをあおると、ファイヤーバードが忠実な番犬のように吠えてまわりの車を戦慄させた。信号にひっかかるたびにわたしたちはとなりの車にレースを挑んだが、だれものってこなかった。わたしたちが住んでいるのは台北であって、加州《カリフォルニア》ではない。窓を下げて女の子に声をかけるなんて言語道断だった。そんなことをすれば、たとえだれも殴りかかってこなくても、わたしたちはひどい自己嫌悪を味わうことになるだろう。見ず知らずの男の車に乗る女の子がいるなんて到底思えなかったし、そんなことは頭をかすめもしなかった。

とどのつまり、一九七六年だったのである。

それでもラジオはＡＦＮ《米軍放送》をバッチリひろい、ファイヤーバードは海灘男孩《ザ・ビーチボーイズ》のゴキゲンなサウンドをまき散らしながら街中を飛びまわった。わたしたちは信号が青に変わるや猛烈な勢いで飛び出し、ルームミラーのなかで小さくなってゆく後続車に思うさま罵声《ばせい》を浴びせた。バスのまえに割りこんでクラクションをぶつけられては、シートの上でころげまわって笑った。中山北路を爆走し、夜市の準備に忙しい士林を徘徊した。

世界はファイヤーバードとそれ以外に分離し、わたしたちはそのいちばんまえをぐんぐん疾走していた。

いつしか街は暮色に染まり、行き交う車のヘッドライトが点りはじめた。わたしたちは帰宅ラッシュを逃れて、郊外へと車を走らせた。車の流れがまばらになってくると、まっすぐだった道がうねりだし、やがて九十九折《つづらおり》の勾配が迫ってきた。小戦はステアリングを抱えて右に左に体を倒しながら、連続するカーブと格闘した。

陽明山の杜鵑花はすでに盛りを過ぎていたし、わたしは、はしゃぎすぎたあとのあの沈みこんでゆくような虚無に囚《とら》われていた。

「スピードを落とせ、死にたいのか」

わたしのぶっきらぼうな物言いに、小戦は素直に従った。虚無というものは、伝染するのである。

気流に乗って漂う鳥のように、車はゆっくりと坂道をのぼっていった。てっぺんの駐車場まで来ると、小戦はファイヤーバードの鼻面を台北の夜景にむけて停めた。ほかに車はなく、ヘッドライトが消されると、遅咲きの杜鵑花が闇に塗りこめられ、フロントガラスに街の灯が冷たく浮かびあがった。車の流れや刻々と変化するネオン、ビル、夜市のきらびやかな明かりなどが眼下に望めた。ラジオからはわたしの知らない、もの悲しい歌が流れていた。

小戦が煙草に火をつけた。

「警察はなにか言ってきたか？」

わたしはかぶりをふった。

事件発生からもうすぐ一年が経とうとしていた。はじめのうちはちょくちょく警察署へ赴いていた父も、のらりくらりと言い逃ればかりする周警官に嫌気がさし、しだいに足が遠のいていった。周警官は、こういうことは焦ってはいけない、怨恨がらみならいつかかならず犯人にたどり着けるし、捜査はちゃんと進展している、たとえ法の網から逃れようとも閻魔大王はごまかされないなどと、なんの慰めにもならないうえに捜査にも行き詰っていることをほのめかすばかりだった。これが台湾の警察だ、と憤懣やるかたない父が言った。あいつらにできることなんて被害者の幽霊が夢枕に立って、わしを殺したのはあいつじゃ、と教えてくれるのを待つことだけさ。

「シケた顔すんな」小戦が明るく言った。「腹減ったな。金はあるんだ、パアッといこうぜ。萬華で女でも買うか？　おまえ、まだだろ？」

「おまえ、お狐様にちゃんとお返しはしたのか？」

「おれはいつもあの脚のない男から宝くじを買ってるんだ。あの日はじめて買ったわけじゃねえ」

「だからお狐様は関係ないと言いたいのか？」

小戦が肩をすくめた。

そこでわたしは黄健忠《ファンジェンジョン》医師のドーベルマンの一件を重々話して聞かせただけでなく、明泉《ミンチュエン》叔父さんの友達のことまで持ち出して脅しをかけた。愛国宝くじに当選した金で食堂をはじめたまではよかったが、その男の女房が店の従業員とデキてしまい、売上げをネコババして高飛びしてしまったのだ。

「こんなのはまだ序の口だぞ、去年の話なんだがな――」

わたしは声を落とし、だめ押しに怪談話をでっち上げてやった。うちの狐狸廟に商売繁盛を祈願した男がいたんだ、するとあっという間に商売が軌道に乗って金がガッポガッポ入ってくるようになったんだけど、その男もおまえみたいにお返しをおろそかにしたんだよ、そしたらどうなったと思う？　体中に謎のブツブツができちゃったんだよ！　どんなって、とにかくいやらしいブツブツさ、つぶれたらくさい膿《うみ》が出るようなやつだよ、その人はずっと栄民総医院で治療を受けてたんだけど、ぜんぜん治らないんだなこれが、で、先週だったかな、ほら、陳《チェン》家の毛毛《マオマオ》がいま栄総で看護婦をやってるだろ、彼女が言ってたんだけど、ブツブツが喉の奥にまでびっしりできちゃって、とうとう呼吸ができなくなって死んでしまったんだってよ。

喉がいがらっぽくなってきたのか、小戦は何度も唾を呑みこんだ。

「つまりな、いいことがあったときほど用心しなきゃならないんだ。自分ひとりの力で幸運を手繰り寄せたなんて思い上がっちゃだめだぞ。その幸せがいったいだれのおかげなのかを常に心に刻んでおけってことさ」

いっぺんに落ち着きをなくした趙戦雄は煙草をスパスパ吹かした。喉の奥にできたブツブツを焼き払おうという魂胆にちがいない。暗闇のなかでも目が泳いでいるのがわかった。その狼狽ぶりたるや、抱きしめてやりたくなるほどだった。理由もなく背後を気にしたりした。お狐様が借金の取り立てに来やしないかとびくついているのだ。小学校三年生のとき、わたしと小戦は毛毛に屋外便所に連れこまれたことがある。わたしたちより二学年上の毛毛は長い髪を顔のまえに垂らし、喉の奥から絞り出すような声でうーうーうなりながら幽霊のふりをしたのだが、小戦はまるで噴水のようにおしっこを漏らしてわたしたちを驚愕させたものだった。

「あのさ、まだ間に合うかな……」その声はすっかり裏返っていた。「おれ、べつにいつお返しに行くとか約束してないし」

「それはおまえのお祈りしだいだな」わたしはぴしゃりと言ってやった。「願いを叶えてもらったら、どんなお礼をするってお狐様に約束したんだ？」

「裸踊りでもなんでもします、って」

「うわ、なんでもしますって言っちゃったの？」

「な、なんだよ……」

「だとしたら、裸踊りだけじゃ済まないかもしれないぞ」

「けど、もう二ヵ月も経ってんだぞ」

「だったらこのまま様子をみてみようぜ」

「………」

「まあ、なにも起こらないとは思うけどね」わたしは、気がかりではあるがおまえにその気がないのならおれにはどうすることもできない、という感じで肩をすくめた。「迷信だよ迷信。でも、三十万元ぶんの不幸ってどんなかなあ？　それだけ出せばおまえのところの鷹哥なら人を殺すんじゃないか？」

小戦がぶるっと身震いし、脂汗が頰を流れ落ちた。よせばいいのに、わたしは「こういう話をしていると、ほんとうに寄って来ちゃうんだよな」とかなんとか言わずにいられなかった。

小戦は声をたてて笑ったが、半分泣いているような声だった。ふるえる手でエンジンをかけると、押し黙ったまま車を方向転換させて山を下りはじめた。

「狐狸廟へ行くのか？」

やつは口をへの字に結び、ヘッドライトに浮かびあがるアスファルト道をにらみつけていた。ステアリングを切り盛りしながら、指の爪をガリガリ嚙みはじめる。いまさらながら裸踊りと三十万元ぶんの不幸を天秤にかけて、後者のほうがうんと重たいことに気づいてしまったような顔をしていた。そしてとうとう、南無阿弥陀仏、南無阿弥陀仏、とぶつぶつ唱えだした。

「冗談だよ、冗談」わたしはやつの肩口に軽くパンチを入れた。「悪いことなんか起こらないって。だいたい中華商場で裸踊りなんかやったら警察に捕まるぞ」

しかし小戦の魂はすでにお狐様のみならず、あらゆる牛鬼蛇神《ぎゅうきだしん》に苛《さいな》まれていたので、わたしの言うことなど耳に入らない様子だった。

曲がりくねった山道をなかばほどまで下りたとき、不意に背後から光が射しこみ、ルームミラーにふたつのヘッドライトが忽然《こつぜん》とあらわれた。

「来た！」小戦がぴょんと跳ね上がり、車が蛇行した。「くそ、来やがった！」

「あわてるな、ただの車だ！」わたしは我が身可愛さに叫んだ。「嘘だよ、さっき言ったのはみんな嘘だから！」

　小戦はステアリングを抱き、まえのめりになって車を走らせた。センターラインが古時計の振り子みたいに左右にぶれる。

「たのむから落ち着いてくれ！」

　首をねじってリアウィンドウをふりかえると、流れる靄《もや》を突き破ってギラつくヘッドライトが飛び出してきた。エンジンの音が轟《とどろ》き、つぎの瞬間、後続の黒い車がわたしたちの横にならんだ。ボンネットの先っぽに賓士《ベンツ》のエンブレムが見えた。ベンツなんか金持ちの年寄りが乗る車だと思っていたけど、その加速たるや相当なものだった。

　しかし、感心している場合ではない。わたしたちと相手は道幅をいっぱいに使って並走したが、それでも十センチと離れていなかった。スピードメーターに目を走らせると六十五キロ出ている。こんな山道でこのスピードは自殺行為だ。クラッシュして宙を舞うＦ１カーが眼間《まなかい》に揺れた。この年の八月にはＦ１レーサーの尼基労達《ニキ・ラウダ》が事故って全身焼けただれてしまうのだが、このときはまだ五月で、わたしもニキ・ラウダも行く手に待ち受ける暗雲のことなど露知らなかった。

　臆した小戦の足がアクセルペダルから離れ、ファイヤーバードが下がる。すると相手もスピードを落として、またぞろならんできた。

　わたしは目をこすった。その車の後部座席の窓から突き出ているのは、わたしの見間違いでなければ、丸々とした人の尻だった。

　ベンツは後部座席からケツを出して走っていた！

助手席から頭を突き出した男が、笑いながらわたしたちにむかってなにか叫ぶ。聞き取れはしなかったが、心温まるようなことではなかった。そいつが困り果てたような顔をつくって後部座席の尻をぴしゃぴしゃたたくと、尻が身悶《みもだ》えした。正真正銘、本物の尻なのだ。加速してわたしたちを抜き去るとき、助手席の男がゲラゲラ笑いながらバイバイという感じで手をふった。小戦がその気になれば、あの尻に触れることもできただろう。尻は小戦の顔の真横を優雅に流れていった。

それで小戦がぶち切れた。目が吊り上がり、口をゆがめて舌打ちをした。いまさっきまで暗闇におびえていたのがまるで別人のようだった。幽霊にはコケにされても仕方ないが、人間ごときにコケにされてたまるかという決意が全身にみなぎっていた。素早くシフトレバーをチェンジすると、アクセルペダルをぐいっと踏みこんだ。エンジンがボンッと鼓動し、スピードメーターの赤い針が一気に跳ね上がる。排気筒が爆発し、ファイヤーバードが炎の翼を広げた。わたしはシートの背に押しつけられた。ヘッドライトがハイビームに切りかわる。火の鳥はアスファルト道を溶かしながら、闇の先に見え隠れするベンツの赤いテールランプを猛追した。

そのはずだった。

わたしは「スピードを落とせ、やめろ、どうしてもやるならおれを降ろしてからにしてくれ」と叫ぼうとして口を大きく開けたのだが、実際に声に出して言ったのは「あれ？　どうしたんだ？」だった。

「くそったれ！」小戦はシフトレバーを入れなおし、アクセルペダルをベタベタ踏みまくった。

「どうしたんだ、このポンコツ⁉」

が、どんなに脅そうがすかそうが、ファイヤーバードは慣性の法則にのっとってころころと進むだけで、自分から翔《と》び立つつもりは毛頭ないらしかった。やがて道の真ん中で完全に停止してしまうと、ご主人様に殴られようがののしられようが、うんともすんとも言わなくなってしまった。

ヘッドライトのなかを白い煙が流れ、まるでオチのないジョークを聞かされたときのような、いたたまれない空気が車内に満ちた。笑ったらいいのか、腹を立てたらいいのか、わからなかった。せっかく臆病なところをさらけ出さずに済んだので、わたしは強がってみることにした。

「なにやってんだよ、小戦、あいつら行っちまうぞ！」

「うるせえ！」こっちは強がりなどではなく、怒り心頭に発していた。「おれのせいかよ、ああ⁉」

「いや、そうは言ってないけど」

「あんなやつらにコケにされてたまるかよ！」

「そうだ、そうだ」と相槌《あいづち》を打つほか、わたしになにができただろう。「この車を改造してもっとスピードが出るようにしようぜ」

おれはもう乗らないけどね、というひと言はそっと胸にしまっておいた。

ドアを蹴り開けて車を降りると、小戦はボンネットを押し上げた。白い煙があふれ、逆さになった黒い火の鳥がフロントガラスをふさいだ。エンジンルームをガチャガチャひっかきまわす音を聞きながら、わたしは助手席の窓から夜空を見上げた。

月は見えなかったが、稜線の彼方は降るような星空だった。

それがなんだかひどく懐かしく、わけもなく泣きたくなった。こんなふうに星空を見上げるのは、ほんとうにひさしぶりだった。

むかし、夕飯のあとでよく祖父といっしょに植物園へ体操をしに出かけた。中腰になって腕をぶらぶらさせたり、鉄柵に足をのせてストレッチをしたり。そのなかに足を蹴る運動があった。靴を脱ぎ、鉄柵に摑まって足を蹴り上げるだけなのだが、あるとき、調子づいたわたしは誤って鉄柵を思い切り蹴飛ばしてしまった。あまりの痛さに地面にひっくりかえってのたうちまわっていると、祖父が怒鳴った。気をつけろと言っただろうが、自分のせいだからどうしようもないぞ！　病院には行かなかったけど、たぶん左足の小指が折れていたと思う。わたしの足は数ヵ月痛んだ。歩くことすらままならないほどだった。祖父は打撲に効くという精油を、わたしの足にすりこみつづけた。いつの間にか痛みはとれ、歩けるようにもなったが、いまでも左足の小指は思うように曲がらない。

あのとき、痛みをこらえて見上げた夜空にも、星がひとつだけまたたいていた。

どうしようもないことはどうしようもない、わからないものはわからない、解決できない問題は解決できない。それでもじっと我慢をしていれば、その出来事はいずれわたしたちのなかで痛みを抜き取られ、修復不能のままうずもれてゆく。そしてわたしたちを守る翡翠となる。

そうだろ、じいちゃん？

「お手上げだ」小戦が戻ってきて言った。「どっこもおかしいところが見あたらねえ」

念のためにエンジンをかけてみると、ちゃんとかかった。ファイヤーバードは従順で、すぐにでも翔びたそうに車体をふるわせた。ウィンカーもちゃんと点くし、ワイパーだって動く。

　わたしたちは顔を見合わせた。

「たぶん……」

「言うな」

「おまえが飛ばしすぎてたから、お狐様が守ってくれたんだ」わたしは分別を説いた。「おまえはお狐様の獲物だからな」

　小戦が舌打ちをした。

　わたしたちはふたたび走りだしたが、どれほども行かないうちにヘッドライトが散乱したガラス片を照らし出した。アスファルトに刻みこまれたスリップ痕は道路をはみ出していたが、その先はちょっとした断崖だった。小戦は慎重にステアリングをさばいた。九十九折のカーブを曲がると、今度はバンパーとタイヤのホイールキャップが落ちていた。道路が油と砂で汚れている。スリップ痕のあったカーブはこの道の真上だ。わたしたちはさらにスピードを落とし、ゆっくりとつぎのカーブを曲がって折り返した。しばらく行くと、先ほどのベンツが死んだ魚みたいにひっくりかえっていた。

　小戦が車を停め、わたしたちは外に出て山の斜面にへばりついている道路を見上げた。道はソフトクリームみたいに螺旋《らせん》を描き、山頂へむかってのびていた。

「あそこだ」と、小戦が最初にスリップ痕を発見したカーブを指さした。「あそこから階段みたいに落っこちたんだ」

　わたしたちは途方に暮れて立ち尽くした。ただちに救助に駆けつけるべきなのはわかっていたが、あの高さから落下して命などあるはずがない。酸鼻な光景を想像して、足がすくんだ。

「おれは救急車を呼んでくるから、おまえは様子を見てこい」わたしは意を決して言った。

「いや、おれが救急車を呼んでくるから、おまえが様子を見てこい」小戦は断固としてゆずらなかった。「おまえは車を運転できねえだろうが」

猛然と走り去るファイヤーバードの後塵《こうじん》を見送りながら、わたしは小戦がこのまま戻ってこないのではないかと空恐ろしくなった。事故車のほうにむかいかけては立ち止まり、おなじ場所で行きつ戻りつした。

「おーい」

おずおずと声をかけてみたのだが、自分の声の心もとなさに我ながらうんざりしてしまった。そこで邪念をふり払い、とにかく腹を見せているベンツのほうへ駆け寄った。

「おい、大丈夫か！」

無残なことになっていた。

すくなくとも三度の落下で地面にたたきつけられていたので、車軸がよじれ、ルーフはつぶれ、窓ガラスは一枚残らず粉々に割れていた。車体はまるでくしゃくしゃに丸められた折り紙のようだった。削り取られたセンターラインは、ひっくりかえった車が横滑りしてゆく様をまざまざとわたしに見せた。ガードレールにぶつかって止まっていたが、九十九折の山道のこの場所にだけガードレールを設置するとは、台北市政府はいったいどういう料簡なのだろう？　道路沿いにくまなくガードレールを設けてさえいれば、このベンツもここまで落ちてくることはなかったはずだ。だからこそわたしたちは、市政府を信用もしなければ尊敬もできないのである。

ガソリンがアスファルトに漏れ出し、そのすぐそばでなにかの配線がバチバチ火花を散らしている。このような場面は幾度となく映画で観ていたので、この火花がガソリンに引火して大爆発を引き起こすのは必至に思えた。火花を散らす配線を素手でひっ摑むと、わたしは力まかせにそれをひっこぬいた。火花の滴《しずく》がガソリンの上に垂れたが、炎上するようなことはなく、わたしは手に火傷《やけど》すら負わなかった。

「大丈夫か！」

地面に伏せ、車のなかに声をかける。運転席と助手席の男は天と地がひっくりかえったかっこうで屋根に押しつけられていた。わたしは肘で割れ残った窓ガラスをたたき落とし、車内に上体をもぐりこませて、まずは助手席の男を引きずり出してやった。わたしにバイバイと手をふった男だが、もしかするとあれはわたしをコケにしていたのではなく、今生の別れのつもりで手をふったのかもしれない。

「しっかりしろ、すぐに救急車が来るからな！」

男の鼻孔から血がどろりと流れ出た。あちこちにぶつけたであろう顔は黒く変色し、頭からも流血している。わたしは彼を引きずってガソリンから遠ざけ、アスファルトに横たえた。意識がないので、頭を打ったのかもしれない。だとすれば、下手に動かさないほうがいい。

事故車にとってかえし、後部座席から尻出し男をひっぱり出す。なかなか剽悍《ひょうかん》な顔立ちの若者で、二十五歳くらいに見えた。ズボンは膝まで脱げており、出しっぱなしの尻は奇跡的にかすり傷ひとつない。苦痛に顔をゆがめ、意識も混濁《こんだく》していたが、とにもかくにも生きて呼吸はしていたので、わたしはホッとした。夢うつつともつかないような半眼で、やめろ、そんなものをここで出すな、早く隠せ、とうわ言を言っていた。わたしは、おまえが早く尻を隠せ、この馬鹿野郎、と毒づきながら、彼を最初の男のところまで引きずっていった。

運転席のほうへまわりこむと、車外に投げ出された女が道路脇に倒れ伏していた。わたしが駆けつけると、彼女はゆっくりと半身を起こした。うつむいていたので、顔は前髪の陰に隠れていた。襟足を短く刈りこんだ、西瓜の皮《おかっぱ頭》だった。

「おい！　あんた、大丈夫か！」

女は顔を上げたが、ドキッとするほどの美人だった。時間がスキップし、わたしは一瞬自分がなにをしているのかも忘れて見とれてしまった。その顔はすっかり青ざめ、大きな目は事故のショックで虚ろだった。彼女は水色の、肩が白雪姫のドレスのようにふわりとふくらんだ半袖のワンピースを着ていたが、胸いっぱいに血がべっとりついていた。

「怪我をしたのか⁉」わたしは彼女の背を支えてやった。「すぐに救急車が来るから、もうすこしがんばれ！」

ぼんやりとわたしを見つめていた女の目に光が戻り、小さくうなずいた。わたしもうなずきかえし、急いで運転席のほうへ這っていった。

「おい、しっかりしろ！」

返事はない。

車内に首をつっこんだ瞬間、わたしは息を呑んだ。運転手の見開いた目には、太いガラス片が突き刺さっていた。首がいびつにゆがんでいる。逆さになった車の天井に押しつけられているというのもあるが、それをさっぴいても、首の骨が折れているとしか思えなかった。

背後に気配を感じてふりむくと、水色のワンピースの女がアスファルトに両手をついて車のなかをのぞきこんでいた。

「見るな」わたしはとっさに彼女の視界に割りこみ、運転席を隠した。「あんた、動けるのか？」

女はわたしの言うことがわからないというふうに小首をかしげた。そのときかすかな違和感を覚えたのだが、すぐに理由がわかった。わたしとおなじ年頃に見える彼女の髪は、生活指導の冊子に描かれているような模範的なおかっぱ頭だった。高校生であることは間違いない。どこからどう見ても、こんなやつらの車に乗って夜遊びをするようなタイプには見えないのだ。しかも彼女が着ている洋服は、まるでむかしの人のよそ行きのかっこうみたいだった。わたしの母の世代のもののような。いまどきだれも履かないような黒い革靴に、足首のところでちょんと折り返した白いレースの靴下。

彼女に手を貸して立たせたとき、細い手首に巻かれている腕時計が割れていることに気づいた。その手は氷のように冷たかった。わたしはふたりの怪我人が横たわっているほうを指さした。そこで待っていろ、と言うつもりだったのだが、ヘッドライトの光が射しこんできたのはそのときだった。

ファイヤーバードがクラクションを長々と鳴らしながら走ってきて停まった。

「大丈夫か、秋生！」小戦が車のドアを蹴り開けて飛び出してくる。「すぐに救急車が来るからな！　みんな車から出したのか⁉」

女の肩を抱いていたわたしは、唇を嚙み、首をふるのがやっとだった。

「怪我人は何人だ？」

「四人だ」

小戦は首をのばし、地面にならんで横たわっているふたりを眺めやった。

「じゃあ、車のなかにまだふたり閉じこめられてるんだな？」

「いや」目をぱちくりさせてしまった。「ひとりだけだ」

「でも、いま怪我人は四人だって言ったろ？」

「だから、四人だろ？」

わたしたちの視線が交差した。

「あそこにふたり倒れている」苦りきった小戦が怪我人たちを指さす。「車のなかにまだふたりいるんだろ？」

「だから、ひとりだけだって」

「それだと三人じゃねえか」

「はあ？」わたしは苛立ちをつのらせた。「彼女がここにいるだろ」

「彼女？」小戦はきょろきょろとあたりを見渡し、それから凶暴に唇を剝いた。「てめえ、いい加減にしろよ」

「なんだ、おまえ……？」

「そんなにおれをからかいたいのか？」

「おまえこそ目が見えねえのか？」わたしはそばに立つ彼女を見やり、小戦をにらみつけた。

「こうして立ってるけど、彼女だって怪我人だろうが」

すると小戦がカッと目を剝き、奇声をあげて殴りかかってきた。

「ふざけんじゃねえぞ、この野郎！　こんなときになに遊んでんだよ⁉」

顎にガツンと一発食らうと、わたしもその気になってやつの腹を蹴飛ばした。わたしたちは罵声を浴びせ合いながら、しばし殴り合った。

「やめろ、小戦！　いったいどうしたんだよ⁉」

「てめえこそやめろ！　そんなにおれをからかって面白《おもしれ》えのかよ、ああ⁉」

「なにがだよ⁉　からかってなんかねえだろ！」

「女なんかいねえじゃねえか！　どこにいるんだよ⁉」

わたしはさっきまで女が立っていた場所をふりむき、啞然《あぜん》とした。水色のワンピースは煙のように跡形もなく消えていた。

「あれ？　おかしいな、いままでいたのに」

「しつけえよ！　なにがうれしくてそんな嘘つくんだよ？」

小戦は血の混じった唾を吐き、勝ち誇ったように胸を張ったが、それもわたしがこう言うまでだった。

「ああ、いたいた。ほら、おまえの車に乗ってるだろ」

小戦はビクッと体を強張らせ、ぎくしゃくと首をねじってファイヤーバードをふりかえった。

彼女はファイヤーバードの後部座席にちんまりと収まっていた。その姿は牡丹《ぼたん》のように美しく、青白い燐光を放っているようにさえ見えた。

そのまま数秒が過ぎた。静寂《しじま》を破ったのは、血も凍るような小戦のわななき声だった。まるで体のなかに冷たいナイフが刺しこまれ、それが心臓にぺたりと触れたかのような声だった。それからさっきの何倍も激しく殴りかかってきた。

「嘘つけ！」拳をふりまわしながら、小戦はほとんどべそをかいていた。「その手は食わねえぞ！」

「いい加減にしろよ！」わたしとしては応戦するしかなかった。「あの娘《こ》だけでも早く病院に連れていこうぜ！」

「うわあああ！」やつが死に物狂いのタックルでわたしを押し倒す。すかさず馬乗りになり、悲鳴とパンチを同時に繰り出してわたしの鼻を殴りつけた。「幽霊なんかいるもんか！　幽霊なんかいるもんか！」

小戦がこれほど強いとは思わなかった。わたしは脚を巧みに使ってやつを蹴り落とし、今度はこちらが馬乗りになってたっぷりお返しをしてやった。組《く》んず解《ほぐ》れつしているうちに、救急車のサイレンが聞こえてきた。救急隊員が仲裁に入るころには、わたしと小戦の頭は破れ、血がどくどく流れているという有様だった。顔はぼこぼこに腫れあがり、事故の怪我人と間違われて救急車に押しこまれそうになったほどだった。

「それで怪我人は何人なんですか？」

救急隊員の質問に、わたしは「四人」、小戦は「三人」と即答した。

「まだ言うか、この野郎！」救急隊員に羽交締《はがいじ》めにされた小戦が闘牛のように突っかかってくる。「てめえもついでに病院で頭を診《み》てもらえ！」

「なにを！」

わたしは救急隊員の手をすりぬけてやつの左目に鋭い一撃を加え、しばらくは消えない青アザをこしらえてやった。

　この一件でわたしたちは警察署から人命救助の功を称えられて、表彰状と記念のボールペンを贈られた。

　その後、テレビのニュースがこの夜の事故では三名の死傷者が出たと報じたが、わたしは信じなかった。台湾のテレビ局はすべて国営で、国営テレビの言うことを鵜呑《うの》みにするのは小戦のような阿呆だけだからだ。

第五章　彼女なりのメッセージ

陽明山での事故から二週間ほどが過ぎたある日、小南門のところで小戦《シャオジャン》の車を見かけた。荷台に果物をどっさり積んだトラックのそばに、オレンジ色のファイヤーバードがエンジンをかけたまま停まっていた。

近づいてみると、白い三つ揃いを着た謝胖子《シィエパンズ》が果物を値切る声が聞こえてきた。小戦の姿は影も形もない。わたしは果物屋の阿九《アジョウ》が飼っている九官鳥に話しかけるふりをして、ふたりのやりとりに耳をそばだてた。

「こんな値段で木瓜《パパイヤ》を売る店なんか見たことねえや」胖子は、小南門界隈では正直者でとおっている阿九を困らせていた。「よし、じゃあこうしようぜ、その値段でいいから芒果《マンゴー》をふたつばかりおまけしてくれよ」

盗っ人猛々《たけだけ》しいとはこのことだ。マンゴーはパパイヤよりもうんと値が張る。パパイヤを買うのにマンゴーもつけろと言うのは、卵を買うから鶏もつけてくれと言うようなものだ。胖子は平身低頭の阿九にこれでもかというほど尊大な態度で臨み、恥知らずな言い分をごり押しし、あまつさえ試食の要求までやってのけた。そしてやにわに、九官鳥に「中華民国万歳」と言わせようとしているわたしをどやしつけたのだった。

「おい、九官鳥にそんな言葉を覚えさせるんじゃねえ！　おまえみたいなやつのせいで、台湾の九官鳥は一羽残らず『中華民国万歳』ってわめきやがるんだ。まったく、馬鹿か。それより目上のもんに挨拶をしろ」

厚かましいのひと言に尽きるが、わたしは「胖子おじさん」と彼の名を呼んでぺこぺこ頭を下げた。

「明泉《ミンチュエン》はどうしてんだ？」

背広の胸ポケットから櫛《くし》を取り出すと、胖子は整髪料でテカテカしている髪を梳《と》かしはじめた。気障《きざ》ったらしい浅黒い顔に白い歯、香水のにおいをぷんぷんさせている。間違いなくこれからどこかの女をたぶらかしに出かけるのだ。

「元気だよ」と、わたしは答えた。「中山北路でマンションの管理人をやってる」

「最近新しいビデオは入ってないのか？」

それは明泉叔父さんのポルノコレクションのことを指しているのだが、わたしはそつなくなんのことかわかりませんという対応をした。ここで下手を打てば胖子から明泉叔父さんに話がいき、明泉叔父さんが父に告げ口をするのは目に見えている。わたしはすでに満十八歳になっていたので、父に知られたからといってべつにどうということもないのだが、それでも性に関することを親に知られるのはなるたけ避けたい。ましてや胖子のようなものと性に関することで利害が一致していると思われるのは心外であり、迷惑千万だった。

明泉叔父さんは当時まだ非常に高価だったＶＨＳビデオプレイヤーを持っており、ソフトのほうは宇文《ユイウェン》叔父さんが七つの海を股にかけてかきあつめてきた。勢い、明泉叔父さんのコレクションは量という点でも質という点でも、また文化人類学的多様性という観点から見ても刮目に値するものとなった。そのようなＡ片《ポルノビデオ》は税関で見つかればうしろに手がまわるので、宇文叔父さんはいつも命がけだった。

「明泉に会ったらおれに連絡しろと言っとけ――で？」髪を梳かし終えると、胖子は果物トラックのドアミラーに顔を映して仕上がり具合をたしかめた。「なにやってんだ、おまえは？」

「え？」

「『え？』」と、嫌味ったらしくわたしの口真似をする。「『え？』じゃねえだろ。もうすぐ大学受験だろうが、さっさとうちに帰って勉強しろ」

「あ、いや、小戦の車が停まってるから」

「おれのだよ、馬鹿野郎」

「え？　でも……」

「また買い戻したんだ、なんか文句あんのか？」わたしが目を伏せると、胖子は口の端を吊り上げ、「おまえら、おれの車で人命救助をやったらしいな」

「まあね」わたしは胸を張り、照れ隠しに頭をぽりぽりかいた。「当然のことをしたまでだよ」

「幹《くそったれ》！　シートに血がついてたぞ、他媽的《こんちくしょうめ》、どうしてくれんだ？」

その声に九官鳥が驚き、中華民国万歳、中華民国万歳、と連呼した。

開いた口がふさがらないわたしを後目《しりめ》に、胖子は白いスラックスの尻ポケットから鰐革《わにがわ》の財布をぬき取り、阿九に金を押しつけてパパイヤとマンゴーの入ったビニール袋をひったくった。ひと言の礼もない。それから、口調を変えて訊いてきた。

「趙戦雄《ジャオジャンション》はなんであんなに急いで車を売りたがったんだ？　まさかどっか壊したんじゃねえだろうな？」

「いや、それはないと思うけど」

わたしは胖子のもとに戻ったファイヤーバードにちらりと目を走らせた。わたしのせいじゃないとはいえ、小戦には気の毒なことをしてしまった。さだめしこの車には女幽霊が取り憑いていると思いこんでしまったのだ。まばゆい陽光がフロントガラスではじけていた。いくら目を凝らしても、薄暗い車内に人影は見あたらない。わたしはすこしさびしい気持ちになった。

「まあ、いいや」舌打ちをすると、胖子は果物を車内に放りこんだ。「おかげで儲けさせてもらったしな」

「いくらで買い戻したの？」

「よくぞ訊いてくれた」得たりとばかりに胖子がにやりと笑い、右手の親指と小指を立てた。立ててない指には金のごっつい指輪をふたつもはめていた。「これよ、これ」

「六万？」わたしは目を丸くした。「マジで？」

「売り値を知ってんだな、この野郎？　おうよ！　つまりおれは、あの馬鹿に車を一ヵ月貸しただけで八万七千元儲かったってことだ」それから、まるで阿九に聞かれたくないみたいに声をひそめ、「あの野郎、なんで最近あんなに羽振りがいいんだ？　高鷹翔《ガオインシャン》のところで出世でもしたのか？」

かなり上手くやってるみたいだよ、もうひとりふたり殺してるかもしれないとわたしが嘘をつくと、胖子に大声で嘘つき呼ばわりされてしまった。

「このおれをかつごうってのか、くそガキ！　あんな野郎に人が殺せるんなら、この果物屋にだってやれちゃうぜ！」

そうは言っても、それが真実かもしれないという念頭は捨てきれずにいるみたいで、盛んにまばたきを繰り返すのだった。どうもこのへんが胖子の限界のようだな、とわたしは思った。小さくまとまることに我慢がならず、そうかといって大きくも出られない。だからこの男はいつも不機嫌なのだ。

「くそ、おまえの相手をしてやるほどおれは暇じゃねえんだ！」

髪をふり乱してファイヤーバードに飛びこむと、胖子は逃げるように走り去ってしまった。

正直者の阿九が溜息をついた。


ふと人の気配を感じて、指先でくるくるまわしていたボールペンを摑みそこねる。ボールペンはノートの上で跳ね、机に落ちて硬い音をたてた。床に置いたラジオカセットプレイヤーから聴こえてくるのは《Desperado》の間奏。カチコチ動いている卓上の目覚まし時計は午前二時すこしまえを指していた。つまり、わたしは四時間ぶっつづけで勉強していたことになる。

問題集から顔を上げて背後をふりかえってみたが、ドアはきちんと閉じられ、扇風機は低くうなりながら規則正しく首をふっていた。部屋の反対側にある書架は黒い影に溶けこみ、壁にべたっと張りついている。家中が寝静まった丑三《うしみ》つ時に、わたしの気をそらせるようなものはなにもなかった。

暗闇のなかで、電気スタンドに照らし出された勉強机のまわりだけが、まるでこの宇宙での唯一の希望のように輝いていた。

わたしは大きなのびをし、またぞろ問題集に顔をうずめたが、いったん途切れた集中力をふたたびかきあつめることはついぞできなかった。いくら頭をひねっても正しい答えはひっこみ思案の子供のように出てきてはくれず、出てくるのはあくびと屁ばかりだった。

まだ五月もなかばだというのに連日連夜の三十度超え、五月に冷房をつける家などないので、わたしも窓を開け放って涼をとっていた。夜気は重く、じっとり湿っていた。どこかで犬が吠えたが、その声でさえ汗ばんで聞こえた。

やがてイーグルスの歌が静かに終息し、わたしはちょうどいい頃合だと思い、勉強を切り上げることにした。問題集を閉じ、ペンを放り出し、そしてラジカセを止めようと手をのばしたときだった。ラジカセは歌の書きこまれていない余白部分をひっそりと巻き取っていた。テープが走るサーという音に、パチ、パチ、と雑音が混ざり、つぎの瞬間、「たすけて、葉秋生《イエチョウシェン》、わたしをたすけて」という女の声がスピーカーをふるわせた！

椅子からころげ落ちそうになるほどたまげたが、テープを巻き終えたラジカセの再生ボタンがガチャッと跳ね上がったときには、二度びっくりしてしまった。カーテンが音もなくそよぎ、電気スタンドの明かりが蠟燭《ろうそく》のように揺らめく。ぶるっと寒気が走った。窓から吹きこむ幽《かす》かな夜風は生暖かいくせに、骨身に染みるほど冷たい。

背後でなにかがさっと動き、わたしは凍りついた。息を殺し、全神経を集中させたが、断じて気のせいなどではない。カサカサいう衣擦《きぬず》れのような音がまた聞こえた。なにかがわたしの部屋にいる！

ごくりと固唾を呑み、目玉だけを左右に動かしてみる。敢えてふりむかなかったのは、長い舌を胸までだらりと垂らしているかもしれない相手を下手に刺激したくなかったからだ。首筋にふうと冷たい吐息を吹きかけられて総毛立つ。思わずふりかえってしまった。

「ぎゃっ！」

脚が突っ張り、今度はほんとうに椅子ごとひっくりかえってしまった。ガチャンと大きな音が響き渡り、勉強机で後頭部を強打した。

「あわあわあわあわ……」

家の奥から、なにやってんだ、うるさいぞ、という父の怒声が飛んだ。わたしはそれどころではなかった。

青っぽくゆらめく闇の先に、やつはいた。

勉強疲れした目をすがめる。気のせいであることを心から願ったが、電気スタンドの光がその邪悪な影を増幅させ、実物の何倍にも大きく見せていた。やつは壁に止まったまま、じっと動かず、触角だけをゆらゆら動かしながらこちらの出方をうかがっていた。

「で、出た！」わたしはなりふりかまわずに叫んだ。「ゴキブリ！　ゴキブリ！」

すると巨大な影がぶるっと身をふるわせ、つぎの瞬間、パッと花開くようにその黒い翅《つばさ》を広げた。

「うわあああ！」

こちらへむかって一直線に飛んでくる。

「く、来るな！」わたしは頭を抱えて部屋中をごろごろころげまわった。「おばあちゃん！　おばあちゃん！」

やつらは追い詰められると空を飛ぶことがある。そのような背水の陣ゴキブリはけっして敵に背をむけたりせず、日本の零式戦闘機のように特攻してくるのが常だった。

「おばあちゃん！　おばあちゃん！」

廊下をバタバタ駆けてくる足音がしたかと思うと、ドアがバンッと開き、スリッパを手に持った祖母が飛びこんできた。

「そこ！」わたしは人差し指で虚空を突きまくった。「そこだよ、そこ、そこ！」

小花柄の寝間着をなびかせた祖母の老眼がギラリと光り、スリッパが一閃《いっせん》した。不発。ゴキブリはカーラーをつけた祖母の頭上をメッサーシュミットのように旋回した。小柄な祖母はやつが低空飛行に移る一瞬を狙った。一閃、つづいてもう一閃。祖母が舌打ちをした。ゴキブリが壁に不時着する構えを見せたので、先を読んでスリッパをたたきつけたのだが、やつはくるりと反転してまた天空に舞い上がってしまった。わたしのほうへ飛んでくるので、わたしは犬のように部屋の反対側へ這っていくしかなかった。

祖母の鋭い眼光は、敵機を十字線の真ん中に捉えようとするエース・パイロットのそれだった。もし祖母が戦闘機乗りなら、彼女の銀髪を彷彿《ほうふつ》させる美しい愛機には、撃墜した敵機を誇示するための星が何列にもわたってならんでいることだろう。敵は祖母に対して畏怖の念を抱き、なにか渾名をつけたにちがいない。白銀の貴婦人とか。

スリッパが風を切る音が数回したあとで、ついに白銀の貴婦人はやつを捉えた。バコッという音が谺《こだま》し、ぶんぶん飛びまわっていたゴキブリが黒煙を噴いて墜落した。これしきのことでやつらが死んだりしないことは周知の事実である。祖母はすかさず床にへばりつき、書架の下へ逃げこもうとする黒い影をバンバンたたいてぺちゃんこにした。

「殺した⁉　ねえ、ちゃんと殺したの、おばあちゃん⁉」

「うるさい！」祖母はわたしの鼻先にスリッパを突きつけ、「なにが怖いの、こんなもの？　まったく豚みたいに馬鹿な子なんだから！　ちゃんと殺したからもう怖くないよ！」

自分の部屋へと引き揚げていく祖母の小言を、わたしはドアをそっと閉めてさえぎった。

死んだゴキブリをちり紙に包んで屑籠《くずかご》に捨て、ベッドに寝そべって天井を見上げる。台湾の欠点短所なら数多《あまた》あるが、ゴキブリはその最たるものだ。これから暑くなるにつれ、やつらと顔を合わせる機会も否応なく増えてくる。わたしはこの目で見たことがあるのだが、なかにはピーナッツをくわえて運べるほど屈強なやつがいるのだ。そのゴキブリがこの世から一匹駆逐されたばかりだというのに、どういうわけか釈然としなかった。

ハッと気づき、ラジカセに飛びつく。

テープをすこし巻き戻してから、再生ボタンを慎重に押した。耳を澄ませて待ち受けた。イーグルスの歌が終わり、空白のテープがおしまいまで流れ、再生ボタンが自動的に跳ね上がった。なにも聞こえない。

もう一度やってみた。それから、もう一度。けれど、やはりなにも聞こえなかった。だから、その夜はそのまま眠ってしまった。

しかし、それははじまりにすぎなかった。

つぎは学校のトイレだった。授業中にもよおして個室に駆けこんだまではよかったが、いざ尻を拭く段になってトイレットペーパーをひっぱり出してみると、そこに真っ赤な文字で「たすけて、葉秋生」とあったのだ。

わたしは叫び出しそうになるのをぐっとこらえ、敢えてそのペーパーで尻を拭き、そのまま流してやった。ヤクザとおなじで、幽霊だって（そんなものがいるとしてだが）一度かかわってしまったら、死ぬまで祟られるにちがいない。わたしにできるのは、毅然《きぜん》とした態度でやつらの要求を突っぱねることだけだった。

深夜に受験勉強をしていると、参考書の隅に小さな赤いシミを見つけた。不吉な予感に囚われてつぎのページをめくってみると、おなじところにおなじようなシミがある。つぎのページにも、そのまたつぎのページにも。シミはすこしずつ形を変えていたものの、すべてのページについているようだった。わたしはその部分をパラパラめくってみた。すると、果たして赤いシミはアニメーションの原理でなめらかに形を変えていき、またしても「たすけて、葉秋生」を一文字一文字丁寧に形づくっていくのだった。

「いない、いない、幽霊なんかいるもんか」わたしは自分にそう言い聞かせた。「たのむからおれをほっといてくれ！」

阿婆《アポ》があの世になんらかのコネクションを持っているというのは多くの人が認めるところだが、ある水曜日の夕方に阿婆の店のまえをとおりかかったとき、その阿婆がぴゅうっと飛んできてわたしの腕を恐ろしい力で摑まえた。そして、はっきりとこう言った。

「たすけてあげなさい」

わたしは愕然《がくぜん》とした。雷威《レイウェイ》との定規刀の喧嘩を予言したときのように、ふだんはなにを言っているのかまったくわからない阿婆の言葉が、このときも一言一句はっきり聞き取れたのだ。

「彼女のメッセージをちゃんと読み取るんじゃ」

彼女《い》？　わたしの目は恐怖のために飛び出した。いったいだれのことを言ってるんだ⁉

「彼女はおまえを困らせようとしとるわけではないぞ」しわくちゃの顔を上気させた阿婆は八十歳くらいの老婆に見えた。つまり、二十歳くらい若返って見えた。「彼女はおまえにたすけてもらうかわりに、おまえのこともたすけようとしとるのじゃ」

わたしはわっと叫んで走り出してしまった。そう、五歳のあの日のように。

彼女《い》、と阿婆は言った。つまり、わたしにつきまとっている幽霊（そんなものがいるとして）は、女だということか？　まったく心当たりがない。しいて言えば、あの事故のときのワンピースの女の子しか思い浮かばないが、彼女が幽霊であるはずがない。だって、この世には幽霊なんかいないのだから。そうだとも！

月がかわり、六月に入るころには、街中がわたしに「たすけて」と訴えかけてくるようになった。彼女《い》のメッセージはバスの行先表示や映画の字幕に突然あらわれ、テレビのニュースキャスターの口を借りたり、行き交う女子学生の楽しげなおしゃべりにまぎれて伝えられた。夜の高層ビルの窓が「救我《たすけて》」の形に灯ることもあった。頭がへんになりそうだった。このぶんだと渡り鳥が〈HELP〉と編隊を組んで大空を飛んでゆくのも時間の問題かと思われた。

それだけでも充分恐ろしいのに、彼女がたすけてほしいと言ってくるたびに、我が家ではゴキブリが大発生した。大発生という言葉では到底足りないほどだった。我が家でゴキブリが出たと言うのは、サウジアラビアで石油が出たと言うのとおなじだった。そこらじゅうに出た。一匹が十匹に、十匹が百匹に、百匹が千匹に——と言うのはやや大げさかもしれないが、やつらはゴキブリ算的に（そんなものがあるとしてだが）増えていった。たとえ阿婆の言うとおり、彼女のほうではわたしをたすけてくれる気があるのだとしても、わたしはそのまえに発狂してしまいそうだった。

雨が三日降りつづいたある日の夜、またもや書架の下で怪しい物音がした。やつらにちがいない。それというのも、夕飯のとき、母がうっかりこぼした醬油のシミがまた幽霊の要求を伝えてきていたのだ。

いつでも手のとどくところに置いてある殺虫剤をさっとひったくると、わたしは床の上で一回転して最大出力で噴射した。怪しい物音がやみ、つづいてゴキブリが書架の下で悶え苦しむ音が耳にとどいた。わたしはふるえあがった。どう聞いても、断末魔にあえいでいるのは一匹だけではない。まるで爆弾を落とされて焼け野原となった街のいたるところで怪我人が呻吟しているかのようだった。ガサガサ、ゴソゴソと、やつらはあのトゲトゲのついた黒い肢をばたつかせていた。

「死ね！」

殺虫剤の噴射口を書架の下の暗がりにむけ、たっぷり一分間ほどもやつらに死の霧を浴びせつづけた。それが裏目に出た。さだめしここで勇気ある一匹がこう叫んだ。ここにいても死ぬだけだぜ、幹你娘《くそったれ》、衝啊《突っこめ》！

起死回生を図ったゴキブリの老若男女が怒濤《どとう》の如く這い出し、洪水のように床を埋め尽くした。

「あわあわあわあわ！」わたしはぴょんっと椅子の上に跳び上がった。「お、おお……おば、おばあちゃん！　おばあちゃん！」

スリッパを握りしめて突入してきた祖母の顔に、大きなやつがペタッと張りつく。祖母はさっとそいつを素手で捕まえ、半分にちぎって投げ捨てた。白銀の貴婦人は孫の不甲斐なさをなじったが、わたしはそんな祖母を好きにならずにはいられなかった。床に這いつくばったその雄姿はさながら虎の拳の如しで、容赦なくやつらをバシバシたたき殺していった。

「おばあちゃん、そこ！　うしろにもいるよ！　壁、壁！　あっ、本棚のうしろに逃げるよ！」

わたしの部屋はたちまち死屍累々《ししるいるい》の地獄絵図と化した。ちぎれた翅、もげた肢、つぶれた黒い体からはみ出た白いベトベト。やがて獅子奮迅《ししふんじん》の働きを見せていた祖母の動きが鈍り、逃げ惑う敗残兵を後目に腰をのばしたり、肩を揉んだりしだした。

「まだいるよ、おばあちゃん！」わたしは懇願した。「全部殺してくれよ、じゃなきゃ眠れないだろ！」

「きりがありゃしない！」

「ここで徹底的にたたいておかないと、けっきょくはもっと被害が増えるんだって！」

まるで非道な戦争を正当化するようなことまで言ってみたが、祖母はてんから受け付けず、てきぱきと戦後処理をはじめるのだった。

　掃いて捨てるほど、とはよく言ったものだ。死んだゴキブリをすっかり片づけるのに、ちりとりが五回もいっぱいになった。ベッドの下へ這いこもうとするやつを仕留めるべく椅子から飛び降りたとたん、わたしはつるっと滑ってころんでしまった。ゴキブリの脂で床はまるでワックスをかけたみたいにぴかぴかになっていた。

　電話のベルが鳴りだすと、祖母が乱暴に顎をしゃくった。「電話くらい出られるだろ、この役立たず」

　わたしは茫然自失の体で電話機にすがりついた。

「もしもし、葉です」

「秋生か？」国際電話だとわかる雑音にまみれて、切れ切れの声がとどいた。「明泉は来てるか？」

「来てないよ」

「なんだ、おまえ、元気ないな。なにかあったのか？」

「ゴキブリを殺してたんだ」わたしは呼吸を整えながら応じた。「いまどこ、宇文叔父さん？」

「広島だ」

「明泉叔父さんになんか用？」

「いなきゃいい」その警戒するような声音でピンときた。ポルノビデオに関係することにちがいない。「家に大人はいないのか？」

「父さんと母さんは映画を観に出かけた。おばあちゃんがいるけど、いま手が離せないよ」

「なにやってんだ？」

「死んだゴキブリの始末だよ」わたしは言った。「最近、ものすごく出るんだ」

「そんなにか？」

「見せてあげたいよ」

宇文叔父さんはしばし沈黙し、やにわに船乗り仲間の名を呼んだ。ひと言、ふた言あり、じゃあ、たのむぞ、と言いながら電話口に戻ってくる。

「明日、仲間がひとり船を降りて台湾に帰るんだ。そいつに日本のゴキブリ捕りを持たせてやる」

日本のゴキブリ捕り？　わたしは内心小首をかしげた。ゴキブリ捕りなら台湾にだってある。わたしたちのそれは透明なプラスチック製の箱で、なかが迷路みたいになっている。ゴール地点に置かれた餌《えさ》におびき寄せられてうっかりこの箱に足を踏み入れたが最後、永遠に出てこられないという仕掛けだ。遠東百貨公司のあたりに行けば、露天商がゴキブリのぎっしり詰まったそんなゴキブリ捕りを客に見せながら商売している。日本のことはよく知らないが、ことゴキブリに関して言えば、台湾のほうが本場にちがいない。我が家のゴキブリは一匹残らず台北生まれの台北育ちである。そんな生粋の台北っ子たちに日本製のゴキブリ捕りだって？

ちゃんちゃらおかしいや！

わたしの冷笑は電話線をとおり、海を越え、広島に伝わったようだった。宇文叔父さんがこう言った。

「ものは試しさ。テレビで宣伝を見たんだが、いやあ、あれは画期的だぞ」

そんなわけで五日後、我が家に〝ごきぶりホイホイ（以下ホイホイ）〟なるものがとどけられた。

それは厚紙でこしらえたゴキブリ長屋のようなもので、床に接着剤を塗り、餌のにおいに惑わされてふらふら迷いこんできた粗忽者《そこつもの》をくっつけて放さないという仕掛けだった。長屋の壁には可愛らしいゴキブリの絵まで描かれているが、たしかに宇文叔父さんの言うように画期的だった。台湾のゴキブリ捕りはプラスチック製なので、いちいち自分の手でゴキブリを殺し、洗浄して再利用しなければならない。対してホイホイは紙製なので、ゴキブリが溜まればポイッとゴミ箱に捨てるだけでよい。素晴らしい！　手も汚れない。さすが日本人だ。わたしは予感した。一九八〇年代は使い捨ての時代になるだろう、と。

ホイホイをとどけてくれた男の前腕には、大力水手《ポパイ》のような錨《いかり》の刺青があった。筋骨たくましい若者で、宇文叔父さんといっしょにアラスカまで行くはずだったのだが、広島で妻が早産したとの一報を受けた。たまたま台湾に帰るおなじ会社の船が広島に寄港していたので、ここは文字どおり渡りに船とばかりに自分の船を降り、その船に乗って帰国したのだった。

「税関にはないしょでこっそり帰ってきたんです」と、彼はお茶を出してくれた祖母に話した。「女房の容態が落ち着いたら、べつの船で宇文兄さんたちと合流するんですよ」

その夜、半信半疑で日本のゴキブリ捕りを要所要所に仕掛けたところ、翌朝、母の悲鳴で目を覚ますことになった。

駆けつけてみると、わたしが仕掛けた四つのホイホイはどれも押すな押すなの大盛況だった。

接着剤を塗布《とふ》した床部分は、文字どおり立錐の余地もない。屋根といわず壁といわず、ホイホイ全体にゴキブリがびっしりとたかっていた。しかも、幾重にも。おい、割りこむんじゃねえ。気の荒いゴキブリどもはまえのやつらを押しのけ、蹴り落とし、なんとかなかへ入ろうと躍起になっていた。おれたちは昨日の夜からならんでるんだぞ！

やつらはおぞましく触角を動かし、ガリガリとおたがいの黒い体をひっかいた。ホイホイに入りきらないやつらは長蛇の列を成し、居間を横切り、玄関下をかいくぐって我が家からのび出していた。正直者の果物屋阿九によれば、ゴキブリの行列は広州街の先の小南門まで途切れることなくつづいていたという。

「どうするのよ、これ？」母が非難した。「このままゴミ箱に捨てるわけにはいかないわよ」

「母さんはゴキブリに触れるじゃないか。なんとかしてよ」

わたしたちが慄然《りつぜん》と立ち尽くしているところへ父がやってきて、ゴキブリであふれかえるホイホイを見下ろした。

「どうするんだ、これ？　このままゴミ箱に捨てるわけにはいかんぞ」

わたしは母のほうをちらちら盗み見たが、ものすごい顔でにらみかえされてしまった。

ゴキブリたちがホイホイを押しはじめた。ホイホイの窓からも黒いギザギザの肢が何本も突き出され、まるでケンブリッジ大学のボート部のようにホイホイを漕ぎ進んだ。ホイホイはどこかへむかおうとしていた。

わたしと両親が手をこまねいていると、祖母がずかずかやってきて「走開《おどき》」と父を押しのけた。その手にはすでに超満員のホイホイがひとつ握りしめられていた。祖母はゴキブリが腕に這い上がるのもかまわずに、わたしが仕掛けた四つのホイホイを回収してまわった。全部まとめて庭の一斗缶《いっとかん》に放りこむと、台所から料理用のサラダ油を取ってきてドバドバとかけた。いったい何事かと鶏たちがあつまってきた。マッチを擦る祖母の顔には、映画に出てくる殺し屋のような冷笑が浮かんでいた。

ボッと一斗缶に火柱が立った。

焼けただれる亡者どもの阿鼻叫喚《あびきょうかん》が聞こえたが、もちろん気のせいである。やつらの体がバチバチと爆《は》ぜた。缶の壁をひっかく音。火だるまになった数匹が逃げ出してくると、鶏たちが腹を立てた。火事にならないように父と母が一匹一匹踏み殺していった。ゴキブリが焼けていくにおいは、乾いた麦粉を彷彿させた。阿婆の店で売っているような、濃厚で上等な麦粉のにおいだ。

「いつまで見てんの、あんた？」祖母がわたしをどやしつけた。「早く支度して学校へ行きな。大学に受からなきゃ今度こそ兵隊だからね！」

わたしの背中に最後のひと押しをくれたのは、あにはからんや、謝胖子だった。

そのとき、わたしは明泉叔父さんといっしょにかき氷を食べていた。気温は三十五度超えで、棕櫚《しゅろ》の葉はそよとも動かず、舌をだらりと垂らした野良犬が氷屋の軒先で死んだように眠っていた。

それを見ていると、大きなあくびがこみ上げてきた。

「徹夜で勉強してたのか？」明泉叔父さんが訊いた。「そうか、もう来月受験だもんな」

わたしは曖昧にうなずき、甘いタロイモを鉄の匙《さじ》で口に運んだ。

「目の下に隈ができてるぞ、あんまり根を詰めるなよ」

徹夜の部分はあたっているが、一晩中勉強をしていたわけではない。昨夜、問題集を解いているときだった。正しい答えを書いたつもりなのに、気がつけば解答欄が「たすけて、葉秋生」で埋め尽くされていた。驚愕したわたしは、それからいつゴキブリが出るかとビクビクしながら夜明けを迎えたのだった。

子供たちが蜃気楼ゆらめく路地裏でむかしながらの塁球をやっていた。どの子もむかしのわたしのように、炭のように黒く焼けている。ピッチャーがゴムボールを勢いよくころがし、バッターがそれを素手で打ちかえす。大きな歓声があがった。ボールは放物線を描いて夏空に飛んでいったが、ころがっていく先に悪運が待ち受けていた。

子供たちのあいだに緊張が走った。わたしには馴染み深い、あの緊張が。

今日はデートがないのだろう、胖子は上半身裸、半ズボンにサンダル履きというずぼらなかっこうだった。暑さのせいで苛立っていることは一目瞭然だった。手に持ったサトウキビをかじっては、まるで親の仇のようにぐちゃぐちゃやり、そこらじゅうに滓《かす》を吐き飛ばす。こいつのようなやつが吐き散らすサトウキビ滓や檳榔汁《びんろうじる》、そして犬の糞などで台北の街は足の踏み場もないほどだった。胖子は、だれかの一日を台無しにしないかぎり自分の一日が台無しになるという考えなので、当然のことのように自分のほうへころがってきたボールを明後日のほうへ蹴飛ばした。

「なにすんだよ、胖子!」子供たちはむかしのわたしたちのようにやいのやいの言った。「くそ、おれたちのボールをどうしてくれるんだ! ボールをかえせ!」

胖子もむかしのように、にやにや笑うばかりだった。

「おい、もう一個あったろ？」ひとりの子が注意深く言った。「そっちは蹴飛ばされないようにしろよ」

するとデブ子の目がギラッと光り、サトウキビを投げ捨てたかと思うと、猛然と駆け出した。で、子供たちが呆気に取られているうちに、道端に落ちていたもうひとつのボールを渾身の力で蹴り上げたのだった。

ゴキッ、という鈍い音が、店のなかにいるわたしの耳にまでとどいた。

つんのめった胖子が熱いアスファルトにばたっと倒れこむと、子供たちのあいだからわっと歓声があがった。蹴られたボールはもとあった場所からほとんど動いておらず、胖子のサンダルだけがどこかへ飛んでいった。

「ざまあみろ！」子供たちはのたうちまわる胖子を取り囲んだ。「いつもやられっぱなしだと思うなよ、この馬鹿野郎！」

胖子の悲鳴が広州街に響き渡った。

明泉叔父さんがあわてて駆けつけると、子供たちはゲラゲラ笑いながら逃げていった。大声で罵詈雑言を吐き散らす胖子をたすけ起こしながら、明泉叔父さんは子供たちが残していったボールを爪先でつついた。

「こりゃ砲丸じゃないか！　ペンキまで塗ってやがる！」

なるほど、砲丸に色を塗ってゴムボールに見せかけたというわけか。わたしはかき氷が溶けて水びたしになるまで感心していた。その手があったか！

子供たちを呪う胖子の声が「たすけて、葉秋生」と言っているような気もしたが、もはやなにがなんだかわからなかった。ただ、こう思った。これから先もずうっとあの女幽霊につきまとわれて一生をこの胖子のように棒にふるくらいなら、いっそのこと彼女の話に耳を傾けてみてもいいのではないか。おそらく受験のプレッシャーと、連日連夜の猛暑と、ゴキブリに対する恐怖とで判断力が著しく鈍っていたのだ。

この一件で胖子は右足の指を三本骨折し、幽霊式の拷問に屈したわたしはもう一度陽明山を訪れてみることにしたのである。

小戦に電話をかけると、たたき殺されてもいやだと一方的に切られてしまった。

わたしは週末を待って、両親には図書館へ勉強しにいくと嘘をついて家を出た。小南門のバス乗り場へむかってとぼとぼ歩いていると、謝胖子のファイヤーバードが追いかけてきた。あの足でアクセルペダルが踏めるのだろうかと訝《いぶか》りながら車内をのぞきこむと、運転していたのは明泉叔父さんだった。叔父さんの話では、胖子は石膏を打った足を吊っているので、当分ベッドから出られないとのことだった。

「車のエンジンをかけてくれとたのまれたんだ」

「なるほど」

「昨日、小戦が仕事場に来たぞ。乗れよ、陽明山に行くんだろ?」

「あいつの言うことを信じたの?」

「信じる、信じないじゃない」と、明泉叔父さんは言った。「そういうことはあるんだ」

わたしはうなずき、助手席に乗りこんだ。

「おれが空軍にいたころな」車を走らせながら、叔父さんは問わず語りをした。「南京虫が出て往生したことがあるんだ。南京虫はいつもいるんだが、その夏はとくにひどかった。とにかくちくちく体を刺してきやがる。それが痒いのなんの、痒すぎてみんないらいらしてたもんだから、喧嘩沙汰が絶えなかった。おれだって何度も喧嘩で独房にぶちこまれたよ。ところが独房もやっぱり虫だらけなんだな。ノミ、ダニ、蚊、ゴキブリ、人間が入ってくると虫どもは大よろこびで血を吸いにたかってきやがるんだ。あんまり吸うもんだから、独房を出されるころには体重が十キロも落ちたもんよ」

叔父さんが哀愁たっぷりに首をふると、わたしの眼前にはいつでも鮮やかな光景が立ち上がってくる。子供のときからそうだった。狭苦しい石造りの独房、丸刈りの明泉叔父さん、蠢《うごめ》く吸血虫たち——

「その晩もおれは独房に入れられていた。虫どものせいで体をボリボリ掻きながら眠れずにいたんだが、真夜中すぎだったかなあ、どこからともなく喇叭《らっぱ》の音が聞こえてきたんだ。小さな音で、よく耳を澄まさないと聞こえないくらいなんだが、あれは間違いなく突撃喇叭だった。それから、パン、パン、パン、となにかがはじける音が聞こえてきた。ポップコーンがはじけるような音だ、わかるか？　不思議に思って見てみると、暗闇のなかでなにかがチカチカ光ってるんだ。しかも、いたるところで。あっちでチカチカ、こっちでチカチカってなもんだ。なんだったと思う？　おれは目を疑ったよ。だって小人がそこらじゅうにいて、鉄砲で虫どもを撃ち殺していたんだから！　チカチカ光っていたのは、小人たちの拳銃の発射光だったんだ。戦闘服を着た小人たちが壁や床の割れ目からどんどん出てきて、つぎからつぎに虫どもを退治してくれたよ。天井からもパラシュートがどんどん降下してくる。カクテルなんかについてる、あの小さな傘みたいなパラシュートだ。蚊は空軍の管轄だったんだな。陸軍は爪楊枝くらいの小さな機関銃を構えてよ、我跟你拼了《やってやるぜ》、ダダダダダダダ！　わかるだろ？　夜が明けるころには、そこらじゅう虫の死骸だらけになってたなあ。小人たちはどこへ行ったのかって？　おれにわかるわけないだろ！　とにかくおれが独房にいるあいだ、小人の軍隊が毎晩やってきて虫を殺しまくってくれたんだ。おかげでぐっすり寝ることができたよ。独房を出されるころには肌なんかつやつやしてたんだぜ。その顔は信じてないな？　でも、これは神にかけてほんとうのことさ。おまえもいずれわかるが、軍隊ではまれにそういうことが起こるんだよ」

　わたしがこれとそっくりな噺《はなし》を『聊斎志異《りょうさいしい》』のなかで見つけたのは、それから二十年ほどあとのことだ。

　それは明泉叔父さんがメキシコへ渡る直前の、ある曇天の昼下がりのことだった。一九九六年に台湾ではじめての総統選挙が実施されたとき、「一個中国《ひとつの中国》」という原則を死守しようとした中国共産党は、台湾海峡に数発のミサイルを撃ちこんだ。そのせいで台湾では株価が暴落し、人心は恐慌に陥った。テレビや新聞では連日連夜、知識人たちが論陣を張った。総統選挙を強行すれば今度こそ共産党が攻めこんでくると言う者もいれば、そんなことはありえないと主張する者もいた。大陸回帰と台湾独立の気運が空前の高まりを見せ、議会では双方の代表者が毎日のように殴り合いの泥仕合を演じた。明泉叔父さんのような小心者はふるえあがり、こぞって国外へ脱出したのである。

九月だったように思う。わたしは四十に手がとどく歳になっており、離婚したばかりだった。高校教師を定年退職した父の蔵書整理を手伝っているときに、たまたまこの本に手がのびた。ひさしぶりに訪れた我が家の庭では、野放しの金木犀が黄色い花をひっそりとつけていた。我跟你拼了《やってやるぜ》、ダダダダダダダ！　あの日の明泉叔父さんの声が耳に蘇《よみがえ》った。それは「かわいい猟犬」という話で、小さな兵隊たちを武士に、機関銃を小さな犬や鷹に置き換えれば、そっくりそのままおなじ話になった。母はすでに膵臓癌で他界していた。空港へ見送りに行ったわたしが問い詰めると、叔父さんはそんな話をした憶えはないと言下に否定した。

「あの日はおまえといっしょに藍冬雪《ランドンシュエ》の白骨死体を見つけたけど、小人の軍隊だって？　馬鹿も休み休み言えよ、秋生」

ともあれ、それは二十年後のこと。

ファイヤーバードは陽明山の、例の九十九折《つづらおり》のカーブにさしかかろうとしていた。明泉叔父さんはステアリングを慎重にさばきながら、のろのろと車を走らせた。事故現場が近づきつつあった。

「どこだ？」

「もうすこし先」

大きく螺旋を描く山道を、車はゆっくりとのぼりはじめた。左手の崖が徐々に高度を増し、青々と苔むした樹々が右手を流れてゆく。その先は黒い森が口を開け、蟬時雨《せみしぐれ》が降りそそいでいた。もしおれが殺人鬼なら、とわたしは考えた。きっとこういうところに死体を捨てるんだろうな。車道から死体を突き落としさえすれば、あとは生い茂った夏草がすっかりおおい隠してくれるだろう。一路見てきたかぎりでは、道路をはずれてわざわざ森のなかへ足を踏み入れるような物好きがいるとは思えない。死体を捨てるにはもってこいの場所に思えた。

森を見下ろせる高度に達すると、スモッグに包まれた台北市を一望できた。山肌を夕陽が染めつつある。魑魅魍魎《ちみもうりょう》が跋扈《ばっこ》する丑三つ時まではまだずいぶん間があるが、確信のようなものがわたしのなかに根を張っていた。彼女はわたしを待たせたりはしない、わたしが行けば彼女は姿を見せる。

事故現場が近づくにつれ、心がきんきんふるえた。喩《たと》えるなら、わたしと彼女はひとつの弦楽器だ。激しくかき鳴らされる彼女の弦に、わたしの心は共鳴していた。いくつ目かのカーブを曲がったときだった。不意に蟬の声がやみ、世界から物音が消え失せた。

水色のワンピースを着た彼女が道路の真ん中にたたずんでいた。

万物が夕陽を受けて長々と影をのばしているなかで、彼女のまわりだけが白っぽく霞《かす》んでいる。まるでだれかに大きな鎌で影をごっそり刈り取られてしまったかのようだった。山頂から吹き下ろす風が梢をざわめかせたが、彼女のおかっぱ頭はそよとも動かない。穏やかにこちらを見つめる彼女の胸は、あの夜のように新しい血に染まっていた。事故の夜、わたしは彼女の服についていた血を怪我人のものだと高をくくっていたのだが、いまはそう思わない。その赤い血は彼女の胸から流れ出たものだった。

明泉叔父さんは目をきょろきょろさせながら車を走らせている。なにかを感じとっているのかもしれないが、彼女のことが見えているわけではなさそうだった。

カーブを曲がりきると、叔父さんはアクセルペダルを踏みこんで加速した。水色のワンピースがぐんっと眼前に迫る。ファイヤーバードの嘴《くちばし》が彼女に突き刺さったつぎの瞬間、わたしのなかに暗くて悲しい大きな塊が飛びこんできた。この世に存在する言葉では到底言い表せない感覚、もしくは感情が。わたしたちの内側にはあの世へとつうじる門があって、その鍵穴に冷たい鍵が差しこまれたかのようだった。衝撃でシートに押しつけられ、門が大きく開かれるのを感じた。「どうした、秋生！」明泉叔父さんが急ブレーキを踏んだのがわかった。「暴れるな！　秋生、秋生！」

わたしの両腕にできた青アザは、このときついたものらしい。秋生！　秋生！　叔父さんの声が遠のく。わたしの内なる門はわたしを吸いこみ、かわりに彼女が歩み出てくるのが見えた。彼女はいまおれのなかにいる。それが気を失うまえに、わたしが感じたことだった。

あとのことは明泉叔父さんに後日聞かされたので、どこまでがほんとうで、どこからが法螺なのかは知る由もない。

わたしは気を失ってなどいなかった、と叔父さんは言う。それどころかゲラゲラ笑いだし、口から紫色のドロドロを吐いて胖子の車をめちゃくちゃにしたらしい。

「いやあ、たまげたぜ。急に魚みたいにバタバタ暴れだしたと思ったら、おまえ車を飛び出して森のなかへ駆けこんでいったんだぞ。ほんとうに憶えてないのか？」

わたしはかぶりをふった。

「しようがないから、おれもおまえを追いかけて森のなかへ入っていったんだ。ほかにどうしようがある？　小戦からだいたいのことは聞いてたから、おれはトランクにシャベルを入れてたんだぞ。穴を掘ることになるかもしれないと思ってな。けど、そんな余裕はぜんぜんなかった。おまえを追いかけるので精一杯だった。車だって鍵をつけっぱなしにしてたんだぞ。盗まれなかったのは奇跡だぜ。とにかく、おまえはどんどん森のなかへ分け入った。人の足じゃ無理だろうってところもひょいひょい飛び越えていきやがる。けど、おれはそんなに速く走れない。すると、おまえは森のなかで歌を歌いながら待っててくれたよ」

「歌なんか歌うもんか」

叔父さんは笑いながら、「とにかく、そうやっておれたちは現場にたどり着いたんだ。もう陽がすっかり暮れてた。いや、まだだったかもしれないけど、樹にさえぎられて光がとどかない場所だったんだ。水色の服を着た骸骨が大きな岩の上に横たわっていたよ。服は汚れていたけど、乱れてはいなかった。両手を胸の上で組み合わせてて、印象としてはまるで眠っているうちに死んじまったみたいだったなあ。どこか儀式めいた雰囲気すら漂っていたけど、とにかくこっちは腰をぬかすくらいびっくりしてたし、おまえはおまえでばったり倒れて動かなくなっちゃうしで、どうしたらいいのかわからずに途方に暮れちまったぜ。骸骨が横たわっていた岩に藍冬雪と張《ジャン》 明義《ミンイ》の名前が彫られてたってのは、あとから周《ジョウ》 警官に聞いた話さ。藍冬雪！　耳を疑ったぜ。おいおい、それってあの藍冬雪かよ？　胖子がむかし惚れてた女とおなじ名前じゃないか！　話したっけ、あいつがむかし駆け落ちしようとしてすっぽかされたことがあるって？　その相手ってのが藍冬雪だったんだ。行方不明だとは聞いていたけど、胖子はいまでも彼女が怖じ気づいて雲隠れしたんだと思ってるよ。もしくは親に駆け落ちがバレて、どっか田舎のほうへやられちゃったとかな」

「張明義……」わたしは小首をひねった。「どこかで聞いた名前だな」

「おまえと小戦が人命救助をしたあの事故でひとり死んだろ」

「うん」

「あれが張明義さ」明泉叔父さんはここで声を落とし、「で、藍冬雪の親の話では、その張明義も当時どうやら藍冬雪に惚れてたみたいなんだよな。張明義の親は大きな会社の社長だから、親としては娘に張明義と交際してもらいたかった。でも、藍冬雪は胖子を選んだ。まあ、小娘のことだから胖子の見た目に惑わされちゃったんだろうな」

「つまり、張明義が藍冬雪を殺したってこと?」

「さあな」叔父さんはひょいっと肩をすくめ、「いまとなっちゃ、もうだれにもわからないことさ。ふたりとも死んじまってるんだから。それに、どうでもいいことだしな」

「どうでもいいこと?」

「だって、生きてる者がどう思おうと関係ないだろ?」

わたしはそのことについてとっくりと考え、「それもそうだね」と同意した。

「死んだ者の気が済めばそれでいいんだよ」

あの日以来、我が家ではゴキブリがぱったり出なくなってしまった——と言えれば、どんなにいいだろう。台湾からゴキブリがいなくなるのは世界が滅ぶときだけである。しかし、すくなくともあんなふうに出ることはなくなった。このわたしのように、ゴキブリたちも節度と秩序を取り戻したのである。

藍冬雪の気配を感じることも、もうない。彼女は礼も言わず、祖父を殺した犯人の名前も告げずに、死者の門のむこう側へと帰っていったのだ。今回にかぎっては、阿婆の予言もはずれてしまったのかもしれない。

「藍冬雪は胖子に知ってほしかったんだね」わたしは自分の考えを口にした。「自分はすっぽかしたんじゃないってことを」

「そうかもな」わたしの部屋を出ていくまえに、叔父さんは思い出したようにつけ加えた。「骸骨は腕時計をはめてたんだけど、針が胖子との待ち合わせ時間を指して止まってたそうだ」


数日後、わたしは幼馴染みの毛毛《マオマオ》と道端で立ち話をしていた。看護婦の彼女はその日、仕事が休みで、夜から友達とディスコへ行くのだとめかしこんでいた。長い髪を西皮《ヒッピー》のように細いバンドでおでこに押さえつけ、色鮮やかなシャツに喇叭ズボン、摩天楼のように高いコルク底のサンダルを履いていた。

わたしが生まれたときに取り上げてくれたのが、毛毛の祖父の謝医師である。わたしの祖父は初孫の誕生を、謝奶奶《シィエばあさん》と麻雀をやりながら待っていた。中国人は他人が自分の家で出産することを忌《い》み嫌うものだが、くわえ煙草で麻雀を打つ毛毛の祖母はそんな迷信を笑い飛ばせる鉄火だった。あたしゃね、邪と名のつくもんはいっさい信じないんだよ。そんな謝奶奶に、祖父はいつでも一目置いていた。父は謝家の庭先で煙草をスパスパ吸っていた。ついにわたしが産声をあげたとき、みんなに最初の一報をもたらしたのは二歳になったばかりの毛毛だったそうだ。生まれたよ、赤ちゃんが生まれたよ！

その毛毛に張明義といっしょに事故ったほかのふたりのことを尋ねると、ひとりはとっくに退院し、もうひとりはいまでも口から涎を垂らして寝ているとのことだった。

「そうそう。こないだ、あんたんとこの明泉おじさんがうちに来て胖子叔父さんと長いこと話してったわよ」

わたしはうなずいた。

「でね、明泉おじさんが帰ったあと、胖子叔父さん、しばらくひどく落ちこんでたの。それから松葉杖をついて、むかしのものがしまってあるトランクをひっぱり出してね。なにするのかなって見てたら、なかからカードみたいなものをひっぱり出して、それを見て泣いてたのよ。すごくない？　あの胖子叔父さんがよ！」

「カード？」

「あたしも気になったからこっそり調べてみたの。なんだったと思う？」

わたしはかぶりをふった。

「二十年まえの汽車の切符」

「………」

「胖子叔父さんね」と、毛毛は言葉を継いだ。「むかし好きだった人との交際をおじいちゃんに猛反対されたことがあるの。うちのおじいちゃん医者じゃん？　だから胖子叔父さんも医者にしたかったみたい。相手の女とうちじゃ、つり合わないって思ったんだろうね。それで胖子叔父さん、あんたんとこの明泉おじさんに段取りをつけてもらって駆け落ちしようとしたことがあるんだって。あの切符、そのときのものじゃないかな。なんでそんなむかしのことを急に思い出したのかはわかんないけどさ、きっと明泉おじさんがなんか言ったんだろうね。でも、そういうことってあるよね。ずっとむかしに止まってた時計が動きだしたみたいにさ、ある日そのときのつづきがまたはじまっちゃうことってさ」

旅行鞄を提げて、ひとりぼっちで藍冬雪を待つ胖子が見えた。外套のポケットには夜汽車の切符が二枚。不安と期待に満ちた若者は、刻々と近づき、そしてゆったりとした足取りで過ぎてゆく約束の時間をどんな気持ちで見送ったのだろう。ふたりがすわるはずだった座席は空っぽのまま、汽車はガタゴトと台北駅を離れてゆく。どの時点で待ち人に対する慈《いつく》しみが怒りに変わり、失望に変わり、そして虚ろな現実に呑みこまれていったのだろう。ついに待ち合わせ場所をあとにしたとき、胖子はいまのような胖子になってしまったのだろうか。

そしてあの冷たい岩の上に横たえられたとき、藍冬雪は樹々のあいだから夜空を見上げてなにを思っただろう。おなじ夜の下で虚しく待ちつづける胖子に、彼女の悲鳴がとどくはずもなく。張明義にえぐり出された心は、それを捧げるはずだった相手に触れてすらもらえず、腕時計といっしょに永遠に止まってしまったのだ。

「どうしたの、秋生？」

「え、ああ……いや」わたしは大きなあくびをして涙をごまかした。「ここんとこ徹夜つづきだったから」

「そっか、もうすぐ受験だもんね」毛毛は励ますような上目遣いで、「今度ビタミンを持ってってあげるね」

わたしが黙っていると、彼女が「なによ」と目をすがめた。

「あ、いや……なんか、おまえ、急に大人っぽくなったなって思って」

「言っとくけど、あたし年下には興味ないから」

「ふたつしかちがわないだろ」

「あたしも来月で二十ですからね」と、得意げに顎を持ち上げる。「言い寄ってくる男だっているんだから」

「へぇえ」

「なによ、ほんとなんだから」

「ガキのころはおれや小戦といっしょに泥だらけになって遊んでたくせに。憶えてるか？　野球やってておれが角材で小戦の口を怪我させたときも、おまえがピッチャーをやってたよな」

道路の反対側でクラクションが鳴った。

「毛毛！」胖子がファイヤーバードから身を乗り出して呼ばわった。「たのんどいたもん買ってくれたか？」

「叔父さんの部屋に置いた」毛毛は叫びかえし、それからわたしに肩をすくめてみせた。「紙銭と爆竹、だれかのお墓参りに行くみたい」

「果物は？」と、胖子。

「阿九のところで自分で買うって言ったじゃん。それより叔父さん、その足で車なんか運転できるの？」

「おまえの知ったこっちゃねえんだよ」

「なによ、心配してあげてるのに」

「ケッ！」いったん車のなかにひっこみ、すぐにまた頭を突き出す。「おい、秋生、うちの毛毛にへんな気を起こすんじゃねえぞ！」

わたしが反論する間もなく、胖子は車を急発進させ、もうもうたる排気ガスを残してどこかへ——たぶん、二十年前に悲しみが生まれた場所へと走り去ってしまった。


寝苦しくて目を覚ますと、あたりはまだほの暗く、窓のカーテンはそよともしなかった。豆花《ドウファ》（にがりを使わない豆腐に甘い汁をかけた食べ物）売りの間延びした声が漂ってくる。わたしはベッドに横たわったまま、その声がだんだん近づいてくるのを聞いていた。子供のころは、まだ夜も明けないうちに起き出した祖父が、よくこの豆花を買ってきては食べさせてくれたものだった。

ランニングシャツを着た祖父は手に碗を持ち、青い朝靄《あさもや》のなかにいる豆花売りを呼び止める。ふたりは朝の挨拶を交わす。豆花売りは碗に熱々の豆花をたっぷりよそいながら、またお孫さんにかい、と尋ねる。祖父は、やっぱりあんたの豆花がいちばん美味いからね、とかえす。寝ぼけ眼のわたしが豆花に目を輝かせるところを想像し、くすくす笑いながら。この葉尊麟《イエヅゥンリン》も年を取ったもんだ、と思っただろうか？　拳銃のかわりに豆花の碗なんぞを後生大事に捧げ持つ日がやってくるとはな。殺《と》った殺られたの死地を駆けめぐった日々や、兄弟分を看取った夜や、無一文の裸足で広州街にたどり着いた朝のことをふりかえったりしたのかな？

わたしは豆花が大好きだった。とくに祖父が朝に買ってきてくれるあの誇らしい一杯が。ぷるっとした豆花にれんげを突き立て、甘く煮たピーナッツといっしょにかきこむとき、この世界でわたしを愛さぬ者などひとりもおらず、わたしはこの世界に君臨する小さな覇王なのだと思えた。

天井がぐにゃりとゆがみ、びっくりして起き上がってしまった。手の甲で目をごしごしこする。

「あれ?」

涙はつぎからつぎへと頰を流れ落ち、わたしを困惑させた。

それは事件以来、わたしがはじめて流す涙だった。祖父の出棺のとき、わたしは泣き崩れる祖母を支えていた。祖母がわたしのぶんまで泣いてくれたので、わたしは泣かなかった。棺が火葬炉へと送りこまれるとき、わたしたち遺族は祖父があの世でも達者で暮らせるように声をからして祈願したのだが、わたしは明泉叔父さんの投げやりな態度が妙にツボにはまってしまい、泣くどころか笑いをこらえるので精一杯だった。さあ、さあ、父さん、よく焼いてもらえよう、明泉叔父さんはへんてこな節回しで弔辞を繰り出した。生焼けはだめだよう、ねえ、よく焼いてもらうんだぞお、そうだよ、ねえ、よく焼いてもらわなくっちゃ、よく焼けたらそのぶん早く成仏できるんじゃないのかなあ。祖父が骨と灰になって炉から出されると、わたしたちは箸を使ってそれを大事に骨壺に納めていった。小梅《シャオメイ》叔母さんがうっかり骨の欠片《かけら》を落としてしまい、それが格子蓋のあいだから排水溝へ落ちた。祖母は激怒したが、格子蓋は鉄のボルトでしっかり固定されていたので、その骨はあきらめるしかなかった。火葬炉番の年寄りが遺骨のなかにエメラルド色の結晶を発見し、これは舎利子《しゃりし》というもので、年老いた坊さんを燃やしたときなどにあらわれる、功徳を積んだ者のしるしだと言って遺族をうれしがらせた。わたしは、そんな話はあまり信用できないな、と思った。きっとカルシウムを高温で熱したときに起こる化学変化なのだろうと考えて、またしても泣くタイミングを逸してしまった。

枕に顔をうずめ、だれにも嗚咽《おえつ》を聞かれないようにした。

ほとばしる熱い涙は目だけでは処理しきれず、鼻や口からもあふれた。鼻の奥が熱くなり、口のなかはしょっぱかった。わたしは、涙は悲しいときに勝手に出るものだと信じていたので、祖父を荼毘《だび》に付したあとの数週間、ひょっとすると自分は悲しくないのかもしれないと思っていた。わたしたちが信じこんでいるほとんどのことは他人の時計で計られているので、どうしてもこのような誤解が生じてしまうのだ。

部屋を飛び出すと、わたしは台所で碗をひったくり、庭に放し飼いにしている鶏たちを蹴散らして豆花売りを追いかけた。

両側に一斗缶をひとつずつぶら下げた自転車を押しながら、豆花売りはのんびりした調子で「豆花《ダーウエ》、豆花」と台湾語で呼ばわっていた。わたしに気づくと、よっこらしょとスタンドを立てて自転車を停めてくれた。

「熱いの？」

「冷たいので」

わたしの差し出した碗に、彼は片方の一斗缶からぷるっとしたほかほかの豆花を、もう一方から甘い汁と煮ピーナッツを、そして最後に荷台の木箱を開けて氷を山盛りよそってくれた。

「あんたのおじいさんはどんなに暑くても冷たいのは買わなかったな」人懐っこい台湾語訛りでそう言いながら、彼は菅笠《すげがさ》をかぶりなおした。「あんたが腹を壊すからと言ってたよ」

その口ぶりで、彼は祖父が他界したことを知っているのだとわかった。それどころか、おそらく死因も知っているだろう。広州街には早起きで口さがない年寄りがわんさかいる。わたしが豆花を買っているあいだにも、植物園のほうからは年寄りたちの早朝社交ダンスの音楽が聴こえ、日課の早朝太極拳のためにきびきび歩いてゆく郭爺爺《グオじいさん》を見かけた。

「でも、腐っちゃいけないよ」と、豆花売りはつづけた。「人間本来叫苦境《人の世はもとより苦しいもの》、快醒快悟免傷心《早く悟れば傷つかずにすむ》。おれだって子供を亡くしてるんだから。残ったのはちょっとおつむの弱い末っ子だけさ。それでもどうにか生きていかにゃならない、こうやって豆花を一杯一杯売ってね。たいした稼ぎもないが、まあ、食ってはいける。それが大事なんだ、そうでしょ？　今生の苦しみから逃げてちゃ、あの世で清らかな幽霊になれないからね」

わたしはうなずき、代金を尋ねた。

ありがとう、葉秋生

「……え？」生暖かくて冷たい風が首筋にかかり、ぎょっとして身をすくめてしまった。「いま、なんて……」

「十元だよって言ったんだ」豆花売りが顔をしかめた。「どうしたんだ、そんなにびっくりして。おれの豆花はよそより美味いけど、よそより高いってことはないよ」

「あ、いや……」わたしは目をしばたたきながら碗を受け取り、十元玉を彼の掌に落とした。

「ちょっとほかのことを考えてたから」

「ああ、もうすぐ受験だものな」

わたしはうなずいた。

「まあ、勉強も大事だけど、あまり根を詰めすぎないほうがいいな」豆花売りの顔はよく陽に焼けていて、冥土の瘴気など微塵も感じさせなかった。「あんたのおじいさんだってきっとそう言うよ。人の世での成功なんか一時《いっとき》だけのことさ」

豆花の碗を抱えて家に帰ると、ちょうど母が寝室の網戸を引き開けているところだった。建て付けの悪い網戸を開け放したままいったん部屋のなかへひっこんだ母は、すぐに両手でなにかを包みこんで窓辺へと戻ってきた。なにか大切なもの、さもなければ壊れやすいもののようだった。わたしが鶏たちといっしょに見守っていると、母はのぼりはじめた太陽を懐に抱こうとするかのように、両手をいっぱいに広げた。

まるで幸せの青い鳥みたいに、その手のなかから一匹のゴキブリが飛び立っていった。

第六章　美しい歌

その日、学校から帰ってきたわたしの耳に飛びこんできたのは、あたりをはばかるようなひそひそ声だった。

「植物園に朝の体操をしにやってくる年寄りたちと、どうやら何度も激しい言い合いをしていたらしいんですわ」

「そうなんですか」

母と周《ジョウ》警官が居間で話しこんでいた。わたしに気づいた周警官がちょうど潮時とばかりに席を立つ。

「もうお帰りですか？」母も立ち上がる。「もう一杯お茶を如何ですか？」

「いや、今日はちょっと事実確認に寄っただけなので」

「周警官！」学生鞄を肩にかけたまま、わたしは急きこんで尋ねた。「じいちゃんのことでなにかわかったんですか？」

母が舌打ちをし、大人の話に子供が口を出すなと目顔《めがお》で釘を刺してきたが、わたしは断固として動じなかった。

「まあまあ」周警官が顔の汗を拭きながら母をなだめた。「じつは、きみのおじいさんが生前ある人たちともめ事を起こしていたというのがわかってね」

「だれですか?」

「悪いが、それは言えないんだ」

「植物園に来る年寄りですか?」

「なにもその人たちのなかに犯人がいると言っているわけじゃない」周警官が困ったように笑った。「ただ、ほんとうにそういう事実があったのかを確認するために今日は寄らせてもらったわけで」

「でも、その人たちのアリバイはとるんでしょ?」

「もちろんだ」

「その人たちがだれかを雇ったという可能性もあります」

しかし暇乞《いとまご》いをする周警官はにこにこ笑うばかりで、そのおちょぼ口は牡蠣《かき》のように固く閉ざされていた。

こうなったら背に腹はかえられない。わたしとしては、うるさく母にまとわりつくしかなかった。

「なんだよ、教えてくれたっていいじゃないか!」

「あんたは余計なこと考えてないでちゃんと勉強しなさい」

わたしは決死の覚悟で、なおも夕餉《ゆうげ》の支度で忙しい母に迫った。あまりにもうるさくつきまとったものだから、しまいには母が癇癪《かんしゃく》を起こして包丁をふり上げた。

「さっさと部屋へ戻りなさい、これ以上つべこべ言うなら斬り殺すわよ！」

わたしはすごすごと部屋に戻って、学生鞄を床にたたきつけた。

母、蔡玉芳《ツァイユウファン》は湖南省の生まれで、戦火を逃れて方々を転々としていたとき山中で虎に襲われたことがある。そのとき母はまだ十歳そこそこだったはずなのだが、背中には小さな妹をおぶっていた。薪をひろうために森へ分け入ったときのことである。藪のなかから飛び出してきた虎の目は、炎のように燃えていた。子牛ほどもある大きなやつだった。喉の奥から恐ろしげなうなりを発しながら、母にむかってゆっくりと歩いてくる。ただならぬ気配を察して、火がついたように泣きだす背中の妹。母は落ちていた木切れをさっとひろい上げ、両手で構えて虎をにらみつけた。そして、言った。

「いまはやめて」

わたしはこの話が大好きで、子供のころは何度も母にこのひと言の意味を尋ねたものだ。そのたびに、よくわからないわ、と言われた。とにかく母は虎から目をそらさず、「いまはやめて」とだけ言った。すると、虎は母のにおいを嗅ぎ、ぷいっときびすをかえして森の奥へ消えていったそうだ。

「たぶんお腹がすいてなかったのね」と母は言った。「どこかで死人でも食べたんじゃないかしら」

『水滸伝』では武松が虎を討つわけだが、わたしはむかしから武松のことをどうしても男だとは思えなかった。わたしのなかでの武松はむくつけき豪傑などではなく、凛《りん》とした女傑なのだ。その女傑のまえでは、人喰い虎でさえ恐れをなす。早い話、母を本気で怒らせる度胸がないのなら、おとなしく勉強をするほかなかった。

ちなみに、そのとき母がおぶっていた圓芳《ユエンファン》叔母さんは、いまも家族といっしょに屏東（台湾最南端の県）で幸せに暮らしている。一度だけ圓芳叔母さんに虎のことを尋ねてみたことがあるのだが、なにも憶えていないとのことだった。


周警官の言ったことは、小さな棘《とげ》のように、ずっとわたしの心にひっかかっていた。明泉《ミンチュエン》叔父さんがうちへ夕飯を食べに来たとき、叔父さんを庭先に誘い出して探りを入れてみたりもした。

「そういえば、すこしまえに周警官がうちに来たよ」わたしはさりげなく持ち出した。「じいちゃんともめてた人がいるって。叔父さん、なんか知ってる?」

「親父はいろんなところで恨みを買ってたからなあ」

「周警官の話じゃ相手は植物園の年寄りらしいけど」

明泉叔父さんは、ああ、あの件か、という感じでうなずいたが、なにも教えてはくれない。わたしは念力を送りつづけた。すると、叔父さんがわたしの真剣な思いを一笑に付した。

「ちがうちがう、年寄りの喧嘩なんか挨拶みたいなもんだからな」

「そんなのわかんないじゃないか」

「いやいやいやいや、ないないないないない!」

「………」

口の軽い明泉叔父さんにしてみれば、この反応は驚くべきものだった。明泉叔父さんにとって秘密とは、それがどんな類の秘密であれ、蛙《かえる》にとっての雨のようなものである。ゲコゲコと歌わずにはいられない。それなのに、このときばかりは黙して多くを語らなかった。大人たちはみんな、なにかを隠している。わたしがそう思うのも、無理からぬことだった。

わたしのなかでは疑念と確信がシーソーをしていた。日々、あっちに傾き、こっちに揺れした。植物園の年寄りなんかに祖父を殺せるはずがないと納得した翌日には、やつら以外に犯人はいないと確信した。勉強はさっぱり手につかず、ふつふつと苛立ちがつのり、そのせいで学校では喧嘩もしたが、やればかならず勝った。

わたしは不機嫌な不発弾と化した。毛毛《マオマオ》に声をかけられたのは、そんな危険な状態で阿九《アジョウ》の九官鳥にかまっているときだった。

「中華民国万歳、中華民国万歳……ほら、言ってみろ、この馬鹿鳥」

夕焼けが広州街を赤く染めていた。

名前を呼ばれてふりむくと、めかしこんだ毛毛がいた。彼女とおなじようにめかしこんだ女の子たちと連れだっていた。ひとりは近所の胖妹《パンメイ》で、もうひとりは毛毛の妹の瑋瑋《ウェイウェイ》だった。

「どうしたの、秋生《チョウシェン》？」

「なにが？」

「阿呆みたいにぼーっとしちゃってさ」

胖妹と瑋瑋が笑った。胖妹は子供のころひどいデブで、このときもギラつく歯列矯正器具をつけていたのだが、のちにアメリカへ移民してモデルとして成功を収める。

「どうせおれは阿呆だよ」

「なにかあったの？」毛毛の声が低くなった。

「なんもねえよ」

「怪我してるじゃん」

「うるせえな、なんでもねえって言ってるだろ！」

九官鳥が媚《こ》びるように、中華民国万歳、としゃべった。それほどわたしの眼光は鋭く、全身に殺気がみなぎっていたのだ。激しい喧嘩に勝利したばかりで、ゆがめた口の端には絆創膏を貼っていた。

女たちの罵声と九官鳥の声に背をむけ、わたしは反抗的な態度でその場を立ち去った。

「葉秋生《イエ》、あんた、自分がかっこいいと思ってるんでしょ！」胖妹だ。「今日は毛毛の誕生日なのよ、もっとましなことが言えないの？」

「生日快楽《おめでとう》！」わたしは肩越しに叫びかえした。「これで文句ねえだろ！」

なおもずんずん歩いていると、うしろから頭をバチンとはたかれてしまった。

「痛《いて》えな！」

「どうしたってのよ？」毛毛は両手を腰に差し、「いったいなにが気に入らないの？」

「おまえには関係ねえだろ」

「あるに決まってんじゃん、この馬鹿」

「はあ？」

「あたしはあんたが生まれるところをこの目で見てるんだからね」

「だからなんだよ？」

「人をたすけたらその人の人生に責任を負わなきゃならないってインディアンの諺《ことわざ》にもあるじゃん」

「…………」

「とにかく、弟がそんなふうに腹を立ててるのにほっとけるわけないじゃん」毛毛は拳骨を持ち上げ、「さあ、話してごらん。だれがあんたを怒らせたのか知らないけど、いまからいっしょにそいつをぶっ飛ばしにいこう」

毛毛は真剣そのものだった。

彼女なら、ほんとうにそうするだろう。小学校四年生のとき、わたしは六年生の子に泣かされたことがある。あのときも毛毛が話をつけてくれたんだっけ。わたしを泣かせた子を捕まえると、毛毛は出会い頭にそいつの頬をふたつ張った。目を白黒させているそいつに、毛毛は堂々と言ってのけた。喧嘩したいなら、あたしが相手になるわよ。それからふたりは先生たちに引き剝がされるまで、運動場で取っ組み合っていた。

胸のなかのしこりが、すうっとほぐれていくような気がした。

毛毛は薄紫の短いスカートを穿いていた。長い髪をヒッピーのようなバンドで留め、腕が透けて見える派手なシャツを羽織り、コルク底のサンダルを履いていた。目を黒々と塗りたくり、真っ赤な口紅を引いていた。

心臓がなにかにつまずいたみたいに脈打った。香水がふっと鼻先をかすめる。わたしたちはそれくらい近くに立っていた。

毛毛が目をすがめた。「なにボケッとしてんのよ？」

「あ、ああ……いや、べつに」彼女のことは生まれたときから知っているのに、まるではじめて見る人のようだった。「さっきはごめん、ちょっといらいらしてただけだよ……二十歳、おめでとう」

「ねえ、なにかあったの？」

上目遣いに訊いてくる毛毛は、びっくりするくらい可愛かった。

口を開いたわたしを、口笛の音が撫でていく。一瞬、自分が無意識に吹いたのかと思い、あわてて口をつぐんだ。抑揚のある、ねっとりとからみつくような口笛で、その意味するところはだれが聞いても明らかだった。

バスケットボールをつきながらとおりすぎる男たちを毛毛がにらみつけた。大学生と思しき一団で、口笛を吹いた男はにやにやしながら毛毛をふりかえっていた。

「なに口笛なんか吹いてんのよ？」毛毛は顎を持ち上げ、声を張りあげた。「そんなに吹きたきゃそのへんの犬にでも吹けば？　無駄に粋がってたら怪我するわよ」

面食らった男が歩道から足を踏みはずし、車道へよろめき出て車に轢かれそうになった。クラクションが放たれる。仲間たちがそれを見てどっと笑った。バスケットボールを持っていた男が、口笛男の頭にそれを軽くぶつけた。

「なめんじゃないわよ」毛毛は口の端を吊り上げ、わたしに顔を戻した。「で？」

「え？」

「なんでいらいらしてんのよ？」

どぎまぎしつつも、わたしは周警官と明泉叔父さんに植えつけられた疑念を素直に打ち明けた。どぎまぎしていることを気取られるくらいなら、どんなことでもやってやるぞという気分だった。

「つまり」と、毛毛は思案顔で言った。「秋生は植物園の年寄りのだれかが葉爺爺《イエじいさん》を殺したと思ってるの?」

わたしはかぶりをふった。それが彼女の質問に対する答えなのか、それともわからないということなのか、自分でもわからなかった。

毛毛はわたしをじっと見つめ、わたしは彼女を見つめた。映画ならここでロマンチックな音楽が大音量で流れ、ふたりの唇は自然に吸い寄せられただろう。もちろん、そんなことにはならなかった。きびすをかえすと、毛毛は一目散に胖妹たちのところへ走っていった。わたしはホッとするのと同時に、すこしだけ哀しい気持ちになった。彼女は灯りはじめた〈牛肉麵〉や〈魯肉飯〉の電光看板の下を駆けぬけ、胖妹たちを捕まえてなにか言った。胖妹がわたしを指さし、恨みがましそうになにか言いかえす。毛毛はさらになにか言い、それから胖妹と瑋瑋に別れを告げてわたしのところへ戻ってきた。

「いまから植物園に行こう」

「え?」

「こうなったらもう自分で調べるしかないじゃん」

「それはそうだけど」わたしは躊躇《ちゅうちょ》した。「いまからどこかへ出かけるんじゃないの?」

「ちょっと踊りにね」

「だったら……」

「大徳は閑《のり》を踰《こ》えず、小徳は出入《しゅつにゅう》して可なりってやつよ」

「…………」

「孔子の言葉だっけ？　大事なことをちゃんとしてれば、小さいことは多少踏みはずしたっていいってこと。孔子のお弟子さんの言葉だったかも。とにかく真理だわ」

「『論語』なんか読んだの？」

「自分に都合のいいところだけね。さあ、いこ」そう言って、彼女はじれったそうに手招きした。「誕生日なんかどうせ毎年あるからいいのよ」


けっきょくその日はなにも収穫はなかったが、翌朝からわたしは登校前に植物園へ立ち寄るようになった。もちろん、聞き込みをするためである。学校へ行くバスは植物園の裏から出ていたので、わたしには好都合だった。

植物園の正式名称は台北植物園である。正門は博愛路に面しているが、広州街にも小さな裏門が切ってあり、わたしはふだんこの裏門から出入りしていた。

緑色の回転扉からなかへ入ると、遊歩道に沿ってさまざまな熱帯植物が植わっている。台湾原産、フィリピン原産、中南米やアフリカ原産の草花や低木、そして棕櫚の樹々が連なる。梢にはリス、池には子供たちがいつか釣り上げてやろうと狙う小魚が泳ぎまわる。いわば近隣住民の憩《いこ》いの場なのだ。時間帯によって観察できる人々の層が変わる。朝は太極拳や体操、社交ダンスに励む年寄りたちが詰めかけ、昼は学生たちが蓮池をスケッチしたり、子供たちが遠足に訪れたり、なにもすることのない暇人がベンチにすわってぼさっとしている。琴を爪弾《つまび》く辻占い師がいることもある。そして夜ともなると、恋人たちでにぎわった。

バスがやってくるまでのわずかな時間を利用して、わたしは周警官の言ったことの裏付けをとろうと躍起になった。社交ダンスや体操をしている年寄りに祖父の写真を見せてまわった。年寄りというものはえてして会話に餓えているので、たちまち山のような目撃証言があつまった。ろくでもない話ばかりだった。もしもわたしが警察官なら、祖父を二、三日豚箱にぶちこむこともできただろう。それほどまでに祖父の悪名は植物園の隅々にまで轟いていた。この人なら知ってるわよ、ほら、ときどき岳《ユエ》さんたちに難癖をつけてた人でしょ。年寄りたちはぶちまけた。あ、間違いない、あの偏屈じじいだ、あんた、この人の孫なの？　最近お見かけしないみたいだけど、どうしたの？

「岳さんというんですか？」

「蓮池のところで、毎朝みんなで歌を歌ってる人たちがいるでしょ？」

そう言われても、朝の植物園は歌ったり踊ったりする人たちでいっぱいなのだ。ナツメグの香りのするべつの年寄りが話を継いだ。

「あんたのおじいさんはいつもうるさいうるさいって言って、あの人たちのことを怒鳴りつけていたのよ」

「一度、岳さんがひどく怒ってね、これがもし四十年前ならあんたのおじいちゃんを絶対に殺してたって言ってたわよ」

あのころ、なぜ自分があんなふうに偏執的ともいえる熱心さで犯人捜しをしていたのか、いまとなってはよくわからない。居ても立ってもいられなかったのはほんとうだ。じっとしていると、なにかよくないものが体にどんどん溜まっていくような気がした。もしかすると受験という現実から目をそらしたかっただけなのかもしれない。受験に失敗したときの言い訳を、ちゃっかり用意しようとしていたのかもしれない。おれは一生懸命やったんだ、だけどじいちゃんを殺したやつがのうのうと生きていると思うと、云々《うんぬん》。わたしの模試の評定は志望校にてんで足りていなかった。

祖父のことは大好きだが、祖父の人となりを知れば知るほど、手放しでは尊敬できなくなる。祖父は身内には徹底的に甘く、鋼鉄のような忠義を発揮するいっぽうで、他人にはたゆまず無礼だった。無礼千万だった。こんな話を耳にした。台風のあと、植物園を散歩していた祖父は落ちている蜂の巣を見つけた。じっと見ていると、ほかの年寄りがその巣をひろい上げ、蜂の子をほじくり出してむしゃむしゃ食べだした。とおりすがりの人たちも足を止めてお相伴にあずかった。すると、祖父が一喝したそうだ。野蛮人どもめ、この島に文明の光が射すのはいつのことやら！　年寄りたちが祖父について語るのを、わたしは身の細る想いで聞いていた。

わたしは蓮池のほうまで足をのばした。

歌を歌っている老人のグループはふたつほどあって、どちらもラジカセの音量を最大にし、ひとつは台湾語の歌を、もうひとつは日本語の歌をみんなで熱唱していた。鬼瓦のようなおばさんに尋ねると、台湾語でわめかれてもうひとつのグループのほうに追い払われてしまった。そっちではばあさんがバイオリンの伴奏に合わせて『朧月夜《おぼろづきよ》』をひょろひょろ歌っていたが、このバイオリン奏者が岳さんだったのである。

わたしの視線に気づいた岳さんがにっこり笑った。スウェットの上下を着た温厚そうな人だった。わたしは会釈し、しばらく郷愁に満ちた日本語の歌を聴き、それからバスに乗って学校へ行った。

翌日も行ったが、またしても岳さんと話す機会は訪れなかった。日本の美しい童謡を二曲ほど聴いただけで終わった。わたしの疑念を深めるような発見はなにもなかった。新しい発見といえば、童謡を聴いているとき、毛毛の顔が目のまえにちらついて往生したことくらいだった。

さらにつぎの日は、岳さんが来ていなかった。わたしは日本の童謡をでたらめに口ずさみ、いつかこの歌を毛毛にも聴かせたいなと思いながら、バスに乗って学校へ行った。

そんな状態が一週間ほどつづいた。

ようやく岳さんと話す機会を得たときには、わたしは『朧月夜』を空で歌えるようになっていた。毎朝登校前に、ビニール袋に入れた朝食をもそもそ食べながら歌を聴きにやってくる酔狂な高校生が、年寄りたちの話題にならないわけがなかった。で、ついに岳さんが話しかけてきたのだった。

「最近よく見かけますね」

わたしは食べかけの包子《ボウズ》を口に押しこみながら頭を下げた。

「日本の歌は好きですか?」

「はい」大急ぎで咀嚼《そしゃく》する。「とてもきれいな歌ばかりです」

「わたしたちは日本語教育を受けた世代なんですよ」グレーのスウェットを着た岳さんが言った。「こうしてむかしを懐かしんでいるわけです」

一八九五年から一九四五年までの五十年間、台湾は日本の統治下にあった。言うまでもなく、日清戦争の敗戦による割譲である。この間、同化政策によって台湾の学校教育はすべて日本語で行われた。だから必然的に、日本人として生き、日本を故郷のように慕う岳さんたちのような日本語世代があらわれることになる。彼らの日本に対する愛情にはなみなみならぬものがある。第二次世界大戦のときは、自ら志願して大日本帝国のために戦った人たちもいたほどだ。そのせいで約三万人が命を落としたと教科書には書いてある。アメリカから空爆も受けた。岳さんたちは日本人として、お国のため、昭和天皇のために命を投げ打ったのだ。

なのに敗戦と同時に、日本は台湾をばっさりと切り捨てた。やっぱりきみたちは台湾人なんだ、台湾人は台湾人であって日本人ではない、どうかお幸せに。それまで日本人として生きてきた人々の自我は、このとき音を立てて崩壊した。大陸で共産党に駆逐された国民党がこの島になだれこんできたのは、(外省人のわたしが言うのもなんだが)まさに泣きっ面に蜂だった。すぐに台湾人への弾圧がはじまった。日本語のみならず、台湾語の使用まで禁じられた。台湾生まれの台湾育ちのわたしが、台湾語が不如意なのはこのためである。

「ぼくは……」口のなかのものを嚥下《えんげ》してから、わたしは言った。「葉尊麟《ヅゥンリン》の孫です」

岳さんの表情が曇った。

口を開くまえに、わたしは岳さんを観察した。彼の体のどこかに嘘をついているサインがあらわれることを期待して。瞼《まぶた》の痙攣《けいれん》やまばたき、定まらない視線や発汗。残念ながら、そんな徴候はまったく見て取れなかった。岳さんはただひたすら、わたしのことを怪訝《けげん》に思っていた。

「生前、祖父が岳さんと——すみません、岳さんのこともすこし調べました。祖父が岳さんとよく喧嘩していたと聞いたので、どんな人だろうと思っていました」

「生前？　彼は亡くなったのですか？」

「昨年、殺されました」

　岳さんが驚きに目を見張った。

「きみはまさかわたしが……」

「いいえ」わたしはかぶりをふった。「ここに寄るようになってすぐ、あなたはそんなことをするような方ではないとわかりました」

「なぜ？」

「なんとなく」

「なんとなく？」

「しいて言えば、とても自制心があるように見えるから。バイオリンが上手いせいかもしれません。楽器の習得に自制心は欠かせないものでしょ？」

　岳さんは顔を和ませ、「音楽家に悪い人間はいないと？」

「そうは言いませんけど。ただ、ぼくのなかでは人を殺すことができるのは祖父や祖父の兄弟分のような人たちなんです。岳さんと祖父では、ぜんぜんタイプがちがうということです」

「それだけでわたしが犯人ではないと？」

「まあ、勘ですかね」

「きみは高校生ですか？」

「来月受験です」

「きみはまっすぐな人ですね」

「はあ……」

「単純で、天真爛漫で、世のなかの醜い部分をなにも知らない。わたしだって戦時中は人を殺しました」岳さんが言った。「日本軍としてビルマで戦いました。しかも志願して行きましたよ」

「そうだったんですか」

「でも、きみのおじいさんは殺していません」

「はい」

「それなら、なぜ毎朝ここへ？」

「わかりません」すこし考えてから、つけ足した。「歌を聴きたかったのかもしれません」

岳さんはわたしをじっと見つめた。それから、わたしをグループの人たちからすこし離れたベンチへと導いた。

わたしたちはならんで腰かけ、蕾《つぼ》みはじめたばかりの蓮池を眺め渡した。

「きみのおじいさんがわたしたちを目の敵にする気持ちはわからんでもない」なんの前置きもなく、岳さんはそう切り出した。「あなたたちは外省人でしょう？　そして、あなたのおじいさんはおそらく大陸で抗日戦争を戦ったはずです」

わたしはうなずいた。

「彼の目には、日本統治時代を懐かしむわたしたちのような者は、奴隷根性に骨の髄まで冒された裏切者に映るんでしょう。それはオーストリア人やチェコスロバキア人がドイツの歌を歌って、ナチスの統治時代を懐かしんでいるようなものかもしれません」

彼の話し方は落ち着いていて、知性と風格を感じさせた。

「霧社《むしゃ》事件のことは？」

「はい、知ってます」

一九三〇年に台湾先住民が日本の統治に対して武装蜂起した事件だ。手はじめに派出所が襲われ、約百四十人の日本人が殺害された。総督府はただちに軍隊と警察を投入して、徹底的に武力弾圧した。暴動を鎮圧したあとも日本人は報復をつづけ、約千人の台湾人が殺された。

「日本統治時代のすべてがよかったなどと言うつもりは毛頭ありません。ですが、わたしたちのグループはみんな多かれ少なかれ日本人にたすけられた経験があるんですよ。ほら、いまマイクを持っている宋《ソン》さんは子供のころ日本人の経営するコーヒー農園で働いていました。貧しくて学校に通えなかった宋さんの学費を出してくれたのは日本人の農園主です。そのおかげで宋さんは高校まで卒業して、いまは小さな会社の社長をしています。わたしも小学生のころはよく中江《なかえ》先生にご飯を食べさせてもらっていました――あなたのおじいさんはどのようにして？」

「わかりません。ただ警察の話では、たぶん行き当たりばったりの犯行ではないんじゃないかということでした」

「つまり計画的だったということですか？」

「いまのところ犯人の目星はまったくついてないみたいですが」ここで思い出して訊いてみた。「周警官という人が聞き込みにきませんでしたか？」

「いいえ、わたしのところにはなにも」

それでわたしは周警官がやる気もなければ、尊敬に値する人間でもないということがわかった。あの男が母に岳さんたちのことをほのめかしていたのは、もう何週間もまえのことである。

職務怠慢もいいところではないか！　台湾の警察官がひとり残らず周警官のようなぽんつくだとは思わないが、この国の見通しが明るいとも思えなかった。

「祖父は長所よりも短所のほうがはるかに多い人でした」

岳さんは蓮池に目をむけていた。

「だけど、そんなことは関係ないんです」

「わたしたちが日本を懐かしむのと、どこか似てますね」

「はい」

「きみのおじいさんはいつも不機嫌でした」岳さんが言った。「胸のなかにまだ希望があったんでしょうね」

「希望？」

「苛立ちや焦燥感は、希望の裏の顔ですから」

岳さんの言わんとすることは、なんとなくわかるような気がした。祖父にとって、あの戦争はまだ終わっていなかったのだ。だからこそ後生大事にあのモーゼルを磨きつづけていた。だからこそ李爺爺《りじいさん》や郭爺爺《グオじいさん》のように台湾の生活に馴染めず、また馴染もうともしなかった。怒りの炎を消すまいと、いつも自分を駆り立てていた。大陸を出たときに止まってしまった祖父の時計は、大陸にガツンと一発お見舞いしてやらないかぎり、ずっと止まったままだったのだ。

わたしは腕時計に目を落とし、立ち上がって岳さんに非礼を詫びた。

「バスの時間かね？」

「はい」

「よかったら、また来てください」

わたしはもう一度頭を下げてから、とぼとぼバス停へ歩いていった。その朝を最後にわたしの探偵ごっこは幕を閉じ、その後岳さんを訪ねることもなかった。

後年、わたしは独学で日本語を習得し、仕事で台湾と日本を行き来するようになるのだが、もしかするとこのときの経験がなんらかの形で影響していたのかもしれない。

だれにわかる?

スモッグに霞む台北の真っ赤な夕焼けを眺めていると、いまでも不意に『朧月夜』が胸に迫ってくることがある。

春風そよ吹く　空を見れば
夕月かかりて　におい淡し

そんなとき、無垢な歌声の伴奏は、いつも決まって岳さんのバイオリンなのだ。

そして、すこしだけ毛毛のことを思い出す。さあ、話してごらん。あの日、二十の誕生日を迎えたあの日、毛毛はわたしのために拳を固めた。だれがあんたを怒らせたのか知らないけど、いまからいっしょにそいつをぶっ飛ばしにいこう。

ただの幼馴染みではなく、ひとりの女性として彼女のことを意識しはじめたのは、たぶんこのころからである。

第七章　受験の失敗と初恋について

案の定と言うか、意にたがわずと言うか、やはりわたしの大学受験は不首尾に終わり、その年の九月、陸軍軍官学校に入学したのだった。とはいえ、この学校の思い出はあまりない。それというのも、半年で自主退学することに決めたからだ。

わかっていたことではあるが、規律や愛国心、厳しい上下関係をたたきこむために、陸軍官校では先輩による後輩いびりが日常的に行われていた。で、軍隊同様、夜になると「叫んでもよい時間」なるものがあった。「叫んでもよい時間」はアメリカのウエストポイント士官学校に倣《なら》って正式に認められたわたしたちの権利だったので、昼間さんざんいたぶられた鬱憤《うっぷん》を晴らすべく、わたしたちは毎日のように宿舎で、便所で、だれもいない運動場の片隅で泣き叫んだ。意地悪な先輩の名前を連呼し、考えつくかぎりの悪口雑言で罵倒した。「叫んでもよい時間」は十分間にかぎられていたので、感情を爆発させようと思うなら急がなければならない。わたしたちの怒声は校舎の屋根を吹き飛ばし、近隣に轟き渡り、犬たちの遠吠えを誘発した。犬の遠吠えはいつでも飼い主の怒りを買うので、犬たちも痛い目に遭った。

実際、わたしたち一年生は犬のようなものだった。犬よりましな点があるとすれば、捕って食われることがないだけだ。しかも意地悪な先輩の上にもさらに輪をかけて意地悪な先輩がいて、だから意地悪な先輩たちもこの時間をおおいに活用していた。一度、昼間の集団教練時にわたしの腹を軍靴で蹴飛ばした先輩を呪ってやろうと勇んで便所に駆けこんだら、当の先輩自身がすでに彼の先輩を激しくののしりながら壁をたたいたり蹴ったりしていた。わたしは回れ右をして便所を出、自分の寝台に寝そべって天井をじっと見つめた。だれかに受けたむごい仕打ちの怒りをその本人にむけるのではなく、もっと弱い者にむけなければならないのは、なんとしても納得がいかなかった。いずれ進級すれば、つぎはわたしたちが後輩をいたぶる側にまわることになる。この学校でわたしたちが学ぶのは絶対服従の精神や、ともにいじめを耐えぬいた仲間たちに対する連帯感と帰属意識だ。そしてつぎの世代へと受け継がれるのは、怒りの鉾先《ほこさき》をなんの恨みもない人たちへとすりかえる、その巧みな自己欺瞞である。わたしたちは他人を模倣し、その欲望を取り入れることでしかわたしたち自身になりえないと説くジャック・ラカン。彼は正しい。そうやって戦争までもが模倣されることになるのだ。

もちろんそんな高尚なことを考えて退学を決めたわけではない。腹にめりこむ軍靴や容赦ない平手打ち、えんえんと終わらない腕立て伏せに辟易《へきえき》してしまっただけのことである。なんたる人生の無駄遣い！　とてもじゃないが、耐えられなかった。で、旧正月の休みに帰宅したのを最後に、そのまま二度と学校へは戻らなかった。

「軍校に戻らずになにをするつもりなんだ？」仏頂面《ぶっちょうづら》の父が訊いてきた。

「まだ決めてないよ」わたしの態度もあまり褒められたものではなかった。「でも、こんなのはおれのやりたいことじゃない」

「なにがやりたいんだ、おまえは？」

苛立ちをつのらせる父に、祖父を殺《や》ったやつを捕まえたい、と言うわけにもいかなかった。それは嘘ではない。祖父が殺されてから、自分がどんどん縮こまっていくような気がしていた。大学受験の失敗で、未来はすっかり閉ざされたと思った。これまでの人生でもっとも輝かしい瞬間といえば、あの日、雷威《レイウェイ》の定規刀で自らの太腿を突き刺したことくらいだ。陸軍官校ではしょっちゅう傷痕に触れて自分を慰めた。あのときの覚悟を、新しい鍵を手に入れたようなあの達成感を思い出せそうな気がして。すると、いつだって心がすこしだけ楽になるのだった。

「おまえがなにをやりたいにせよ、この国ではほんとうの人生は兵役後にはじまるんだ」父はわかりきった因果を含めた。「軍校をちゃんと卒業したらだれでも少尉になれるんだぞ、いいか、だれでもだ！」

「で？」

父が目をすがめた。

「職業軍人になって、恨みもない人を殺して、それでじいちゃんみたいにだれかに殺されるのか？」

父は憤慨したが、今回は鞭を取り出す気力すらなくすほどひとり息子に絶望した。そのせいで気持ちまでもがおおらかになり、出ていけ、おまえの顔も見たくない、兵隊にでも街のゴロツキにでも好きなものになるがいい、最悪、宇文《ユィウェン》叔父さんの船にでも乗せてもらえと言って、まるで犬でも追っ払うように手をひらひらさせた。

「上等だよ！」わたしは大見得《おおみえ》を切った。大人ぶっていても、まだ十九歳だったのである。「こんな家、こっちから出てってやる！　あんたの劣等感にこれ以上ふりまわされてたまるか！」

「劣等感？　なにを言いだすんだ？」

「じいちゃんが宇文叔父さんばっかり可愛がってたから面白くねえんだろ」わたしは執拗だった。「だから一生懸命勉強して、一生懸命いい大学に行って、じいちゃんに認められたかったんだろ。たしかにじいちゃんはあんたのことを認めてたよ、葉家《イエ》で最初の大学生としてな。でも宇文叔父さんや明泉《ミンチュエン》叔父さんみたいに愛していたのかって話だぜ」

父の顔が見る見る紅潮し、目が潤んだ。どうやら痛いところを突いてしまったようだ。もう充分だった。しかしわたしの口は勢いがつきすぎて、すぐには止まらなかった。

「宇文叔父さんのことも馬鹿にしてんじゃねえよ。高校教師が船乗りより偉いのか？　体張って生きてる人間を見下してんじゃねえぞ！」

わたしの声がまだ消えないうちに母がさっと飛んできて、顔に渾身の平手打ちを食らわせた。バッチーンと頬が爆ぜ、星が散った。口いっぱいに溜めていた不平不満がたたき出され、わたしは目をぱちくりさせた。

「閉嘴《おだまり》！」反対の頬にもキツいのがきた。「自分を何様だと思ってんの、あんた⁉　ちょっと体が大きくなったからって親に口ごたえなんかして！　謝りなさい、跪《ひざまず》いてお父さんに謝りなさい！」

わたしがびっくりして立ち尽くしているのを母はさらなる反抗と捉え、おまえがそういう態度ならこっちにも考えがあるとばかりにうなずいた。待ってなさい、と言い残して奥へひっこみ、戻ってきたときには手に父の鞭を握りしめていた。

「もういっぺん言ってみなさい——劣等感があるのは——あんたのほうじゃない——軍校すら——勤まらないなんて」

母は鞭で一語一語を区切るようにしてわたしをひっぱたいた。ヒュッと風を切る音が言葉と言葉を切り離す。鞭が入るたびにわたしは悲鳴をあげ、ぴょんぴょん飛び跳ね、体を丸めてあとずさった。

「痛《いて》ぇな！」

「わかった？　——」ヒュッ。

「痛っ！」

「親にそんな口をきくと——」バシッ。

「あっ！」

「どうなるか——」ヒュッ。

「痛い！」

「わかったの？　——」ビシッ。

「痛いって！」

「高校教師のほうが——」ヒュッ。

「やめてよ！」

「偉いに決まってるわ」バシッ。

「いい加減にしないとおれも怒るぞ！」

「怒る？　——」ヒュッ。

「痛いってば！」

「怒ってみなさい」ビシッ。

「ちょっとタイム！」わたしは野球選手のように両手でTをつくった。「血が出た！　血が出た！」

「これでもまだ跪かないの——まだ謝らないの——たたき殺してやる——あんたみたいな子は——わたしがたたき殺してやる！」

母の剣幕は尋常ではなく、わたしを家じゅう追いまわした。周章狼狽《しゅうしょうろうばい》した父が止めに入ったほどだった。

わたしはたまらずに家を飛び出した。めったやたらとふりまわされる鞭から逃れるには、それしかなかった。

「あんたなんか二度と家に帰ってくるな！」

母の怒鳴り声が網戸を突き破り、縁起物のパイナップルや大根が砲弾みたいに飛んでくる。

わたしは全速力で走らなければならなかった。


街はまだ旧正月の名残りを留めていた。爆竹の燃え滓が風に舞い、ロケット花火の棒がそこかしこに落ちている。祝い事があるときに欠かせないのが花火だが、そのせいで火事になることも多かった。その年は、わたしたちが子供の時分から鬼屋《お化け屋敷》と呼んでいた家が燃え落ちた。それは阿婆《アポ》の店に行く途中にある黒い門扉の家で、とりたててなんの伝説も目撃談もなかったが、黒い門のせいで子供たちに忌み嫌われていた。だれもお化け屋敷のなかを見たことはなかった。近所のことならなんでも知っている邵奶奶《ショウばあさん》でさえ、だれが持ち主なのかしかとは知らなかった。燃え落ちてみてはじめてわかったのだが、黒い門はお化け屋敷の勝手口で、正門はわたしたちの家とおなじ赤い門だった。焼け跡には燦々と陽の降りそそぐ、気持ちのよさそうな芝の庭があった。

子供たちのお年玉をあてこんだ胡散くさい香腸《ソーセージ》屋台もまだ出ていた。こうした屋台はソーセージを焼く傍らにチンチロリンのどんぶりやパチンコ台をしつらえ、店主と勝負して勝てば大きなソーセージがもらえた。一攫千金を夢見るガキどもが群がっていたが、そういうところのソーセージにはネズミの肉が使われていると言われていた。

行くあてもないので、李爺爺《リじいさん》のところへ行ってみた。

李爺爺の家はせまい路地の突きあたりにあり、陽のあたらない庭に覇気のない鶏を一羽だけ飼っていた。ずっと飼っているので情がうつり、食いそびれているうちに鶏もすっかり老いぼれてしまったのだ。この老鶏はほかの鶏たちがシメられるのをつぶさに見てきたので、ちょっとやそっとのことでは動じず、目に深い悲しみをたたえていた。季節はずれの玉蘭花が咲いていていて、花香が漂っていた。

客間では李爺爺と郭爺爺《グオじいさん》と明泉叔父さん、そして旧正月に間に合うように帰国した宇文叔父さんの四人が麻雀を打っていた。わたしはじいさんたちの名前を呼んで挨拶し、じいさんたちはさっそくお茶を淹《い》れろだの、阿婆の店までひとっ走り行って煙草を買ってこいだのと人をこき使った。

それから、麻雀卓のそばにすわって明泉叔父さんの打ち筋を眺めた。性格のよくあらわれた麻雀だった。言うことはでかいくせに小心者の明泉叔父さんは、まるで落穂《おちぼ》をひろうようなちまちました手ばかりつくるので、見ていてつまらなかった。

「それで秋生《チョウシェン》、軍校はどうだ?」

牌を捨てながら、郭爺爺が間延びした山東訛りで尋ねた。

わたしは口を開いたが、李爺爺に言葉を押しのけられてしまった。

「なんで戦争するのに学校なんぞ行かにゃならんのだ！　さっぱりわからんわ。けっきょくのところ飛行機を持っとるやつが勝つんじゃから、国は金を貯めて飛行機をどっさり買ったらええんだ」

「耄碌《もうろく》したのか、李大爺」ちまちまと端牌を切りながら、明泉叔父さんがせせら笑った。「共産党は空軍を持ってなかったけど、それでもおれたちは負けたんだぜ」

「你懂個屁《おまえになにがわかる》！」

「おしまいのころにゃ、どこもかしこも共産党の味方だらけじゃったな」郭爺爺が笑った。「共産党のやつらは貧乏で下着なんか買えんかったから、看護婦たちは下着を着けとらんやつばっかりたすけとった。いくら飛行機があったって、それじゃ勝てんよ」

「蔣介石は兵を大事にせんかったんじゃ」李爺爺は明泉叔父さんの捨て牌をポンした。「ほれ、新疆をまかされとった陶峙岳《タオシーユエ》総司令も切り捨てられたろうが。敵さんの大将はだれだっけ?」

「王震《ワンジェン》だよ。とにかく、わしらは負けた。中国全土に散らばっとった兵をみんな呼びあつめて台湾に連れて来んかったからといって、老蔣を責めるわけにゃいかんよ。そんなことはできっこないんじゃから」

郭爺爺が切り口上でそう言うと、四人は黙りこくって勝負に集中した。たちのぼる煙草の煙のなかで、しばらくは牌のぶつかり合う音しかしなかった。

李爺爺は祖父が国民党に入党して以来の兄弟分で、わたしの家族を台湾往きの軍艦に乗せてくれた恩人でもある。自分の妻子のことはうっちゃっておいて、兄弟分の郭爺爺にまかせた。郭爺爺もまた家族をほかの兄弟分に託したが、道中なにがあったのか、そのまま生き別れになってしまった。以来、郭爺爺は男やもめだった。もちろんわたしの祖父にとっても自分の家族など二の次で、戦死した許二虎《シュウアルフウ》――祖父に共産主義者を生き埋めにせよと命じた男だ――との約束を果たすべく、その息子の宇文叔父さんを命がけで大陸から連れ出したのだった。

「あら、秋生、来てたの？」

李爺爺の奥さんが奥から出てきてわたしの頭を撫で、お年玉の入った赤い封筒をくれた。

「ありがとう、李奶奶《りばあさん》。恭喜發財《おめでとうございます》」

「恭喜發財《ゴンシイファツァイ》、恭喜發財」老女はそう言いながら、せわしなくわたしに背をむけた。「秋生、ちょっとファスナーを上げて」

わたしは彼女のワンピースの背中を閉じてやった。いまから麻雀に出かけるのだろう、李奶奶はきちんと化粧をし、ビーズの黒いポーチを小脇に抱えていた。ふさふさの黒いカツラをつけている。

「学校はどうなの？」

「あ、じつはいま父さんとも話したんだけど――」

「老頭《じいさん》、ちょっと陸太太《ルウさん》のところへ行ってくるわね」李奶奶は人の話など聞いちゃいない。「秋生、お菓子を食べなさい」

「あ、うん」

「いっぱい食べるのよ、わかった？」

「いい世のなかになったもんよ」郭爺爺がポンしながら大きな声で言った。「大陸にいたころはみーんな貧乏じゃったから、正月の菓子は十五日過ぎまで飾っとらにゃならんかった。ガキのころは我慢できずに手を出してよく叱られたもんよ」

「麻雀だってそうさ」と、李爺爺。「台湾に来た当初は官憲にバレりゃ配給切符を没収されたなあ」

賭け事はいまでもお上によって禁止されているので、李爺爺のところには大の男が四人も隠れられる大きな箪笥《たんす》がある。麻雀卓に毛布を敷いているのは音を消すためだけでなく、憲兵に踏みこまれたときに麻雀牌をさっと包みこみ、賭博の痕跡を跡形もなく消し去るためだ。

宇文叔父さんが自摸《ツモ》ってあがり、笑い声と怨み節と札びらが麻雀卓の上を飛び交った。

牌がジャラジャラと混ぜられ、手際よく積み上げられていく。老人たちの手がピアノの鍵盤を滑るように牌を撫でると、百三十六枚の牌が緑色の背を見せてビシッと整列した。骰子《サイコロ》がふられ、四本の手がつぎつぎに牌をすくい取っていく。

「おい、老太婆《ばあさん》、今月の会銭《フイチエン》はだれが競り落としたんだ？」李爺爺の塩辛声が飛んだ。「たしか今月が末会《モオフイ》だろ？」

末会とは会の最後の競りのことで、末会をもってその会は一巡して役目をまっとうしたことになる。末会の会銭にはメンバー全員ぶんの利子が含まれることになるので、いちばんおいしいところとなる。

李奶奶は鏡で口紅の具合をみながら、「葉太太《イエさん》よ」と答えた。

「え？」と、わたし。「うちの母さんもその会に入ってるの？」

「あんたがまたどこかの大学を受ける気になったとき、お金がいるでしょ」

「…………」

「あんたのお母さんはね、秋生、あんたが軍校でやっていけるなんて思ってないのよ」

やりきれない気持ちでいっぱいになった。

わたしは父の期待を裏切り、母の期待に応えられるだけの覚悟も持てずにいる。自分がなにを求めているのかすらわからなかった。たしかにお国への奉公が済まなければなにもはじまらない。でも、だからといって焦燥感と無縁でいられるわけではない。共産主義者どもが恐ろしいわけではない。いや、恐ろしいことは恐ろしいが、やつらが本気になったらどうせ台湾などものの五分で焦土と化すのだから、共産党を恐れることは巨大な隕石や核爆弾を恐れるのとおなじくらい無意味なのだ。わたしの焦りはもっと卑小で、曖昧で、要領を得ないものだった。とどのつまり、わたしには手に余るほどの未来があったのだ。

なかば無意識に太腿の古傷に指を這わせていた。祖父を砲煙弾雨の渦中から救い出し、宇文叔父さんを海賊の襲撃から守った狐火が、いまはわたしのなかに在る。なのに、どんなに撫でさすりしても、お狐様は沈黙したままだった。

場の空気が徐々に固くなり、そろそろみんなの手ができつつあるようだった。明泉叔父さんに関して言えば、手牌を緑一色に染めていた。一世一代の大勝負に早くも目が血走り、脂汗をかきまくっている。もしこれであがるようなことになれば、明泉叔父さんにとっては最高の春節になるだろう。そのまえに心臓発作でぽっくり逝ってしまわなければの話だが。となりの宇文叔父さんの手をのぞいてみると、こちらも両餅《リャンピン》と五餅《ウーピン》の両面《リャンメン》待ちで聴牌《テンパ》っていた。

李爺爺も鷹のような目つきで場に出ている捨て牌を読んでいる。

「それで、秋生」必要以上に明るくふるまう郭爺爺に全員が警戒感をつのらせた。「軍校はどうだ？」

「おれ、考えたんだけど——」

「ねえ、宇文、これお願いね」カツラの具合を整えながら、李奶奶は宇文叔父さんに手紙を一通託した。「いつ出せる？」

「船は明後日出るから、四、五日じゅうには日本から出しといてやるよ」宇文叔父さんはその手紙をそのままわたしにまわす。「秋生、おれの外套《がいとう》のポケットに入れといてくれ」

表書きを見ると、中華人民共和国山東省青島市のどこそこ、馬大軍《マダアジュン》という人に宛てた手紙だった。

一九七七年、天下泰平のように見えても台湾と中国はいまだ戦争中なので、両岸のやりとりは第三国を介して行われなければならなかった。日本やアメリカにいる親類縁者が手紙や荷物を中継するわけだが、我が家の場合、それは船乗りの宇文叔父さんの役目だった。

「うちのじいちゃんもよくこの馬大軍って人とやりとりしてたみたいだけど」わたしは訊いてみた。「だれ？」

「おまえのじいさんのむかしっからの兄弟分よ」郭爺爺がそう言うと、李爺爺があとを継いだ。

「戦争のときにおまえの家族を青島港まで連れてきてわしに引き渡した人さ。馬大爺がおらにゃ、明泉、おまえなんざいまごろ大陸で野蛮人のように暮らしとるわ」

明泉叔父さんは、またはじまった、というふうに目をぐるりとさせた。

「気骨のある男じゃったなあ」郭爺爺がわたしに言った。「喧嘩のときはいっつも真っ先に突っこんでいきよったわ。わしはおまえのじいさんといっしょにこの目で見たんじゃが、馬大軍は劉《リョウ》黒七《ヘイチィ》の手下をひとり殺したことがあるんだぞ」

「放屁《嘘つけ》！」李爺爺が吼えた。「劉黒七といやあ、泣く子も黙る盗賊の頭《かしら》だぞ。手下がひとりやられりゃ、やったやつの村を皆殺しにせずにはおれん狂犬じゃった。おまえは馬大軍がその劉黒七の手下を殺したってのか？」

「その男が馬大軍の女にちょっかいを出したんだ。やつらが喧嘩しとると聞いて、わしらは助太刀に駆けつけた。そしたら、ちょうど馬大軍がそいつの腹を包丁でえぐっとったわ」

そんな大法螺は聞いたことがないというように、李爺爺が唾を吐く真似をした。

「そういや馬大爺はなんでまだ大陸にいるんだ？」明泉叔父さんが口を出す。「おれたちを李大爺に引き渡したあと、ふらっといなくなっちまったと思うんだが」

「やつは共産党じゃったからな」牌を引きながら、李爺爺が答えた。「だが、まあ、党なんざ関係ないわ。敵のなかにも友達はいっぱいおった。そのせいで命びろいすることもあった」

「許二虎もそうじゃったぞ」郭爺爺は宇文叔父さんにちらりと目を走らせ、「共産党に捕まって殺されかけたとき、宇文、馬大軍がおまえの親父を逃がしてくれたんだ」

コーラ好きの宇文叔父さんはコーラをがぶりと飲み、苦そうに顔をしかめた。なにも言わなかった。眉間にしわを寄せ、険しい顔つきで自分の牌をにらみつけていた。たぶん麻雀牌のむこうに、わたしには想像することしかできない日々を見ていたのだ。

祖父が戦場から許《シュウ》家に駆けつけてみると、あたり一面、血の海だったそうだ。宇文叔父さんの父親、すわなち許二虎はすでに淮海会戦で犠牲になっており、祖父は彼の家族を戦火から救出すべく馳せ参じたわけだが、妻とふたりの娘はすでに何者かに惨殺されたあとだったらしい。

「義父さんが来てくれたとき、おれは肥え壺に隠れていた」宇文叔父さんがぼそりと言った。瘡《かさ》蓋《ぶた》を剝がしてまだ血が出るかどうかをたしかめているような声だった。「母さんや妹たちの悲鳴が聞こえたけど、なにもできなかった。ただ隠れていたんだ」

「子供のおまえになにができる?」年寄りたちが怒ったように吐き捨てた。「自分を責めるのはよせ、馬鹿者が」

「あのとき、おれはもう十六歳になっていた。自分ではもう一人前のつもりでいたよ。だけど義父さんになにを訊かれても、口もきけなかった。ふるえが止まらなかった。『おまえが許宇文か?』、『おれはおまえの父さんの部下だ』、『さあ、おれといっしょに来い』——返事すらできなかった。もしかするとこいつは父さんの部下のふりをした悪いやつで、ほんとうはおれを殺すつもりなんじゃないかと思った。でも、それならそれでかまわないと思った。なにも考えられなかったんだ」

「戦争だったんだ!」年寄りたちがまたぞろ口をはさむ。「わしがおまえの家族を殺して、おまえがわしの家族を殺す。そんな時代だったんだ」

灰色の軍服を着た男たちが家に押し入って母親と妹たちを殺したんだ、宇文叔父さんがやっと口に出してそう言えたのは、船がもうすぐ台湾に着くころだった。そのとき宇文叔父さんは、はじめて声をあげて泣いた。溺れ死ぬのではないかと祖父が危ぶむほど、涙はどんどんあふれた。たぶん、あの日の朝のわたしのように。朝靄のなかを漂う豆花売りの声に、宇文叔父さんの母親や妹たちの悲鳴が重なり、わたしの耳のなかで遠い汽笛のように長く尾を引いた。

灰色の軍服なら国民党の敗残兵だろうな、ずっとあとになって祖父はわたしにそう語った。ほんとうのことなど、いったいだれにわかる？　あのころはだれがだれだか、わかりゃせんかった。死んだ共産主義者になりすまして大陸に残った国民党員もおった。灰色の軍服？　ハッ！　そんなもん死んだ兵の服を盗んだ盗賊かもしれんし、国民党のふりをした共産党かもしれんじゃないか！

「国民党が勝とうが共産党が勝とうが」郭爺爺は牌をたたきつけるように捨てた。「戦争が終わればまたみんないっしょになれると思っとったがなあ」

「台湾に住みつくことになるとはだれも思わんかったわ」李爺爺がやるせなさそうに相槌を打った。「ちょっと避難して、すぐにまた故郷へ帰れると思っとったなあ。そしたら馬大軍といっしょに許二虎の家族を殺ったやつを捜し出して血で償わせてやれたものを！」

「その後、馬大軍も楽な人生じゃなかったんだろ？」

「ああ。朝鮮戦争のときは前線で弾避けにされ、文化大革命のときは田舎で十年も肥汲みをやらされたそうじゃ。そのあと瀋陽で機関車をつくらされ、最近やっと青島に帰ってきたと手紙に書いとったわ」

「好了好了《もういい》」こんな辛気臭い話はもううんざりだ、というふうに明泉叔父さんが声を張った。

「打牌打牌《つづけようぜ》」

明泉叔父さんはすごい手ができていたが、けっきょくその場は流局になり、だれもあがれなかった。いいところまでいっていたので、明泉叔父さんは心底悔しそうだった。明泉叔父さんの人生は一事が万事、こんな調子なのだ。

わたしはもうすこし麻雀を見物してから、家に帰って両親にちゃんと頭を下げた。


春節の休みが終わると、なしくずしに無為徒食の日々へと突入した。

陸軍官校へは戻らなかったが、わたしには目論見《もくろみ》があった。なるたけ長く軍校に学籍を置いておくのだ。そうすれば学生という身分が保障され、兵役に就かなくてもよくなる。そのままなんとか七月まで逃げきって大学受験に再挑戦し、今度こそ首尾よく大学生になることができれば、兵役を四年もあとのばしにできる。

学校へ行かなくなって一ヵ月ほどが過ぎたころ、復学を促す手紙が陸軍官校からとどいた。わたしは一読し、びりびりに破り捨てた。二ヵ月が経つころ、おなじ手紙がまたとどいた。わたしは封も切らずに破り捨てた。

それを見た父は最初渋い顔をしていたが、わたしのいないところで母が根気よく説得してくれたのだろう、四月に入るころにはわたしの再受験を認めてくれるようになっていた。のみならず、七月まで逃げきるためのアドバイスまで授けてくれた。

「退学の手続きには絶対行くなよ、まず間違いなく禁錮《きんこ》されるからな」

そんなわけで、陸軍官校からの三通目の手紙は退学手続きの案内だったが、やはり屑籠へ直行した。

わたしは両親を失望させまいと、必死で勉強に打ちこんだ。葉家で三人目の学士となるべく気迫充分だった。実際、五月ごろまではほとんどすべての時間を机にかじりついて過ごした。もう後がないのだ。大学に入るか、軍隊に入るか、ふたつにひとつの局面だった。


その日、部屋で勉強していると、客間のほうが騒然となった。いったい何事かと思っていると、祖母がわたしを呼びつけた。

「秋生！　ちょっとおいで、秋生！」

行ってみると、祖母と母が顔面蒼白の毛毛《マオマオ》の手を取って、椅子にすわらせようとしていた。

「どうしたの？」

「へんな男に尾《つ》けられたらしいんだよ」

祖母の言うとおり、毛毛はおびえきっていた。仕事帰りの彼女は、うしろからずっとついてくる足音から逃れるべく、とっさに我が家へ避難したのだった。母が熱いお茶を淹れてやったが、コップを持つ毛毛の手はふるえていた。

わたしはすぐさま裸足で飛び出し、家のまわりや電信柱の陰に怪しい人影を捜した。割れ煉瓦をひろい上げ、我が家からは死角になっている大通りの角まで走っていった。熱い夜風が人気《ひとけ》のない路地を吹きぬけ、薄暗い電信柱の裸電球に翅虫《はむし》が群れているばかりだった。

「気のせいなんかじゃないよ」額に汗を浮かべて帰ってきたわたしに、毛毛は訴えた。「だって、あたしが走ったら追いかけてきたもん！」

わたしはうなずいた。

毛毛が落ち着いた頃合を見計らって祖母が命じた。

「あんた、ちょっと送ってあげな」

暗い路地に出ると、彼女はわたしに寄り添うようにして歩いた。わたしは妙に落ち着かない気分になった。子供のころはよく肩を組んで歩いたものだ。わたしの家にも彼女の家にも、わたしたちが宇文叔父さんに抱かれて写っている赤ん坊のころのおなじ写真がある。

「台北も物騒になったよね」気をまぎらわせるためか、毛毛はいつになく饒舌《じょうぜつ》だった。「知ってる、秋生？　先月、青年公園でも人が殺されたんだって。やっぱり仕事帰りの女性が乱暴されて殺されたんだよ。それにこないだ、小戦《シャオジャン》の家に泥棒が入ってテレビが盗まれたじゃん？　それで小戦が怒って、ガラの悪い連中を引き連れて泥棒を捜しまわってるんだよ」

わたしは彼女の横顔を盗み見た。ぱっちりと上をむいた睫毛《まつげ》は、子供のころのままだ。つんとした鼻、頬のそばかす、いつもうっすら開いている唇。むかしとちがうのは、いつしかわたしが彼女を見下ろすようになってしまったこと、そして彼女のシャツの胸元がそこはかとなくふくらんでいることだけだった。

「最近どう？　軍校を辞めるんだって？」

「もう一度大学を受けてみようと思ってる」

「大学でなにか勉強したいことがあるの？」

「文学か……日本語もいいと思ってる」

「日本語？」

「まだわからないよ」

「ふぅん」

「漠然と考えてるだけさ」

「じゃあ、もうすぐ受験だね。がんばってる？」

「まあね」そう言いながらも、わたしは街灯の下にたたずむ三つの人影から目を離さなかった。

「そっちは相変わらず踊りに行ってる？」

「行ったことある？」

わたしはかぶりをふる。

「楽しいよ、今度いっしょに――」

「陳雅彗《チェンヤアフイ》！」人影のひとつが出張《でば》り、毛毛の名前を呼ばわった。「そいつ、だれだよ⁉」

「梁傑利《リャンジェリィ》？」毛毛はすぐさま相手のことがわかったようで、小さな体を怒気でいっぱいにした。「こんなところでなにやってんの？　さっきあたしを尾けてたのもあんたたちだったの？」

「そいつ、だれだよ？」

「干你屁事啊《関係ないでしょ》！」

わたしはいきりたつ毛毛と、相手の男をかわるがわる見た。二十代半ばくらいに見えた。ひと目でろくでもないやつだとわかるのは、彼が胖子《パンズ》とまったくおなじ空気をまとっているからだ。いや、もっと悪い。胖子は女を食い物にするが、一匹狼だ。かたやこいつらは三人がかりで毛毛を追いまわしている。

「今日は用事があるって言ってたじゃねえか！」

「あるわよ」毛毛は鼻で冷笑した。「犬を散歩させなきゃなんないし、野良猫たちに餌もあげなきゃ」

「おい！」梁傑利はまえへ出ようとする仲間を制し、「あんまりおれをなめんなよ」

「あんた、頭がおかしいの？　病気？　あたし、ちゃんと言ったよね。あんたとは付き合わないって」

「そいつのせいかよ？」と、今度はわたしに鉾先をむけてくる。「そんなやつがおれよりいいってのか？　まだガキじゃねえか！」

「調子に乗らないで、梁傑利！」

つづいてその勝気な口から機関銃のように飛び出したのは、男のわたしでも耳をおおいたくなるほど下劣な悪口雑言だった。毛毛は梁傑利のプライベートな場所に生えている産毛一本にいたるまで侮辱しまくった。毛毛は胖子の姪なので、この手の男の扱いには慣れているのだ。日ごろから胖子に、胖子のような女たらしの対処法を学んでいるのかもしれない。

男たちがどどどっと突進してきて、わたしたちを取り囲んだ。ふたりがわたしをはさみ、顎を突き出してじろじろ睨《ね》めまわす。

「なにが気にくわねえんだよ」梁傑利はなおも食い下がった。「さあ、機嫌をなおして飯でも食いに行こうぜ」

「あんたねえ、どう言えばわかってくれるの？　あたしは看護婦としてあんたに接しただけで他意はないの。あたしのなにかがあんたを勘違いさせちゃったんなら、あやまるから。でも、もうこんなことはしないで」

「おれが台湾人だからか？」

「あんたがあんただからよ」

「どうしてもだめなのかよ？」

「ごめんね、としか言いようがないわ」

「いいから来いよ！」

梁傑利に腕を摑まれて、毛毛が悲鳴をあげる。

「幹《くそったれ》！」わたしは目のまえの男たちをなぎ払い、梁傑利を殴り倒してやった。「やめろって言ってんだよ！」

背後から飛びかかられ、おまけに起き上がった梁傑利に顔面を殴られてしまった。

「靠 腰《すっこんでろ》！」

「秋生！」毛毛がやつに平手打ちを食らわせる。「なにすんのよ！」

「他媽的《この野郎》」梁傑利が目を剝いて、毛毛を平手で打ち倒した。「いい気になってんなよ、この売女が！」

わたしは意味をなさないうなり声をあげ、頭から梁傑利に突っこんでいった。顔を殴り、腹を蹴り上げてやった。組みついてきた男の腹を蹴り退けると、へたりこんでいる毛毛をひっぱり上げた。

「走るぞ、毛毛！」

一目散に走りだしたわたしたちの背後で男たちが怒鳴り、すぐに追いかけてくる足音が聞こえた。

わたしは毛毛の手を取り、勝手知ったる広州街の路地裏を駆けぬけた。走りぬけざま、自転車や木箱をなぎ倒す。そのせいで相手は派手にころびもしたが、あきらめて退散するほどではなかった。犬が吠えながら追いかけてくる。大人たちが跳びのき、わたしの名前を呼んで罵倒した。

「待て、この野郎！」背中に罵声が突き刺さる。「てめえの脚をたたき折ってやる！」

どこをどう走ったのかはわからないが、わたしは毛毛の手をしっかりと摑んでいた。それで、彼女がもうバテているのがわかった。とくれば、ぼちぼち追いかけっこを切り上げて殴り合いをするしかない。相手は三人。脚はたたき折られなくても、歯の一本くらいは覚悟したほうがよさそうだ。

ところがどっこい、天のたすけか地の加護か、阿婆《アポ》の店のまえを駆けぬけたとき、臭豆腐《ツォウドウフー》（納豆菌を発酵させた漬け汁に豆腐を漬けこみ、それを油で揚げたもの）屋台のテーブルで酒盛りをしている小戦が目に飛びこんだ。

「小戦！　小戦！」わたしは肺に残っていたわずかな空気をすべて吐き出した。「たすけてくれ、小戦！」

上半身裸でビールを飲んでいた小戦が身を乗り出し、グラスをテーブルにたたきつけて立ち上がる。体に刺青のある兄弟分たちもつづいた。

「幹你娘《くそったれ》！」小戦を含めた五人のチンピラたちが追っ手を迎え撃った。「おれの兄弟をいじめるのはどこのどいつだ！」

足を止めてふりかえると、今度は梁傑利たちが小戦たちに追いかけられていた。小戦の兄弟分のなかには割れたビール瓶を持っているやつもいた。

毛毛はすっかり息があがっており、体をふたつに折ってゼエゼエあえいでいた。わたしも似たような有様だった。

「もう大丈夫だ」呼吸を整えながら、そう言ってやった。「小戦が話をつけてくれるよ」

彼女は体を前後に揺らしながら、何度もうなずいた。

「あのとき言ってたのはほんとうだったんだな」

「あのときって?」

「言い寄ってくる男くらいいるって言ってたろ? 胖子がーー」唖といっしょに藍冬雪《ランドンシュエ》の名前を呑みこむ。「だれかの墓参りに行く胖子とばったり会ったときにさ」

毛毛は思い出したふうではなかったが、荒い呼吸の合間に「没有一個好東西《ろくなやつがいない》」と吐き捨てた。

べつにおかしくもなんともないのに、その言い方がひどくおかしくて、わたしはゲラゲラ笑ってしまった。

すると、毛毛も大笑いした。

わたしたちはおたがいの体にもたれておおいに笑った。笑いにむせながら、わたしは父と母の馴初めを思い起こしていた。ひとりで映画を観ているときに、うしろの席から手がにゅっとのびてきて母のハンドバッグを奪おうとしたのだった。母はびっくりして声も出なかったが、とにかく全体重をかけてバッグを守ろうとした。泥棒のほうはバッグをひっぱりながら小声で脅し文句をならべたて、こっちはナイフを持っているぞとまで言った。

「そのときたすけてくれたのがあんたのお父さんよ」と、いつか母は話してくれた。「運命の人と出会うときは、たぶん悪いことすら味方してくれるのねえ」

この一件のあと、毛毛は仕事帰りにときどき我が家へ立ち寄るようになった。すると不思議なもので、わたしの一日の時間配分も彼女の来訪に合わせて自然と整理されていった。とくに意識していたわけではないのだが、毛毛が家へ来る二、三時間まえから猛然と集中力が高まり、勉強のこと以外なにも目に入らなくなる。で、彼女の声が客間から聞こえてくるころにちょうど燃え尽きるという塩梅《あんばい》だった。わたしは机のまえで大きなのびをし、肩のこりをほぐしながら休憩に入る。毛毛としばらく他愛《たわい》のない話をし、それから彼女を家まで送っていく。帰り道に本の話をしたり、かき氷屋へ寄ったりした。

六月になり、暑気がいっそう重く広州街にのしかかってきた。椰子の樹すら、これから訪れる夏を思ってげんなりしていた。

ある木曜日の黄昏時《たそがれどき》に、わたしは庭先でぼんやり鶏を眺めながら、待つともなしに毛毛を待っていた。そのときわたしは宇文叔父さんが日本から買ってきてくれたジョギングパンツを穿いていた。白地の両サイドに水色のラインが入ったおしゃれなやつで、非常に風通しがよかった。宇文叔父さんは念のためにちがうサイズも買ってきており、そっちは一面に日本風の白波が描かれている。見た瞬間、これはおしゃれな毛毛にぴったりだぞと思った。で、ついに姿を見せた彼女に、どうせおれには小さすぎるからとプレゼントしてみたのだった。

「やったあ！」毛毛は小躍りしてよろこんだ。「すっごいおしゃれな短パンだね」

「台湾人にはこの発想がないんだよな、短パンに絵を描くなんてさすが日本人だよ」などと、わたしは自分でもわかったような、よくわからないようなことを口走った。

「ね、秋生、いまからなんか食べに行かない？」

「いいね」

「じゃあ、あたしちょっと着がえてくるね」

毛毛は潑溂《はつらつ》と駆けていき、十分後、わたしがプレゼントしたジョギングパンツを穿いて戻ってきた。

「じゃーん！」彼女はわたしのまえでくるりとまわってみせた。「どう？」

わたしはうなずき、祖父のスクーターを道路に押し出した。

ちらちら見ないようにしてはいたけれど、短パンからすらりとのびた小麦色の脚はとてもきれいだった。頭にバスケ選手みたいなヘアーバンドをつけているが、それこそまさにわたしが思い描いていた理想のコーディネートだった。彼女はまるでローラースケートを履いたカリフォルニア娘のようだった。

わたしたちはふたり乗りで萬華の夜市へ出かけ、いつか小戦が雷威《レイウェイ》の頭に煉瓦をたたきつけた屋台で買った豚血糕《デュシュエガオ》をぱくつきながら、きらびやかな中道を漫《そぞ》ろ歩いた。

毛毛は屈託なくわたしの腕に抱きついたり、笑ったり、だっと走り出してはビニール袋に入ったジュースを買ってきたりした。夜市はいつものように活気にあふれ、台湾に生まれてよかったとわたしたちに思わせる。笑いさざめく人々は屋台を冷やかし、怒鳴り合い、額に青筋を立てて品物を値切った。くわえ煙草の厨師《コック》が火を噴くコンロに鍋をかけ、派手に料理をこさえる。香ばしい煙がいたるところからおいでおいでしていた。蛇屋が軒を連ねるあたりでは、口のまわりを檳榔の汁で真っ赤に染めた客寄せが眼鏡蛇《コブラ》を檻から引きずり出し、見物人に蛇肉の効能を声高に叫んでいた。滋養強壮、精力軒昂、お肌だってつるつるだよ！　毛毛は目をきらきらさせて蛇を

よ！　挑発する男たちを眺めた。ちょっと、そこのお兄さん、どう、この肝酒？　一杯たったの百元だ

「秋生は将来のこととか考えてんの？　大学を出てからって意味だけど」

わたしは彼女を見やり、いつの間にかつないでいたわたしたちの手を見下ろし、それから口を開いた。

「うち、じいちゃんが殺されたじゃん」

毛毛はまっすぐわたしを見つめた。

「もうずいぶん大丈夫になった」わたしはつづけた。「それでもときどき、そんなに必死に生きてどうなるんだって思っちゃうんだ。おれが第一発見者だったんだけど、じいちゃん、浴槽に沈められててさ。なんであんな殺され方をされなきゃなんないのか、さっぱりわからないよ。あんな殺し方をするやつがいるのも理解できない。台北にはたしかに悪いやつがいっぱいいるけど、おれたちはどこかでそれを楽しんでる部分がある。子供のころはよく親から言うことを聞かなきゃ人買いに売っちゃうぞって脅されたじゃん？　でも、心のどこかでは本気にしてなかった。けど、そういう悪い現実ってのはほんとうにあるんだ。しかも、おれたちのすぐ近くに。ひょっとすると悪のほうがこの世の現実で、おれたちがここまで無事でいられたのはたんに運がよかっただけなんじゃないかって気がするよ。大学だって、文学なんかやったって食えないことくらいわかってる。でも、いくら真面目に将来を設計しても、そのうちなにもかもが御破算になるんじゃないかって思うと……わかるかな？」

「いまやってることが馬鹿馬鹿しく思えちゃうみたいな？」

「うん」

「でも、それってみんなあるよ。あたしだってそうだもん。仕事なんか辞めてやるってしょっちゅう思ってるよ」

「うん」

「だから、あたしたちはだれかといっしょにいるんだと思う」彼女の手に力がこもる。「ひとりぼっちじゃ耐えられないことがいっぱいあるから」

わたしは毛毛の手を握りしめた。掌がじっとり汗ばんでくるのがわかったけれど、それが自分の汗なのか、それとも毛毛の汗なのかはわからなかった。この人混みのなかで、わたしたちはふたりきりだった。それが誇らしかった。おれはいまとても大切なものを摑まえているんだと思った。彼女を引き寄せて、抱きしめたかった。海鮮料理屋台のテーブルから明泉叔父さんに声をかけられなければ、ほんとうにそうしていたかもしれない。

わたしと毛毛を包んでいた透明でふわふわの膜がパチンとはじけ、喧騒がどっと流れこんでくる。わたしたちは火傷したみたいに、おたがいの手をふり払った。

最悪なことに胖子もいて、しかも空のビール瓶が何本もならんでいた。

「おまえら、いつからそういうことになってんだ？」

明泉叔父さんがにやにやしながらそう言うものだから、わたしと毛毛は異口同音に否定した。いやいや、おれたちそんなんじゃないし、そうよ、なに言ってんの、明泉おじさん、ぜんぜんちがうんだから。

「おい、葉秋生」酔眼朦朧《すいがんもうろう》の胖子がイカの足《ゲソ》でわたしを指す。「うちの毛毛に近づくなって言ってるだろ。へんな気を起こしやがったら、おれがこの手でぶっ殺してやるからな！」

わたしと毛毛は顔を見合わせた。胖子の態度を不審に思ったのは、しかし、わたしたちだけではなかった。

「なんだ、おまえ？」明泉叔父さんが胖子のほうにぐっと体を傾けた。「うちの秋生になんか文句あんのか？」

「とにかく秋生だけは許さん！」胖子はテーブルをバンバンたたいた。「この野郎は……この野郎はな……」

わたしはぎくっとした。具体的な心当たりがあるわけではない。しかし胖子の逆鱗《げきりん》に触れたことなら数かぎりなくあるので、そのうちのどれかがいま祟っているのだと思った。

瞼がとろんと下りた胖子は、眠ってしまったのかと思うほど長く沈黙したあとで、カッと目を見開いた。

「おまえら、なんでそんなかっこうをしてんだ？」怪しい呂律《ろれつ》でまくしたててきた。「おい、明泉、こいつらが穿いてるのって……ひっくく、あれだよな、おまえがこないだおれにくれた……ひっく、日本のパンツだよな？」

毛毛の目が丸くなり、見る見るうちに顔がゆでたエビみたいに赤くなった。それだけじゃない。ふらふらと立ち上がったかと思うと、胖子がえいっと半ズボンを押し下げた。

「これを見ろ！」

なかに穿いていたのは、わたしが毛毛にプレゼントしたのとまったくおなじジョギングパンツだった。

「そりゃ日本の下着なんだぞ！」胖子はゲソをふりまわした。「そんなもん穿いて愛だの恋だのささやき合ってたのか、馬鹿め！　そんな間抜けに大事な姪っ子をまかせられるかってんだ！」

毛毛がだっと走りだし、わたしはそのあとを追った。そんなわたしを追いかけてくるのは、手をたたいて呵々大笑する胖子と明泉叔父さんの声だった。

「葉秋生、おまえなんかがうちの毛毛にちょっかいを出そうなんざ百年早いわ！」

そうか、下着だったのか、どうりで風通しがいいわけだ。

毛毛は目に涙を浮かべてわたしをなじった。わたしのことを、恋人でもない女に下着をプレゼントする変態野郎と呼んだ。こんな恥ずかしい思いをしたことはない、いったいどうしてくれるんだ、と。

このささいな出来事がきっかけで、わたしと毛毛は正式に付き合うことにした。もちろん、わたしのほうから申しこんだ。恋人になってしまえば、下着をプレゼントしても変態野郎だということにはならないわけだから。

「本気？」潤んだ瞳で毛毛がにらみつけてくる。

「おまえのことが、その……好きだと思う」

「年下のくせに」

「たった二歳じゃないか」

「あたし、年下は嫌いよ」

「でも、おれは好きなんだ」

「じゃあ……」彼女は涙をぬぐい、「あんたのまえに二、三人ならんでるから、その人たちのあとに話を聞いてあげる」

「そんな！」

彼女がぷっと吹き出した。

男と女というものは、なにがきっかけでくっついたり別れたりするかわからないものなのだ。それにしても、日本人はいったいなぜこのようなまぎらわしいパンツをつくったのか？　パンツでさえこんなに上手く短パンのふりができるのなら、もはやだれが善人でだれが悪人かなんてわかりっこないじゃないか！


わたしと毛毛が夜の植物園にしけこむのに、さほど時間はかからなかった。

竹林のなか、池のほとり、ところどころに建つ東屋《あずまや》の欄干《らんかん》にびっしりと腰かけた恋人たちは、ちょっとした見ものである。夜の植物園の風物とさえ言える。さながら電線に止まる雀のようだが、恋人たちは本や雑誌の陰に隠れて愛をささやき合い、口づけを交わす。頭からすっぽりとジャケットをかぶって、ふたりだけの世界を死守する人たちもいる。植物園の東屋はわたしたちにとって、友達以上の感情をおたがいに持っていますよという署名調印の場だった。

わたしと毛毛はいちゃつく恋人たちを横目でちらちらうかがいながら、分別ある距離を保って植物園をぐるぐるまわった。わたしのジーンズの尻ポケットには、ふだん持ち歩かないハンカチが入っていた。毛毛をすわらせるときに敷いてやるつもりだった。

青白い月明かりが皓々《こうこう》と降りそそぎ、棕櫚の影が夜空にくっきりと浮かびあがっていた。涼しい微風が漂い、葉擦れの音がさわさわと耳にやさしい。午後十時をいくぶん過ぎていたが、涼を求める人たちがうちわを使いながら漫ろ歩いていた。池の魚が跳ね、水面に映る丸い月を揺らめかせた。

毛毛は仕事のことや友達のことをしゃべっていたが、わたしの耳にはほとんど入らなかった。

「そうそう、こないだのあいつ？　ほら、あたしにつきまとってたやつ、あいつ栄民総医院のインターンなんだけど、もう何人も看護婦を泣かせてるのよ。小戦たちにやられてすっかりおとなしくなっちゃったわ。顔が腫れてるから、ずうっとマスクしてんの。昨日も廊下ですれちがったんだけど、あたしと目を合わせようともしなかったわ」

わたしは、ああ、うん、そうだな、などと生返事をしながら、血走った目を東屋にむけまくった。すわ空き場所と見るや、わざとのろのろ歩いて毛毛がこちらの心中を察してくれることを期待した。しかし彼女のほうからわたしの手を摑み、ずんずんと東屋へひっぱりこみ、わたしの背を片腕で支えて唇を奪うようなことはついぞ起こらなかった。

理想的な空き場所はすくないうえに、それが何度も何度もわたしの未練がましい目の端からこぼれ落ちていく。一周まわるあいだにほかのカップルに取られてしまったときには、歯嚙みして悔しがった。

二周が三周に、三周が四周になった。

わたしたちは汗だくになった。それでも音を上げなかった。してみるに、毛毛もわたしとおなじ考えだったのだ。そう思うと勇気が湧いたが、だからといってなにかが変わるわけではなかった。東屋のまわりにはピンクのハートがふわふわ漂い、明日の朝になれば清掃員が箒で掃きあつめなければならないだろう。わたしたちは辛抱強く熱帯植物のあいだを歩きつづけた。

「疲れちゃった」ついに毛毛が帰宅をほのめかすことを口にした。「喉も渇いたし」

「ああ……じゃあ、そろそろ帰ろうか」

自分の不甲斐なさを呪いながら、わたしは先に立って裏門へむかった。

いったい世の男たちはどうやって恋人を東屋へ誘っているのか？　どうすれば裏の意味を、つまりきみとキスしたいんだという真意を悟られずに、そんな破廉恥《はれんち》なことができるのか？

後年、わたしはタクシーに乗っていてこんな光景を目にしたことがある。

それはふたり乗りのオートバイだったのだが、うしろの女性が運転している男性の股間をもてあそんでいた。女性はふつうの娘さんのように見受けられたが、短いスカートを穿いた脚をぐっと広げ、男性の腰をぐいぐい締めつけていた。そのあいだにも両手を遊ばせてはおかず、うしろから男性の股間にまわしては、揉んだりさすったりしていた。男性のほうはこんなことはなんでもないんだという顔で平然とバイクを走らせ、わたしのタクシーも羅斯福路《ルーズベルト》で曲がり、彼らはわたしの人生から退場していった。

時代はものすごい速さでわたしたちを取り残してゆく。植物園にはいまもあのころの東屋がちゃんと残っているが、そのまわりを蠅《はえ》のようにうろちょろする思春期の若者はもういない。だけど、あのころはいたるところにいた。まだ淑女と売女の見分けがちゃんとつく時代だったのである。

「葉秋生！」

明らかにむくれているその声にふりむくと、毛毛はもといた場所から一歩も動いていなかった。

「一晩中散歩して終わり?」そう言って、両手を腰に差した。「あたし、そんなに暇じゃないんだけど」

わたしは面食らって、なんだかんだと言いつくろった。

彼女が東屋のほうへぐいっと顎をむける。

いちゃいちゃしている恋人たちのあいだに、おあつらえむきの空き場所があった。なまめかしい忍冬《すいかずら》の香りが漂っていた。

わたしは力強くうなずいた。

わたしたちはジャングルに分け入る探検隊のように突進し、しばらくそこにすわっていた。

第八章　十九歳的厄災

毛毛《マオマオ》と四時半の映画を観るために家を出たところで、趙戦雄《ジャオジャンション》のオートバイに轢かれそうになった。

「わっ！」とっさに跳びすさったわたしは、危うくドブに落っこちるところだった。「気をつけろ、どこに目をつけてんだ！」

　小戦が後輪を派手に滑らせてバイクを方向転換させると、タイヤがアスファルトを削って白煙をあげた。

「幹你娘《くそ》！」エンジンをぶんぶん吹かしながら叫んだ。「乗れ、秋生《チョウシェン》！」

「どうしたんだ、小戦？」

「ちょっと見てもらいたいもんがある、早く乗れって！」

「いや、じつはちょっと用事が……」

「まえに葉爺爺《イエじいさん》の革靴が盗まれたろ？」

「え？」

「あれって青い革靴じゃなかったか？」

わたしはバイクのうしろに飛び乗った。

「鷹哥《イン兄さん》の会《フイ》を踏み倒した野郎がいたんだ！」小戦がスロットルグリップをひねると、前輪がすこし浮いた。「そいつの居所がわかったんで、おれたちは金の取り立てに行ったわけよ！　そしたら、そいつんちにあったわけよ。いや、おれの勘違いかもしんねえから、おまえに見てもらおうと思って。けど、あんな青い革靴は見たことねえからさ！」

「そいつ、いまどこにいるんだ？」わたしは風とエンジン音に負けじと叫びかえした。「まさかそいつんちに行って、靴を見せてくださいってお願いするのか？」

「行きゃわかるよ！」

　そう返事をしたきり、小戦はギヤを一段蹴り上げ、それからはバイクの運転に集中した。わたしたちは植物園の裏の和平西路から羅斯福路へ入り、台湾大学をやりすごし、そのまま一路南下した。やがて景美までやってくると、小戦は勝手知ったる感じでせまい路地を爆走した。わたしたちのうしろには白煙がたなびいていた。

　着いたところは、つぶれた町工場が軒を連ねる薄暗い一郭だった。両側に古いビルが建ちならび、ちらほら開いているシャッターのなかでは油まみれの男たちがなにかの部品をつくったり、加工したり、食事をしたり、眠ったりしていた。鉄を削る耳障りな音にテレビの音が張り合っていたが、人の声は聞こえなかった。

　路地のいちばん奥まで行くと、小戦がバイクを停めた。くわえ煙草の若いチンピラが「戦哥《ジャン兄さん》」と名前を呼んで挨拶し、閉じていたシャッターを押し上げる。小戦は彼には目もくれず、わたしをなかへ招き入れた。そして、今度は自分が「鷹哥」やほかのいくつかの名前を呼んで挨拶した。わたしを肘でつつくものだから、わたしも頭を下げて鷹哥の名を呼んだ。

なかは思いのほか広く、がらんどうの倉庫のようなところだった。わたしが入っていくと男たちは話をやめたが、彼らの声はすぐには消えず、埃にまみれてわんわん谺した。

高鷹翔《ガオインシャン》と一味の四人はテーブルを囲んで弁当を食べているところだった。ちりちりの短いパーマをかけ、半袖シャツのまえを全開にしている。汗ばんだ胸の刺青は未完成で、線しか入ってないところもあった。噂どおり左手の小指が欠損していた。

「おまえが小戦の友達ほ？」ぐちゃぐちゃと咀嚼《そしゃく》しながら、高鷹翔は箸でわたしを指した。台湾語訛りの強い標準語だった。「じいさんが殺されたほ？」

まるで市場の野菜売りのような話し方だ。わたしはうなずいた。目は蛍光灯の下の椅子に釘付けになったままで。

男が縛りつけられていた。明らかにさんざん殴られている。白い光を浴びてぐったりしているその姿は、まるきり映画だった。切れた唇から、血の混じった唾が糸を引いて垂れていた。ダンッという音に心臓が跳ねる。目を走らせると、高鷹翔がテーブルに青い革靴を放り出していた。

祖父の革靴だった。

「この靴お、おまえのじいさんのほ？」

彼は靴《シィエ》を靴《セー》と発音した。わたしの表情がよほどおかしかったのか、男たちがくすくす笑った。

「たしかか？」

「その靴はおれの叔父さんがイタリアから買ってきたものです」わたしは言った。「台湾では見たことがありません」

　男たちがうなずいた。

「こいつほ、おえの会をつぶしやがったんだ」高鷹翔は鶏腿《とりもも》にかぶりついた。生粋の台湾人にとって、おれ《ウォ》がおえ《オー》になるのは仕方のないことだった。「百万だ、百万、愛国宝くじの特等とおなじだ」

　わたしと小戦は彼が口のなかのものを呑みこむまで待った。

「えい、起こせ」

　白米をかきこみながら高鷹翔が命じると、小戦が倉庫の奥へ消えていった。それこそ映画みたいに水でもかけるのだろうかと思っていると、果たしてそうだった。小戦はバケツに汲んできた水を景気よく椅子の男にぶっかけた。

　男は口を大きく開けて空気を貪り、体をよじって咳きこんだ。濡れた顔から水が滴り落ちた。

「えい、この靴を盗んだとき、おまえじいさんを殺したほ？」

　男は朦朧とした目であたりを見渡し、それから頭がもげるくらいうなずいた。高鷹翔が得意げに両手を広げた。これでじいさんの仇が討てるぞ、小僧。一味徒党は口々にわたしを励ますようなことを言ったが、わたしに聞き取れる言葉はかぎられていた。自分でやってもいいし、なんならおれたちがやってやるぜ、どうせこいつの命は今夜かぎりなんだからよ。

　小戦がわたしの肩に手を置いた。

「ちょっと話しかけてもいいですか？」

　高鷹翔は肩をすくめ、ガツガツと弁当をかきこんだ。

わたしは椅子の男を見下ろした。ゆがんだその顔から歳を言い当てるのはむずかしいが、禿《は》げあがった頭を見て五十代半ばだと見当をつけた。腫れふさがった目に光はなく、だらしなく開いた口は殴られすぎて閉じなくなってしまったかのようだった。粘着テープが食いこんでいるせいで、マッチ棒のように細い手足が紙のように白くなっている。子供靴のようなスニーカーを片方だけ履いていた。

「あの青い革靴はあんたのか？」

反応なし。

「じゃあ、盗んだものか？」

男の頭がわずかに動く。

「どこかで買ったんじゃないのか？」

反応なし。

「じゃあ、迪化街の布屋から盗んだのか？」

うなずいたように見えた。

「盗んだのか盗んでないのか、どっちなんだ？」

今度ははっきりとうなずいた。

「何月何日だったか憶えてるか？」

かぶりをふる。

「その店に何度盗みに入った？」

長い沈黙のあとで、男の唇がかすかに動く。わたしが再度尋ねると、今度は「二回」と聞き取れた。

「で、そのとき店にいた年寄りを殺したんだな?」

反応なし。

「えい!」高鷹翔が声を荒らげた。「この靴を盗ったときにほ、おまえ老頭《じじい》を殺したのかって訊いてんだ」

男の頭がすこし持ち上がり、がっくりと落ちた。

「ほらな」

「あんた、迪化街の布屋で年寄りを殺したのか?」わたしはさらに念を押した。「革靴を盗んだときにおれのじいちゃんを殺したんだな?」

男がうなずいた。

「気が済んだか?」高鷹翔の苛立たしげな声が飛んだ。「そいつに間違いないらあ。よかったな、ほ、小僧」

わたしは首をねじって彼に言った。

「おれのじいちゃんを殺したのはこの人じゃない」

咀嚼していた高鷹翔の口が止まり、ひたと半眼を据えてくる。

「一昨年、うちのじいちゃんの店は二度泥棒に入られました。一月と四月です。靴が盗まれたのは四月で、じいちゃんが殺されたのは五月二十日から二十一日にかけてです」

「だあらなんだ?」

「だから……」わたしは高鷹翔とむき合った。「革靴を盗ったときに、この人がじいちゃんを殺したはずがない」

「そいつは記憶が……」つづきを標準語でどう言ったらいいのかわからないのだろう、高鷹翔は自分の頭を指さしてぐるぐるまわした。「ほ？」

「この人は鷹哥の会に入っていたんですよね？」わたしは言った。「つまり、鷹哥はこの人のことをよく知っているはずです。人殺しができるような人なんですか？」

「こいつぁ兄弟分の紹介で入れてやったんだ」彼は手でわたしの言葉を払いのけ、「じゃなけや、こんなこそ泥を入れるもんかよ」

「この人がじいちゃんを殺せるとは思えないんです」

高鷹翔だけでなく、兄弟分たちの目にも抜き差しならない光がよぎった。

わたしは彼らのテーブルまで行き、祖父の靴を取り上げ、それを縛られている男の足に履かせてみた。履かせるまでもなかった。男が足首の力をぬくと、靴が床に滑り落ちた。

「じいちゃんのほうがこの人よりずっと背が高いはずです」しゃがんだまま、わたしは高鷹翔に顔をむけた。「体もがっしりしている。こんなひょろひょろがおれのじいちゃんをあんなふうに殺せるはずがない」

両手両足を縛られ、体を「く」の字に曲げて浴槽に沈んでいた祖父の姿が眼間《まなかい》に揺れた。立ち上がろうとして、眩暈《めまい》に襲われる。ただのこそ泥にあんな殺し方ができるはずがない。ふらつくわたしを小戦があわてて支えてくれた。

「靠腰《ざけんな》、鷹哥を嘘つき呼ばわりしてんのか！　怒声につづき、テーブルが打擲《ちょうちゃく》された。だいたい犯人がひとりだとはかぎらねえじゃねえか、こっちは親切でやってんだ、なめてるとてめえもぶっ殺すぞ！

「やめろ、こんなガキを脅したって一銭にもなやしねえ」高鷹翔は兄弟分を台湾語で制し、それからまた標準語に戻した。「えいい、小僧」

「はい」

「人間なあ、追い詰められりゃなんでもやるらあ」縛られている男を顎で指す。「こんなやつでも、むかしは人を殺したことがあるんだぜ」

わたしは濡れねずみの男を見やった。相変わらず顔を伏せてはいるが、明らかに嗚咽《おえつ》している。体じゅうから滴り落ちた水が椅子の下に溜まっていた。

「それでも、おまえのじいさんを殺ったのはそいつぁやねえって言いきれるのか？」

「この人は何人殺したんですか？　ひとり？　ふたり？」

「ああ？」その目が剣呑に光る。

「おれのじいちゃんはすくなくとも五十人以上殺してます」

高鷹翔だけでなく、男たちがいっせいに色めき立った。

「戦争のときです」わたしは声の調子に気をつけながらつづけた。「村をいくつか襲って、村人を生き埋めにしたそうです」

だったらぶっ殺されても自業自得だぜ。ひとりがそう吐き捨てると、何人かが同調するようなことを言った。爆弾で人を吹き飛ばすのと、包丁で腹をえぐるのとは話がぜんぜんちがうぜ。

「おれが言いたいのは、じいちゃんは追い詰められたやつなんか腐るほど相手にしてきたってことです」

「なんだと？」

わたしは泥棒を指さし、「こんなやつに殺されるはずがないんだ」

「算了啦《もういい》！」小戦がわたしの胸倉《むなぐら》をねじ上げた。「鷹哥は見ず知らずのおまえのために一肌脱いでくれてんだ、いつまでも調子に乗ってんじゃねえぞ！」

「そのことには感謝してます」

高鷹翔はわたしをじっと見つめ、それから小戦にむかって顎をしゃくった。小戦は泣きそうな顔を怒りでごまかし、投げ捨てるようにわたしを突き放した。

「こいつってことでよかったんじゃねえのか、ほ？」

「…………」

「そうすりゃ、おまえもすっきりできたのによ」それから破顔一笑、仲間たちの肩を摑んで揺さぶったのだった。「馬鹿なガキだぜ、ほお！」

極道たちが笑った。

「出てぇけ」高鷹翔も笑ったが、その目だけはちがった。「まだ仕事があら、おまえと遊んでる暇ぁねえ」

男たちが箸や発泡スチロールの弁当箱を放り出し、床からトンカチや包丁をひろい上げた。縛られている男のまわりにぞろぞろあつまってくる。わたしはあとずさりした。男を見下ろす彼らの目に光はなく、まるで肉屋が肉を見るように虚ろだった。

「おえは事務所に帰るからな」高鷹翔が倉庫を出ていく。「こーでやるなよ、大家がおえの叔母さんだってことを忘ぇんな」

わたしはいそいそと小戦の腕をひっぱって外へ連れ出そうとしたが、高鷹翔に一喝されてしまった。

「小戦、おまえもいけらあ！」

小戦の体がびくっと強張った。

「おまえにもそおそおつぎの仕事を覚えてもらわなきゃ、ほお」

泥棒を取り囲んでいる男たちは静かな目をわたしたちにそそぎ、つぎに起こることを待ち受けた。

高鷹翔に蹴飛ばされたシャッターが外から持ち上げられる。倉庫を出た彼が、車をまわせと言っているのが聞こえた。

おぼつかない足を踏み出そうとする小戦を、わたしは力まかせに引き戻した。ふりかえった彼の顔はなにかを問いかけているようでもあり、わたしがなぜこんなところにいるのかわからないようでもあった。まばたきをし、わたしから自分の腕をもぎ取る。二、三歩あとずさり、きびすをかえして男たちのほうへ歩いていった。

小戦の背が一歩一歩遠ざかる。彼がけっして踏み越えてはならない一線を跨ぎ越してゆくのを、わたしはなす術もなく見送った。

視界がぼやけ、最初わたしは自分が泣いているのかと思った。が、そうではなかった。小戦の頭上に漂う光の球が、蛍光灯の下でにじんで見えた。

考えるまえに体が動いていた。

定規刀を自分の太腿に突き刺したときとまったくおなじ感覚だった。はじかれたように駆け出すと、わたしは最前まで男たちが弁当を食べていたテーブルに突進し、床に落ちていた鉄パイプを摑み取った。

「やめろ、小戦！」それをぶんぶんふりまわしながら、男たちの輪へ突っこんでいった。「そんなことするな！」

幹你娘《くそったれ》、活着不耐煩啦《死にたいのか》！　罵声が乱れ飛んだ。他媽的《この野郎》、去死啦《死ね》！　蜂の巣をついたような大騒ぎのなかで、男たちはトンカチでわたしの頭を狙い、包丁で腹を突いてきた。

わたしは泥棒が縛りつけられている椅子を蹴り倒し、敵をころばせた。王八蛋《ばか野郎》！　無我夢中で鉄パイプをふりまわし、やつらの頭を何個かたたき割った。滚開《どけ》、死流氓《くそチンピラ》！

「おれじゃない！　おれじゃない！」泥棒が泣き叫んだ。「おれはおまえのじいさんなんか殺してない！」

「バイクに乗ってろ！」小戦を摑まえてシャッターのほうへぶん投げる。「行け、小戦！」

狐火が眼前をよぎり、一瞬視界が真っ白になる。よろめいたわたしの残像にトンカチがふり下ろされ、シャッターをへこませた。その大きな音に小戦がいっぺんに度を失い、あわててシャッターを押し上げる。わたしは片膝をつき、敵の向こう脛《ずね》に鉄パイプを力いっぱいたたきつけ、その勢いで表へころがり出た。

「秋生！」バイクのエンジンが高らかに吠え、排気筒が白煙を噴いた。「乗れ、秋生！」

あわやというところでシャッターを引き下ろし、殺到する敵を退ける。怒り狂ったヤクザたちがシャッターをふたたび押し上げたとき、わたしはすでにバイクのうしろに飛び乗っていた。

小戦がスロットルグリップをねじ切る勢いでひねり、バイクは前輪を高々と持ち上げて飛び出した。

「行け！　行け！」白煙にまかれる敵をかえりみ、先頭を駆けてくるやつに鉄パイプを投げつける。「去死啦《くたばれ》！」

小戦はギヤをどんどん蹴り上げ、わたしたちは細い路地を時速八十キロで爆走した。

タクシーのどてっ腹にめりこむトラックが道をふさいでいた。ふたりの男が散乱したガラスの上に立って怒鳴り合っている。ぞっとしてうしろをふりかえったが、追っ手の姿は認められなかった。小戦の手元がふらつき、バイクが大きく蛇行する。立ち往生している黒い車の横をすりぬけたとき、後部座席にすわっている高鷹翔と目が合った。バイクが接触し、車のサイドミラーが吹き飛ぶ。高鷹翔が窓から頭を突き出してなにか怒鳴った。

わたしたちは猫しかとおれないような裏道へ迂回し、飛ばしに飛ばしまくった。停まっている白バイが視界をよぎり、肝を冷やしたが、警察はどこにもいなかった。小戦は白バイに気づいてさえいないようだった。わたしはなにも言わなかった。

小戦がようやくスピードのことに思いがいたったのは、羅斯福路に戻ってしばらく経ってからだった。

落ちてゆくスピードと入れ違いに、体ががたがたふるえだした。アスファルトから立ちのぼる熱気で大汗をかいているくせに、体の芯まで冷えきっていた。それは小戦もおなじで、歯をガチガチいわせていた。

街並みがだんだん混み合ってきて、やがて道路を埋め尽くす車のせいで思うように走れなくなった。大量のスクーターがネズミのように車のあいだをもぐったり出たりしている。小戦が怒ったようにハンドルを切って左折し、わたしたちは沈みゆく大きな夕陽を正面に見ながら、汀州路をゆっくりと西へ走った。

「幹《くそったれ》！」小戦がハンドルを殴りつけた。「ちくしょう、どうすりゃいいんだ⁉　殺されちまうぞ、おれたち！」

「落ち着け、小戦！」

「幹你娘《くそったれ》、ぜんぶおまえのせいだぞ！」

「開玩笑《ふざけるな》！」わたしは怒鳴りかえした。「だったらどうすればよかったんだ、あ？　おまえに人を殺す度胸があるのかよ！」

小戦が吼《ほ》えた。血を吐くような咆哮《ほうこう》を引きずって、わたしたちのバイクはひた走った。となりを走っていたバイクがびっくりしてよろめく。罵声とクラクションを同時に浴びせられたが、わたしはやつの気が済むようにさせてやった。小戦はつづけざまに何度か吼え、それからおとなしくバイクを走らせた。南海路で右折して広州街へ帰ろうとするので、わたしはまっすぐ行けと命じた。

「どこに行くんだよ？」

「迪化街に行け」

小戦は余計な質問をいっさいせずに直進し、中華路で右折した。ここまで来れば、迪化街まではほぼ一直線だ。左手に中華商場が見えてくると、わたしはやつにバイクを停めさせた。

「今度はなんだよ？」

「ついて来い」

中華商場の階段を駆け上がり、速足で外廊下をとおりぬける。上半身裸の年寄りが店舗から出てきて、怪訝そうにわたしたちを見送った。

狐狸廟《こりびょう》のシャッターは上がっており、若い女性が線香を額にくっつけて参拝していた。神棚の奥で小梅《シャオメイ》叔母さんが原稿を読んでいる。彼女は編集者なので、どこででも仕事ができるのだ。わたしたちに気づくと、いきなり顔を曇らせた。小戦が叔母の名を呼んで挨拶した。

「どうしたの！」と、眼鏡をはずしながら立ち上がる小梅叔母さん。「秋生、小戦、あんたたちまた喧嘩したの？」

「小梅叔母さん」わたしは叔母にすがりついた。「迪化街の鍵を貸してくれ」

「なに？」彼女の目が泳ぐ。「なにがあったの？」

「小梅おばさん！」小戦が横合いから叫んだ。「説明してる暇はねえんだ、いいからさっさと貸してくれよ！」

「暇がない？」その形相に叔母はたじろぎ、それをバネにしてわめき散らした。「臭小子《くそガキ》、だれにむかって口をきいてんの？　大きくなったからぶたれないとでも思ってんの！」

小戦が頭をかきむしり、参拝客がぴゅうっと逃げていった。

「小梅叔母さん、小梅叔母さん」鶏のようにいきりたつ叔母を、わたしはなんとかなだめようとした。「ほんとうにいまは時間がないんだ、小戦がちょっと高鷹翔を怒らせちまって——」

「高鷹翔！」叔母が叫び、血相を変えて小戦をバチバチひっぱたいた。「あたしゃわかってたのよ、いずれこうなるってね！　どうするの、あんた？　あの男は正真正銘のろくでなしなのよ！中学のころからヤクザなんだから。殺人放火、なんでもこいなんだから！　どうするの、ねえ、趙戦雄、どうするのよ⁉」

「痛えな！」小戦は体を丸めてきりきり舞いした。「だから困ってんじゃねえか！　いいからさっさと鍵を出せって！」

「あんたも殺されりゃいいのよ！」小梅叔母さんは小戦を殴り、返す刀でわたしのことも殴った。「高鷹翔！　ガソリンスタンドでちょっとクラクションを鳴らされただけで、あの畜生は相手を引きずり出してお腹を刺したのよ！　死刑にならなかったのが不思議なくらいなんだから！」

「ちょっ、痛っ！」わたしは叔母の細い手首をはっしと摑まえ、「なんでそんなに詳しいんだ？」

「なんで？」小梅叔母さんは自分の手をもぎ取ってわたしの頭をどついた。「おなじ中学だったからよ！」

「え？　友達だったの？」

「あんな犬畜生が友達なわけないでしょ！　あいつはあんたの明泉《ミンチユエン》叔父さんの同級生だったのよ」

わたしと小戦は縮こまり、うなだれて神妙にした。小梅叔母さんは最後にわたしたちの頭を一発ずつどやしつけてから、長々と溜息をつき、キーホルダーから鍵をはずしてくれたのだった。

「言っとくけど、明泉兄さんにたよっても無駄よ。胖子《パンズ》とふたりしてさんざん高鷹翔にいじめられてたクチなんだから」

なにも訊かないところを見ると、叔母はほとぼりが冷めるまでわたしが小戦を迪化街にかくまうのを許してくれたようだ。わたしたちが礼を言うと、蠅でも追っ払うように手をふり、神棚の奥へとひっこんでいった。

わたしと小戦は線香に火をつけ、お狐様に三拝九拝し、それからバイクに飛び乗ってふたたび走りだした。


その夜、遅い晩飯を買いに出たついでに、雑貨屋の公衆電話から毛毛に電話をかけてみた。電話に出た胖子が「毛毛はおまえと話したくないってよ、なにがあったんだ?」とうれしそうに訊いてきた。

わたしは電話を切った。

いまではミシンの架台とガラクタ、そして宇文《ユイウェン》叔父さんのわずかばかりの私物しかない祖父の布屋に帰ると、小戦がマットレスの上で膝を抱えていた。わたしはやつのまえに買ってきた大《ダア》腸麵線《チャンミエンシエン》(豚の大腸といっしょに煮こんだ細い麵)をおいた。

「おまえ、ほんとうにあの靴泥棒がうちのじいちゃんを殺したと思ったのか?」

返事がないので、わたしはバイクに腰かけて自分のぶんをたいらげた。わたしたちはバイクを店舗のなかに引き入れていた。

翌日の夜も晩飯を買った帰りに電話をかけた。電話に出た妹の瑋瑋《ウェイウェイ》が「お姉ちゃんはあんたと話したくないそうよ。ねえねえ、葉秋生、お姉ちゃんとなにがあったの?」と興味津々で訊いてきた。

わたしは電話を切った。

店舗に戻ると、小戦が湿った暗い目で煙草を吹かしていた。わたしはやつのまえに魷魚羹米粉《ヨウユーグンミーフン》

（ビーフンにイカのすり身を煮こんだスープをかけたもの）をおいた。

「おまえ、高鷹翔があの靴泥棒を殺そうとしてるって知ってたのか？」

またしてもだんまりを決めこむので、わたしはバイクに腰かけてさっさと自分のぶんをたいらげた。

つぎの夜も電話をかけに出かけた。電話に出た毛毛のお母さんが半病人のような声で「毛毛は友達と出かけたわよ」と言った。

「それより、葉秋生、胖子に聞いたと思うけど、うちの毛毛につきまとわないでちょうだい」

「すみません、でも……」

「あの娘はあんたとは付き合わせないわよ」

「………」

「家柄ってものを考えてちょうだい。わたしたちはみんな広州街に住んでるけど、あんたと毛毛の住む世界はぜんぜんちがうのよ」

ガチャリと電話を切られてしまった。

毛毛の母親は胖子の姉で、ありていに言えば、広州街界隈での評判は芳しくなかった。若いころはいっぺんに何人もの男とふしだらな関係を結んでいたと、李奶奶《りばあさん》だけでなく、わたしの祖母も言っていた。ついに堪忍袋の緒が切れた謝《シィエ》医師（彼女の父親）に問答無用でお見合いをさせられ、ほとんど実家に監禁された状態で毛毛を産んだのだが、するとたちどころに憑《つ》きものが落ちたかのように体の疼きが消えたという。ぴたりと男遊びをしなくなったばかりでなく、罪滅ぼしに娘たちに貞操観念を説いて聞かせ、身体髪膚を大切にするための自作の格言を朝な夕なに暗唱させた。娘たちを守るためなら鬼にもなる。学校で毛毛のスカートをめくった男子の家にねじこみ、その家の女主人と髪を摑み合ったのは、広州街では有名な話である。娘たちのことしか眼中になく、通りで顔馴染みとすれちがっても挨拶すらしないので、年寄りたちの覚えが悪くなるのも致し方ないことだった。これも因果応報ね、麻雀を打ちながらばあさん連は言い合った。胖子が女に悪さばっかりするもんだから、あの女がほかの男にいいようにされるのよ、ほら、謝医師だって若いころはさんざん——

小戦は煙草を吸いながら、漫画本を読んでゲラゲラ笑っていた。

もう、うんざりだ。

こんなやつに付き合って、もう三日も身動きがとれずにいる。昼間は寝ているか、壁をにらみつけているか、胸の裡でおたがいを恨むくらいしかやることがない。もしくは、二年前の新聞を隅々まで読むか。トイレに立てば、いやでも祖父のことを思い出す。受験勉強は滞り、毛毛にも会えない。

わたしは買ってきた涼麵《リャンメン》を小戦の顔面にたたきつけた。胡麻《ごま》だれの袋が爆発し、麵とからまってやつの顔にたっぷりかかった。

「な、なにしやがる⁉」

「うるせえ！」

わたしたちは憂さ晴らしにすこし殴り合った。

小戦がわたしの顔を殴り、わたしはやつの首を抱えこんでねじあげてやった。小戦が体当りしてくると、わたしは体を開いてやつの鼻面に拳骨をぶちこんでやった。やつが鼻血を噴いた。それから、本腰を入れて殴り合った。雄叫びをあげて飛びかかっていったわたしの腹に蹴りが入る。逆に飛びかかられ、もつれ合って床の上をごろごろころがった。そのあいだに殴りもし、殴られもした。こめかみをガツンとやられて、ものが二重に見えた。

「おまえのためを思ってやったんだぞ！」

「いい加減なことをぬかすな！」わたしはやつを組み伏せた。「自分の手を汚したくないもんだから、おれがあの靴泥棒を始末してくれりゃいいと思ってたくせに！」

小戦がしくしく泣きだしたので、わたしはやつを蹴りのけて、さっさと自分のぶんの涼麵をたいらげた。

さらにつぎの夜も電話をかけた。毎晩電話をかけにやってくるわたしに、雑貨屋の痩せたおばさんが「そんなふうに女の子を追いかけちゃだめよ」と忠告してくれた。わたしはうなずき、電話に硬貨を投入し、ダイヤルをまわした。ようやく毛毛が電話に出て、わたしとは話したくないと自分の口できっぱり告げた。

「ちょっと待ってくれ」わたしは受話器に勢いこんだ。「映画の約束を忘れてたわけじゃないんだ。でも、小戦がちょっとヤバいことに巻きこまれちゃって」

回線が沈黙した。すこしして、疑わしげな声がかえってくる。

「どんな?」

わたしは電話に小銭を放りこみながら、事のあらましを話してやった。毛毛と話しているだけで、心が落ち着いてくるのがわかった。話し終えるころには小銭がすっかりなくなっていた。

「この三、四日、小戦のやつ、怖がって外にも出られないんだ」

ポケットを漁るわたしを見かねて、雑貨屋のおばさんが硬貨を数枚差し出してきた。わたしは目で礼を言いながら、その親切を電話に滑りこませた。

「高鷹翔のところに戻るつもりはないらしい。でも、足を洗うとなると小指の一本も落とさないと……どうしたらいいかわからないよ、指を詰めるくらいで済むかどうかだってわからない」

「秋生は大丈夫なの？」

「どうかな」彼女の声から怒りが消えていることに、とりあえず胸を撫で下ろした。すると、心の守りの薄い部分から弱音があふれ出した。「でも、そのまえにどうにかなりそうだよ」

「あんなことがあった場所だもんね」

「夜もよく眠れない。目を閉じると、どうしてもじいちゃんのことを考えてしまうんだ。小戦のやつの寝言もうるさいし――おまえに会いたいよ」

「じゃあ、会おうよ」毛毛が言った。「いまからあたしがそっちに行く」

「いや、それはだめだ。なにかあったら――」

「じゃあ、秋生が会いに来て」と、かぶせてきた。「植物園でいい？」

口元で返事を躍らせるわたしを見て、雑貨屋のおばさんが親指を立てた。毛毛が場所を指定し、わたしは電話を切って駆けだした。

道路に飛び出すと、クラクションをブーブー鳴らされた。わたしは人混みを縫って走った。全力疾走で勢いのつきすぎた体は、騎楼《きろう》（張り出し屋根）の支柱に摑まらなければ方向を転じることもできないほどだった。バイクなら植物園まで二十分ほどだ。はやる気持ちを抑えきれず、布屋のかなり手前から小戦の名前を連呼した。

「小戦！　小戦！　ちょっとバイクを使うぞ――」

足が勝手に止まり、まるで水をぶっかけられたみたいに気持ちがすうっとひいていった。なにが起こったのか、にわかには理解できなかった。

「小戦……？」

シャッターがこじ開けられていた。

小戦は影も形もなく、空き缶の上に残された煙草がゆらゆらと煙をたちのぼらせていた。

バールのようなものでこじ開けられたのか、半分ほど上がったシャッターは下のほうが濡れた段ボールのようにめくれていた。

店舗は荒らされていないが、靴跡がいくつか残っている。なかに入れておいたバイクは無傷だった。ミシン台の脚に血がべっとりついているのを見て卒倒しそうになったが、顔を近づけると薄荷《はっか》のようなにおいが鼻先をかすめた。檳榔の嚙み汁だった。

「小戦！」

奥へ吸いこまれていく自分の声を追いかけるようにして、わたしは浴室へ飛びこんだ。壁のスイッチをたたく。天井の蛍光灯が音を立てながら明滅し、浴槽を切れ切れに浮かびあがらせる。一瞬、暗い水底に沈んだ小戦が見えたような気がして、心臓を吐き出しそうになった。泥だらけの浴槽にはだれも沈んでなどいなかった。

しばし立ちすくみ、いったん表へ飛び出したものの、自分がなにを探しているのかわからなくなり、右往左往してしまった。わかっているのは友達がヤバいことになってしまったということだけだった。へしゃげたシャッターをくぐって店舗のなかへとってかえすと、わたしはミシン台のひとつを足蹴にした。床にボルトで固定されているせいで、びくともしない。

「幹《くそ》！」

店のなかを見まわし、かつて帳場として使われ、いまは古新聞が積んであるだけの高台へ突進する。段ボールや空き瓶をかき分けると――あった！

その錆びた自在スパナをひったくり、先ほどのミシン台に飛びつく。スパナの可動顎を、これまた錆びたボルトの頭に合わせ、力まかせにまわした。固く錆びついてなかなか動こうとしないボルトを呪いながらも、わたしは確信した。祖父が死んでから、まだだれもここを開けていない。スパナがもとの場所にあったことも、それを裏付けている。

ボルトを緩めるためにミシン台を何度か蹴飛ばし、また力をこめてスパナをひねった。顔から汗が滴り落ちた。何度かスパナが滑り、ボルトの頭を削った。そのたびに角度を変えて六角形の頭にスパナを噛ませなおした。頭の角が削れてしまえば、こいつではまわせなくなってしまう。わたしはミシン台を蹴飛ばし、スパナを慎重にまわした。ボルトがすこしずつわたしに屈服してゆく。ようやく峠を越えたような手応えを感じたときには、掌が紫に変色していた。

ボルトが甲高い音で軋み、あとは一気呵成だった。スパナを投げ捨て、素手でボルトを引きぬく。立ち上がって渾身の蹴りをくれると、残っていたもうひとつのボルトを中心にして、ミシン台がすこしだけ回転した。床下の隠し穴がすっかりあらわれるまで、わたしはミシン台を蹴りまくった。

大きなゴキブリが一匹這い出してきたが、頓着《とんじゃく》せずに隠し穴に手をつっこみ、祖父のモーゼ

郵 便 は が き

料金受取人払郵便

小石川局承認

1487

差出有効期間
平成28年1月
29日まで

112-8731

〈受取人〉
東京都文京区
音羽二—一二—二一
講談社
文芸第二出版部 行

書名をお書きください。[　　　　]

この本の感想、著者へのメッセージをご自由にご記入ください。

[　　　　]

おすまいの都道府県 ………………　性別　男　女

年齢　10代　20代　30代　40代　50代　60代　70代　80代〜

頂戴したご意見・ご感想を、小社ホームページ・新聞宣伝・書籍帯・販促物などに
使用させていただいてもよろしいでしょうか。　はい（承諾します）　いいえ（承諾しません）

TY 000044-1504

ご購読ありがとうございます。
今後の出版企画の参考にさせていただくため、
アンケートへのご協力のほど、よろしくお願いいたします。

■ Q1 この本をどこでお知りになりましたか。

1 書店で本をみて
2 新聞、雑誌、フリーペーパー〔誌名・紙名　　〕
3 テレビ、ラジオ〔番組名　　〕
4 ネット書店〔書店名　　〕
5 Webサイト〔サイト名　　〕
6 携帯サイト〔サイト名　　〕
7 メールマガジン　8 人にすすめられて　9 講談社のサイト
10 その他〔　　〕

■ Q2 購入された動機を教えてください。〔複数可〕

1 著者が好き　2 気になるタイトル　3 装丁が好き
4 気になるテーマ　5 読んで面白そうだった　6 話題になっていた
7 好きなジャンルだから
8 その他〔　　〕

■ Q3 好きな作家を教えてください。〔複数可〕

〔　　〕

■ Q4 今後どんなテーマの小説を読んでみたいですか。

〔　　〕

住所

氏名　電話番号

ご記入いただいた個人情報は、この企画の目的以外には使用いたしません。

ル拳銃を取り出した。祖父が死んでから二年近くもほったらかしにされていたにもかかわらず、拳銃は蛍光灯の光を受けてぴかぴかと光り輝き、まるで毎日だれかが磨いていたかのようにつやしていた。子供のころに見た祖父の手つきを思い出しながら、なんとかフレームの上から挿《そう》弾子《だんし》をひっぱり出す。弾丸の入っているワセリンの瓶を取り出そうとふたたび隠し穴に手を差し入れたとき、指先になにかが触れた。

一葉の写真だった。

色褪せた白黒写真——役所然とした立派な建物を背に、一家四人が無表情にこちらを見つめていた。折りじわの部分は色が白くぬけ落ち、手垢《てあか》にまみれてもいたが、建物の壁に大きく書かれた字は「祝青島占領」と読めた。つまり、この写真に写っているのは抗日戦争のころの山東省だ。祖父の若いころかと思い、写真のなかの男に目を凝らす。どうやらそうではないようだ。男は竹棹のように痩せ細り、腕にだんだら模様の腕章を巻いているが、よくよく見てみると日本の日章旗のようだった。では祖父の子供のころかと思い、男の子を凝視した。やはりなんの面影もない。すわっている女性は一家の母親のようで、かたわらに女の子がぴったり寄り添っている。全体として見た場合、写真の一家はなにかにおびえているような印象をわたしにあたえた。裏面に色褪せたインクでなにか書いてある。

「一九三九年、青島、王克強一家四人、日本軍占領下の青島市政府前にて——王克強《ワンコオチャン》……」

思わず口のなかでつぶやいてしまった。どこかで聞いたような気もするが、どうしても思い出せない。王克強、王克強……しかしありふれた名前なので、さほど気にはならなかった。

わたしはもう一度とっくりと写真を見た。わたしの祖母は、祖父のふたり目の妻なので、もしかすると写真の女性は祖父の最初の奥さんかもしれない。祖父に捨てられたあと、この王克強という男と所帯を持ったのかもしれない。しかしわたしが聞いたかぎりでは、彼女は子供が産めない体だったはずだ。痩せ細った男の子は五、六歳といったところか。大きすぎる外套を着せられ、耳あてのついた毛皮の帽子をかぶっている。眉間に気むずかしそうなしわをつくっていた。

表通りをバイクがけたたましく走りぬける。

写真をジーンズの尻ポケットにつっこむと、わたしは隠し穴からワセリンの瓶を摑み出し、挿弾子に弾を一発ずつ押しこんでいった。高校の軍訓課でさんざんやらされていたので、装塡《そうてん》に手間がかからなかったばかりか、わたしは弾丸の名前まで知っていた。四十五口径被甲弾。体に入れば、内臓をひっかきまわして拳骨大の空洞現象を引き起こす。人体とおなじ弾力のゼラチンを使った実験写真を見せられたときは、恐怖をまぎらわせるための口笛が教室中で飛び交った。

挿弾子を拳銃にたたきこみ、しっかりと腰に差す。それから小戦のバイクに飛び乗ってエンジンをかけた。体をガソリンタンクに倒してシャッターをくぐりぬける。歩道に出たとたん、通行人を轢きそうになった。わたしはスロットルをぐいぐいまわし、エンジンの音で人々を威嚇《いかく》しながら、そのまま車道へ降りようとした。

「秋生！」

藪から棒に名前を呼ばれ、反射的にブレーキをかけてしまった。浮き上がった尻がシートに戻るが早いか、ものすごい力で腕を摑まれてしまった。

「なにやってんだ、おまえ?」コーラの缶を持った宇文叔父さんだった。「どうした、なにがあったんだ?」

「宇文叔父さん、なんで……？」

「いま船が着いた」台湾に帰ってくると、叔父さんはいつもここで寝泊まりするのだ。「それより、これはいったい……」

「友達がさらわれた！」わたしは叔父さんの手をふりほどき、前のめりになってスロットルをまわした。「説明してる暇はないんだ！」

頭を思いっきり殴られてしまった。痛みが脳みそから鼻にぬけ、わたしは舌を強く嚙んでしまった。宇文叔父さんに殴られたのはもちろんはじめてじゃないけれど、船乗りの拳骨はやっぱり死ぬほど硬かった。

コーラが残っている缶を投げ捨て、めくれたシャッターのなかにダッフルバッグを放りこむと、叔父さんはバイクのうしろに乗ってきた。

「な、なにを……叔父さんには関係ない」舌が痛くて、わたしの声は要領を得なかった。「これはおれの問題だ」

「少囉唆《やかましい》」一喝されてしまった。「去《いけ》！」

わたしは舌打ちをしてバイクを車道に出し、そのまま加速した。

真っ先に思い浮かんだのは靴泥棒を痛めつけたあの倉庫だが、高鷹翔はあそこが叔母の持ち物だと言っていた。こーでやるなよ、大家がおえの叔母さんだってことを忘ぇんな。もし高鷹翔が小戦を死ぬような目に遭わせるつもりなら、あそこへは連れていかないだろう。やつは小戦をどうするつもりだろうか？　夜の中華路を疾走しながら、わたしは必死に考えた。小戦の前途があの哀れな靴泥棒よりいくらかでもましだとは、どうしても思えなかった。組をぬけようとする者に対して、黒道《ヤクザ》はけっして甘い顔を見せないだろう。

「相手はだれだ？」うしろから宇文叔父さんの声が飛ぶ。

まえの車をかわし、黄信号で交差点に飛びこみながら、わたしは首をねじって「高鷹翔」と叫びかえした。

「幹《くそったれ》！」叔父さんがまた古き良き拳骨でわたしをどついた。「ちゃんと勉強してるかと思いきや、今度はヤクザともめ事か？　大学生でも軍人でもなくヤクザにでもなるつもりか、おまえは？　え、秋生哥《アニキ》？」

わたしは唇を噛んだ。

「話せ」

「小戦がじいちゃんの靴を盗んだ泥棒を見つけたんだ。宇文叔父さんがイタリアから買ってきたやつ。そいつは高鷹翔の会《フイ》をつぶして捕まってた。おれはそいつがじいちゃんを殺したやつかもしれないと思ったけど、そうじゃなかった」

「…………」

「高鷹翔は小戦にそいつを殺させようとした。あいつにそんなことできるはずがない。で、すったもんだのあげく、なんとか逃げ出してじいちゃんの店に隠れてたんだ」

「で、趙戦雄がさらわれたんだな？」

「うん」

「なんてこった」叔父さんは憤懣やるかたない調子で溜息をつき、「おれは何度もおまえに言ったはずだな？　あの趙戦雄とは付き合うなって」

わたしは黙ってバイクを走らせた。

叔父さんもそれ以上小戦を侮辱するようなことは言わなかった。桂林路にさしかかったとき、出し抜けにわたしの頭をはたいて右折させた。なにがなんだかわからなかったけど、叔父さんがわたしをどこかへ導こうとしていることだけはわかった。だから頭をはたかれるたびに、おとなしくその方向にハンドルを切った。

わたしたちは人でごったがえす華西街の夜市をぬけ、淡水河のほうへ走った。夜市の喧騒がまだとどく街中で、叔父さんはわたしにバイクを停めさせた。

その煤けた白タイル張りのビルは一階に自助餐店（セルフサービスの食堂）、二階に鍼灸院《しんきゅういん》、そして三階に〈白鷹金融《バイイン》〉の看板がかかっていた。ろくでもない階段の脇にはオートバイがずらりと停まっている。国民党はオートバイが好きなので、台湾ではオートバイが増えたい放題増えてそこらじゅうに不法駐車しているのだ。オートバイにうずもれるようにして、小戦がサイドミラーを吹き飛ばしたあの黒い車も停まっていた。

わたしがエンジンを切るまえに、宇文叔父さんはわたしの腰からさっと拳銃をぬき取った。

「こんなもんでどうするつもりだったんだ？」銃身をわたしの頬にぐりぐり押しつけ、「臭小子《くそガキ》、悪ぶりたいのか、え？　だったらおれがいますぐ撃ち殺してやる」

わたしはかぶりをふった。

「おまえはここで待ってろ」

「おれも行く」

叔父さんがわたしの胸倉をねじ上げる。「おまえがついて来たら、たすけられるものもたすけられない」

目をそらすまいとしたが、五秒が限界だった。それほど宇文叔父さんの眼差しは揺るぎなく、憤怒に満ちていた。

「絶対に上がってくるな」目をそらしたわたしに、叔父さんはもう一度念を押した。「もう家族が傷つけられるのは見たくない」

「………」

このとき、わたしは人生ではじめて、だれかの気持ちがわかったように思えた。祖父を失い、肉親が傷つけられることの意味を自分なりに理解しはじめていた。額にナイフでサインを刻みこまれ、魂に唾を吐かれたようなこの気持ちを、宇文叔父さんもかつて味わったのだ。祖父が許二虎の家族を戦火から救おうと奔走していたとき、宇文叔父さんは肥え壺に身をひそめて、自分の無力を呪いながら、殺されゆく母と妹の悲鳴を聞いていたのだから。

わたしがうなずくと、叔父さんの強張《こわば》った表情がすこしだけ和んだ。うなずき、しっかりとした足取りで薄暗い階段をのぼっていった。

宇文叔父さんが見えなくなると、わたしは通りの左右を見渡し、目についた雑貨店へ駆けこんだ。叔父さんの気持ちはわかるが、やはりじっとなどしていられない。小戦は意地悪なチンピラかもしれないが、わたしの友達である。その友達が人生最大の危機に瀕しているのに、もしここで袖手傍観《しゅうしゅぼうかん》などしてしまったら、わたしはこれから先、臆病さを成長の証だと自分に偽って生きていくことになるだろう。そんなふうに生きるくらいなら、わたしは嘘偽りなく、死んだほうがましだと思う。人には成長しなければならない部分と、どうしたって成長できない部分と、成長してはいけない部分があると思う。その混合の比率が人格であり、うちの家族に関して言えば、最後の部分を尊ぶ血が流れているようなのだ。

わたしは陳列棚のあいだを駆けまわり、目的のものをひったくって金を払った。

店のオヤジがショーケースのむこうから茶化した。「おい、人を殺しに行くんじゃないだろうな？」

わたしが紙箱からすらりと包丁を抜き出すと、オヤジの笑顔が固まった。

抜身を握りしめてビルにとってかえす。ここで足を止めてしまったら、臆病の虫にたかられてしまう。だからそのまま一気に階段を駆け上がり、〈白鷹金融〉と銘の入ったドアを蹴り開けた。

「幹你娘《くそったれ》、又来了一個《もうひとりきやがった》！」色めき立ったヤクザたちがいっせいにわめいた。七、八人ほどいた。

「送死啦你《殺されにきたのか、てめえ》！」

日本刀を持っているやつもいる。どっしりしたテーブルのむこうで、高鷹翔が目を丸くして立ち尽くしていた。

腰砕けになった小戦の顔はめちゃくちゃに殴られていた。まな板と匕首《あいくち》をまえにしていたので、どうやら指を詰めさせられるところだったようだ。わたしは包丁でヤクザどもを指した。

「我跟你拼了《やってやらぁ》！」

わたしの怒号は、しかし、宇文叔父さんの恫喝のまえではささやき声に等しかった。

「別動《うごくな》！」

わたしだけでなく、ヤクザたちも動きを止めた。叔父さんの手には祖父のモーゼル拳銃があった。

「他媽的《ばか野郎》、秋生、来るなって言っただろうが！」

わたしが今度は頑として目をそらさないのを見て取ると、叔父さんは溜息をつき、首と拳銃をいっしょにふった。

「趙戦雄を連れて出ていけ」

いつまでもボサッとしている小戦を、わたしはどやしつけてやった。「なにやってんだ、早くこっちに来い！」

小戦が這ってきて、わたしの背中に隠れる。小指はまだくっついているようだった。

「行け」と、宇文叔父さん。

「お、叔父さんは？」

「幹你娘」高鷹翔がなにか物騒なことを言ったが、台湾語だったのでよく聞き取れなかった。

「逃げられると思うなほ」

「ああ？」叔父さんは顔と銃口を高鷹翔にふりむけた。「你他媽的《この野郎》、人を殺せるのは自分だけだと思うなよ」

「ああ？」高鷹翔がくわっと目を剝く。「有種開槍啊《撃てるもんなら撃ってみろ》」

「いいか、こいつらはまだ右も左もわからないガキだ。これ以上つきまとうな。趙戦雄も今日かぎりで足を洗う。わかったか？」

「靠腰啦《なめんなよ》！」高鷹翔が自分の胸をバンバンたたいた。「おえに怖《こえ》ぇもんなんかあるか、ほお！趙戦雄はうちのもんら、関係ねえやつが四の五の——」

やつの怒号はすさまじかったが、銃声ほどではなかった。

叔父さんの右腕が跳ね上がった。全員がいっせいに首をすくめたが、高鷹翔とて例外ではなかった。やつの顔のすぐ横の壁に穴が開き、うっすらと煙を噴いた。

「今度こいつらのまわりをうろちょろしやがったら、ほんとうに撃ち殺すからな」

よろめいた高鷹翔がドスンと椅子に落ちる。

口を開く者はいなかったが、すぐに銃声の残響をかき消すものが恐ろしい勢いでやってきた。かすかだったサイレンの音があれよあれよという間に近づき、ビルを取り囲んだ。

「条子《サツ》だ！」だれかが外を見て叫んだ。「鷹哥、どうする⁉」

「宇文叔父さん！」わたしは叔父さんの腕をひっぱった。「早く逃げよう！」

「これを」宇文叔父さんはわたしに拳銃を押しつけた。「どこかに隠せ」

わたしは拳銃をジーンズのまえに差して、Tシャツで隠した。

「そこじゃない、外に隠すんだ！」

「わ、わかった」

「指紋を拭いとけ！」

わたしの背中をどやしつけると、叔父さんはつかつかと高鷹翔に歩み寄り、ぐっと顔を近づけた。相手の目をのぞきこみ、「おれはやると言ったらやるからな」と釘を刺した。高鷹翔はにやりと笑い、叔父さんから目をそらさずにペッと唾を吐いた。

事務所を飛び出したわたしは素早く隠し場所を探した。電気メーターが収められている壁の鉄蓋、積み上げられた木箱、枯れた鉢植え——だめだ、この階には隠せない。わたしは二階へ飛び降りた。明かりの落ちた鍼灸院のまわりを右往左往しているうちに、天井板に破れ目があることに気づいた。ほとんどなにも考えずに、そこへ拳銃を放り上げた。拳銃は天井にガツンとあたって落ち、床の上で跳ねあがった。

「わっ！」

反射的に首をすくめたが、暴発をまぬがれた拳銃は、くるくるまわりながら床を滑っていった。

「幹《くそ》！」

わたしは拳銃に飛びつき、再度試みた。失敗に次ぐ失敗で、四度目にようやく拳銃が天井裏に吸いこまれた。警察に踏みこまれる三秒前だった。

「動くな！」防弾チョッキを着けた警察官たちが階段を駆け上がってくる。「ひとりも動くんじゃない！」

腕を乱暴にねじあげられ、顔を壁に押しつけられた。わたしの背後を警察官が走りぬけ、どかどかと階段をのぼって事務所に突入した。

くそったれのサツめ、ほかにやることねえのかよ⁉　罵詈雑言が飛び交うなか、警察官はひとりひとりを手荒に扱っているようだった。うめき声や、なにかがぶつかる大きな音が聞こえた。おれらはなんもやってねえぞ、弱い者いじめばっかしやがってよ！

手錠を打たれ、小突かれながら表までしょっぴかれていったとき、階段からころげ落ちる小戦が目に入った。やつも手錠をかけられていた。

あたりは騒然としていた。

ビルのまわりにはすでに黄色の規制線が張られ、野次馬がひしめいていた。わたしが包丁を買った雑貨屋の店主が、パトカーの青い回転警告灯の陰で警察官に何事か訴えている。わたしに目を留めるや、こちらを指さして「あいつだ！　あいつだ！」とわめいた。

警察官は小戦をパトカーのうしろへ放りこみ、つづいてわたしの頭を押さえつけた。連行されて出てくる宇文叔父さんが見えたのは、そのときだった。なにかがおかしいとすぐに気づいた。連行されているというよりは、体を支えられている感じだった。叔父さんの顔は青ざめ、足取りはおぼつかず、滝のような汗をかいていた。

「叔父さん！」わたしは声をふり絞った。「宇文叔父さん、高鷹翔になにかされたのか⁉」

こちらに気づいた叔父さんが、警察官に支えられてやってくる。

「宇文叔父さん、高鷹翔にやられたのか⁉」

「大丈夫だ、なんともない」

「ほんとうか？」

咳きこみながらうなずく宇文叔父さん。

「ごめん、おれのせいでこんなことになって……」

言いつのるわたしの声を、パトカーのなかの小戦の涙声がかき消した。「ごめんよ、宇文おじさん、おれなんかのために……ほんとうにすまねえ！」

叔父さんはうなずいたが、呼吸がひどく苦しそうだった。何度か大きく咳きこみ、唾をペッと吐き捨てる。見ると、その唾には血が混じっていた。

「大丈夫か、宇文叔父さん？」

毛毛のために用意したハンカチの存在を思い出す。手錠を打たれているせいで、ジーンズの尻ポケットからひっぱり出すには身をよじらなければならなかった。

「ほら、これ……宇文叔父さん、どこか悪いのか？」

ハンカチで口をおおった叔父さんは、ゼエゼエあえぐばかりだった。

「なんだ、これ？」そう言いながら、警察官が地面からなにかひろい上げる。「おい、この写真がおまえのポケットから落ちたぞ」

「ああ、それさっき迪化街で見つけたんだ」わたしは宇文叔父さんのもの問いたげな目に応えた。「じいちゃんの……アレといっしょにしまってあった」

警察官が王克強一家の白黒写真を差し出す。

叔父さんの目が見開かれていく。ぐるぐるまわる回転警告灯の青い光が、無精髭に縁取られた顔から驚愕以外の表情をぬぐい去る。咳を押さえていた手が落ちると、ぽかんと開いた青白い口の端に真っ赤な血がついていた。

「宇文叔父さん……？」わたしの声は、つぎの瞬間、悲鳴に変わった。「宇文叔父さん！　宇文叔父さん！」

激しく咳きこんだ宇文叔父さんが白目を剝き、台北の汚れたアスファルトに膝から崩れ落ちた。

あとで知ったのだが、このとき叔父さんはすでに肺が石灰化するサルコイドーシスという原因不明の奇病にかかっており、病院で診てもらうために船を降りたのだった。叔父さんが病気のことを医者に告げられるのは、この発砲事件で実刑判決を受けるすこしまえのことである。そのとき宇文叔父さんは事もなげに医者にこう言ったそうだ。

「将来は人工呼吸器が必要になる？　じゃあ、いまはまだコーラを飲んでもいいのか？」

取り調べでは、叔父さんはあのどさくさで拳銃をなくしてしまったと言い張り、警察のほうでもついぞ拳銃を発見できなかった。

所持品をかえしてもらい、夜明けまえに警察署から放り出された。

待っていたのは父の拳骨と痛罵《つうば》だった。わたしは父の気が済むように殴られてやった。わたしのような息子は痛い目を見るべきだった。父は警察官があわてて止めに入るほどわたしをぶちのめし、タクシーに蹴りこんだ。

「あのさ……」

「なんだ！」

「あ、いや、これを……」わたしはおずおずと写真を出した。「これが鉄砲といっしょにしまってあったんだけど」

「まだなにかあるのか、你這個渾蛋《このばかたれ》！」

わたしを殴ってくたくたになっているはずなのに、それでも父は車内灯をつけ、写真をひったくり、表を、それから裏を見た。王克強の写真には、宇文叔父さんの吐いた血の痕がうっすら残っていた。

「王克強……」父はつぶやき、小首をひねった。「ああ、黒狗《ヘイゴウ》のことか。抗日戦争のとき、日本軍のために働いてた漢奸《売国奴》だ」

それで思い出した。

祖父が殺されたとき、李爺爺と郭爺爺が話していた男だ。たしか名前の発音が日本語の小犬《わんこちゃん》とおなじとかで、皇軍に「わんこ」呼ばれていたのだ。この男の手引きでたくさんの村がつぶされたと、どっちかのじいさんが言っていた。宇文叔父さんの父親といっしょに、祖父がこの黒狗を討つべく勇躍したとも。

「じいちゃんはなんでこんな写真を大事に持ってたんだろう？」わたしは尋ねた。

「さあな」父は写真を突きかえし、難儀そうに車内灯を消した。「大陸にいる兄弟分からの手紙にでも入ってたんじゃないのか」

「年寄りってのはそんなもんさ」運転手が口をはさむ。「うちの親父がなにを後生大事にしまってたか知ってるか？　ドイツ製のホッチキスさ！　もう死んじまったがね。だけど、そのホッチキスはまだうちにあるよ」

わたしは写真に目を落とした。時折射しこむ街灯の光が、黒狗の無表情な目を一瞬だけ浮かびあがらせる。あの時代、裏切者になるということは魅力的な選択肢だったのだろうか？　わたしはほとんど麻痺している頭で考えるともなしに考えた。これが誘惑に屈し、魂を鬼に売り渡した者の顔なのだろうか？

「父さんと宇文叔父さんはいくつ離れてるんだ？」

「おれのほうが三歳上だ」

「父さんが中国を離れたのは何歳のときなの？」

「十五のときだ」父の舌打ちが飛んだ。「なんでそんなことを訊くんだ？　ほかにも隠してることがあるならいまのうちに言ってしまえ。あとでわかったら今度こそたたき殺してやるからな」

「いや、べつに……」

「鉄砲はどこにやった？」

ルームミラーのなかで運転手の目が動く。

「宇文が発砲した鉄砲ってのは、まさかとは思うがじいさんのあの鉄砲じゃないだろうな？」

わたしは黙っていた。

「まあ、いい」父が溜息まじりに言った。「ちゃんと見つからないところに隠したんだろうな？」

「……え？」

「たとえあの鉄砲が出てこなくても、宇文が発砲したのは大勢が目撃している。銃を不法所持していたことに変わりはない。でも銃そのものが見つからなければ、すこしは罪が軽くなるかもしれん」

「おれが……おれがじいちゃんの鉄砲を持ち出したんだ」

「廃話《あたりまえだ》、宇文が持ち出すはずがないだろ」

「うん」

「で？」

「え？」

「さっきはなんでむかしの話を訊いたんだ？」

「ああ」わたしは写真を持ち上げ、「さっきこれを見せたら、宇文叔父さんがすごくびっくりしてたから」

「じゃあ、あいつも黒狗の顔を憶えてたんだな。さもなきゃ、急に具合が悪くなったんだろう」

「宇文叔父さん、病気なのか?」

「二週間くらいまえにシンガポールから電話があった。咳に血が混じるから、一度検査しに戻ってくると言っていたよ」

「ああ、それは結核だ」運転手が恐ろしい声で断言した。「うちの女房の親父もそれで死んだんだ」

「宇文叔父さん、どうなるのかな?」

「おまえのせいで人生がめちゃくちゃになるんだよ」

「…………」

「あいつのことだから、鉄砲は自分のものだと言うだろうな」

「そんな！　おれ――」

「言っとくが、宇文をたすけようなんて気を起こすんじゃないぞ」

「でも！」

「でももくそもない。子供は黙って大人の言うことを聞いていればいいんだ。それにあいつが発砲したのは事実だ。まあ、怪我人はいないから、そんなに重い刑にはならんだろう。小戦も今日中には釈放されると言っていたぞ――高鷹翔もな」

　話しているうちに怒りが再燃した父は、またひとしきりわたしを罵倒した。おまえがこんなやつだとわかっていたら絶対に堕胎させていたとわめき、台湾の徴兵制度を褒め称えた。軍隊とはわたしのような腐った人間の性根をたたきなおすためにあるのだから、と。夜が明けたらもう一度宇文叔父さんに面会に行き、今後のことを相談するつもりだとも言った。

タクシーは明暗《あけぐれ》の街を走った。ラジオは坊さんの説法を流していた。博士も良し、露天の野菜売りも良し、美人も良し、醜女《しこめ》も良し、金持ちも良し、貧乏も良し、みんな和気あいあいならそれで良し——

「抗日戦争のとき、父さんはいくつだったの？」

「さっきの話はまだ終わってなかったのか」あきれ果てながらも父は思案し、「日本軍が山東にやって来たのは三八か三九年だから……抗日戦争がはじまったとき、おれは五歳か六歳だったはずだな」

「じゃあ、じいちゃんがこの王克強を殺……したとき」言葉を濁す。「父さんは十歳くらいだったわけか」

「おまえ、だれからその話を聞いたんだ？」

「李爺爺たちが話してたんだ」わたしはたてつづけに疑問をぶつけた。「十歳のころの記憶ってどうなの？」

「あのときは王克強の顔写真が新聞に出たんだよ。日本軍は躍起になって犯人を捜した。すくなくとも、おれはそう聞かされた。日本人が殺気立ってるから、お袋には表で遊ぶなと言われてたな。なのにおまえのじいさんはその新聞を大事にとってて、しょっちゅうひっぱり出してきては、おれや明泉に黒狗がどれだけ悪いやつかを話して聞かせてたんだ。そのたびにお袋が発狂して新聞を破こうとしたんで、よく親父にぶん殴られてたな」

「けど、さっき写真を見せたとき、すぐには黒狗だとわからなかったじゃないか」

「ずいぶんむかしのことだからな」

タクシーが家に着くと、母と祖母と目つきの悪い鶏たちが出迎えてくれた。母はわたしの尻を鞭でひっぱたき、疲れると祖母がかわった。鶏たちさえもわたしの脚をつついた。わたしはおとなしく殴られてやった。わたしは殴られてしかるべきだった。豆花《ドウファ》売りの声が朝靄のなかを漂ってくると、父が腹はすいたかと訊いた。わたしはうなずいた。祖母が台所からどんぶりを取ってきて、豆花売りを追いかけて走った。

「毛毛から何度も電話があったわよ」

母のこのひと言で、わたしはまたしても走りだすことになった。この四、五日、ずっと走りっぱなしのような気がする。母の罵声を背中に聞きながら、約束の場所へとひた走った。街でいちばん早起きの年寄りたちを追い越し、朝靄を蹴散らし、池の魚をおびえさせた。いくらなんでも、もういるはずがない。わかってはいたけれど、自分の目でたしかめずにはいられなかった。

彼女はひとりぼっちで約束の東屋にいた。わたしの慌ただしい足音を聞きつけ、顔を上げた。

わたしは足を止め、彼女は立ち上がる。

わたしたちは言葉もなく、静かにむかい合った。

小鳥たちがさえずり、満開の睡蓮《すいれん》が風に揺れていた。その緑色の大きな葉には清冽な水滴が溜まり、朝陽を受けてきらきら輝いている。どこからともなく早朝社交ダンスの音楽が聴こえてくると、蓮池の亀がぽちゃんと頭をひっこめた。

「ごめん、おれ、また約束を……」

毛毛が飛びついてきて、唇をわたしに押しつけた。あまりにもひたむきに求めてくるものだから、わたしは彼女をとても心配させたのだとわかった。わたしは毛毛の細い腰を抱きしめた。彼女の涙が唇のあいだに流れこむ。それはわたしが死ぬまでにしたキスのなかで、一番目か二番目にしょっぱいキスだった。両親がわたしを殴るのも、毛毛ががむしゃらにキスをするのも、ようするにおなじことなのだ。あんな拳骨のように硬くて痛いキスは、後にも先にも、あのときだけだった。

考えつくかぎり最悪なことを想像してみてほしい。わたしは思いきって言ってしまうが、それに勝るとも劣らない厄介事がこの世にひとつだけあるとすれば、それはヤクザに命を狙われることである。

そんなわけで、わたしと小戦には、宇文叔父さんの言うことを聞かない理由はなにもなかった。

「趙戦雄」拘置所の強化アクリル板のむこう側で、叔父さんが受話器を持ちなおした。「おまえはすぐにパスポートをつくれ」

小戦は受話器を持った手で涙をぬぐい、何度もうなずいた。わたしはやつの受話器に顔を寄せ、漏れ聞こえる声をひろった。

「会社のほうにはおれが話をとおしておいた」叔父さんはねずみ色のぶかぶかのズボンに、白い半袖シャツを着ていた。「おれのかわりに船に乗れ。心配するな、おまえが乗る船にはおれの兄弟分がわんさかいる。最初の何年かはキツいかもしれんが、お天道様に顔向けできる仕事さ。それに外国の女はいいぞ、中国人の女は気が強くてだめだ」

小戦が泣き笑いした。

「高鷹翔も海の上まで追ってはこない。ほとぼりが冷めたら船乗りをつづけるもよし、陸《おか》にあがるもよしだ。ただし言っておくが、船乗りはヤクザより気が短いぞ」

「宇文おじさん……」

「宇文叔父さん」小戦の手から受話器をもぎ取って耳にあてる。今度は小戦がわたしに顔を押しつけて叔父さんの声に耳を澄ませた。「体の具合は大丈夫なの？　なかで困ってることはないか？」

「例のものはどうした？」

「大丈夫」祖父の拳銃のことだと、すぐにピンときた。「もとの場所に戻したから」

「義父さんの形見だからな」

「こいつといっしょに回収しに行ったんだ」

小戦が何度もうなずいた。

「そうか」叔父さんは安心したようだった。「秋生、おまえは兵役が終わるまでパスポートを発給してもらえない。ほんとうはおまえもまとめて船にぶちこみたかったんだがな」

「おれは叔父さんの言うとおり兵役に行くよ」

「それがいい。兵隊に取られるのも悪いことばかりじゃない。街を離れられるし、おまえにもおまえの兄弟分ができる。人間ってのはけっきょく、そうやってだれかに守られたり、守ったりして生きていくもんさ」

「宇文叔父さん、なんと言ったらいいか……こんなことに巻きこんじまって、ほんとうにごめんなさい」

「おれが勝手におまえについて行ったんだ。おれは巻きこまれたくて巻きこまれたんだから、もうあやまるな。おまえのじいさんには世話になった、なのにおれは……」咳が言葉を乱す。「こんなことしかしてやれない」

わたしはこみ上げる涙を腕でぬぐった。

「おれたちの心はいつも過去のどこかにひっかかってる。無理にそれを引き剝がそうとしても、ろくなことにはならん」

わたしと小戦は目を見交わし、話のつづきを待ったが、宇文叔父さんの口から出てくるのは咳だけだった。どうせ面会時間はもう残されていなかった。看守が時間の尽きたことをしかつめらしく告げ、叔父さんは受話器を架台に戻し、ゆっくりと立ち上がった。

わたしと小戦も立ち上がる。小戦がアクリル板にすがりつき、聞こえるはずのない礼を叫んだ。

面会室を出ていくまえに、叔父さんがふりむいた。わたしはなにかを期待したが、宇文叔父さんは弱々しく微笑《ほほえ》むばかりで、やはりなにも言ってはくれなかった。

第九章　ダンスはうまく踊れない

　退学の手続きをするために陸軍軍官学校の校門をくぐったとたん、屈強な上級生に拘束されて独房にぶちこまれてしまった。独房がある煉瓦造りの建物は学校の敷地外にあり、日本統治時代のものだった。

　六月も終わりがけの、風のない午後だった。

　二時間ほど放っておかれたあとで、一分の隙もなく軍服を着こんだ教官がやってきて、わたしの処遇を告げていった。

「禁錮一ヵ月。ここにいるあいだは看守の言うことを遵守せよ。看守はきみの主人であり、きみは看守の犬である」

　ズボンの折り目とおなじくらい、頭の切れそうな男だった。世界が焦げつくほどの暑さなのに、その白い顔は汗ひとつかいていない。こういうロボットのような冷静な男が、まばたきひとつせずに若者を戦地へ送りこみ、成功と失敗を数字だけで計るのだろう。彼はわたしに一枚の紙とペンを差し出した。陸軍官校の退学届けだった。

「本日をもってきみは社会的な身分を失う。この拘留が明ければ、身体検査を受け、しかるべき部隊に配属されることになる」

　わたしはうなずき、退学届けに署名をした。そのあいだに、看守が飼っているみすぼらしい老犬がとことこ入ってきた。舌をだらりと垂れた犬は、わっ、暑い、という顔をし、回れ右をして独房棟から出ていってしまった。独房というものはぶちこまれた者を苦しめるためにできているので、風でさえ許可なく立ち入ることは許されないのだ。

　教官は署名済みの退学届けをためつすがめつし、合点したようにうなずいた。それから小脇に抱えていた陸軍の軍帽をきちんとかぶり、ぴかぴかの革靴のかかとを打ち鳴らした。カツーン、という音が空っぽの独房に谺し、わたしは気を付けの姿勢で教官に敬礼した。彼は足音も高らかに歩み去ったのだが、その行く手にはトウモロコシほどの大きさもある犬の糞が横たわっていた。教官は顎を引き、まっすぐにまえだけを見つめ、犬の糞にむかって一直線に歩いていく。わたしは敬礼をしたまま、まさかな、と思った。すると、果たせるかな、ちゃんと目が見えていれば踏んづけるはずのないものを踏んづけてしまったのだった。隅っこのほうをちょっとかすった、という程度ではない。トウモロコシの両側がそっくりかえるほど、ど真ん中を踏みぬいた。「幹《くそったれ》！」教官が片足でぴょんぴょん飛び跳ねた。「絶対にあの犬をぶっ殺す！」

　なんということだ。

　わたしは独房の石の床に腰を下ろし、膝を抱えた。暗澹《あんたん》たる気分だ。戦争は悪い。完全なる悪だ。だけど、どうしてもやらねばならないのなら、わたしは勝ちたい。なのに我が国の職業軍人ときたら、戦局どころか、一寸先の犬のくそさえ見えていないのである。

刑務所のことはよく知らないが、独房は刑務所とおなじだった。喧嘩や軍規に従わぬ者(わたしのことである)、そして脱走兵などが収監される。

翌日からわたしは看守の張《ジャン》さんに率いられて草むしりや取るに足らない雑用——壊れたフェンスの修繕、庭の清掃、ゴミひろいなどをやらされた。なにもやることがないときは草むしりをやらされたが、それは張さんの気分しだいだった。木陰でぼーっと煙草を吸うだけの一日もあった。犬はやはり張さんが飼っていて、張さんのようにいつも目をしょぼしょぼさせていた。しょっちゅう小便を漏らす老いぼれ犬の名は大偉《デイビッド》である。

三度三度の食事は張さんがつくり、軍規では独房のなかでとることになっていたが、張さんはそれが面倒くさいので、わたしはいつも看守部屋で張さんといっしょに食べた。このとき独房に収監されていたのは、たまたまわたしだけだったのである。湖南省出身の張さんは六十歳、自分で燻製にした腊肉《ベーコン》で死ぬほど辛い炒め物をつくってくれた。張さんは大陸に妻子がいて、台湾でも家庭を持っていた。それは当時珍しいことではなかった。

独房生活五日目、迷彩服を着た海軍陸戦隊の連隊長がやってきて、わたしを炎天下に立たせて尋問した。

わたしのまえを虎のように行き来しながら、連隊長は声を張りあげた。

「きさまはなぜここにいる⁉」

「軍規違反であります、連隊長殿!」

「なにをした⁉」

「正月休みに帰省したまま、陸軍官校に戻りませんでした!」

「きさまは我が国の徴兵制度をどう思う⁉」

「十八歳以上皆兵！」

「それはわかっとる！　きさまはどう思うんだ⁉」

「えっと……」わたしは返答に窮《きゅう》し、汗をだらだら流しながら口ごもった。「さ、三民主義万歳！」

　連隊長は顔をぐっと近づけ、わたしの目をのぞきこんだ。わたしは必死で眼球を動かさないようにした。わたしの帽子をはたき落とすと、連隊長が吼えた。

「そこのドラム缶を持ってつづけ！」

　わたしは独房棟の脇に打ち捨てられていたドラム缶を取りに走った。それを抱えて連隊長のところへ戻り、気を付けをする。芙蓉の樹の下でのんびり煙草を吸っていた張さんが、わたしを見て哀れみたっぷりに首をふった。これからなにが起こるのか、張さんは知っているのだ。

「ついて来い！」

　怒鳴りつけると、連隊長はさっさと先に立って歩きだした。わたしはざっと三十キロほどあるドラム缶を肩にかつぎ上げ、急いであとを追った。

　わたしたちは独房棟の裏手にそびえる禿げ山にのぼった。黄土の勾配はキツく、生えているものといえばぺんぺん草だけだった。連隊長は細い踏み分け道をどんどんのぼってゆく。ときどきふりかえったが、わたしにやさしい言葉をかけるためではなかった。

「おれはきさまのようなやつが大嫌いだ！　きさまは突撃のときに死んだふりをするような卑怯者だ。きさまは卑怯者か？」

「いいえ、ちがいます！」

「きさまは卑怯者だ！」

「いいえ、ちがいます！」

「では、なぜ陸軍官校へ戻らなかった？」

「大学へ……」わたしは息も絶え絶えだった。「大学へ行こうと思ったからであります！」

「きさまはやっぱり卑怯者だ！」

わたしたちは山をのぼった。

照りつける日差しは鋭く、熱く、錆びたドラム缶は肩と腰にずっしりこたえた。背中の筋肉が悲鳴をあげ、太腿は引きつり、尻がふるえる。一歩足を踏み出すごとに軍靴の下で乾いた砂塵《さじん》が舞い上がり、汗が地面にぽたぽた滴り落ちた。小石を踏んではふらつき、何度もドラム缶を落としそうになった。そのたびに叱咤《しった》された。わたしを見下ろす連隊長の目はあからさまな嘲笑の色をおび、お楽しみはこれからだぞと告げていた。

わたしは彼の意図を理解した。このドラム缶を山の上までかつぎ上げたら、今度は山からかつぎ下ろせと命令するつもりなのだ。それを何度も繰り返させる。無意味なことを繰り返させることによってわたしの精神を麻痺させ、支配し、愛国心の入りこむ場所をこじ開け、絶対服従をたたきこむつもりなのだ。わたしは今日会ったばかりのこの男を憎んだ。そして何度山を上り下りさせられようと、面従腹背に徹しようと心に誓った。

歯を食いしばって小山をのぼりきると、連隊長がドラム缶を下ろせと命じた。

呼吸を整えながら見下ろすと、山の反対側のごつごつした斜面の下は射撃場になっており、ちょうど軍校の学生たちが腹這いになって的を撃っていた。弾丸は黒い的を突き破って黄土の断崖にめりこみ、黄色い砂煙をたなびかせた。すこし遅れて、間のぬけた銃声が谺した。

「ようし」

わたしは自分を束ね、反抗心を目にこめた。

「そのドラム缶を横に倒せ」

わたしは言われたとおりにした。

「よし、ではそのなかに入れ」

「……え？」

「そのなかに入れと言ったんだ、早くしろ！」

四つん這いになってあたふたとドラム缶のなかへもぐりこむと、ガンッと衝撃が走り、天地がまわりだした。つんのめって顔面を強打し、そのせいで鼻血が出たのがわかったが、わたしにわかったのはそれだけだった。あっという間に得体の知れない大きな力に押しつぶされた。

「わっ！」

なにが起きたのかわからぬまま、あらゆる方向からつぎつぎに衝撃が加わり、わたしを容赦なく打ち据えた。まるでわたしに「容赦なく」という言葉の意味を教えようとするかのように。

「うわうわうわ！」回転するドラム缶のなかで七転八倒した。「うわあああああ！」

あっちにぶつかり、こっちにころがりした。東から殴られ、西から蹴られ、南北に引き裂かれた。耳を聾《ろう》する轟音がガンガン鳴り響く。まるで天災のように、人間のちっぽけさ、命の軽さを痛感させられる。わたしがどうあがいても、世界にはどうにもならないことがあるのだ。平衡感覚がたぶらかされ、口のなかに酸っぱいものがこみ上げる。脚が上になり、頭が下になった。舌をひどく噛んでしまったが、痛がる暇すらなかった。

と、不意に重力が消える。完全なる静寂だ——と思う間もなく、背骨をドスンと突き上げられ、またごろごろころがった。空中に投げ出されたドラム缶が、斜面にたたきつけられたのだと直感した。

「うわあああああああ！」

わたしはこねくりまわされ、たたいて引きのばされ、また丸められて捨てられた。ようやくドラム缶から這い出ることができたときには、自分がだれだかすらわからなかった。わたしが最後に見た山頂の光景はどこにもなく、揺れ動く芙蓉の樹が斜めに生え、水飴《みずあめ》のようにぐにゃりとゆがんだ張さんが、ぐにゃりとゆがんだ木陰で、ぐにゃぐにゃの煙草を吸っていた。

立ち上がることすらできなかった。

額から流れ落ちる血が目に入り、鼻から流れ落ちる血が口に入る。いつの間にか胸には昼に食べた未消化の魚肉がべっとりついていた。なんとか踏ん張って立ち上がっても、足がもつれてひっくりかえってしまう。頭がガンガンし、金属質な耳鳴りが錐《きり》のように鼓膜を苛《さいな》む。両手を地面につくと、わたしは犬のように嘔吐《おうと》した。犬のように嘔吐するわたしを見て、ダックスフントのようにのびた犬のデイビッドが吠えた。革靴の爪先で頭を小突かれるまで、わたしはそのまま地面に倒れ伏していた。

「気を付け！」

怒号が空から降ってくる。

わたしは死力をふり絞り、生まれたての子馬のようにふらつきながら気を付けの姿勢をとった。

「ドラム缶をかつげ！」連隊長が下命した。「ついて来い！」

がくがくふるえる膝で、ほとんど引きずるようにしてドラム缶を山頂へひっぱり上げる。途中で二度ほど吐き気に襲われたが、激しい空嘔《からえずき》に見舞われただけだった。

「むかしはきさまのようなやつは麻袋に押しこんで海に投げ入れたものだ。どうだ、きさまは卑怯者か？」

「いいえ、自分は卑怯者ではありません！」

「ようし、ドラム缶に入れ！」

わたしは蹴飛ばされた小犬のような目で慈悲にすがろうとしたが、連隊長はにやりと笑うばかりで、親切にもわたしが入りやすいようにドラム缶を足で押さえてくれるのだった。

二度目は心の準備があったぶん新鮮味はすくなかったものの、だからといってなんの慰めにもならなかった。

「うわあああああ！」

猛然と斜面をころがり落ちるドラム缶のなかでバターみたいに攪拌《かくはん》されながら、木端微塵に砕け散ってゆく誇りや自尊心をどうしようもなかった。わたしは卑怯者なのか？　そうかもしれない！　海千山千の海軍陸戦隊連隊長殿にわたしのごとき一兵卒が対抗心を燃やすなど、百年早いことをたっぷり思い知らされた。わたしは学んだ。人間、ドラム缶に押しこめられて山の上から蹴り落とされるくらいのことでこうもあっさり変節してしまうなら、ほんとうの戦争ではどんなことでも起こりうるだろう。

ドラム缶は暴れ馬のように跳ね、首をふりたて、後ろ足を蹴り上げ、石にあたって火花を散らした。

けっきょくわたしは、日が暮れるまでに三度もドラム缶の刑に処された。気を失ったわたしを張さんが木陰に運び入れ、冷たいタオルで顔を拭いたり、うちわで扇いでくれたりした。現在、国防部では徴兵制の廃止が検討されている。志願兵を募るために軍人の待遇は改善され、兵士の初任給は大卒よりも高くなっている。しかしわたしたちのころには、まだこのようなことがふつうにまかりとおっていたのだ。


一ヵ月の独房入りだったはずが、どういうわけか二週間で放免になった。理由はいまだにわからない。それが軍隊というものである。理由など二の次で、上官が白と言えば白、黒と言えば黒、わたしたち兵卒に求められるのは上の決めたことに黙って従い、殺したり殺されたりすることだけなのだ。

デイビッドの糞を踏んづけたあの教官がまたやってきて、わたしに身体検査を受けさせた。わたしの身長は百七十センチをたっぷり超えているので、つつがなく「甲」の太鼓判が押された。もうすこし上背があれば「甲」の頭に「上」のおまけがつき、恐怖の海軍陸戦隊に配属されたかもしれない。そうすれば毎日ドラム缶に入って、好きなだけ山をころげ落ちることができただろう。九死に一生を得るとはこのことだ。もうすこし顔がよければ、憲兵隊にまわされたかもしれない。そうすれば英霊を祀った忠烈祠《ちゅうれつし》あたりに飾られ、衛兵交代のときにぴかぴかの銃剣をくるくるまわしたり、観光客と記念写真を撮ったりして楽しく兵役をまっとうできたはずだ。

　わたしの運命はじつに凡庸で、可もなく不可もなかった。くじ引きの結果、配属されたのは台湾中部の嘉義県に駐屯《ちゅうとん》する、総兵力三万の陸軍第十師団所属歩兵第二五七旅団だった。成功嶺《チェンゴンリン》と呼ばれる新兵訓練を三ヵ月受けたあと、入営の準備をするためにいったん家に帰された。

　言うまでもなく、毎日のように毛毛《マオマオ》と過ごした。わたしたちは夜市を食べ歩き、映画を観、遊園地へ行き、植物園の東屋へ幾度となくしけこみ、淡水河の河口にスクーターを停めては、手をつないで堤防からのぼる朝陽を眺めた。

　当時の台北には地下舞庁、つまり違法営業のディスコがたくさんあった。娑婆《しゃば》での最後の夜、毛毛に連れて行かれたのは西門町の、地下にあるくせになぜか〈ペントハウス〉という名のディスコだった。このような場所は火災防止の観点から問題があり、たまさか火が出てお客さんをみんな焼き殺してしまうことがあった。市政府は取り締りを強化していたので、いつ警察の手入れがあるかわからない。

「平気だって」と毛毛は請け合った。「いま行っとかなきゃ、つぎにいっしょに行けるのは二年後なのよ」

　ツイスト、モンキーダンス、ジルバ——目まぐるしく変わる曲に合わせて、ダンスフロアにひしめく人たちもつぎつぎにステップを変える。わたしはすぐに音を上げて戦線離脱してしまった。

　激しく点滅する光のせいで、踊っている人たちの動きがビデオのコマ送りのように見える。耳を聾するシンセサイザーのサウンド、どこからともなくシューシュー噴き出すマグネシウムの煙。四方から照射されるレーザービームをはじきかえしながら、ミラーボールが太陽のようにダンスフロアを支配していた。ひとりで踊る毛毛に見知らぬ男が話しかけてくる。毛毛は首をふり、テーブルにいるわたしを指さす。男はこちらを一瞥《いちべつ》し、肩をすくめて人混みにまぎれていった。

「踊ろうって誘われちゃった」毛毛がかえってきて、大音量に負けじと叫んだ。「秋生《チョウシェン》が踊らないなら、ほかの人と踊っちゃうよ」

「ここ、よく来るの？」

「たまによ、たまに」

「おれはこういうところは好きじゃないな」

「なんでよ？　楽しいじゃん」

「おれが軍隊に行ってるあいだも、おまえはこういうところに出入りするのか？」

「なに？」彼女の目が悪戯《いたずら》っぽくまたたいた。「心配してんの？」

「そんなんじゃねえし」

「秋生だって嘉義に行ったら、可愛い田舎娘と知り合うかもしれないよ」

「それもそうだな」

「なによ、意地悪」

すねてみせる毛毛の小脇をつつく。彼女はそっぽをむいたままだ。もう一度つつく。そして、もう一度。すると、やっと笑ってくれた。

「さあ、踊ろ」

わたしはかぶりをふった。

「こういうところに来たら頭を空っぽにして楽しまなきゃ」

「そうだな」

「二年なんてあっという間だよ」

「二年あれば、なんだって変わってしまうよ」

毛毛は遠い目でダンスフロアを眺めた。それから、こう言った。

「あたしね、自分の人生はそんなにひどいことにならないんじゃないかなあって思ってるんだ。なんの根拠もないけど。そのあたしが秋生を選んだの。秋生はあたしが選んだ人なの。だから、きっと大丈夫よ」

飛び交うレーザービームでも、彼女のまっすぐな瞳を揺るがすことはできなかった。わたしは自分の弱気を恥じた。毛毛のほうがずっと男らしいじゃないか！　男として、わたしはなにか行動に出るべきだ。彼女を安心させられるような行動に。毛毛が待っているのはそれなのだ。

あふれるマグネシウムの煙が、わたしをすこしだけ大胆にさせる。テーブルに身を乗り出し、彼女に顔を近づけた。耳をつんざくディスコ・ミュージックでも、わたしたちの鼓動をかき消すことはできなかった。毛毛が体をまえに倒す。そして、わたしの唇から一ミリのところで鋭く言った。

「高鷹翔《ガオインシャン》よ」

冷水を浴びせられたように、背筋に悪寒が走った。

ふりむくと、兄弟分を引き連れた高鷹翔が入口のところでモギリの兄《あん》ちゃんに食ってかかっていた。兄弟分たちは首をのばして、ひしめくダンスフロアをうかがっている。だれかを捜しているのは明らかだが、そのだれかとはおそらくわたしである。

「来て」

毛毛がわたしの手を取って走りだす。人波にもまれながらどうにかＤＪブースにたどり着くと、毛毛がＤＪの男になにか怒鳴った。ヘッドホンを耳にあてがったＤＪが、頭でリズムをとりながらうなずく。すると毛毛はさっさと体をかがめてブースのなかへ入っていった。彼女はとても短いスカートを穿いていたけど、気にする素振りさえ見せなかった。釈然としないまま、わたしもあとにつづく。毛毛が「サンキュー」と言い、ＤＪが親指を立てる。わたしはこのＤＪの顔を憶えておくことにした。

ブースの裏手にある通用口をぬけて廊下に出る。

「警察に踏みこまれたときの逃げ道よ」わたしの手を取って駆けだす毛毛が言った。「いちおう言っとくけど、さっきのＤＪはゲイだからね」

地上に出る階段はひとつしかない。廊下の端までくると、毛毛は「合図したら来て」と言い残して、なにくわぬ顔で店のほうへ歩いていった。〈PENTHOUSE〉のピンクのネオンがあたりを薄桃色に染めている。壁に背をつけて角からのぞくと、どう見てもディスコって顔じゃない胡乱《うろん》な連中が店のなかへ吸いこまれていくところだった。毛毛が背中に隠した手でわたしを呼ぶ。わたしは角を飛び出し、その手を摑まえて一気に階段を駆け上がった。

わたしたちは大笑いしながら、西門町の人混みを縫って走った。

映画には遅すぎるが、寝るにはまだ早い時間だった。シャッターの下りたデパートのまえには屋台が立ちならび、宵っ張りの台北っ子たちが飲んだり食ったりしていた。いろんな店から聴こえてくるいろんな音楽で、街が踊っているみたいだった。

道路はゴミだらけで、空気はいつものように饐《す》えたにおいを放っている。それでもわたしと毛毛は手を取り合い、小犬のように笑いさざめきながら、まるで世界をねじ伏せた勇者みたいに威風堂々と街を闊歩《かっぽ》した。陸橋へ上がり、欄干にもたれて車の流れを見下ろした。

「高鷹翔のやつ、ほんっとしつっこい」毛毛が眼下の中華路に叫んだ。「おまえのせいで秋生は大学をあきらめて軍隊にいっちゃうんだぞ、わかってんのか！」

「そのあいだにほとぼりが冷めてくれりゃいいけどな」

「いちばんいいのは、趙戦雄の馬鹿が高鷹翔のところに行って落とし前をつけてくることね。『おれが悪いんだ、おれの友達に手を出すな』くらいのこと言ってみろってんだ」

夜空には大きな月がかかっていた。

不意に子供のころを思い出し、毛毛の耳を盗み見てしまった。夜風が彼女の長い髪を吹き流し、小さな青いピアスをのぞかせた。わたしはわざとらしくうんとのびをし、月を指さして言った。

「月がきれいだなあ」

「あっ」彼女が小さく叫んだ。「月を指さしちゃだめ」

「まだ信じてんのか？」思わず吹き出してしまった。「あんなのただの迷信だって」

「迷信じゃない」毛毛はむっとして言いかえした。「あたしはそれで耳を怪我したんだから。秋生も早くお月様にあやまったほうがいいよ」

毛毛はいまでも、月を指さすと耳に怪我をすると頑なに信じているのだ。それというのも、子供のころ明泉《ミンチュエン》叔父さんにそう吹きこまれたからである。いいか、絶対に月を指さしちゃだめだぞ、おっと理由は訊くな、この世のなかにゃ説明のつかねえことがごまんとあるんだからな、とにかく耳を怪我したくなけりゃ月に指をむけねえこった。あの夜も大きな月が夜空にぽっかりと浮かんでいた。わたしと毛毛、あとは胖妹《パンメイ》がいて、全員が元宵節（旧暦の一月十五日）の提灯を持っていた。小戦《シャオジャン》もいたかもしれない。明泉叔父さんが法螺吹きなのは有名だったので、わたしたちは笑って取り合わなかった。それどころか、我先に月を指さしてゲラゲラ笑った。しかし数日後、毛毛はほんとうに耳を怪我してしまった。胖妹に安全ピンで開けてもらったピアスの穴が膿《う》みただれてしまったのだ。以来、毛毛は月に一目置くようになった。

早く早くとせっつく毛毛に根負けして、わたしは月にむかって合掌し、目を閉じて三度詫びた。

「ちゃんとあやまって」彼女はわたしの肩を小突いた。「不幸な目に遭ってからじゃ遅いんだからね」

「不幸ってほどでもないだろ」わたしは目を開けて彼女を見た。「おかげできれいなピアスをつけられるし」

「しなくてもいい痛い思いをしたんだから、不幸に決まってるじゃん。幸せと不幸はかわりばんこにやってくるとか言わないでよ。死ぬときには帳尻が合うようになってるなんて、あたしはそんなの信じてないんだから」

「だったらさ、ずっと幸せに生きてきて最期だけ不幸な死を迎えるのと、一生不幸だけど最期だけ幸せな死を迎えるのと、どっちが幸せだと思う？」

毛毛がわたしをじっと見つめた。

「いや、なんでもない」わたしは彼女の視線を支えきれなかった。「行こうぜ」

わたしたちは陸橋を下り、雑踏のなかをひっそりと歩いた。萬年商業大楼のまえをとおり、今日百貨公司の角を曲がり、目的地などないのに近道しようと駐車場を横切ったときだった。どこからか漂い出たロマンチックな歌が、からみついてきた。黒人のような歌い方で、胸が張り裂けそうなほどせつない声だった。英語だから歌詞はぜんぜんわからなかったけれど、暗い道の先で相手を待つ男女や、夜空にかかる朧月《おぼろづき》や、ひとつに溶け合う魂のことを歌っているのだと思った。

「さっきの話だけどさ」毛毛がおもむろに切り出した。「ありえないと思う」

「ありえない？」

「最期だけ幸せとか不幸せとか、そんなことってないよ。もしあたしがずうっと幸せに生きて、最期だけ車かなんかに撥ねられて死んだとしても、いままで幸せだったからまあいいかって思うもん。逆にずうっと不幸せなのに死ぬときになって宝くじの一等賞が当たったとしても、いまさらって思っちゃうよ」

「そういうことじゃなくて、おれが言いたかったのは――」

「わかってる。秋生はおじいちゃんのことを言ってるんでしょ？」

わたしは顔を伏せた。

「葉爺爺《イエじいさん》はさ、きっとあたしみたいにまあいいかって思ってると思う」

「そうかな」

「それに葉爺爺は不幸じゃないよ。だって秋生にずっと想ってもらってるもん」

「うん」

「もしあたしなら、あの世で自慢してるよ。『あれがわしの孫じゃよ、女の子とデートしとるときくらいわしのことを忘れりゃいいのに』って自慢する」

「うん」

「で、秋生にこれ以上苦しんでほしくないって思う」

「そうだな」

「ごめんね、無責任なことばっかり言って」

とどきそうでけっしてとどかない祈り、すれちがい、離れ離れになる運命《さだめ》の男と女、公衆電話に落ちていく最後のコイン——ロマンチックな歌は、汚れた駐車場の、行き場のないわたしたちのことを歌っていた。

わたしは片手で毛毛の手を取り、片手を彼女の腰にまわす。

「ディスコは好きじゃない」

「……秋生?」

「おれはチークタイムを待ってたんだ」

毛毛が背中をそらせて笑った。あまりにも笑うものだから、わたしは彼女の腰をちゃんと支えてやらなければならなかった。

第十章　軍魂部隊での二年間

九月の台風の日に、わたしは嘉義県の部隊に着任した。

くじ運がいいのか悪いのか、なんとも言いようのない部隊だった。いじめはふつうにあったし、上官たちもけっして仏ではなかったが、どことなくのんびりした空気が漂っていた。駐屯地のまわりに水田しかなく、水田には水牛がいていつも草を食《は》んでいたせいかもしれない。朝は起床喇叭よりも早くに鶏たちが時をつくる。で、日が暮れると、舞い飛ぶ蛍火虫《ほたる》が兵舎にまで迷いこんできた。ほかの部隊同様、わたしたちにも「軍魂部隊」などといういかにも手強そうな別名がつけられていたが、それを口にするときは上官たちでさえ照れくさそうだった。

軍魂部隊での一日は、だいたい以下のとおりである。

起床は五時半。それから七時半の朝食までは運動の時間にあてられる。朝食が済むと教練があり、昼食まで銃の手入れ、射撃訓練、格闘技、そして駐屯地の清掃作業をさせられた。わたしたちの連隊長は清掃がきちんと行き届いているかどうかをたしかめるために、わざわざ白い手袋をはめた手でそこらじゅうを撫でてまわった。便器のなかだろうが、彼の目を逃れることはできない。気を付けの姿勢を取ったわたしたちの鼻先に汚れた指先を突きつけ、にやりと笑い、うれしそうに「やりなおし」と命じるのが彼の日課だった。この毎日のお楽しみのために彼は白い手袋をどっさり持っていたので、自然、裏では「白手袋」と呼ばれていた。

正午に昼食をとったあとには、一時間の昼寝ができた。それからは軍事の授業や行軍、さもなければ朝とおなじようなことをやらされる。夕食後は政治の授業と「叫んでもよい時間」があり、九時半の就寝のまえには点呼があった。

そして就寝後のトイレで、わたしたちはその日最初の一服にありつくのである。いつも数人がタイル床に輪になってしゃがみ、煙草のまわし吸いをした。わたしたちの話題はむかつく上官から女までと、じつにありきたりだった。

「新兵訓練のときによ」わたしに煙草をまわしながら、曲宏彰《チュホンジャン》が言った。「おれは放送係の女を裏山に連れこんでひーひー言わせてやったぜ」

「おれの兄貴はいまタイにいるんだが」汪文明《ワンウェンミン》は煙草の輪っかをぷかぷかつくった。「金三角《ゴールデン・トライアングル》って知ってるか？　一九四九年に国民党が台湾に逃れ落ちたとき、蔣介石はすべての部隊を連れて来れたわけじゃねえ。国民党軍第二七集団軍隷下第九三軍はタイの北部に逃れて、麻薬を栽培して共産党と戦うための金をつくろうとしたんだ。それがゴールデン・トライアングルと呼ばれる一大麻薬産地にまで大きくなった。あのへんじゃ、そこいらの雑貨屋でも麻薬が買えるらしいぜ」

「なんの話をしてんだ？」余元介《ユユエンジェ》こと大魚《ダアユー》が苛立たしげに口をはさむ。「おれたちはいま女の話をしてんだぞ」

「まあ、聞けって」汪文明は大魚に煙草を手渡し、「あるとき、兄貴がゴールデン・トライアングルに行った。で、売人が声をかけてきたそうだ。その売人はまず兄貴にどれくらい滞在するつもりなのか訊いた。兄貴が一週間だと答えると、だったらどんどん吸えと阿片《あへん》を売りつけてきた。もしおまえが一ヵ月ここにいるなら、おれはおまえにこんなもの売らないよと。不思議に思った兄貴はなぜだと訊きかえした。すると売人が言ったそうだ。一週間ならいいけど、一ヵ月も阿片を吸ったらくせになるからな」

曲宏彰がうなる。「侠気のある売人だな」

「で、ここからが女の話なんだが、その売人から買った阿片を吸ったら、兄貴はぶっ倒れてしまったそうだ。これはヤバいなと思ったが、目が覚めてみると、売人はまだそこにいた。兄貴は首をかしげた。こいつは気を失ったおれの荷物を盗まなかったのか？　でも、それが違和感の正体じゃなかったんだ。売人が言った。寝てるあいだ、あんたのアレはギンギンだったぜ。見ると、ほんとうにそうだった。ちんぽがズボンを突き破る勢いで勃ってやがったんだ！　売人がにやりと笑って言った。阿片をやるとみんなそうなるんだ、だからおれは女も紹介してるのさ」

幹《くそ》、おれも除隊したらタイに行くぜ。全員がにやにやして感嘆した。その売人はビジネスってもんがわかってるな、ようするにそういうことよ、目先のことに囚われてちゃだめなんだ。

「おい、葉秋生《イエチョウシエン》」大魚が言った。「おまえ、女はいるのか？」

わたしが毛毛《マオマオ》の写真を見せると、いっせいに口笛が鳴った。それから煙草を便器に投げ捨て、水を流し、南京虫だらけの寝台に引き揚げていく。こうして、わたしたちの一日が終わるのだ。

たまたまおなじ分隊にふり分けられたのでこの三人とは馴染みになったわけだが、親しく打ち解けるようになったのは、シャワーのときに曲宏彰がわたしの太腿の刃傷を目ざとく見つけたせいだった。

「その傷、ナイフだよな？」

「高校のときにな」

「刺されたのか？」

「いや、自分で刺したんだ」

あとはもう言わずもがなだった。中国人どうしの喧嘩では、ままあることなのだ。おれは自分すら傷つけることができる、おまえなんぞ如何ほどのものか、というわけである。虚勢にはちがいないが、そこにある種の予定調和が働く。自傷行為を断行した相手をぶちのめすのは、あまり褒められた行為ではないという暗黙の了解があるのだ。曲宏彰はすでに汪文明と大魚とつるんでいたので、そこへわたしが加わったという図である。

彼らのなかでのわたしは、寡黙だがやるときはやる男だった。屁理屈屋の汪文明がいつでもべらべらしゃべってくれるので、わたしはときどき相槌を打つくらいでよかった。トンマなちょんぼは大魚が一手に引き受けていたので、この男といると、だれでもほんとうの自分より一段ましな人間に見られた。喧嘩のときはいつも曲宏彰が率先して飛びかかっていく。わたしは信義にもとらぬ程度に加勢してやるだけでよかった。

そんなわけで、駄弁を弄《ろう》することも、喧嘩相手に啖呵《たんか》を切ることも、失敗の言い訳をすることもほかの者がやってくれるので、わたしの口数は勢い減っていった。

口を閉じていると、吐き出されなかった感情や想いがいつまでも体のなかにわだかまり、それが餌となってもっと大きな感情や想いが魚のように釣れることがある。兵役に就いていた二年間、熱気のこもる兵舎の寝台に横たわり、いびきや歯ぎしりを聞きながらわたしが考えていたのは、ふたつのことだけだった。

毛毛のことを考えない日はなかったが、そのせいで激しい春意にのたうちまわることになった。射撃訓練のとき、格闘技の授業中、就寝前の一服をしているとき、毛毛はいつでも不意にわたしに襲いかかった。そのたびに軍服のズボンのなかで春の嵐が吹き荒れた。わたしは寡黙だがやるときはやる男なので、そのようなみっともない姿を仲間たちに晒《さら》すわけにはいかない。で、どうするのかと言えば、こっそりトイレの個室にこもるのである。ほかにどんな方法がある？最悪なのは匍匐《ほふく》前進のときだった。上官の怒鳴り声が遠くかすかに感じられてしまうほど、いまだ見ぬ毛毛の肢体に悶絶した。しかもわたしは地面に腰を押しつけて、うねうね動かしつづけなければならない。しまいには匍匐前進をしているのか、大地を相手に性行為をしているのか、わからなくなる始末だった。

毛毛からはしょっちゅう手紙が来たし、わたしもまめに返事を書いた。肺の病気が原因で、宇《ユイ》文《ウエン》叔父さんの刑期が一年二ヵ月から九ヵ月に減じられたことを知ったのも、彼女の手紙をとおしてだった。出所の日、父と明《ミン》泉《チユエン》叔父さんは刑務所まで出迎えに行った。が、待てど暮らせど宇文叔父さんは出てこない。問い合わせると、出所予定日が一週間ずれていて、宇文叔父さんはとっくに出所したあとだった。父は明泉叔父さんを責めた。宇文叔父さんからの電話を受け、出所日を告げられたのは明泉叔父さんだったからだ。明泉叔父さんは天地神明、お狐様、そして日本のポルノ女優の誰某《だれそれ》に誓ってその日時に間違いないと抗弁した。もし聞き間違いなら、おれのポルノビデオを全部燃やしてもいいとまで言いきった。父は三日待ち、宇文叔父さんの海運会社に電話をかけたが、またしてもひと足ちがいだった。宇文叔父さんはすでに貨物船に乗りこんで、南米へとむかう海上の人となっていたのである。言うまでもなく、この一部始終は明泉叔父さんから胖子《パンズ》へ、そして胖子から毛毛へと伝わった。毛毛はいつも手紙の最後に小さなハートや四葉のクローバーを描いて、わたしを安心させると同時にせつなくもした。

小戦《シャオジャン》？ あんなくそったれ、知るか！

毛毛の話では、せっかく宇文叔父さんが乗せてくれた船をたったの四ヵ月で逃げ出し、性懲りもなく高鷹翔《ガオインシャン》のところへ舞い戻ったそうだ。小指こそ詰めさせられなかったものの、「今度は趙《ジャオ》戦雄《ジャンション》も本気で極道を邁進するはずだから、人を殺すのもきっと時間の問題ね」と毛毛は書いていた。その予言どおり、小戦はわたしの兵役中につまらない喧嘩でヤクザ者をひとり刺し殺し、六年の懲役を食らったのだった。俗に「狗改不了吃屎《犬はくそを食うのをやめられない》」と言うが、あの趙戦雄の犬畜生のことを思い出すたびに、つくづく真理だなあと思うのである。

そして、宇文叔父さんのこと。

あのとき、宇文叔父さんがひどく動揺したように見えたのは、王克強《ワンコオチャン》の写真を見たせいだろうか？ それとも、父が言うように、ただ気分が悪くなっただけなのだろうか？ 時が経つにつれ、わたしのなかでこのふたつの考えは不可分に結びつき、丸められた粘土のように見分けがたくなっていった。考える時間はたっぷりあるのに、考えることはあまりないのが軍隊生活である。そして、たまたま気分が悪くなっただけならなんの面白味もない。そこでわたしは無聊にまかせて、宇文叔父さんのあの狼狽ぶりは王克強の写真によって引き起こされたのだという空想をもてあそぶようになった。

わたしのお気に入りの筋書きは、写真によって宇文叔父さんのトラウマが発動したというものだった。王克強のせいで祖父の村は日本軍によって皆殺しにされた。祖父は許二虎《シュウアルフウ》とともにその仇討《あだう》ちに奔走し、首尾よく王克強を討つ。父がそうだったように、まだ六、七歳だった宇文叔父さんも新聞に載った王克強の顔写真を見ているはずだ。宇文叔父さんは自分の父親が成し遂げたことを誇りに思っただろうか？　六、七歳なら、そうかもしれない。わたしならそれほど手放しではよろこべないだろう。それどころか、今度は王克強の兄弟分が復讐に乗り出してくると怖じ気づくだろう。因果応報の歯車はそうやってまわりだすのだから。そして、殺し屋どもはやってきた。父親の許二虎は戦争に行っていて留守だ。母親とふたりの妹を守るのは宇文叔父さんしかいない。なのに宇文叔父さんは肥え壺に隠れた。殺し屋どもの手にかかって死んでゆく母と妹たちの悲鳴を、ただ聞いていることしかできなかった。子供のおまえになにができる？　麻雀を打ちながら李爺爺《リじいさん》と郭爺爺《グオじいさん》が宇文叔父さんを慰めた。自分を責めるのはよせ、馬鹿者が、と。するると、叔父さんはこう言ったっけ。あのとき、おれはもう十六歳になっていた、自分ではもう一人前のつもりでいたよ、だけど義父さんになにを訊かれても、口もきけなかった、ふるえが止まらなかった――

脳髄を電流がビビビッと走り、はじかれたように寝台から飛び起きてしまった。あまりにも勢いよく半身を起こしたせいで寝台の脚がコンクリートの床を滑り、耳障りな音を兵舎中に響かせた。幹《くそ》、うるせえぞ！　四方八方から罵声を浴びせられた。だれだ、今度やったらたたき殺すぞ！

「大丈夫か、葉秋生?」となりの寝台から汪文明が声をかけてくる。

「ああ」

わたしはうめくように返事をした。汪文明がそれで納得したとは思えないが、とにかく背をむけて寝に戻っていった。むし暑い兵舎のなかで、わたしは得体の知れない冷たい汗をかいていた。

あのとき、おれはもう十六歳になっていた。

それが一九四九年のことなら、宇文叔父さんがあのとき十六歳であったはずがない。中国を離れたとき、父は十五歳で、その父は宇文叔父さんの三つ年上なのだから。

十六歳と十二歳の記憶を混同することなどあるのだろうか? わたしは寝台に背を戻し、暗い天井を見つめながら虫のすだく声を聞いていた。気の早い農家の鶏が時をつくった。しかも、ふつうの年ではない。一九四九年は国民党が戦争に負け、さらに宇文叔父さんにとっては母親と妹たちが賊の手にかかって殺された年なのだ。

十二歳のころのわたしは成績優秀で、品行方正、先生たちのお気に入りの小学六年生だった。十六歳のころのわたしは制服のボタンを三つ開け、襟足をちょろちょろのばして粋がり、小戦の替え玉受験作戦にのっかるような阿呆に成り下がっていた。しかし、わたしにとって十六歳はたかだか三年前のことである。宇文叔父さんにしてみれば、三十年近くまえの話なのだ。おまけに戦争中だった。記憶が混乱していたとしても不思議はない。

夜が白みはじめるころ、ひさしぶりに祖父の夢を見た。

煤煙《ばいえん》たなびくあばら屋に飛びこんだ祖父は女たちの死体を跨ぎ越し、脇目もふらず肥え壺に突進して宇文叔父さんをひっぱり上げる。おまえが許宇文か？　返事はない。おれはおまえの父さんの部下だ。やはり返事はない。さあ、おれといっしょに来い！　祖父は糞尿《ふんにょう》まみれの宇文叔父さんを背負って家を飛び出す。その一部始終をわたしは中空から見下ろしている。じいちゃん！　じいちゃん！　声をふり絞って叫ぶが、言葉は大きな塊のように喉につっかえて出てこない。じいちゃん、気をつけろ！　祖父の背中で、宇文叔父さんは宇文叔父さんによく似た、なにかべつのものにすりかわっている。じいちゃん、それは宇文叔父さんじゃないぞ！　宇文叔父さんがどんどん黒ずんでゆく。まるで死人のように。祖父はなにも気づかない。わたしはほとんど半狂乱だが、そのとき雲間から射しこむ光とともに天使たちの喇叭が鳴り響き、宇文叔父さんは宇文叔父さんに戻る。やっぱり宇文叔父さんは宇文叔父さんだ！　天使の喇叭はいつしか起床喇叭に変わり、雲の上の神様が「起床！　起床！」と呼ばわる。

　わたしたちは寝台の脇に気を付けをし、朝の点呼を受けた。

「ほんとうに大丈夫か、葉秋生？」汪文明が素早く体を寄せてきてささやいた。「悪い夢でも見たのか？　顔を拭けよ、涙の痕がついてるぞ」

　兵役が半分を過ぎたころ、思わぬ人物と再会した。

　季節は八月、しのつく雨のなか、わたしたちの分隊はまたしても大魚のちょんぼのせいで連帯責任を取らされていた。上官に何度注意されてもふとんのたたみ方がいっこうに規定に満たないので、とうとう九人全員が自分のふとんを頭上に掲げ、バスケットコートに中腰で立たされたのだった。

たたきつける雨に濡れねずみになりながらも、だれも大魚のことを責めたりしなかった。「幹你娘的鶏巴《てめえこの野郎》！」それというのも怒り心頭の曲宏彰がずっとわめきつづけていたからだ。「おれはもう堪忍袋の緒がぶち切れたからな。余元介、このデブの役立たずめ、兵舎に帰ったらたたき殺してやる！」

　ささいなことで自分のかわりに怒りをぶちまけてくれる者がいると、わたしたちはいつでもすこしだけやさしくなれる。そういうものなのだ。

　兵舎と教室をつなぐ渡り廊下のところから、モスグリーンの戦闘服を着た男がこちらをじっと見ていた。雨のカーテンがその姿を霞ませていたが、波形のトタン屋根から滴り落ちる雨垂れが彼の帽子を濡らしている。はじける水滴が帽子を白く縁取っていた。どうやら男は雨のなかに首を突き出して、こちらをうかがっているようだった。

「だれだ、あいつ？」

　だれかがそう言ったが、だれも返事をしなかった。そのかわり腰を落とし、ふとんを支える手をしゃんとのばした。水をたっぷり吸ったふとんはずっしりと重たく、とても上官の要求どおりに持ち上げてなどいられない。わたしたちはふとんを頭に下ろし、腕を休めていた。わたしたちをじっと見ている男がだれであろうと、目をつけられているのが自分ではないことをみんな祈った。

　渡り廊下を飛び出した男が、横殴りの雨を衝いて駆けてくる。思わず抱きついてしまうほどのうれしい知らせを運んできたとは思えない。ほとんど全員が舌打ちをした。幹《ちくしょう》、こりゃ匍匐前進だな。泥水のなかを匍匐前進というのは、至極妥当な見通しであった。

男は雨水をばしゃばしゃ撥《は》ね飛ばしながら、わたしのまえで足を止めた。

「葉秋生？」

「是《はい》！」

わたしは顔を伏せ、彼の泥だらけのブーツだけを見ていた。そのブーツが腹にめりこむのに備えた。

「おまえもここに配属されたんだな」

わたしは顔を上げた。

「おれだよ」

「…………」

「雷威《レイウェイ》だよ」男は雨粒の滴り落ちる帽子を押し上げた。「脚の傷はもうすっかりいいのか、葉秋生？」

幹你娘《くそったれ》、余元介の猪八戒《ちょはっかい》！　夕食のあと、わたしと雷威は兵舎の壁に背をもたれて「叫んでもよい時間」をおおいに活用する曲宏彰の雄叫びを聞いていた。てめえのふとんを引き裂いて、なかの綿を全部食わせてやる！

「で？」わたしのほうが口火を切った。「あれからどうしてた？」

「高校も出てないおれになにができる？」

「言っとくけど、あの喧嘩はおまえが売ってきたんだからな」

「べつに蒸しかえそうとしたわけじゃない」雷威は肩をすくめ、「いまは親父の手伝いさ。胡散くさい写真や強精剤を売ってるよ」

「萬華でか?」

「ああ」

「方華生《ファンファシェン》はどうしてる?」わたしと雷威が喧嘩する原因になった、あのピーナッツのことである。「まだ付き合いがあるのか?」

「いや」雷威は首をふり、「もともとそんなに仲がよかったわけでもないしな」

「じゃあ、なんであんなやつの肩を持った?」

「兄弟分の兄弟分だったからさ」わかりきったことを訊くやつだな、という感じで片眉を持ち上げた。「おれらの喧嘩なんか、みんなそんなもんだったろ?」

「まあな」

「おれの頭を割ったあの野郎は?」

「ヤクザをやってるよ。幹《くそ》、思い出したら腹が立ってきた」

「おまえのほうもいろいろあったみたいだな」

「あのくそったれの話はしたくない」

「だれについてんだ?」

「高鷹翔ってやつだ」わけ知り顔でうなずく雷威を見て、わたしは尋ねた。「知ってんのか?」

「華西街を淡水河のほうへちょっと行ったところに事務所を構えてるやつだろ?」

「そいつだ」

「うちのショバにクラブを出すってんで、最近萬華の年寄りたちに仁義を切りに来たよ」

「そうか、萬華とは目と鼻の先だもんな」

「親父たちはあいつのことを気に入ったわけじゃないけど、古いやり方じゃもうたいした金は稼げない。もうすぐ八〇年代だからな。新しい客を街に呼ぶために、けっきょく高鷹翔と手を組むことにしたよ。そうか、おまえの友達は高鷹翔のところにいるのか……ひょっとすると、そのうちまた顔を合わせることになるかもな」

「なんで？　なんか問題があるのか？」

「高鷹翔は油断のならない男だ」雷威が言った。「もし喧嘩になったら、得物を取ってやり合うのはおれやおまえの友達のような下っ端さ」

「そうだな」

「そういえば、すこしまえにどっかの野郎が殴りこみをかけたって聞いたな。素人のくせに鉄砲までぶっぱなしたそうだ。だれがヤクザでだれが堅気かわからない時代になったもんだぜ」

「おれだよ」

「え？」

「おまえの頭を割った趙戦雄ってやつが下手打って指を詰めさせられそうになったから、おれとおれの叔父さんとで乗りこんだんだ。そのせいで叔父さんは懲役を食らっちまった。せっかく足を洗わせようとしたのに、あの馬鹿たれはまたのこのこ高鷹翔のところへ戻っちまったんだ」

「そうだったのか」

「まったくヤクザってのは――」

「ああ、ゲソをつけたら一生ものさ」

雷威は教育召集に応じて軍魂部隊へやってきたのだった。

台湾では兵役が終われば後備軍人というものになり、除隊後の五年間に三度の教育召集をかけられる。やらされることは兵役時代と大差ないが、わたしたちはこの教育召集を無駄なものと見なしていただけでなく、憎んでさえいた。召集状を郵便ポストのなかに見つけたら、どんな仕事に就いていようと、それをいったん中断して召集に応じなければならない。兵役は就く時期が決まっているのであきらめもつく。対して教育召集は、召集時期がまったく読めない。それは出合い頭に車に撥ねられるようなもので、まるまる一ヵ月も身動きが取れなくなるのだ。国民のそんな不平不満は政府にもちゃんととどいており、一ヵ月の教育召集を一日に縮めた点集なるものも存在した。

なんたる方便!

だったらいっそのこと教育召集などなくしてしまえと思うのだが、当時の台湾はまがりなりにも戒厳令下にあったので、わたしたちは不条理に慣れっこになっていた。もしかすると教育召集自体が、わたしたちを不条理に慣れさせるための課外授業だったのかもしれない。一日こっきりの点集ではプロパガンダ色の強い映画を観せられ、避妊についての講釈などがある。政府は人口を抑制しようとしていたので、コンドームが無料で配られたりもした。無料のコンドーム。それが教育召集に応じる者が手にしうる最高のものだった。

「それで生活はどんな感じなんだ?」と、わたし。「儲かってんのか?」

「儲かってたら高鷹翔なんかと手を組まないよ」

「そうだな」

「まあ、かつかつだけど、食ってはいけてるよ」

「職業軍人になろうとは思わなかったのか?」

「おまえは職業軍人になるのか?」彼はわたしの返事を待たずにつづけた。「まあ、自分は臆病者じゃないって証明しつづけなきゃならないってことでは、ヤクザも兵隊もあまり変わらないけどな」

「おれは大学受験に失敗してこのざまだ」わたしは言った。「あの馬鹿高校へ堕ちたのが運の尽きさ」

「除隊したらまた受ければいいだろ。そんなやつはいくらでもいる」

わたしは曖昧に首をふった。自分でもどうしたいのか、よくわからなかった。わたしが大学へ進学したかったのは、兵役を一日でも遅らせたかったからである。もちろんそれだけではないが、それも大きな理由のひとつだ。すでに兵役に就いているいまとなっては、大学へ進学する意義を見出せないでいた。

「今度、ガキが生まれるんだ」

わたしはびっくりして彼を見つめた。

「このままガキもおれとおなじような人生を歩かせたくない」うつむいた雷威は、自分のブーツに話しかけているみたいだった。「いろいろ変えていかなきゃならないんだ」

「いろいろって?」

「いろいろだよ」

「だから、なんだよ?」

「なんでもいいんだ」

　わたしは煙草に火をつけて一服し、彼にまわした。

「正しいことだってわかってるのに、なかなかできないことってあるだろ？」煙にまみれた言葉が出てくる。雷威がこんなふうに穏やかな話し方をするとは、高校のころは知りもしなかった。

「道端に落ちてるゴミをひろうくらいのことでもいいんだ。そういうところからはじめて、すこしずつ自分を変えていくんだ」

「ゴミひろいをしてんのか？」

「ものの喩《たと》えだよ。だけど、まあ、似たようなもんかな」

　彼が胸中を打ち明けてくれるまでに、わたしたちのあいだで煙草が何度か往復した。

　墨を流したような雨雲が月をよぎり、涼しい夜風が蘇鉄《そてつ》の葉をそこはかとなく揺らしていた。

　ゴミひろいにかこつけて彼が言おうとしていたのは、詩のことだった。胡散くさい屋台から客足がひいたとき、龍山寺の石段にすわって煙草を吸っているとき、片脚の物売りが黄ばんだ玉蘭花を踏みつぶしたとき、痩せた犬と目が合ったとき、怒鳴り合う隣人の声が薄い壁をふるわせた夜半に、情を交わした女が浴室を使う音を聞きながら、ネオンの隙間から夜を見上げながら、雷威は頭に浮かんだ言葉をひとつひとつ書き留めていった。

「たまたま新聞かなにかで王璇《ワンシュエン》ってやつの詩を読んだんだ」そう言って、照れくさそうに一節を諳《そら》んじた。「魚説《魚が言いました》：只因為我活在水中《わたしは水のなかで暮らしているのだから》、所以你看不見我的涙《あなたにはわたしの涙が見えません》——自分に詩が理解できるなんて思いもしなかったけど、ああ、そういうことなんだなと思ったんだ」

　わたしはうなずいた。

「高校のときにおれがあんなに荒れていた理由がわかったような気がした。おれたちは自分の痛みにばっかり敏感で、他人もおなじような痛みを抱えてるなんて思いもしなかった。おまえが太腿を定規刀で刺したとき、おれはまるで自分が刺されたみたいに身動きができなかった。びっくりしたのもあるが、それだけじゃないような気がした。なにかがおれを打った。それがなんなのかずっと気になってた。そして、この詩に出会った。たぶん、おれたちはどっちも──」

「水のなかの魚だった、か？」

「うん……ダセェな」

「まあな」わたしは言った。「でもいい詩だな」

「それから自分でも詩を書いてみるようになったんだ」

うおおおお！　月光が照り映える濡れたバスケットコートで、曲宏彰のシルエットが躍っていた。くそったれ、てめえらみんなぶっ殺してやる！　兵舎の裏手でもだれかがだれかを呪っていた。

雷威の教育召集が明けるまでに、わたしたちはいろんなことを語り合った。ほとんどは文学について。

文学はときに卑劣千万で、ときに勇猛果敢で、その現実との間合いの取り方は喧嘩ととてもよく似ていた。あのころの文学はほとんどが大陸から国民党とともに逃れてきた外省人のもので、題材といえば抗日戦争か、共産党との戦いを描いたものしかなかった。王藍《ワンラン》の『青と黒』しかり、徐速《シュスウ》の『星、月、太陽』しかり。

「台湾の文学は政治のうしろにくっついて走ってる」と、雷威は言った。「国民党を称えればよし、けなせば確実に牢屋行きだ」
そんな時代にあって、生粋の台湾人、つまり本省人の雷威は空を翔ぶ鳥のように自由な詩を書いた。まるでアメリカの黒人たちの藍調《ブルース》のように、彼は卑近な出来事に政治思想をまぎれこませることができた。浮気した女のことを嘆きつつ、政権を批判してみせた。たとえば、こんな具合に。

旦那がおかんむりだ
あたしがほかの男に色目を使ったもんだから
旦那は知らないんだ
あたしはだれにも色目なんか使ってない
とっくのむかしに
あんたらにゃ愛想尽かしをしてるのさ

雷威は言葉を濁したが、「旦那」を国民党の、「ほかの男」を共産党の、そして「あたし」を台湾人の隠喩《いんゆ》だと考えれば、これにつづく句の意味が見えてくる。

旦那なんかお呼びじゃないのさ
あたしを苦しめる旦那なんか
ほかの男だってお呼びじゃない

家が大きくたって
けっきょく男は男なんだから

つまるところ、喧嘩のように文学もどれだけハッタリを利かせ、まえに出るところはまえに出、退く頃合を見誤らないことが肝要だった。

「だから大学へ行けよ、葉秋生」煙草を踏み消しながら、雷威が言った。「このまま終わりたくなけりゃな」


雷威の教育召集もあと一週間で終わるころになって、老兵が拳銃を持って脱走した。わたしたちの部隊にその一報がもたらされたとき、老兵はすでに民間人をひとり撃ち殺していた。

この手のことは珍しくない。父は若いころ台南で兵役に就いていたが、そこでも英語の話せる少尉が撃ち殺されたそうだ。撃ったのは父とおなじ分隊の若者で、喧嘩で休暇を取り消されたのを逆恨みしての凶行だった。

今回のは痴情のもつれという噂が流れてきた。脱走した老兵には若い女房がおり、煙草売りの彼女が顔馴染みに強姦されたせいだと汪文明は言いふらしたが、まるで老兵といっしょに酒でも飲みながら事情を直接聞いてきたかのように事細かだった。

「その老兵の鉄砲にはあと何発弾が残ってるんだ?」大魚が尋ねた。

「おれにわかるわけないだろ」汪文明が答えた。

「見つけたら射殺していいのか?」曲宏彰が尋ねた。

「そりゃそうだろ」汪文明が言った。「いいか、大陸で共産主義者と戦った古参たちは生涯戦争しか知らねえんだ。もちろん金の使い途だってわかるもんか。金なんかなくても、老兵たちには兄弟分がわんさかいて、兄弟分さえいれば餓え死にすることはなかったんだ」

全員がうなずいた。

「一生軍隊にいて、部隊に寝泊りして、部隊の飯を食う。一銭も使わねえから給料は貯まるいっぽうさ、そうだろ? 一生金を貯めてきて、娘ほども歳の離れた台湾人の若い女と結婚する。道端にしゃがんで煙草を売ってるような、色の黒い女だ。こっちは老いらくの恋かもしれねえが、女のほうはじじいの財布どころか、寿命まで勘定に入ってる。しかもじじいは部隊にいて、家にいやしねえ。女房のほうは女盛りだ。どうなるかはもう言わなくてもわかるよな?」

「どうなるんだ?」と、大魚。

「馬鹿か、おまえは」曲宏彰が大魚の帽子をはたき落とした。「若い男とデキちまうんだよ、この阿呆」

さっそくふたつの連隊、すなわち約二百人が捜索隊として駆り出されたが、わたしたちの分隊は教育召集で寄せあつめられた雷威たちの分隊とおなじ小隊に編入され、しかも雷威が小隊長を仰せつかったのだった。

その日の正午に召集がかかり、わたしたちはM－16自動小銃をたずさえて山に分け入った。すぐに空気がおかしいことに気づいた。ほかの捜索隊が見えなくなるや（駅や道路を見張る隊もあった）、教育召集班はよっこらしょと装備を投げ出し、樹の下にすわって休んだり煙草を吸ったりした。雷威は本を読みはじめた。

木洩《こも》れ日のなかで、わたしたちは困惑しておたがいに顔を見合わせた。

「おまえたちも休んだらどうだ」教育召集班の男が呼ばわった。「どうせ見つかりっこないんだから」

「任務なんだぞ」曲宏彰が怒気含みで応じた。「さあ、じじいを捕まえにいこうぜ」

「捕まえてどうする?」

「はあ?」

「あんたは職業軍人になるのか?」男は声を張り上げ、「このなかに職業軍人になろうってやつがいるのか?」

口を開く者はいなかった。

「じじいを捕まえればお手柄だが、除隊したあとの人生になにか役に立つのか? 見つけられなくてもだれも困らん。すくなくともおれは困らん。逆に見つけちまったほうが困る。ひょっとしたらこっちが殺されるかもしれないからな」

「だけど、むこうがこっちを見つけるかもしれねえだろうが」

曲宏彰がむきになってそう言うと、教育召集班のほぼ全員が笑った。

「むこうから近づいてくるとでも?」べつの男が口を開く。「もしじじいが逃げるつもりなら、夜に動けばいいだけの話さ。おれたちは日が暮れたら兵舎へ帰るんだから」

「茶番だよ」と、雷威がつづいた。「おまえらもわかってるだろ? 人が殺されてなにもしないわけにはいかないから、おしるし程度の捜索隊が組まれたのさ」

わたしは曲宏彰がだれかに飛びかかっていくのではないかと思ったが、そうはならなかった。

「それもそうだな」

ひょいと肩をすくめると、曲宏彰も自動小銃を樹に立てかけてどっかりとすわりこんでしまった。教育召集班のひとりが彼に煙草をすすめた。わたしたちも思い思いの場所に腰かけ、居眠りをしたり、物思いに耽《ふけ》ったりした。教育召集班の自動小銃に実弾が入っていないことを知ったのは、三日後のことである。


樹々におおわれているせいで、山のなかはひんやりと心地よかった。梢から射しこむカミソリのような日光を避けて、わたしたちはその日も朝から骨休みを満喫していた。捜索開始から四日が過ぎていたが、どの隊もまだなんの成果もあげていなかった。汪文明の見立てでは、老兵はすでに自殺していた。

「考えてもみろよ、台湾はこんなにちっぽけなんだぜ。しかもじじいの足でいったいどこまで逃げられるってんだ?」

だれも、うんともすんとも言わなかった。

ほとんどの隊員が草枕で、顔に帽子をのせて眠っていた。樹の幹にナイフで阿呆な文句を一心不乱に刻みつけるやつもいた。老兵が死のうが生きようが、気にかける者はひとりもいなかった。

陽が高くなるにつれ、地面から立ちのぼる熱気が蒸籠《せいろ》のようにわたしたちを蒸し焼きにした。汗ばんだ体に這い上がるアリや藪蚊をたたくとき以外、時間はほとんど止まっていた。

わたしは乾いた土の上に寝ころがり、雷威から借りた小説を読むともなしに読んでいた。やかましく騒ぎたてる蝉の声が、森のなかで渦を巻いている。まるで女幽霊の遺骸を見つけたあの日の蝉時雨のように。死してなお胖子に想いを伝えようとした藍冬雪《ランドンシュエ》――彼女が味わった身を焦がすような無念にくらべれば、わたしの悩みなど如何《いか》ほどのこともない。

思考が四散し、本を腹の上に伏せた。

ほとんど毎週のようにとどいていた毛毛からの便りが、ここしばらく途絶えがちになっていたのである。なので、わたしは時間さえあれば、ほころびなどあるはずのないわたしたちの関係にわざわざ指を突っこみ、ほじくり、あれやこれや取り沙汰しては勝手にうろたえていた。ほつれというものは広がる運命にあるので、不様に開いた穴からは毛毛との大切な思い出がとめどなく流れ出し、かわりに不吉な考えが工場排水のようにどばどば流れこんでくる。あまりにも不吉なことばかり考えるものだから、「叫んでもよい時間」がなければとても精神衛生上の健康を保てないほどだった。夜は夜で、彼女の心変わりを妄想しては寝台の上で七転八倒した。とどのつまり、恋につきものの、あのせつなくも楽しいひと時であった。

「暑いな」雷威がやってきて腰を下ろした。「今週いっぱいで捜索は打ち切るそうだ」

「そうか」わたしは毛毛を頭からふり払い、寝そべったまま応じた。「まあ、憎くもない年寄りをいたぶらずに済んでよかったよ」

「ああ」

「どの話を読んでた？」雷威はわたしの腹から本をつまみ上げ、「『彼岸』か」

「どう思った？」

「よくわからなかったよ」小説の解釈をめぐって侃々諤々《かんかんがくがく》やるには暑すぎる午後だった。わたしは話を変えた。「おまえ、幽霊を見たことあるか?」

「部隊の怪談話か?」

「ちがう。幽霊を見たんだ。信じられないかもしれないけど、ほんとうなんだ。高校んときおまえとやり合ったろ? あの年の五月にじいちゃんが殺された。幽霊を見たのはそのつぎの年だ」

「それはたいへんだったな。犯人は捕まったのか?」

わたしはかぶりをふった。

「じゃあ、じいさんが化けて出たのか?」

「出たのはおれとはなんの関係もない女幽霊だよ。二十年前、その女はおれの知ってる男と駆け落ちするはずだったんだけど、駆け落ちの当日、ほかの男に殺されちまった。で、惚れた男に事情を伝えてもらいたくておれのところに化けて出た。望みどおりにしてやったら成仏したよ。そのとき、近所のばあさんが女幽霊はおれに礼をするはずだって言ったんだが、いまだになにもない」

「なんでそんな話をおれにする?」

「ただの暇つぶしさ」

「そうか」雷威はすこし考え、「おまえのいちばんの願いってなんだ?」

「まあ、じいちゃんを殺したやつを捕まえることかな」

「じゃあ、その幽霊はじいさんを殺したやつのヒントを残してるんじゃないのか? よく考えてみろ、なにか変わったことはなかったのか?」

「変わったことといえば、ゴキブリがわんさか出たことくらいだな」

「ゴキブリ?」

「一個師団くらい出たな。船乗りの叔父さんが日本からゴキブリ捕りを送ってきたんだけど――」

記憶をまさぐっていた指先になにかがひっかかる。

雷威が眉間にしわを寄せた。「どうした?」

「いや、いまなにか思い出しかけたんだけど、それがなんなのか――」

「だったら、碟仙《こっくりさん》をやってみようぜ」横合いから口を出したのは、大魚だった。眠っているふりをして、ちゃっかり聞き耳を立てていたのだ。「おれはむかし碟仙に初恋の女と上手くいかないって言われて、ほんとうに上手くいかなかったことがある」

「それ、わざわざ碟仙に訊くようなことか?」ポケットから十元硬貨を出しながら、汪文明が話に加わる。「ちゃんと目が見えてればだれにでもわかることだろ――碟子《小皿》がないから、かわりに硬貨を使おうぜ」

「幹《くそ》、むかしのおれを知りもしないくせに。いまより十キロも痩せてたんだぞ」

「いいから早くやれ」自動小銃を天秤棒みたいに肩にかついだ曲宏彰が、大魚をドカッと蹴飛ばした。「だれか霊応盤《れいおうばん》を描けるか?」

「とにかく漢字で埋め尽くしゃいいんだよ」汪文明が言うと、大魚がつづいた。「イエスとノー、あとは代表的な名字と方角くらいでいいだろ――おい、だれか黄色い紙を持ってないか?」

わたしたちはおたがいに顔を見合わせた。

「なきゃ霊応盤は描けないぞ」大魚が言い添えた。

雷威が背嚢《はいのう》から詩作に使うノートを取り出して、これでどうかと訊く。ノートの紙は黄色というより茶色だったが、まあ、これでいいだろ、ということになった。すくなくとも罫線は入ってないし。

「白い蠟燭」と、大魚大師。

さすがにこれはだれも持ってないだろうと思っていると、教育召集班にひとり周到なやつがいた。夜間に必要になるかもしれないということで、蠟燭をひと箱持ってきていたのだ。わたしたちは歓声をあげた。その男の背嚢にはほかにもいろいろ入っていた。缶切り、爪切り、蚊取り線香、裁縫道具一式、蝶々の図鑑、そしてどう使うつもりなのかはとんとわからないが、ドライヤーまであった。

線香がわりの煙草に火がつけられ、さらに数人が見物に寄りあつまってきた。

雷威からボールペンを借りた大魚が、さっさと黄色い（ということになっている）紙に〈YES〉と〈NO〉を大書きした。

「いやいや、そうじゃないだろ」汪文明はいちいちケチをつけずにはいられない。「なんでアルファベットなんだよ？　台湾の碟仙なんだぞ」

見物人たちがうなずき、大魚がむっとする。

「うるせえな、おれの地元じゃこれでよかったんだよ」

曲宏彰がその紙を丸めて捨て、汪文明が新しい紙に〈是〉と〈否〉を書く。大魚大師はふたりのことを邪教だの異端だのと毒づきながらも、あまり脈絡があるとも思えない四字熟語――氷天雪地、有頭有尾、三心両意、蛇蠍心腸、猪狗不如――や、数字を放射線状にどんどん書きならべていった。やがて半円形の霊応盤が描きあがり、硬貨がしかるべき場所に置かれると、全員がわたしのことをじっと注視した。

わたしは二の足を踏んだ。

「ただの遊びだろ」ぶるるっと怖気をふるうわたしを見て、仲間たちが眉をひそめた。「なに本気でびびってんだよ？」

理由があるのだ。

わたしが小学校低学年のころ、台湾では碟仙が熱狂的に流行していた。一九六〇年代のことである。寄ると触ると碟仙ばかりやりたがる馬鹿な子供たちを見るに見かねて、国民党が禁止令を出したほどだった。霊応盤の製造販売が厳禁され、業者は政府に対する不満をつのらせた。しかし、やるなと言われればやりたくなるのが人情というものである。道端で白昼堂々と碟仙にお伺いをたてるかわりに、子供たちは地下へ潜伏した。だれかの部屋、廃墟のなか、校舎の裏、廃材置き場などが交霊場所として好まれた。碟仙がらみの怪談なら、わたしたちは山のように知っている。交霊後に悪心、憂鬱、嘔吐、円形脱毛症、集団ヒステリーに見舞われたというような話がまことしやかにささやかれていたが、子供たちにとってはそれもまた碟仙の妖しい魅力の一部だった。僵屍《キョンシー》を導く道士としての素質が自分に備わっているか否かを、だれもが見極めたがっていた。

あれは双十節《そうじゅうせつ》（十月十日、中華民国建国記念日）の前後だったので、十月のことだったと思う。ある曇天の放課後に、わたしたち数人は廃材置き場で碟仙を呼び出した。だれがいたかはもう憶えていないが、小《シャオ》戦《ジャン》と藩家強《パンジャチャン》がいたのは間違いない。藩家強は阿婆《アポ》の予言どおり頭に鉛筆が突き刺さって怪我をしたあの藩家強である。あのとき、藩家強は頭に包帯を巻いていた。つまりわたしたちがあの廃材置き場で碟仙をやったのは、阿婆の不気味な予言のすこしあとだということになる。

仲間たちにせっつかれ、わたしは十元硬貨に指をのせた。

曲宏彰がにやりとしてあとにつづき、これはおれの霊応盤だぞとばかりに大魚も太い人差し指を重ねてきた。最後に汪文明が線香がわりの煙草を額にあて、東西南北にむかって叩頭し、硬貨に指を置いた。

雷威が蠟燭をともし、にわかごしらえの霊応盤のそばに立てる。雷威もやり方を心得ているようだった。見物人がぞろぞろあつまってくる。わたしたちはおたがいに目配せをし、大魚の合図で声をひとつに合わせた。

「碟仙《こっくりさん》、碟仙請出壇《お出ましください》！　碟仙、碟仙請出壇！」しばらく待ち、もう一度復唱する。「碟仙、碟仙請出壇！　碟仙、碟仙請出壇！」

それから息を殺して、つぎに起こることを待ち受けた。蟬の声が木立ちのなかで谺し、草いきれは重く、風はぬけなかった。仲間たちの鼓動が指先をとおして伝わってくる。藪蚊が一匹ぷーんと飛んできて、曲宏彰の手の甲に止まった。尖った口が彼の手に刺しこまれる。もちろん、血を吸われている本人にもそれは見えていた。痩せ細っていた蚊の腹に赤味がさし、脈動しながら膨張してゆく。碟仙を呼び出している最中だったので、蚊をたたき殺すという選択肢はわたしたちのだれにもなかった。蚊は曲宏彰の生き血を、うっぷ、もう食えん、というくらいまですすり、大きな腹を抱えてふらふらと飛び去っていった。蚊にとっては近年まれに見る良い一日となった。

汗が頬を流れ落ちた。

意識があの日へと──廃材置き場で碟仙をやったあの曇り空の日へと飛ぶ。わたしたちは霊応盤を囲み、小さな手をつないで「碟仙、碟仙請出壇！」と唱えた。古い材木とおが屑のにおいが鼻先をかすめる。わたしは小戦や藩家強や顔が黒く塗りつぶされた同級生たちといっしょに、小皿に指をのせたままじっとなにかが起こるのを待ち受けた。

「幹《くそ》、なにも起こらねえな」小戦がしびれを切らして言った。「藩家強、おまえほんとうにやり方を知ってんだろうな？」

「間違いないよ」藩家強が口を尖らせた。「兄ちゃんたちがやってるのをそばで見てたんだから」

「じゃあ、もう一回呼んでみようぜ」顔のないだれかが言った。「これに成功しなきゃ、明日のテストで百点なんて夢のまた夢だぞ」

「碟仙、碟仙請出壇！　碟仙、碟仙請出壇！」わたしたちは心をこめ、声を合わせた。「碟仙、碟仙請出壇！　碟仙、碟仙請出壇！」

どこかで子供の悲鳴があがり、つづいて「胖子《パンズ》だ！　胖子だ！」とわめきながら走りぬけてゆく足音が聞こえた。あのころから胖子は子供たちの不倶戴天《ふぐたいてん》の敵だったのである。

と、わたしたちが指をのせている小皿が小刻みにふるえた！

小戦の目が大きくなったのを憶えている。その瞳のなかには目を見開いたわたしがいた。藩家強は、おれじゃないぞ、おれは動かしてないぞ、とばかりに首をふった。顔のない同級生がじれったそうに藩家強をにらみつけ、小皿に乗りうつったのが果たして神様なのか幽鬼なのかを早く問いただせと目で迫った。

あの廃材置き場とそっくりおなじことが、嘉義の山奥で起きていた。

目を剝いた大魚がごくりと唾を呑む。曲宏彰は汪文明をにらみつけ、汪文明は、おれじゃないぞ、おれはなにもやってないぞ、とばかりに首をふった。わたしは大魚に、早くつぎの文句を唱える合図を出せと目で迫った。大魚が何度もうなずいた。

「你是神是鬼《神様か幽鬼か》?」わたしたちの声が、十年前のわたしたちの声と重なった。「你是神是鬼?」

十年前、わたしたちはここから先に進めなかった。霊界とご対面する瞬間が、すぐそこまで来ていたかもしれないのに。高まる期待に口のなかがすっかり干上がっていた。早鐘《はやがね》を打つ心臓を木端微塵に打ち砕いたのは、臼砲《きゅうほう》のように突然轟いた怒声だった。いつの間にか廃材の上によじのぼっていた毛毛とほかの女子たちが、声をひとつにして「こらっ!」と叫んだのである。しかも大人の声真似をして。

わたしたちは文字どおり腰砕けになった。憲兵に見つかったのだと思った。国民党に逆らったわけだから、絶海の孤島にある緑島刑務所送りは必至だった。顔のない同級生たちがわーっと逃げ出し、藩家強がひどくころんだ。八歳にしてすでに極道の片鱗を垣間見せていた小戦は、仮借ない罵詈雑言を女子たちにぶつけた。陳雅彗《チェンヤアフイ》、臭三八《ブス》、你給我下来《下りてきやがれ》! 陳雅彗、すなわち毛毛たちは腹を抱えて大笑いし、石つぶてで反撃してきた。汚い言葉を使ったわね、趙戦雄、先生に言いつけるからね! わたしはそれどころではなかった。びっくりして尻餅をついた拍子に、錆の吹いた五寸釘の上にどすんとすわってしまったのである。

当時、わたしたちを恐れさせていた病気といえば狂犬病と破傷風である。このふたつにかかったら、まず命はないと思わなければならなかった。四つん這いになってふりかえると、角材から突き出た釘に血がべっとりついていた。自分の尻を目視するのは人体の構造上無理な相談だが、わたしはあまりにも恐慌をきたしていたので、なんとか傷をあらためようと自分の尻尾を追いかける犬のようにまいまいした。それを見て、毛毛たちが青ざめた。わたしの尻と錆びた五寸釘をかわるがわる見た。手で触診してみると、制服の半ズボンに穴があいており、そこから血がとめどなくあふれ出ていた。膝から力がぬけ、地べたにへたりこんでしまった。小戦が毛毛たちを大声で呪いながら、全力疾走で祖父を呼んできてくれた。

なので、いつ何時《なんどき》大きな声がかかっても動じないように、わたしは気を引きしめた。目を走らせ、木立のどこからも錆びた五寸釘が飛び出ていないことをたしかめる。わたしたちの注意を鷲摑みにしたのは、指先に覚えた喩えようのない違和感だった。曲宏彰が目を剝き、大魚と汪文明が顔を見合わせた。おそらくわたしも似たり寄ったりの表情をしていたはずだ。

十元硬貨がゆっくりと動きだしていた。ぎこちなく、つっかえつっかえ、という感じではない。漢字を敷きつめた霊応盤の上をなめらかに滑り、迷うことなく〈神出鬼没〉の〈鬼〉の上でぴたりと止まった。最短距離での移動だった。

ぞっとせずにはいられない。硬貨に指をのせているほかの三人も目を白黒させていた。碟仙で小皿に憑依《ひょうい》するのは小仙《シャオシエン》、すなわち孤魂野鬼の類と相場が決まっている。そのような幽鬼は人間の精気を吸うのだと言われていた。わたしたちはこそこそとおたがいを盗み見、自分にかけられている嫌疑を無言で否定した。すくなくともわたしはやってない。細心の注意と最大の敬意が求められる局面で、そんな不遜な真似に出る度胸などなかった。

「ふん、だれかが動かしたに決まってら」疑り深い外野から至極当然の茶々が入る。「碟仙をやったことがあるやつなら、だれでも最初の質問は知ってるぜ。〈鬼〉の場所を憶えてたのさ、見え透いてるぜ」

しかし硬貨を介して指先でつながっているわたしたち四人は、そうじゃないことを知っていた。それはわたしたちにしかわからない、曰く言いがたい奇妙な一体感だった。喩えるなら、筏《いかだ》に乗って漂流しているときに絶えずつきまとう鮫の恐怖に似ていた（いや、そんな経験をしたことがあるわけではないけれど）。たとえ高いところからは魚影が望めなくても、霊応盤という筏の下を鮫のようにゆらゆら泳ぎまわる妖しい気配をたしかに感じとることができた。

それとも、やっぱりだれかの悪戯なのだろうか？

「えーと、えーと」場をつなごうとして大魚が言った。「えーっと、ここにいる葉秋生がお訊きしたいことがあるそうです」

「え？」わたしは口をぱくぱくさせてしまった。冥界のものをお待たせしてはまずいと思い、あわてて声を絞り出した。「お、おれのじいちゃんを殺したやつを知ってますか？」

すると、硬貨はわたしたちの人差し指をのせたまま、ファイヤーバードのようにぴゅーっと〈否〉のところまで滑っていった。

「馬鹿か」汪文明が鋭く叱咤した。「おまえのじいちゃんがだれかなんて、碟仙にわかるわけねえだろうが」

「住所も言ったほうがいいぞ」曲宏彰が忠告すると、雷威が急いでつけ加えた。「それといつ殺されたかもな」

「ああ、そうか……」わたしは咳払いをし、「えーと、台北市迪化街一四六で三年前……だから一九七五年の五月二十日に葉尊麟《イエヅゥンリン》を殺したやつを知ってますか？」

　礫仙の返答は〈是〉だった。

　一同から感嘆のうめきが漏れた。全員がじれったそうにわたしに熱い視線をそそぐ。凶暴と言ってもいいくらいの目つき、すでに心の臓を幽鬼の冷たい手に握られているかのような面貌だった。とりわけ大魚などは、ふだんリンゴのように血色がいいのに、このときばかりは顔が土気色になっていた。

「それは……」わたしはカラカラに乾いて粘つく口を開いた。「それはだれですか？」

　硬貨が〈王〉の上に止まる。

「犯人は王《ワン》ってやつだ！」

　鬼の首を獲ったようにはしゃぐ大魚の帽子を、曲宏彰がはたき落とした。「そこらじゅう王って名字だらけだろうが、この阿呆」

「しっ！」と、汪文明。「また動くぞ」

　礫仙がのろのろと動いた先は――

「〈古道熱腸〉」雷威が声に出して読みあげた。「おい、葉秋生、この四文字が入ってる名前のやつを知らないか？」

　王古道、王熱腸、王古熱……わたしは頭のなかで文字を組み合わせてみた。どうやってみても、妙ちくりんな名前にしかならない。王古、王道……まるでペンネームみたいだ。おい、古道熱腸ってどういう意味なんだ？　見物人たちがひそひそとささやき合う。馬鹿、おまえ、字面を見りゃわかるだろ、むかしから熱は腸から来るってことさ、馬鹿はおまえだ、これは義理堅く人情に厚いって意味だよ。

義理堅く人情に厚い男——まっさきに思い浮かべたのは、五寸釘の上に尻餅をついたわたしを一臂の力ですくい上げてくれた祖父の顔だった。

血相を変えた祖父が廃材置き場に飛んできたとき、わたしは八歳で死ななければならない我が身が悲しくておいおい泣いていた。

女子たちは逃げたあとだったが、毛毛だけがその場に残ってわたしといっしょに泣いていた。小戦だって涙をこらえきれるはずがなかった。祖父はまずわたしの尻をあらため、それから片腕でひょいと抱き上げた。わたしは祖父の首っ玉にしがみついて泣いた。白檀《びゃくだん》のにおいがした。

「没事没事《大丈夫》、秋生。泣くな、じいちゃんがすぐに治してやるからな」

祖父は毛毛を慰め、五寸釘を指さして泣きじゃくる小戦の頭をひと撫でし、そのまま道路に飛び出した。タクシーが急ブレーキをかけてつんのめり、運転手が窓から怒鳴った。祖父はわたしを抱いてタクシーに飛びこみ、病院の名前を怒鳴りかえした。この子になにかあったら、おまえも殺してやるからな！　そのただならぬ剣幕に運転手は居ずまいを正し、ふだんであれば十五分ほどかかる道のりをたったの五分で走破した。こんなのぜんぜんたいしたことないぞ、秋生。道中、祖父はくすんくすんとすすり泣くわたしにやさしい声で話しかけた。だれも悪くないぞ、毛毛だって悪くない、あの釘だってそうだ、だれもおまえを傷つけようとは思ってなかったんだからな、こういうときはもう運が悪かったと思うしかないんだ、たとえ命を落としたとしても、だれも恨んじゃいかん……おい、運転手、もっと飛ばせ、わしはやると言ったらやるからな！　わかるな、秋生、男子漢《男一匹》大丈夫、逝くときは潔く逝くもんさ。わたしが腕で涙と鼻水をぬぐってうなずくと、祖父はにかっと相好を崩した。

「それでこそじいちゃんの孫だ！」

あのときの尻の痛みを、わたしは誇らしい気持ちとともに思い出すことができる。祖父にはじめて男として扱われたのだから、涙なんて絶対に見せるもんかと歯を食いしばった。わたしは血を流すときの心構えを勇敢に学び、生命の蠟燭の長さを果敢に認め、三軍総医院で死ぬほど痛い破傷風の注射を尻に打たれたときも泣き言ひとつ言わなかった。八歳のあの日、わたしは葉尊麟の孫でいるための代償をびた一文値切ることなく支払ったのだ。

「だめだ」わたしはかぶりをふった。「どう考えてもそんなやつに心当たりはない」

仲間たちのあいだに嘆息が広がった。

「なんか気分が悪くなってきた」汪文明が具合悪そうに胸を押さえると、雷威が訳知り顔で解説した。「たぶん冥府の瘴気にあてられたんだ。そろそろ終わりにしたほうがよさそうだな」

「ああ、そうだな」曲宏彰がうなずく。「碟仙にはぼちぼちお帰り願おうぜ」

背後がどよめいたのは、そのときだった。

敵を威嚇する罵声と、乱心したようなわななき声が乱れ飛び、銃器を手繰り寄せる不穏な音があたりを圧した。すわ、お尋ね者発見か。わたしたちも自動小銃をひったくって立ち上がった。

「どうした、じじいが見つかったのか⁉」

銃声が曲宏彰の声に風穴を開ける。ほぼ全員が地面に身を投げた。撃つな！　撃つな！　すこし離れた木陰に憩っていた数人がわめきたてる。蛇だ！　ただの蛇だ！　二、三人が飛びすさった拍子に樹の根に足をとられ、うしろにひっくりかえった。幹《くそ》、誰某が咬《か》まれたぞ！

野薔薇の茂みにいたのは、体長一・五メートルはあろうかという大きな台湾眼鏡蛇《コブラ》だった。鎌首をもたげ、頭巾を広げて兵たちを威嚇している。赤い舌がちょろちょろのぞく邪悪な口は、殺戮の悦びに笑っているようだった。足を押さえてうずくまる男を、数人がかりで引きずって毒蛇から遠ざけた。

「どけ！」人だかりをかき分けて先頭に躍り出たのは曲宏彰だった。すでにM－16の銃口を蛇にむけている。「射線に入るな！　どけ！」

ダダダ、ダダダ、と二度の分射でコブラの頭がきれいに吹き飛んだ。白い野薔薇に血飛沫《ちしぶき》がかかる。咬まれた男は傷口を縛りあげられ、四人がかりで山から運び出された。ほかの者たちも彼らにつき従った。

この蛇騒ぎで、わたしたちの碟仙遊びはうやむやのうちに終わった。その後、若妻を犯された老兵の行方は杳《よう》として知れず、捜索も当然の如く打ち切りとなったが、わたしの心には「義理堅く人情に厚い王という名の男」という一文が刻みこまれた。

「コブラだったな」曲宏彰が耳にはさんだ煙草を取って一服し、みんなにまわしてくれた。「知ってるか？　血清ってのは蛇ごとにちがうんだぜ。蛇の種類がわからなきゃ、えんえんと血清を打たれるんだ」

「血清ってどうつくるか知ってるか？」と、汪文明。「まず毒蛇に馬を咬ませるんだ。で、その馬が体のなかでつくる抗体を抽出するんだよ。せっかくつくった抗体を人間に盗まれるわけだから、馬はずっと蛇の毒に苦しめられるんだ」

「人間ってのはろくなもんじゃないな」

雷威がそう言うと、全員がうなずいた。

大勢の軍隊時代の仲間とおなじで、雷威や曲宏彰や汪文明や大魚との付き合いも生涯つづいたわけではない。わたしたちはともに戦争に備えたけれど、ともに戦火をかいくぐったわけではないので、それも致し方のないことである。

第十一章　激しい失意

　わたしが除隊した一九七九年につづく数年は、目まぐるしく過ぎていった。八〇年にはホームランを八百六十八本も打った王貞治が東京読売巨人軍を引退し、約翰藍儂《ジョン・レノン》がニューヨークの自宅前で射殺された。チャールズ皇太子とダイアナ妃が結婚したのが八一年で、その翌年にはイギリスとアルゼンチンのあいだでフォークランド紛争が勃発している。東京ディズニーランドが開園したのは八三年だ。いろんなことがあった。なのに個人的な二、三の事柄しか、どうしても思い出すことができない。

　父が迪化街の店を処分したというのは、除隊後に知った。わたしが真っ先に思い浮かべたのは、当然祖父の拳銃のことだった。わたしに問い詰められるまで父は拳銃の存在をすっかり忘れていたようで、たぶん店にはなかったんじゃないかな、と他人事《ひとごと》のように応えた。

「もしあれば馮《フォン》さんが教えてくれなくても、工事の人たちが教えてくれるだろ」

　わたしはすぐさま迪化街へ出かけていったが、祖父の布屋はとなりの乾物屋の一部になっていた。祖父の店を買いあげた乾物屋の馮さんは、壁をぶちぬいて店舗を拡張していた。よほど景気がいいとみえ、店先にはフカヒレやツバメの巣がどっさり積み上げられていた。隠し穴があったあたりは、コンクリートにすっかり塗り固められていた。

「拳銃？」馮さんは大げさに驚き、コンクリートの床を足でドシドシ踏み鳴らした。「おえは知らんが、もしあったとしてもこのコンクリートの下らあ」

　祖父の拳銃が失われてしまった。宇文叔父さんを刑務所にぶちこみ、わたしを軍隊に蹴りこんだあのモーゼル銃が。なのに、わたしはくよくよ思い悩んだりしなかった。そんな余裕などなかった。もっとずっと大きな問題が待ち構えていた。どれくらい大きいかというと、祖父のことすら霞んでしまうほど大きかった。正直に言えば、わたしは祖父のことをほとんど忘れていた。死者の思い出には分厚い埃が降り積もり、古い蜘蛛の巣が垂れ、まるで空き家の窓から射しこむ夕陽のように、わたしのなかで淡くぼやけていった。

　広州街に帰った直後から、終わりの予感はあった。

　子供のころから明け透けでまっすぐにものを言う毛毛《マオマオ》が、何事につけ曖昧で、心ここにあらずという体だったのだ。無理もない、とわたしは自分に言い聞かせた。二年間も離れ離れになっていたのだから。

　しかし一週間が過ぎ、二週間が経ち、三週間目になっても、彼女がむかしのように打ち解けることはついぞなかった。打ち解けなかった、というわけではない。彼女は気さくで、口を大きく開けて笑うところや、気に入らないことがあるとすぐにふくれっ面をしてしまうところなどは、ちっとも変わっていなかった。ただ、それはわたしが兵舎の寝台で二年間夢見てきたような打ち解け方ではなかった。ほど遠かった。

　わたしだってなにも再会していきなり、いいだろ、なあ、いいだろ、と鼻息を荒らげて彼女に迫ったわけではない。それでも夜の植物園へ誘い出すくらいのことはしたし、恋人たちのあいだにずかずか割りこんでいって東屋へひっぱりこみもした。が、いざ勇気を出して二年間楽しみにしていた行為におよぼうとするや、彼女はいつもなにか急用を思い出したり、そんなことよりもっと話がしたいわなどと、はぐらかしたりするのだった。

「なんの話をするんだよ?」わたしの剣幕に、まわりの恋人たちが動揺を示した。「言いたいことがあるならはっきり言えばいいだろ」

「軍隊はどうだったの?」髪がのびはじめたわたしの坊主頭を、彼女はごしごし撫でた。「ずいぶん体格がよくなったじゃん」

「軍隊の話なんかどうでもいいよ」わたしはその手を払いのけ、「やめろよ、子供扱いすんな」

「だって子供じゃん」毛毛は笑いながらつづけた。「秋生《チョウシェン》はさ、やっぱり秋生なんだよ」

「どういう意味だよ、それ?」

「秋生はやっぱりあたしの弟だってこと」

「おれは……おれたちは付き合ってるんじゃないのか?」

「よくわかんない」

「………」

「あたしたちってさ、生まれたときからずうっといっしょじゃん? そんなふたりが男と女の関係になるのって、やっぱり無理があると思わない?」

彼女はわたしが吐き気に襲われていることに気づいていない。背中に汗をかきまくっていることも、頬がぴくぴく引きつっていることも。それに気がついているのは、東屋にいるほかの恋人たちだ。彼らは息を殺して、わたしたちをうかがっていた。

「幼馴染みの延長でじゃれ合ってただけなのかも」毛毛が明るく言った。「よく考えてみたら、あたしと秋生ってあんまり共通点がないじゃん？　あたしが好きなことを秋生は好きじゃないし、逆もそう」

「それって……ほかに好きなやつができたってことかよ？」

「そんなんじゃないよ」

「じゃあ、なんなんだよ！」そそくさと退散する恋人たちをにらみつけながら、わたしは声を落とした。「なんでそんなこと言うんだよ？　なんでおれの手紙に返事もくれなかったんだよ？」

「やだ、怒っちゃったの？」毛毛はくすくす笑いながら、「すぐ怒るんだから、秋生は。子供のときからぜんぜん変わってなーい」

「答えろよ！」

「なーんか書くこともあんまりないし」

そして事も無げに、この二年で好いた娘はできなかったのなどと訊いてきては、わたしをおびえさせるのだった。

いまにして思えば、毛毛は挑発していたのかもしれない。彼女の目論見どおりにわたしが癇癪玉を破裂させれば、毛毛は本領を発揮してわたしを罵倒し、わたしたちはめでたく喧嘩別れすることができたはずだ。

わたしはひたすらうろたえていた。

毛毛はいたたまれない想いを味わったにちがいない——というような分析を、ずっとあとになって夏美玲《シャアメイリン》がした。彼女はわたしが毛毛のつぎに付き合った女性である。たぶん、と夏美玲は淡々と言葉を継いだ。自分がうしろめたいものだから別れる原因を折半しようとしたのよ、冷静に対処したあなたはそんな女よりうんと大人だわ。

しかし、夏美玲には知らないことがある。あのときは、わたしだって知らなかった。毛毛は別れる理由を折半しようとしたわけではない。わたしに本当の原因を告げずに、わたしを傷つけずに別れようとしただけなのだ。

ともあれ、わたしは夏美玲の言葉をしっかりと胸に刻みつけ、のちに彼女との離婚を決めたときも、けっして怒鳴ったりものを壊したりしなかった。怒ってもいいのよ、夏美玲は悲しげに笑った。自分の妻がほかの男と寝たのがわかったら、ふつうはもっと怒るものだと思ってたわ。それでも、彼女に対する怒りは湧いてこなかった。自分にはそんな資格はないと思った。赤ちゃんが無事に生まれてたら、こんなふうにはならなかったのかな？　彼女の最後の問いかけにも、わたしは沈黙で答えてしまった。不育症は夏美玲のあやまちではない。なのに、わたしは流産と死産を繰り返す彼女を支えきれなかった。彼女のなかに宿った小さな命が失われるたびに、わたしの心には除隊した直後に味わった激しい失意が蘇った。暗い客間で、わたしたちは立ち尽くしていた。

「あの日、空港ではじめてあなたに妊娠を告げたとき」小さなトランクケースをさげて家を出ていくまえに、夏美玲はそう言った。「子供みたいにはしゃぐあなたを見て、わたしは誇らしい気持ちでいっぱいになったのにね」

一九七九年五月、わたしの心は踏みにじられ、出口のない迷路に迷いこみ、激しい失意にのたうちまわっていた。

わたしに対する態度だけでなく、毛毛は着るものまですっかり変わってしまっていた。派手なシャツに喇叭ズボン、頭に大きなサングラスをのせていた毛毛はもはやどこにもおらず、かわりにコットンのワンピースやふわりとしたスカートを好んで穿いた。そして、胸にはサクランボのブローチなんかをつけていた。これだけでも破局の前奏曲としては充分なのに、わたしはいつまでもぐずぐずと毛毛につきまとって彼女を困らせた。

おなじ町内に住んでいるのに、どうしたわけか彼女とまったく会えない日々がつづいた。かき氷屋にも、阿九《アジョウ》の果物屋にも、阿婆《アポ》の店にも、植物園にも、そして自宅にも毛毛はいなかった。広州街から彼女だけがいなくなってしまったかのようだった。

六月に入ったある日、わたしはたまたま道端で出くわした毛毛の妹をぎゅうぎゅう締めあげてやった。

「言え！　毛毛はどこにいるんだ⁉」わたしは武力行使も辞さない構えだった。「言わないとひどいぞ！」

「殴らないで、葉秋生！」瑋瑋《ウェイウェイ》が泣き叫んだ。「友達のところに泊まってるわ！　どこかは知らない、ほんとうよ！　しばらくうちにも帰ってないの！」

それがほんとうなら、わたしにできることは限られてくる。そこで後日、毛毛の仕事が終わる頃合を見計らって、彼女の病院まで迎えに行ってみたのだった。

三時間かけて煙草をひと箱吸い尽くすころ、毛毛が同僚たちといっしょに病院の通用口から出てきた。彼女は黄緑色のTシャツに、色褪せたジーンズを穿いていた。わたしを見てもさほど驚きもせず、立ち止まって腕組みをした。わたしと毛毛を遠巻きに眺める同僚たちのほうがよほど驚いているようだった。

「毛毛」わたしはあわてて煙草を踏み消し、感じよく笑おうとした。「ちょっと近くまで来たもんだから。どこかそのへんで――」

「なに?」

「……え?」

「なんなの?」

「いや、ちょっと話せないかなと思って……」

「いま疲れてるんだけど」

「あ、そうか……仕事が終わったばかりだもんな。でも、ちょっと話がしたいんだ」

「もうこんなことはやめて」そう言うと、毛毛は同僚たちと歩き去ろうとした。「あたしがこういうの嫌いだって知ってるよね」

「待てよ!」私は彼女の腕を摑まえた。「ちゃんと話をしよう、な?」

毛毛は冷ややかにわたしを見据えた。彼女の同僚たちは身を寄せ合い、もしこれ以上わたしが狼藉《ろうぜき》を働くようなら、一致団結して悪に立ち向かう決意を固めていた。

「いいよ」と、すげなく言った。「話して」

「おれは……おまえ、どうしたんだよ? おれたち、なんでこんなふうになっちまったんだよ?」

「おれとおまえのいまの、この状態だよ！」

「こんなふうだよ！」わたしは腕をふりまわした。「おれとおまえのいまの、この状態だよ！」

「好きな人ができた──」

わたしは息を呑んだ。

「──とでも言えば、納得してくれる？　言ったよね？　あんたとあたしじゃ無理があるって」

「なあ、こんなのは馬鹿げてるよ。だって、おれたちがこんなふうになる理由なんか──」

「勘違いさせたんならごめんね」

「……………」

「でも、あたしはずっとこんなふうだったよ」

最悪な展開だが、最悪なのはこれだけではなかった。

七月。

台風が去ったばかりの暑い日に、わたしは祖母の遣いで阿九の果物屋へ行った。九官鳥はもういなかった。阿九の言うことには、九官鳥はわたしが兵役に行っているあいだに、猫に襲われて命を落としたとのことだった。

「壮絶な最期だったよ」と、溜息混じりに言った。「おいおえは坊さんを呼んでお経をあげてもらったよ」

わたしはお悔やみを言い、九官鳥の人品骨柄を褒めてやった。あんなに上手に中華民国万歳と言える鳥はほかにいない、彼こそ台湾一の九官鳥だった、と。阿九はうんうんうなずき、洟《はな》をすすりながら、おかえしにグアバを何個かおまけにつけてくれた。

パパイヤとグアバの入ったビニール袋をさげて家に帰る途中、胖子《パンズ》を見かけた。あの恥知らずな三つ揃いでキメ、どこかの夢見がちな女を毒牙にかけるべく、道端でエンジンをぶんぶん吹かしているところだった。胖子はまだあのファイヤーバードに乗っていた。

「おい、葉秋生」と、通りのむこうから呼びかけてきた。「いつも言ってるだろ、目上のもんにはちゃんと挨拶しろ！」

わたしは厭世的な態度でやつの名を呼んで挨拶した。

「なんだ、おまえ？　不景気な面しやがって、なんか面白くねえことでもあんのか？」

「いや、べつに」

「まあ、いいや。招待状はとどいたか？」

「なんの招待状？」

「なんのって喜酒《シイジョウ》（結婚の祝い）のだよ、馬鹿野郎。明泉《ミンチュエン》に会ったら、ぜったいに来いって言っとけよ」

わたしは道路を渡り、車のルーフに手をつき、運転席をのぞきこんだ。助手席に大きな百合の花束があった。

「喜酒って、胖子おじさん結婚するの？」

「はあ？　おれじゃねえよ、馬鹿野郎」

「じゃあ、だれ？」

「毛毛に決まってるだろ！」

「……………」

「相手は医者だ」土埃を巻き上げて走り去るまえに、胖子はそう言い放った。「幹《くそ》、さすがおれの姪っ子だぜ！」

わたしは家に帰り、夜更けまで膝を抱えていた。

ラジオで林毅夫《リンイーフウ》という男が台湾海峡を泳いで渡り、中国大陸に亡命したというニュースを聞いたのは、この前後だったはずだ。一九七九年の二月だというから、除隊間近のわたしが兵舎で気も狂わんばかりに毛毛を想っていたころ、林毅夫は福建省の厦門《アモイ》と対峙する我が国の最前線、金門島に軍人として着任したのである。そのむかし、わたしが替え玉受験をしてやった男の父親の赴任地が金門島だった。その三ヵ月後、つまり五月十六日の夜、すなわちわたしが植物園で毛毛のつれない態度に困惑していたころ、のちにアジア人初の世界銀行上級副総裁兼チーフエコノミストにまでのぼりつめる林毅夫は、浮き輪がわりのバスケットボールを二個だけ抱いて、ひとりぼっちで暗い海に入っていった。金門島から厦門までは五キロ強。潮の流れは早く、鮫だってうようよいる。正気の沙汰とは思えない。若者はなぜそんな大海原に身を投じたのか？　心にどんな大志を抱いていたのか？　暗黒の海に漂いながら、彼は一心不乱に対岸の灯を目指した。恐怖と孤独を友とし、胸いっぱいの希望は羅針盤の赤い針だった。

いったい中国大陸になにがあるというのか？

矢も楯もたまらず、わたしは寝静まった家をぬけ出し、スクーターを走らせた。ナトリウム灯に黄色く染まった中華路を駆けのぼり、闇雲に走りまわった。小戦《シャオジャン》に無性に会いたかったが、やつは人を殺して服役中だった。小戦といっしょに毛毛の悪口のひとつも言ってやりたかった。

そうすれば、どれほど救われるだろう。ちぇ、小戦め、いつも肝心なときにいやしねえ！

だれかにすがりつきたいときにだれもそばにいてくれないなら、これはもうどうしたってほかのなにかにすがりつくしかない。そんなわけで、わたしは士林、北投を突っ切り、淡水河に沿って一路北上した。むかしこの河に大きな鮫がのぼってきて人が食われたのだが、それも明泉叔父さんが言っていたことなので、どこまで信じていいのかわかりゃしない。わかっているのは、自分が灰色の街並みの底を虫けらのように這いまわっていることだけだった。

眼間に揺れるのは、あの朝の毛毛。

高鷹翔《ガオインシャン》の組に殴りこみをかけて警察に捕まったわたしを、毛毛は一晩中植物園で待っていてくれた。薄桃色の睡蓮にまとわりつく乳白色の朝靄、雲間から射しこむ申し分のない曙光《しょこう》、そして涙味のあたたかな口づけ――そんなことをとりとめもなく思い出していると、口のなかがほんとうにしょっぱくなってきた。びっくりした拍子に腕が強張り、バイクを蛇行させてしまった。中央分離帯に乗り上げ、勢いよく反対車線に飛び出す。迫り来るヘッドライトがクラクションを長々と鳴らして避けていった。

「幹你娘《くそったれ》！」わたしはふりかえって怒鳴った。「文句があるならいつでもやってやるぞ！」

涙と鼻水でぐちゃぐちゃになった顔いっぱいに夜風を浴びながら、わたしは不貞腐《ふてくさ》れた態度で車道を逆走した。どこかの時点で正しい車線に戻ったはずだが、まったく記憶にない。

淡水河の河口にスクーターを停め、堤防によじのぼった。ひたすらスロットルをひねってスクーターに無理をさせはしたが、おかげでついに夜明けまえの海を眺めることができたのだった。

こんなわたしでも、本気を出せばこの海をじゃぶじゃぶ中国大陸まで泳いでいけるのだろうか？　真剣に考えてみた。いまならできそうな気がした。蔣経国は中国共産党とは「不接触」、「不交渉」、「不妥協」という「三不政策」を採っていたが、なあに、若者が本気を出せばだれにも止められやしないのだ。

失恋の痛手はわたしの心を焦土と化し、やむことなくとろ火でぐつぐつ煮こんだ。花嫁にめでたい言葉のひとつもかけてやらず、のみならずこそこそと彼女から隠れ、昏《くら》い目で夏を見送り、秋を呪い、そして冬を迎えた。披露宴の前日に毛毛が訪ねてきたときも、いじけて会おうともしなかった。

「ごめんね、秋生」ドア越しに毛毛が言った。「じゃあ、あたし、お嫁にいっちゃうね」

わたしはベッドにひっくりかえって天井をにらみつけていた。明るい昼下がりに窓を閉めきり、カーテンまでしっかり引いていた。陽の光にさえ、いまの自分の情けない姿を見られたくはなかった。冬にしては暖かな陽気がつづいていた。

「秋生」

「…………」

「あたしね、式が終わったらすぐアメリカにいっちゃうんだ」

「…………」

「あたし、ほんとに秋生が好きだったよ」

「だったらなんでほかのやつと結婚するんだよ！」わたしは自分の声に肝をつぶし、それを悟られまいと恥の上塗りをした。「どうせ弟として好きだったんだよな！　わかってるよ、おれとおまえじゃちがいすぎるってことは！」

ドアのむこう側とこちら側で、密度のちがう沈黙が立ちこめた。こちら側の沈黙は怒りと焦りに汚れ、むこう側のはあきらめと悲しみにまみれていた。自分の悲しみで手いっぱいだった当時のわたしには、それが理解できなかった。もうすぐ晴れの日を迎える女が、捨てた男に対していったいなにを悲しむことがあろう？　この状況に酔っているとしか思えない。そんなふうに思った。毛毛は別れを楽しんでいるのだ。この家を一歩出れば、頭のなかにドレスや髪や爪のことがどっと流れこむ。そして、ほんとうに恋した男と迎える新しい門出に胸をときめかせるのだ。

「ごめんね、ちゃんと話をしてあげられなくて……でも、なにをどう言ったらいいかわからなくて」

「どうせ話しても無駄だったさ。おまえは自分のことしか考えてねえんだから」

「そうだね」

「幹《くそったれ》！」

「こないだね、ウェディングドレスの試着に行ったの」

「………」

「そのときにおばあちゃんが言ったの。『あんたが結婚なんてねえ。憶えてるかい？　葉秋生が生まれたとき、あんたあの子のお嫁さんになるって言ったんだよ。ああ、時が経つのは早いもんだねえ！』笑っちゃうよね。でもね、あたし憶えてるんだよ。生まれたばかりの秋生のこと、ちゃんと憶えてるんだ」

「だからなんだよ？」わたしは怒鳴りかえした。「相手は医者だってな。ハッ！　よかったな、おれなんかじゃなくて甲斐性のある男を捕まえられてよ！」

「今生では縁がなかったんだよ……大丈夫、秋生ならきっとすぐに素敵な娘を捕まえられるから」

「気休めはよせ、どうせおれはおまえの母親にも嫌われてるしな！」

「ちがうよ、お母さんは秋生のことが嫌いなんじゃなくて……」

わたしは待ったが、つづきが語られることはなかった。悲しみと見分けのつかない沈黙が、風のようにわたしたちのあいだを吹きぬけた。

「じゃあ、もう行くね」その声はすこしふるえていた。「さよなら、秋生」

廊下が小さく軋む。小さな軋みではあるが、彼女が足を一歩踏み出すごとに、世界に亀裂が入った。

わたしは部屋を飛び出し、彼女を抱きしめた——そうできたら、どんなによかっただろう。そうしていたら、なにかが変わっていたかもしれない。わたしと毛毛を引き裂いた残酷な事実にだって、ふたりで立ち向かうことができたかもしれない。

わたしは動かなかった。

遠ざかる毛毛の気配に、ただ耳を澄ませていた。不意に足音がやみ、わたしは息を殺す。毛毛が駆け戻ってきて、わたしの胸に飛びこんでくるのではないかと期待した。心臓が胸をたたいた。死にかけている男が、最後の力をふり絞って扉をたたくように。なにもかもが手のこんだ冗談なのではないかと思った。

そうであったらよかったのに。

ふたたび歩きだした毛毛の足音が遠ざかり、すぐになにも聞こえなくなった。わたしはベッドの上で体を丸め、耳をぎゅっとふさいだ。兵役に就くまえの夜、汚れた駐車場で彼女とチークダンスを踊った。あのときの歌が耳にこびりついて離れなかった。わたしはあまりにも空っぽになっていたため、わたしたちの愛の残響がいつまでも消えずに、体のなかでわんわん谺していた。

つづく数ヵ月は、抜け殻のようになっていた。両親は悩める息子をそっとしておくという気遣いをみせたが、祖母は一貫して無理解を装うことで、ふぬけた孫を励まそうとしてくれた。

「女にふられたってご飯は食べなきゃならないんだからね」

祖母は、どうかすると二日でも三日でも引きこもっていられるわたしを部屋から引きずり出し、なんて情けないんだろう、とおでこを指でつついた。

「ふられてよかったわよ。あんな家と親戚になるくらいなら、あたしのほうがアメリカに行っちゃうわよ」

「ほっといてくれよ！」祖母に暴言を吐きつつ、わたしは茶碗の白米をかきこむ。「おれにかまってないで李奶奶《りばあさん》と麻雀でもやってくれば！」

「そういうところ、あんたのおじいちゃんにそっくり。あの人が最初の奥さんを捨ててあたしを選んだときもずーっとそうやってねちねち後悔してたものよ。なにを後悔することがあるの？後悔しようがどうしようがなるようにしかならないんだから、とっとと開きなおりゃいいのよ、馬鹿」

それでも、すくなくともその年いっぱい、わたしは祖父のようにねちねち後悔していた。

しかし祖母の言うとおり、女にふられたって飯は食わねばならない。折よく明泉叔父さんが、やはり明泉叔父さんのような一発狙いの仲間たちと商売をはじめたので、わたしは龍関《ロングアン》食品貿易有限公司で細々とした雑用を言いつかるようになった。一九八〇年代に入り、景気が上向きになった日本では外食産業が燎原《りょうげん》の火の如く勢いで燃え広がっていた。わたしたちの会社はそんな日本のファミリー・レストラン産業にほうれん草やニンジンなどの野菜を卸していたのだが、これが大当たりした。

一九八五年のプラザ合意以降、日本では急速な円高が進み、未曾有《みぞう》のバブル景気に突入する。地価と株価は天井知らずで、抜け目のないやつらは笑いが止まらなかった。実際、東京都二十三区の地価だけで、アメリカ一国ぶんの地価に相当するとすら言われていた。男たちは黒いスーツで高級車を乗りまわし、女たちはパンツを見せながらディスコで踊り狂った。夜な夜なドン・ペリニヨンのコルク栓が乱れ飛んだ。

この狂乱のバブル期と同調して、龍関食品貿易有限公司の業績も破竹の右肩上がりを十年ほどつづけた。しかし、盛者必衰は世の理《ことわり》である。一九八九年六月四日に天安門事件が勃発し、十一月九日にはベルリンの壁が崩壊した。このふたつの大事件の影響は世界の隅々にまでおよんだが、広州街とて例外ではなかった。それが明泉叔父さんの小動物的危機感に火をつけたのである。

「資本ってのは生き物なんだ」会社に辞表を提出したとき、明泉叔父さんはそう嘯《うそぶ》いた。「東西ドイツが統合して中国が民主化の道を歩きはじめりゃ、投資家たちは日本から資本を引き揚げてそっちに投資するはずさ」

驚いたことに、なんとそのとおりになったのである！

バブルが崩壊してしまうと、天下を獲ったつもりでいた日本人は手っ取り早く自殺した。そのあおりを食って龍関の社長も自宅の寝室でひっそりと首を吊ったのだが、それはまたべつの話である。

話を戻そう。

なしくずしに龍関で働くようになったわたしは、たちまち自分に語学の才能があることに気づいた。はじめは国際電話に応対するためだけに独学で日本語を学びはじめたのだが、たちどころに簡単な日常会話を習得し、二、三年も経つころには日本人と口喧嘩できるほどにまで上達していた。考えてみれば、わたしは『朧月夜』を口ずさんでいた高校生のころから、けっして日本語が嫌いではなかったのだ。

毛毛を失った悲しみと怒りを、わたしはすべて日本語にぶつけた。わたしの日本語は、卑屈で不穏な表現のなかから産声をあげた。「思い知ったか」、「ざまあみろ」、「いまさら遅い」、「悪いけど、それはできない」などなどを、わたしはすくなくとも三から五とおりのちがった言葉で表現できる。仕事の行き帰りの車のなかでも、ずっと日本語の教材を聴いていた。しまいには日本語で夢まで見るようになった。

大きな会社ではないので、まだ御存命だった社長はもっけの幸いとばかりにわたしを通訳に抜擢し、日本での交渉事に同行させるようになった。わたしたちは東京や千葉によく行った。出張のたびごとに、明泉叔父さんはわたしにポルノビデオを持ち帰らせた。あのころ、明泉叔父さんのお気に入りの女優は愛染恭子という人だった。

夏美玲は取引先の通訳だった。高雄生まれの本省人だが、とてもきれいな標準語を話す女性だな、というのがわたしの第一印象だった。毛毛のように野趣に富んでいるわけではないが、洗練された物腰は日本人のように控え目で奥ゆかしく、眼鏡の奥の大きな瞳は愛嬌のあるはしばみ色だった。

残暑厳しい九月のある日、千葉県で落花生畑の視察を終えたあと、彼女は車でわたしをホテルまで送ってくれた。我が社の社長は行先も告げずに単独行動をとっていたので、わたしたちはふたりきりだった。

不意にラジオから物悲しい歌が流れてきたのは、黄昏色に染まる八街《やちまた》街道を走っているときだった。二度目の恋なのに、それでも上手く愛を伝えられない不器用な女性の気持ちをぽつりぽつりと歌った歌。女は男のセーターを摑んでうつむくだけで、帰りたくないのひと言がどうしても言えない。

抱きあげて　つれてって　時間ごと
どこかへ運んでほしい
せつなさのスピードは　高まって
とまどうばかりの私

二度目の恋でさえこんなにままならないのなら、わたしは思った。一度目の恋が成就するなんて、ほとんど奇跡のようなものじゃないか。

「中森明菜の『セカンド・ラブ』という歌ですよ」そう言って、夏美玲はカーステレオの音量をあげてくれた。「いまとても流行ってるんです」

わたしは窓外の風景に逃げ、大きなあくびをしたふりをして目をごしごしこすった。彼女はそれきりなにも言わず、ちょっと鼻にかかったような気怠《けだる》い声でラジオに合わせて口ずさんでいた。

恋も二度目なら　少しは器用に
甘いささやきに　応えたい
前髪を少し　直すふりをして
うつむくだけなんて
舗道にのびた　あなたの影を
動かぬように止めたい

おたがいのことをよく知りもしないという気安さに異国の情緒も手伝い、その夜、わたしと夏美玲はどちらから誘ったわけでもなくいっしょに酒を飲み、どちらからともなく手を取り合い、そのままホテルのわたしの部屋で朝を迎えたのだった。

わたしの考えでは、女性はそのような軽率なふるまいを慎《つつし》むべきである。しかし時は一九八〇年代で、軽率なふるまいの代償は恐るべき速さで暴落していた。無料《ただ》同然だった。淑女と売女の境界線は模糊になり、だれもが気軽に行ったり来たりするものだからすっかり踏みにじられ、しまいにはよくよく目を凝らしても見分けることができなくなった。かつて貞操観念は女性の精神の礎《いしずえ》を成していた。いまやそれは精神の犬に成り下がってしまったのである。ああ、あの命取りの悪魔の一報が地球上を駆けめぐった瞬間、心ひそかに溜飲を下げたすべての古き良き者たちに幸あれ。悪魔、汝の名はエイズである。

二十三歳にしてはじめて触れた女性の肌はやわらかく、あたたかく、悲しい予感がいっぱい詰まっているような気がした。気持ちばかり先走ってなかなか思うようにできないわたしに、彼女は焦らなくてもいいと言ってくれた。もしもセックスがおたがいの気持ちをたしかめるためのものなら、もう充分にその目的を果たしたわ、と。

「それって、おれの考えてることがわかるってこと?」

「目を閉じててもわかりますよ」わたしの下で、彼女は子供のように笑った。「わたしたちはみんな、いつでもだれかのかわりなんだもん」

第十二章　恋も二度目なら

三月の風の強い日のこと。

わたしが日本の出張から（つまり夏美玲《シャアメイリン》と過ごす淫《みだ》らな週末から）帰ってくると、居間で祖母と李爺爺《リじいさん》が茶をすすりながらなにやら話しこんでいた。ふたりは座面に大理石がはめこまれたバンケットシートにならんで腰かけ、老斑《ろうはん》の浮いたしなびた手を取り合っていた。年寄りたちが性別を超えて手を取り合う画は、いつでもわたしをすこしだけ誇らしい気分にさせる。そこにあるのは純然たる思いやりだけなのだ。もしくは共犯者意識。性別を超越したぶん、年寄りたちは意外に権謀術数に長けているのだ。

わたしは李爺爺の名前を呼んで挨拶した。

「秋生《チョウシエン》、背広なんか着てどこに行っとったんだ？」

「この子はいま二、三ヵ月にいっぺん日本に行ってるのよ」祖母がかわりに答えてくれた。「これから大陸に手紙を出したいときは秋生にたのむといいわ」

「こりゃあそのうち日本人の嫁がくるかもしれんなあ」

「冗談じゃないわよ、日本人なんて！」

祖母がこのように言うのには、ちゃんと理由がある。戦争の話とはいっさい関係がない。わたしが土産に持ち帰った女子プロレスのビデオのせいなのだ。祖母はビューティ・ペアのボディスラムやダイビング・ボディ・プレスを目のあたりにして、開いた口がふさがらなかった。そのせいで、日本の女の子はみんな凶暴だと思いこんでしまったのである。余談だが、祖母のこうした偏見は後年、ダンプ松本の登場により取り返しのつかないことになる。

わたしは部屋に荷物をおき、楽なかっこうに着がえて居間へ戻った。祖母と李爺爺はまだおしゃべりをしていた。

「そういえば黒狗《ヘイゴウ》の女房は口がきけんかったが、それは日本人であることを隠しとるんじゃないかとみんな思っとったな。聞いた者がおるんだよ、やつの女房がわしらにはわからん言葉で子供たちを呼ぶのを。まあ、わしは自分の耳で聞いたわけじゃないから、なんとも言えんがな。でも、まわりのみんなは疑っとったな。ほら、黒狗は沙河庄の村長だったから、女房が日本人だと外聞が悪いだろ？　青島に侵攻してきた皇軍がやつを間諜に仕立てたのも、そういう経緯があったんだよ。だが、黒狗になにができる？　いまにして思えばやつもかわいそうな男よ。日本人どものためというより、女房子供のために漢奸《売国奴》なんぞに身をやつしたんだろうからなあ」

「あの当時はだれもが生きるのに必死だったから」祖母が深い溜息をつく。「他人の事情を気にかけてる余裕なんてなかったもの。昨日まで仲のよかったお隣さんに密告されるなんてしょっちゅうだったわ——で、馬大軍《マダアジュン》の暮らしむきはどうなの？」

「手紙には新しい女房をもらったと書いとった。自分の息子たちはその継母《ままはは》を好いてはおらんようだがな。財産目当てと思っとるんだ。『わしに財産なんぞあるもんか』、馬大軍はそう書いとったよ」

「あの人もとうに六十を過ぎてるでしょ？」

「ああ、それくらいだろうな」

「この歳になったら、とにかく自分の気が済むようにするのがいいのよ。財産目当てでもいいじゃない、それで馬大軍が気持ちよく余生を過ごすことができるなら」

「まったくだ」

　ふたりが同時に茶をすすったので、わたしは口を開いた。

「大陸の馬爺爺から手紙が来たの？」

「おまえは王克強《ワンコオチャン》という男のことは知っとるか？」李爺爺は口に入った茶葉をペッペとコップに吐き出し、「黒狗と呼ばれとった裏切者よ。あれは一九四三年の七月のことよ。その日、わしと馬大軍とおまえのじいさんは街に食用油を売りに出とったんだが、日本人に見つかればただでは済まんから、夜中にこっそり出かけていった。つぎの日、村に帰ってみたら——」

「王克強の手引きでみんな殺されてたって話だろ？」

「おまえのじいさんに聞いたのか？」

「まえに李爺爺と郭爺爺《グオじいさん》が話してたじゃないか」わたしは肩をすくめた。「で、うちのじいちゃんが許二虎《シュウアルフウ》といっしょに王克強を殺しに行ったんだよね」

「あのとき、わしらはおまえのじいさんが黒狗の一家を皆殺しにしたと思っとったが、すこしまえに王克強の息子がひょっこり村に帰ってきてなあ。みんなびっくり仰天よ！　ほれ、これがそのときの写真だ」

そう言って、李爺爺は数葉のカラー写真を差し出した。

廟のような門構えを背にして、顔の煤《すす》けた村人たちが勢揃いしていた。カラー写真なのに、乏しい色彩のせいでまるで白黒写真のように見える。壁にスプレーで「法輪大法好《法輪功は良い》」と落書きがあるので、そこが山東省だということがわかる。つぎの写真は赤い壁に埋めこまれた石のプレートを写したものだった。「胡爺洞《フウイエドン》」と読める。

「なんなの、この胡爺洞って？」

「あんたのおじいちゃんはずっと馬《マ》爺爺《じいさん》にお金を送ってたのよ」祖母が説明してくれた。「馬爺爺は義理堅い人だから、そのお金を自分のために使わずに狐狸廟を建てたの。あんたのおじいちゃんが建てたということにしてね。胡爺というのは狐狸の仙人のことよ」

「いまじゃ地元のちょっとした名所よ」と李爺爺。「馬大軍が自分で管理人をやっとるんだぞ」

「中華商場の狐狸廟よりずいぶん立派だね」

つぎの写真には大陸狐狸廟の全景が収まっていた。岩壁にへばりつくように建てられた赤い廟の両側には、冬枯れした柳が枝を垂らしている。

「へぇえ、ここがじいちゃんの生まれ故郷か」

「不思議なもんよ」李爺爺が言った。「おまえのじいさんの狐狸廟に、おまえのじいさんが殺した男の息子が屈託もなく訪れとる。むかしは殺し合いをしとった連中が、いまは一枚の写真に収まって笑っとるんだからな」

写真を繰ると、最初の一枚に戻った。たしかに李爺爺の言うように、誰も彼も屈託のない笑顔をカメラにむけている。

「あれ？」思わず写真に顔を近づけてしまった。「この真ん中に写ってる人って……」

「馬大軍のやつ、どれが黒狗の息子か書いとらんかったんだ」李爺爺がそう言うと、祖母があとを継いだ。「真ん中の人がそうじゃないかしら、服がほかの人より垢抜けてるもん」

「でも、この人……」

わたしは写真をふたりに見せようとしたが、ふたりともどうせ老眼鏡がないと見えやしないと言ってわたしを退けた。それから、今月の会銭のことをきりもなくしゃべりはじめたのだった。

わたしはもう一度とっくりと写真に目を凝らした。真ん中で笑っている男は紺色のハーフコートを着ており、足下にダッフルバッグを投げ出していた。それ以外の人たちは全員おなじ畑で穫《と》れたじゃがいものように見分けがたい。祖母が黒狗の息子だとあたりをつけた男は頬がこけ、紙のように白かったが、わたしが宇文《ユィウェン》叔父さんを見間違えることなどあるはずもなかった。

あのころ、中国のほうでは鄧小平が改革開放路線を打ち出していた。その骨子《こっし》はもちろん計画経済に市場原理を導入することだが、国家目標として「台湾の復帰による祖国統一の完成」を掲げていたので、林毅夫のように勇気を出して台湾を捨てさえすれば、だれでも歓迎されたのである。

それにしても、とわたしは考えた。なぜ宇文叔父さんは自分が許二虎の息子であることを馬爺爺に明かさなかったのだろうか？　もし宇文叔父さんがそうしていたら、馬爺爺がそのことを李爺爺に知らせないはずがない。わたしの祖父を含めて、あのへんはみんな生死をともにした兄弟分なのだから。しかも馬爺爺は許二虎の命の恩人でもある。共産党に捕まった許二虎をたすけてやったのは馬爺爺だ。

出所したあと、宇文叔父さんはわたしたち家族になにも告げずに船上の人となった。あれから今日まで、叔父さんとはずっと音信不通だったわけではない。港々から電話をかけてきたし、船乗り仲間に明泉叔父さんのポルノビデオをとどけさせたりもしている。だけど、わたしたちのまえに姿を見せることはついぞなかった。ここ一、二年に関して言えば、連絡すら途絶えていた。その宇文叔父さんが山東省に帰郷した。しかも素性を明かさずに。おまけにひょっこり村へ帰ってきた王克強の息子といっしょに写真に収まっている。

そんな偶然があるだろうか？

鳩尾《みぞおち》のあたりに重たいしこりを感じた。鉄の棒を挿しこまれて、ぐりぐりこねくりまわされているような嫌な感じだった。

「どうしたの？」箸を止めたわたしを見て、母が眉間にしわを寄せた。「どこか具合でも悪いの？」

夕餉の食卓を囲むその他の面々、すなわち父と祖母、そして小梅《シャオメイ》叔母さんも怪訝そうな顔をこちらにむけている。

「あ、いや……なんでもない」わたしは羊の肉をひと切れ取り、白米をかきこんだ。「ちょっと考え事をしてただけだよ、うん、仕事のこと」

「そういえば、こないだ胖子《パンズ》とばったり会ったんだけど」空芯菜《くうしんさい》の炒めものを取りながら、おもむろに小梅叔母さんが切り出した。「毛毛《マオマオ》、あまり幸せじゃないみたいね」

藪から棒にその名前を聞いたせいで、口のなかのものを噴き出してしまうところだった。祖母と母に、ゆっくり食べないからそういうことになるんだ、と異口同音に叱られてしまった。

「へぇえ、ふぅん……そうなんだ」わたしは努めて平静を装った。「胖子、なんて言ってたの？」

「毛毛が流産したんだって」

「………」

「まだアメリカにいるのかい？」と、祖母。

叔母はうなずき、「旦那さんの家は開業医だから、どうしても跡継ぎがほしいみたいね」

父と母は、そんなことは珍しくもなんともないという風情だった。母などはしきりに、腸詰といっしょに炒めたマコモダケの文句を言っていた。

「男の子が産めない嫁なんかうちだっていらないね」祖母が封建魂を炸裂させて箸をふりまわした。「秋生、あんたいくつになったの？」

「二十五だけど」

「あたしは二十五のときには子供を産み終えていたわよ。あんたはいつ結婚するの？」

結婚なんて……そう言おうと思って口を開きかけたのだが、実際に祖母に食ってかかったのは小梅叔母さんだった。

「あてこすりはやめてよ、母さん。いい人がいればするって言ってるでしょ」

「あんた、自分の歳わかってんの？」ふんと鼻でせせら笑う祖母。「あたしはね、あんたの結婚なんかとっくにあきらめてるんだから！」

「明泉《ミンチュエン》兄さんだって独りじゃない」

「ああ、子供が三人もいるのに今生であたしの孫は秋生ひとりだけだよ！　なんて宿命《さだめ》だろうねえ！」

「もう八〇年代なのよ、母さん。女性はもう家の奴隷じゃないんだから」

「どうせあたしゃこの家の奴隷だよ！」

祖母は小梅叔母さんの若かりし日の色恋沙汰を槍玉に挙げ、父はさっさと居間へうつって七時のニュースを観る。母は父によく聞こえるように声を張りあげ、インゲンと炒めた干しエビの文句を言っていた。

毛毛が流産した。

毛毛はそれほど幸せではない。

これらの事実はわたしを驚かせはしたが、いちばん驚いたのは、あれから四年も経つのに自分がまだこんなにも動揺していることだった。時間は着実に流れ、わたしはいつまでも十九歳ではありえず、海のむこうには情を交わす女性だっている。なのに毛毛の名前は、いまでも獣を獲る罠のようにわたしの心に咬みついている。

ふつふつしたものを抱えたまま食事を終えると、わたしは居間へ行って父といっしょにテレビを観た。台湾電視台がおぞましいニュースを報じていた。新竹に住むある小学生の腹がどんどんふくらむというので病院で診てもらうと、寄生虫がいるとの見立てになった。即座に虫くだしが処方されたが、その結果、子供の腹からどんぶり一杯の寄生虫が捕れたのである。父は顔をしかめ、腹をさすりながらそのニュースを観ていた。

なにかが雷のようにわたしを打った。

立ち尽くすわたしの目は、テレビの画面に釘付けになった。連想の扉が過去へむかってどんどん開いていくのを、どうしようもなかった。寄生虫、おぞましきもの、ゴキブリ、そして、藍冬《ランドン》雪《シュエ》――扉がひとつ開くたびにわたしは若がえり、記憶が鮮明になった。十八歳のわたしに阿婆《アポ》が言った。彼女はおまえにたすけてもらうかわりに、おまえのこともたすけようとしとるのじゃ。

そして、唐突に悟った。雲間から一条の光が射しこむように。あのとき大発生したゴキブリこそが、藍冬雪のメッセージだったのだ！

立法委員の誰某《だれそれ》の家に生卵が投げこまれたというニュースに切りかわるタイミングで、わたしは口火を切った。

「おれが高校のころさ、家にゴキブリが大発生した年があったろ？」

「うん？」父は頭に生卵をぶつけられた立法委員を見てにやにやしていた。「そうだったか？」

「宇文叔父さんの同僚が日本のゴキブリ捕りを持ってきてくれたんだけど、その人が言ってたんだ。宇文叔父さんといっしょにアラスカまで行くはずだったけど、奥さんが早産したから、ほかの船に乗って帰国したって。税関にはないしょでこっそり帰って来たって言ってた。つまりやろうと思えば、宇文叔父さんたちは税関をとおらずに台湾を出たり入ったりできる」ひと息つき、気をしっかりと張った。「じいちゃんが殺されたとき、宇文叔父さんはほんとうに船に乗っていたのかな」

父はじっとテレビ画面をにらみつけていた。

「もしかすると、宇文叔父さんは王克強の息子なんじゃないかな」

キャスターが日本の大屋政子という奇人を紹介していた。大屋政子はフランスに城を所有するほどの億万長者で、ピンク色の奇妙な服しか着ず、キンキン頭に響く声でしゃべる。酒も煙草もギャンブルもいっさいやらず、派手に美容整形を繰り返し、どこへ行くにもカメラマンを同行させて自分を記録させたという。

「そんな馬鹿な」父がうめいた。「信じられん」

「でも、そう考えると辻褄《つじつま》が合うんだ」

「観たか、秋生？」そして、手をたたいて大笑いするのだった。「この大屋政子ってのは死んだ旦那さんのパンツをいつも穿いてるらしいぞ！」

「………」

「愛ってのはいろんな形があるんだなあ――ん？　なんか言ってなかったか？」

わたしは自分の部屋へ戻ってベッドにひっくりかえった。ほんとうにこれが七年前にあの女幽霊がわたしに宛てたメッセージなのだろうかと考えた。ほんとうに宇文叔父さんが鬼牌《ジョーカー》なのだろうか、と。


わたしはすぐに李爺爺から大陸の馬爺爺の住所を教えてもらい、それほど長くない手紙をしたためた。わたしが抱いている疑念には触れず、自分は葉尊麟《イエヅゥンリン》の孫で、許宇文が二年ほどまえから行方知れずになっており、もしや故郷の村に帰っているのではないかと遠まわしに尋ねてみた。わたしは仕事で台湾と日本を行き来しているので、お返事をいただけるなら日本国東京都中野区のどこそこ、夏美玲気付がありがたいですと書き、礼儀どおり馬爺爺の健康を願う言葉で結んだ。つぎの出張でその手紙を羽田空港の郵便ポストに投函した。

宇文叔父さんの乗船記録を見せてもらおうと、会社を休んで港町基隆にある船舶会社を訪れた。

台北から高速バスで三十分ほどの道のりである。船舶会社で尋ねると、そのようなことは港湾事務所で訊いてくれと言われた。で、タクシーに乗って港湾事務所へ行ったわけだが、そっちはそっちで会社に問い合わせてくれの一点張りだった。そこでまたタクシーに乗って会社へ戻ると、わたしに港湾事務所へ行けと言った受付嬢に待てと言われた。わたしはロビーのベンチに腰かけて待った。一時間して再度尋ねると、また待てと言われた。わたしは待った。受付嬢はどこかへ電話をかけ、それから新聞を読んだり、弁当を食べたり、同僚とくっちゃべったりしていた。朝九時に家を出て、すでに午後三時をまわっていた。午後四時に受付嬢が立ち上がったので、わたしも期待をこめてベンチを立った。しかし受付嬢はそのままどこかへ消え、かわりにべつの受付嬢がやってきてカウンターに座を占めた。わたしは新しい受付嬢に一から来意を告げなおした。すると彼女が言った。

「そのようなことは、ここではわかりかねます。港湾事務所で訊いてください」

わたしは船舶会社を出て、バスに乗って家に帰った。

それでへこたれるどころか、祖父の事件はわたしのなかで再燃した。今度の火は十七歳のころのように激しくも熱くもなかったけれど、理路整然としており、冷たくわたしを炙《あぶ》りつづけた。わたしの全人格を木端微塵に吹き飛ばす衝撃的な事実を社長に告げられたときでさえ、その小さな炎が吹き消されることはなかった。

その日、わたしと社長は群馬県のこんにゃく農家を訪ねていた。わたしたちは日本産のこんにゃくを台湾に紹介しようとしていた。

こんにゃく工場の見学を終え、ホテルへ帰るタクシーの車内でのことだった。一日の仕事が終わった解放感、心地よい疲労感と達成感も手伝って、その日の社長はいつにもまして饒舌だった（明泉叔父さんの友人がひとり残らず口達者なのはどういうわけだろう？）。自分自身の淫靡《いんび》な夜への期待感もあったのかもしれない。社長が日本に妾を囲っているのは周知の事実だった。ともあれ、わたしの女性関係をしつこく尋ねてきたのである。

わたしと夏美玲が付き合っているのかどうか、わたしにはいまひとつ自信が持てなかった。彼女のことが好きなのかどうかも。敢えて考えないようにしていたのかもしれない。一度目の恋の轍《てつ》を踏まぬよう、いつ寝耳に水の別れを告げられてもいいように心の準備だけはちゃんとしていたのだが、その心構えは夏美玲と結婚したあともついぞ解除されることなく、わたしたちが離婚する遠因となった。夏美玲は魅力的な女性だし、愛情らしきものは感じていたと思う。だけど当時のわたしが彼女のことを想うときはいつもあられもない姿態を伴っていたので、それは性欲と見分けがつかない愛情だった。幸いにしてこちらは台湾、あちらは日本に暮らしていたので、わたしは心中を見破られることもなく、ぬるま湯のような関係を楽しむことができた。

「まあ、東京にそれらしいのがいますよ」わたしは根負けして打ち明けた。「恋人と言えるかどうかはわかりませんが」

「だれだか当ててやろうか？」社長がにやりと笑った。「辰巳《たつみ》産業の通訳の娘だろ？」

「…………」

「見てりゃわかるよ」

穴があったら入りたい気分だった。そんな気分になること自体、夏美玲を否定している。自分がとんでもない人非人に思えた。しかしすべての男女関係がそうであるように、波風の立っていない時期には自己嫌悪さえなあなあで済ませることができる。そしてずっとあとになって、ふたりの関係が修復不可能なまでにこじれてしまったとき、すべての綻びがはじまった時点としてようやく懐かしく思い出すことになるのだ。

「きみがあやまるまえに言っておくが、あやまることはない」社長が通ぶった。「あの娘もいろいろあったようだから」

「いろいろって……彼女になにかあったんですか？」

「彼女の父親は辰巳社長の古くからの友人らしくてね。だから彼女を辰巳にあずけたそうなんだが」社長は言葉を切ったが、それはためらっているというよりは、効果的な話の運びを狙ってのことだった。「辰巳の話では、台湾にいたころ彼女は恋人を亡くしているらしいんだ」

「死んだんですか？」

「兵役中の事故死らしい」

「どの部隊だったんですか？」

「海軍陸戦隊だと言っていた」

それを聞いたとたん、三半規管がぐにゃりとゆがんだ。ドラム缶にぶちこまれて山の上から蹴り落とされたときのことが、まざまざと目のまえに蘇った。

「訓練中の事故だったらしい。陸戦隊の新兵が十キロだか二十キロだかの装備をつけて、海に落とされるというのは有名な話だ。で、一時間だか二時間後だかにまた船に引き揚げられる。それで毎年人が死ぬ」

返答に窮した。

「だから、彼女にきみのような恋人ができたのはよろこばしいことなんだ。彼女にとっても、きみにとっても」

いちおう神妙に「はい」と返事はしたものの、社長がなにを指して「きみにとっても」などと言っているのかはよく理解できなかった。

「明泉が心配してたぞ」

「そうですか」

「だって、きみのまえのカノジョは血のつながった姉弟《きょうだい》なのかもしれんのだろ？」

「………」

「たとえ一パーセントでもその可能性があったら、まあ、あれだ……言いたいことはわかるだろ？　だけど、きみはもう夏さんと付き合っている。それはきみたちがもう過去と決別したということだ。すくなくとも、ちゃんとまえに進んでいる。ちがうかね？」

わたしはとっさに窓外に顔をむけた。暮色蒼然《ぼしょくそうぜん》とした風景の上に、目を見開いた青白い顔がぽっかりと浮かんでいた。それが窓ガラスに映った自分の顔だとわかるまでにしばらくかかった。たったいま耳にしたことを脳みそがはじく。膨大な情報や、それまで使い途のなかった思い出の断片がどっと頭に流れこみ、息もつけないほどだった。

おれのまえのカノジョ？

それって毛毛のことか？

血がつながってるって？

た。

「すみません……ちょっと車に酔ったみたいで」

「すまんな、へんなことを思い出させたか?」

わたしはかぶりをふった。この男を絞め殺してやりたかった。すっぱいものが胃からこみ上げてくる。いますぐ明泉叔父さんに電話をかけて問いただださねばならない。頭にはそれしかなかった。

わたしの混乱と殺意を乗せて、タクシーは永遠とも思える時間を走ってようやく目的地のホテルへとたどり着いた。ここでもわたしは体調不良を理由に社長から逃れ、そそくさと自室へ引き取った。すぐさま国際電話をかけたが、明泉叔父さんは会社にも永和の自宅にもわたしの家にもいなかった。

「どうしたの、秋生?」母の声は回線のなかでところどころぶつ切りにされていた。「なにかあったの?」

「なにかって!」

叫んだ勢いで、なにもかもぶちまけてしまうところだった。母さん、知らないの⁉ 毛毛とおれが姉弟かもしれないって、いったいどういうことなんだよ⁉

「いや、なんでもない」なんとか抑えた。ここで迂闊《うかつ》なことを口走れば、とりかえしのつかないことになる。もし社長の言ったことが事実なら、これは家族の危機なのだ。「ちょっと訊きたいことがあっただけ」

「訊きたいこと? あんた、もうやめときなさいよ」

「……え？」

「もうあの人にポルノビデオなんか買ってこないで」母が言った。「税関で捕まるのはあんたなんだからね」

母の勘違いに心から感謝しながら受話器をおく。それから部屋のなかを猿みたいに歩きまわった。いつだったか、小梅叔母さんが毛毛の流産の件を持ち出したとき、我が家の食卓はいつもどおり平和そのものだった。母はマコモダケに文句をつけ、祖母は結婚できない小梅叔母さんを絞りあげ、父は腹に寄生虫をどっさり涌かした子供のニュースに苦りきっていた。毛毛の話題は腫れ物でもなんでもなかった。

つまり明泉叔父さん以外、だれもこのことを知らないということなのか？　爪を嚙みながらわたしが思い出していたのは、毛毛との最後の、ドア越しの会話だった。

——あたし、ほんとに秋生が好きだったよ
——今生では縁がなかったんだよ
つまり、毛毛は知っていたということか？　だから、おれと別れたのか？　腹の底から湧き上がる吐き気の正体は、笑いの発作だった。わたしはベッドにぶっ倒れて、身をよじって笑った。

「まさか！　そんなことがあるはずがない！」

涙と涎《よだれ》を垂らしながら、笑いに笑った。脇腹が攣《つ》り、それが可笑しくてもっと笑った。

「明泉叔父さんのいつもの駄法螺さ、そうに決まってる！」

電話が鳴り、わたしは飛びつく。

「喂《もしもし》！」日本にいることを忘れて中国語で出てしまった。「明泉叔父さん⁉」

「わたしです」夏美玲の用心深い声がかえってくる。「どうしたの、そんなに息を切らして？」

「ああ、いや……」立ち上がって額の汗をぬぐう。「ちょっと台湾からの電話を待ってたから」

「いまホテルのロビー」

わたしは部屋の番号を告げ、電話を切り、洗面所へ行って顔を洗った。

わたしが日本に来たときは、たいてい彼女のほうがホテルまで出向いてくれる。東京の彼女のアパートで会うこともあるが、夏美玲はホテルへ来るのを好んだ。いつもよりすこしだけおしゃれをして。わたしとの逢瀬を日常生活から切り離したかったのだ。彼女は、恋愛と日常は相容れないことを正しく知っていたけれど、わたしはそのどちらにも興味がなかった。わたしがしたいのは恋愛ではなく、毛毛をこの腕に抱きしめることだった。わたしが望むのは穏便で幸せな生活ではなく、毛毛とどこまでも歩いてゆくことだった。そのことに気づき、愕然とした。

そして、ドアが静かにノックされる。

わたしは鏡を見つめ、タオルで顔の水を拭きとり、両手で髪を梳《す》き、笑顔で彼女を迎え入れる。心配事は心配事として、欺瞞は欺瞞としてあとまわしにできるほどに、わたしは大人になっていた。

目が合ったとたん、明泉叔父さんが回れ右をしてだっと駆けだす。

もちろんわたしもアスファルトを蹴って追いかける。車道を斜めに横断したせいで急ブレーキの音がそこかしこであがり、クラクションと罵声をたっぷり浴びせられた。

「站住《とまれ》！」わたしは明泉叔父さんの名を連呼しながら追撃した。「このまま一生逃げつづけることはできないぞ！」

肩越しにふりむいた叔父さんの顔は恐怖と後悔にゆがんでいた。社長からある程度のことは聞いているにちがいない。そう思うと、わたしのスピードはいやましに上がっていった。いっぽう、姑息で軽薄で信用ならない明泉叔父さんの息はたちまちあがってくる。人間、楽なほうにばかり流れていると、どうしてもこうなってしまうのだ。

「你給我站住《とまりやがれってんだ》！」

とうとう小南門の阿九《アジョウ》の果物トラックの手前で、叔父さんの首根っこを押さえつけたのだった。

「おれから逃げられると思うなよ！」頭ごなしにどやしつけてやった。「地の果てまでも追いかけてやるからな！」

阿九の新しい九官鳥が興奮して籠のなかで飛び跳ねた。

明泉叔父さんは滝のような汗をかき、顔を真っ赤に上気させて空気を貪った。正直者の阿九がいったい何事かと首をのばしてこちらをうかがう。

「さあ、言え！」叔父さんの骨ばった肩を摑んで揺さぶってやった。「社長が言ったことはほんとうなのか⁉　知ってることを洗いざらい吐いちまえ！」

叔父さんは中腰になってゼエゼエあえいだ。わたしは彼が落ち着くのを待って、そのへんのかき氷屋に連れこんだ。

「さあ！」

明泉叔父さんはしぶとく口をつぐんでいた。叔父さんにとってはしゃべっても地獄、しゃべらなくても地獄という局面だった。

「さあ！」わたしは拳骨を突き出した。「早く！」

それでようやく観念して、渋々語りだしたのだった。

「毛毛のお袋のことは知ってるか？」

わたしは叔父さんをにらみつけた。

「若いころにはずいぶん派手に男遊びをしていたんだ。で、おまえの父さんとも一時期そういうことになっていた」

「………」

「ほんの短いあいだだったけど、まあ、妊娠なんて五分でできるからな」もとより口から先に生まれてきた明泉叔父さんだもの、いったんしゃべりだすと際限がなかった。「言っておくが、おまえの父さんと母さんが出会うまえの話だぞ。あのころ、兄貴は……おまえの父さんは責任を取って毛毛のお袋と結婚するつもりでいた。でもな、あの女にはほかに男が何人もいたんだ。で、お腹にいるのはあなたの子じゃないと兄貴にきっぱり言ったそうだ。いまでも憶えてるけど、兄貴の落ちこみようったらなかったぜ。彼女にしてみりゃ、兄貴は二番手どころか三番手ですらなかったと思うね。ほら、家が医者だろ？　父親の謝《シィエ》医師は温厚な人だけど、むかしから他人を見下してるところがあったからな。まあ、おまえのじいさんはあんな気性だから、謝医師の目には教養のない野蛮人に映ったんじゃねえか？　女房のほうもいけ好かねえ。これは肸子が言ってたんだけど、ガキのころはおれと遊ぶなって言われてたらしい。あのばあさんがうちに麻雀に来るなんてことになったら、お袋は朝からぴりぴりしてたもんよ。そういや、おまえだってガキのころに飼ってた鶏をあのばあさんに食われちまったじゃねえか」

子供のころ、わたしは鶏を飼っていた。いまだって飼っているけれど、それとはぜんぜん意味合いが異なる。あれはわたしが祖父からもらい受け、わたしがひよこから育てあげた鶏だった。ある日、学校から帰ってくると、母がその鶏の首を切って血を抜いていた。泣きながらなんでそんなことをするんだと尋ねるわたしに、母は「謝奶奶《シィエばあさん》が食べたいって言ったのよ」と答えた。それ以来、わたしは毛毛の祖母が大嫌いである。

「台湾に渡ってきた当初は広州街にゃほかに医者なんていなかったからな、みんながあの家には気を遣ってたのさ——えっと、どこまで話したっけ……ああ、そうそう、けっきょく毛毛のお袋はほかの男と結婚して、しばらくして毛毛と妹が生まれて、この話はこれで終わるはずだったんだ。おれたちもすっかり忘れていたほどさ。おまえと毛毛が付き合うようになるまではな。おまえが兵役に就いているあいだに、毛毛はそれとなく母親におまえとのことをほのめかしたんだとよ。どうなったと思う？　あの女はな、弟の胖子を使って娘を説得してもらったんだよ。そんなことを押しつけられた胖子はいい面の皮さ。おまえの悪口ならいくらでも言えるけど、毛毛のやつはあんな性格だからてんで聞く耳を持たねえ。それでとうとう言っちまったってわけさ。ひょっとすると毛毛とおまえは血がつながっているかもしれないってな。いや、もちろんおまえたちは姉弟なんかじゃないのかもしれん。でも、だれにわかる？　万が一ってこともあるだろ？　おまえもつらかっただろうが、毛毛だってしばらくはげっそり痩せこけちまって幽霊みたいになってたんだぜ。なあ、秋生、どうしようもないことってのはあるんだよ。兄貴には心当たりがあるし、毛毛のお袋にも心当たりがある。そんな危ない橋を渡るわけにはいかねえ、そうだろ？　どう考えても別れるのがいちばんいいんだよ――おい、大丈夫か秋生?」

テーブルに拳骨をたたきつけると、わたしはそのままかき氷屋を飛び出した。

「おい、秋生! 秋生!」

明泉叔父さんに当たるのは馬鹿げているけれど、自分でもどうしようもなかった。煮えたぎるものが脳天を衝き上げ、鼻の奥を殴りつけ、涙となって目からほとばしる。肩を怒らせ、ふう、ふう、と荒い息をつきながら、植物園に逃げこんだ。

真昼の植物園は閑散としていた。蓮池のほうから笑いさざめく声がとどいてくる。一九八三年のあのころ、DNA検査という言葉など聞いたこともなかった。血の禁忌はけっしてないがしろにできないものだった。わたしは子供のように嗚咽《おえつ》しながらのし歩き、すれちがう人々を戦慄させ、完璧な青空にむかって吼えた。

――じゃあ、あたし、お嫁にいっちゃうね
喉がつぶれるまで、何度も、何度も、声をふり絞ったけれど、どんなに泣き叫んでも、耳に残る毛毛の悲しげな声をかき消すことはできなかった。

第十三章　風にのっても入れるけれど、牛が引っぱっても出られない場所

わたしはますます意固地に祖父の事件にこだわった。心理学で言うところの防衛機制が働いたのかもしれない。フロイトが唱えた退行という概念は、耐え難い出来事に見舞われたとき、人の心がより幼い発達段階へ戻ることである。そう、耐え難い出来事などなにもなかった時代へと。そうすることで、つらい現実に目をつむることができる。毛毛《マオマオ》についてわたしが受けた二度目の打撃は、わたしの心を籾殻《もみがら》のようにいともたやすく過去へ吹き飛ばしたのだった。

山東省の馬爺爺《マじいさん》との文通は、まるで亀のようにのろのろとではあるが、着実に進展していた。日本出張の際にわたしが自ら投函することもあれば、夏美玲《シャアメイリン》の手を煩《わずら》わせることもあった。そのようなときは、まず馬爺爺に宛てた手紙を二重に封筒に入れて、台湾から日本へ送る。で、夏美玲が見せかけの封筒のなかに隠されたほんとうの封筒に切手を貼り、東京のどこかの郵便局から出してくれるという寸法だった。数回の郵便事故などもあったが、大陸からの手紙はこの真逆のプロセスをたどってわたしの手元にとどいた。

このやりとりで明らかになったのは、馬爺爺がじつは許二虎《シュウアルフウ》をさほど知らないということだった。許二虎は国民党の遊撃隊の隊長で、馬爺爺は共産党だった。水と油であるはずのこのふた

りの縁を取り持ったのがわたしの祖父、葉尊麟《イエヅゥンリン》である。許二虎が共産党に捕まったときに馬爺爺がこっそり逃がしてくれたのは、祖父が裏から手をまわしたためだった。祖父の時代の侠気は、兄弟分の兄弟分はおれの兄弟分、このひと言に尽きる。自分のよく知らない男でも、それが兄弟分の信じた男なら、それだけでその男のために一肌脱ぐ立派な理由になった。

〝すまんな、孫よ〟手紙のなかで馬爺爺はわたしのことを「孫」と呼んだ。〝だから、許二虎の息子の顔は知らんのだよ。わしが許二虎に会ったのは、やつを縛《いまし》めとった縄を切り、牢から出してやったときだけなんだ〟

それに対して、わたしはこう書いた。

〝すこしまえに李永祥《リヨンシャン》爺爺《じいさん》に写真を送ってこられましたよね？　亡くなったと思われていた王《ワン》克強《コオチャン》の息子が沙河庄へ帰ってきたとき、村の人たちといっしょに胡爺洞のまえで撮った記念写真のことです。あのなかの紺色の外套を着た痩せた男が許宇文《ユイウェン》です〟

あいだに一度の郵便事故をはさみ、返事がとどいたのは五ヵ月後だった。

〝わしの持っとる写真はあれ一枚きりで、それを李永祥に送ってしまったので手元には残っとらんが、村の者に見せてもらったところ、孫よ、おまえの言う紺色の外套を着た痩せた男は王覚《ワンジュエ》だと皆が口をそろえて言っとった。おまえが許宇文だと言っとるのは王克強の息子だよ。ふたりはよく似とるのかもしれんな。写真といえば、孫よ、おまえの写真を送ってきてくれんか。葉尊麟の孫ならわしの孫のようなものだからな。歳はいくつだ？　もう結婚はしとるのか？〟

ある程度予期していた展開ではあるが、それでも全身にふるえが走った。やはりふたりは同一人物だったのだ。手が激しくふるえ、ペンを持つことすらままならないほどだった。不意に、軍隊時代にやった礫仙《こっくりさん》のことが頭に浮かぶ。わたしが祖父殺しの犯人を尋ねると、礫仙はわたしたちの指を〈王〉の字に導いていった。〈古道熱腸〉の四文字、義理堅く人情に厚い男。

王覚。

文机の抽斗《ひきだし》を開け、祖父が拳銃といっしょに隠していたあの白黒写真を取り出す。裏面に殴り書きされた「一九三九年、青島、王克強一家四人、日本軍占領下の青島市政府前にて」を電気スタンドの光にかざす。それから写真をひっくりかえした。役所然とした建物のまえで写っている王克強一家、壁に書かれた「祝青島占領」の文字――わたしは王克強のとなりにたたずむ五、六歳くらいの男の子をじっと見つめた。大きすぎる外套の下で、その小さな体が強張っているように見えた。耳あてのついた毛皮の帽子をかぶり、カメラをにらみつけている。我の強そうな顔立ちだ。この子が王覚にちがいない。握りしめた拳は、だれに対して腹を立てているのか。

わたしは写真のなかの王覚と、記憶のなかの宇文叔父さんを重ね合わせてみた。あまりにも荒唐無稽なことに思えた。が、もしふたりがほんとうに同一人物なら、宇文叔父さんには祖父を殺す動機がある。なんといっても祖父は、王覚の父親である黒狗《ヘイゴウ》を殺したのだから。淮海会戦の死地からお狐様に導かれて生還した祖父は、祖母や父や明泉《ミンチュエン》叔父さんや小梅《シャオメイ》叔母さんを馬爺爺に託し、すぐさま許二虎の家族の救出へむかった。許家に駆けこんだとき、許二虎の妻とふたりの娘はすでに何者かに殺されたあとだった。男の子がただひとり肥え壺に隠れて難を逃れていた。祖父はそれを許宇文と早合点した。

――おまえが許宇文か？

――おれはおまえの父さんの部下だ

——さあ、おれといっしょに来い！

そして宇文叔父さんを台湾往きの船に乗せた。宇文叔父さんが許家を皆殺しにした犯人かもしれないとは疑いもせずに。わからないのは宇文叔父さんが祖父を殺すまでになぜ二十六年も待ったのかということだ。周到に完全犯罪の準備を整えていたとでもいうのか？　高鷹翔《ガオインシャン》の組に殴りこみをかけたときの宇文叔父さんが眼前に立ちあらわれてくる。あのとき宇文叔父さんは、いっしょに行くと言い張るわたしを制してこう言った。

——絶対に上がってくるな、もう家族が傷つけられるのは見たくない

あれはどういう意味だったのだろう？　わたしたちを家族だと言いながら、なぜ祖父を殺したのか？　それとも殺したあとで、図らずも家族の情に打たれたのか？　写真に目を落とす。あの夜、パトカーに押しこまれるまえに宇文叔父さんはこの写真を見た。目を見開いた叔父さんの顔を、わたしはいまでも思い出すことができる。宇文叔父さんは立ち尽くし、それから激しく咳きこみ、地面にくずおれた。あれは肺の病気のせいなどではなく、軍隊時代にわたしが幾度となく妄想したように、この写真が引き起こした過剰反応だったのだろうか？

写真を封筒に入れ、右手を何度か強く閉じたり開いたりしてから、ペンを持ち上げて手紙のつづきにとりかかった。

〝同封したのは、祖父が持っていた王克強一家の写真です。もしかすると馬爺爺が祖父に送ったものですか？〟

ミミズがのたくったような字しか書けない。しばし思案し、便箋を丸めて屑籠に投げ捨てた。新しい便箋に向きなおり、電気スタンドを引き寄せ、またぞろはじめから文字をひとつずつつなら

べていった。

〝来年、一度山東省へ里帰りしたいと思っています。蔣経国は台湾人の中国訪問を禁じていますが、東京の中国大使館でビザを発給してもらえればなんとかなるはずです。馬爺爺にお願いしたいのは、王覚さんの居場所を調べておいてもらうことです〟

頭のなかで計画を練りながら、慎重に文章をのばしていく。手のふるえはだいぶおさまっていた。

〝じつは祖父の遺品のなかに王克強一家の写真がありました。祖父は亡くなるまで黒狗を殺したことを後悔していたようなのです。祖父のおかげで、わたしたち一家は台湾でなに不自由ない生活を送ることができました。そして二十五歳になったいま、わたしは祖父のことをもっと知りたいと思うようになったのです。畢竟《ひっきょう》それはわたし自身の根《ルーツ》を知ることとおなじなのですから。黄色い大地を知らなければ、わたしたちは根無し草となってしまいます。人生など一炊の夢にすぎませんが、夢里不知身是客（夢のなかでは自分が異郷にいることを忘れてしまうというほどの意）と宋詞《そうし》にもあるではないですか。あの戦争から三十五年の月日が流れたいま、王覚さんに一度会って当時のことを聞いてみたいと強く思うに至った次第です〟

黒狗殺しをあの祖父が後悔していたとは到底思えないが、多少の嘘も方便である――筆が止まった。ほんとうに嘘なのだろうか？　もし祖父が後悔していないとしたら、なぜあんな写真を後生大事に隠していたのか？

わたしはもう一度写真を封筒から取り出し、しばらく眺めてから手紙をしめくくった。

〝しかし、わたしのことはけっして王覚さんには知らせぬよう。つつがなく里帰りを果たした暁には、かならずやその理由を馬爺爺にきちんとお伝えします。しかしいまは、まだどうかくれぐれもご内密に。馬爺爺の健やかならんことを。追伸、わたしの写真も同封しておきます。去年の暮れに日本の明治神宮というところで撮ったものです。となりに写っているのは、いまわたしがお付き合いしている娘です〟

一九八三年十月、わたしは双十節の休みを利用して、はじめて出張のついでではなく、純粋に夏美玲と過ごすためだけに日本へ渡った。わたしたちが付き合うようになって、無事に二年が過ぎたことを記念するためだった。

衡陽路の銀楼《宝石店》で翡翠のピアスを買っていったわたしに、彼女はセイコーの素敵な腕時計をプレゼントしてくれた。

三泊四日の滞在中に、わたしたちはいろんなところへ出かけた。浅草から遊覧船に乗って隅田川を下った。東京タワーにものぼった。明治神宮に参拝し、横浜の中華街まで足をのばした。夏美玲が後楽園球場の内野席のチケットを手に入れていて、わたしたちは巨人軍がヤクルトをくだして二年ぶりにリーグ優勝を決めた大一番を観戦した。彼女が住む中野の商店街では、翌日から優勝セールが大々的に行われた。

そして、ゆっくりと時間をかけて愛し合った。

東京では街路樹が色づき、秋が日に日に深まりつつあった。

深く、穏やかな愛の行為のあと、わたしは夏美玲を胸に抱き、見るともなしに彼女の部屋を眺めた。白を基調とした部屋は、気持ちよく整えられている。わたしが訪れるときは、いつでもそうであるように。家具は高価なものではないが、落ち着いた木目調で統一されている。いまは花柄のカーテンに隠れて見えないが、窓の外には大きな銀杏の樹がある。壁の油絵——青い海に臨む白い灯台——は、彼女が高校生のころに描いたものだ。テレビ、ステレオ、小さな文机とその横の本棚。日本語のテキスト、英語のテキスト、辞書、日本の小説、台湾の小説——

「王 璇《ワンシュエン》の本があるね」

彼女は頭を持ち上げ、わたしの視線を追う。

「知ってるの?」

「軍隊にいたころ、友達に借りて一冊読んだ……というか、短編をいくつか拾い読みしただけだけど」

「そう」彼女はわたしの横にうつ伏せになり、両肘で体を支えた。「わたしにはすこし難しかった。面白かった?」

「もうあまり憶えてないな」わたしは天井を見上げた。「だけどその友達は、この作家に影響されて詩をつくってたよ」

短い沈黙のあとで、彼女が口を開いた。

「ねえ、わたしたちの関係ってなんだろうね」

わたしは両手を頭のうしろに組み、なおも黙って天井を見上げていた。商店街のにぎわいが大きくなる。頭がしんと冴えてくるのを感じながら、答えた。

「自由な関係かな」

言葉が口から離れたとたん、夏美玲がすうっと冷めていくのがわかった。彼女は曖昧な微笑で自分を守り、やわらかくわたしを責めた。

「いまはまだ結婚のことまで考えられない」わたしは重ねて言った。「もしきみが訊いているのがそのことなら」

「ううん、そうじゃない」彼女は心配げにわたしの目をのぞきこんだ。「あなたがおじいさんのことで中国へ行くのはわかってる」

沈みこんでいくような疲労に囚われた。

その日の午後、わたしはひとりで元麻布の中国大使館へ出かけ、ビザの発給についていろいろ訊いてきていた。たしかに台湾を発つまえから計画していたことではあるが、それが今回の旅の目的ではない。わたしは夏美玲との二周年を記念するために、はるばる台湾からやってきたのだ。誤解されたかもしれない、そんな独り合点がわたしを苛立たせた。しかしもっと苛立たしいのは、彼女がじつはなにも誤解していないかもしれないということだった。

「おれは中国に行く」わたしの物言いは、自分でもびっくりするほど残酷だった。「だからなにも約束できない」

「ただ訊いてみただけだから、気にしないで……ごめんなさい」

「あやまるなよ」

「でも……」

「先のことはわからないと言いたかっただけなんだ」

「うん」

「おれはきみのすべてがほしいわけじゃない」

「おれたちが付き合いだしたとき、きみは言ったね。『わたしたちはみんな、いつでもだれかのかわりなんだ』と。それはつまり、おれもだれかのかわりだってことだろ？」

「そんなこと――」

「ない、とは言わせないよ」壁の絵を指さす。「きみの恋人は海で溺れたんだろ？　うちの社長から聞いたよ」

彼女の素顔は、ほとんど仮面のような笑みのなかに溶けていた。

「なのに、きみはあんな絵を飾っている。なぜだ？　彼を忘れないためじゃないのか？」

夏美玲はなにも言わなかった。ただ微笑んでいた。笑みを浮かべていないと、顔が溶けてしまうとでもいうように。

「それがだめだと言っているわけじゃない」わたしは言った。「ただおれたちの関係がなんなのか、いまはまだ考える気になれないんだ」

わたしは正真正銘のくそ野郎だった。

「………」

年が明けて一月十八日の午前十一時、わたしは車のなかで獄門が開くのをじりじりしながら待っていた。

冷たい雨がそぼ降る、陰鬱な日だった。

臺北《タイペイ》監獄の壁は、刑務所の壁はかくあるべしというような灰色で、ほとんど詩的と言ってもいいくらいに汚れた雨と調和していた。てっぺんの鉄条網にひっかかっているビニール袋が、風にあおられてもの悲しく身をよじらせている。獄門のあたりには、果物や煙草を売る屋台が軒先から雨垂れを滴らせながら、物憂げにたたずんでいた。

フロントガラスに溜まっていく雨粒をぼんやり眺めながら、わたしは煙草に火をつけた。

中国へ渡ることは、刑務所に入るのと変わらない。意志さえあれば、風にだって乗って行ける。ただし台湾に帰ってきたとたん、投獄されるかもしれない。当局にスパイ容疑をかけられて拷問を受けるかもしれない。道を歩いているときに、頭上に硬くて重たいものが落っこちてくるかもしれない。のちのちまで祟られるのは火を見るより明らかだ。家族にだって累がおよぶかもしれない。たとえ牛に引かせたところで、だれもこの泥沼から抜け出せやしない。

それでも、わたしの決心は揺るがなかった。祖父の無茶をつぶさに見てきたわたしの家族ならば、こんなことはなんでもないはずだ。わたしは父にこっぴどく殴られるだろう。母にだって殴られるし、祖母も黙っちゃいないはずだ。明泉叔父さんだけは面白がってくれるかもしれないが、小梅叔母さんはそんな明泉叔父さんをくそみそにこき下ろすだろう。そして、みんなわたしの話を聞きたがるだろう。最後には李爺爺《りじいさん》や郭爺爺《グオじいさん》もやってきて、祖父の血と骨が次世代へと受け継がれたことをよろこび合うのだ。

宇文叔父さんに会ってどうするつもりなのか、自分でもまだ把握できていなかった。祖父が殺されてから十年の月日が流れようとしていた。浴槽に沈んだ祖父を発見したときの衝撃はわたしのなかで結晶化し、ずいぶん付き合いやすいものになっている。すくなくとも、いますぐ犯人を吊るし上げろと心が苛まれることはなくなった。心とは駄々っ子のようなもので、いったん駄々をこねだしたら手がつけられない。地べたにひっくりかえり、あれがほしい、これがほしい、買って、買って、と泣き叫ぶ。十七歳のころのわたしがそうだった。わたしたちは根負けして心に従うか、さもなければ断固としてまえへ進むしかない。どちらが吉と出るかは死ぬまでわからないけれど、そうやってひたむきに心を拒絶しているうちに、わたしたちはわたしたちではなくなり、そしてわたしたちはわたしたちになってゆく。わたしはわたしなりに、あの日から十年ぶんまえへ進んだ。人並みに軍隊で揉まれ、人並みに手痛い失恋を経験し、人並みに社会に出、人並みにささやかなぬくもりを見つけた。出会いがあり、別れがあり、妥協し、あきらめることを覚えた。それはそれで大人になるということだが、これ以上心を置き去りにしては、もう一歩たりとも歩けそうになかった。

獄門の錠がはずされる音が荘厳に響き、わたしは煙草を灰皿でもみ消す。鋼鉄の門が細く開き、灰色のジャンパーを着たみすぼらしい男を吐き出すと、またげっぷのような音をたてて閉まってしまった。

わたしは車を降りた。

趙戦雄《ジャオジャンション》はあたりをきょろきょろ見渡し、しばらく途方に暮れていた。ずっと鳥籠《とりかご》に閉じこめられていたのに、ある日いきなり、さあ、どこでも好きなところへ飛んでいけと放たれた小鳥のように。上着のポケットに手をつっこみ、名残り惜しそうに刑務所をふりかえりふりかえりしながらとぼとぼ歩きだす。降りしきる雨に打たれ、夢も希望もないようなたたずまいだった。わたしは、やつがいつわたしに気づくのかと思って待ってみた。やつがわたしに気づいたら、やさしい言葉のひとつもかけてやるつもりだった。おまえはちゃんと償った、これからはまっとうに生きていくんだぞ。

が、小戦《シャオジャン》は足を引きずり、むっつりとわたしの目のまえをとおり過ぎてゆくのだった。

「おい！　かまってもらいたくて、わざとやってんじゃないだろうな」

ふりむいた小戦は疑わしげに目を細め、それからパッと破顔した。

「秋生《チョウシェン》！」

「幹《くそ》！」

「残念だったな、高鷹翔のところからはだれも来てないぞ」わたしは言ってやった。「それとおまえのお袋さんが『おまえみたいなやつはもう息子でもなんでもない』と伝えてくれってさ」

わたしたちはゲラゲラ笑いながらおたがいを抱擁《ほうよう》した。小戦がすこしだけ泣いた。わたしは感心した。六年も獄中にいたせいで、やつの体はすっかり均整がとれていた。ジャンパーの上からでも、そのたくましい筋骨を感じることができた。

「体を鍛えてたのか？」

「ほかにやることもねえからな」それから、いまはじめて気づいたというふうにわたしのかっこうをあらためた。「おまえはまるで会社族みたいなかっこうだな」

「おまえが塀のなかでしゃがんでるあいだは時間が止まってるとでも思ってんのか？」わたしはやつの首を抱えこみ、坊主頭をごしごしやった。「いまは明泉叔父さんの友達の会社で働いてるんだ」

煙草を差し出すと、小戦が美味そうに一服した。煙が雨のなかに溶け出していく。最高に気持ちのいい、晴れやかな雨だった。

「乗れよ」わたしは車のドアを開けてやった。「なんか食いに行こうぜ」

「おまえの車か？」小戦が目を丸くした。

「会社のさ」

高校生のころは小戦がファイヤーバードを運転し、わたしが助手席で浮かれていた。いまはわたしが運転する日産サニーの助手席で小戦が浮かれている。

「頭を洗ってるときに水が止まりゃ、泡だらけのまま寝たもんさ」と、塀のなかの椿事《ちんじ》をこれでもかと披露した。

鶏姦《けいかん》も珍しくないんだぜ、たまげたことに男でも身持ちの悪いやつってのはいるんだな、車泥棒の洪徳天《ホンダアティエン》ってのがいたんだが、こいつなんかは女に生まれてたらずっと妊娠してなきゃならなかったろうよ。六年ぶんの空白を埋めるべく、小戦はしゃべりにしゃべった。わたしたちがむかしビーチボーイズを聴いたＡＦＮ《米軍放送》はもうなく、かわりにＩＣＲＴ《インターナショナル・コミュニティ・ラジオ・タイペイ》がメン・アット・ワークの軽快なナンバーを流していた。もうヤクザはこりごりだぜ、と小戦は苦々しく言った。おれがいまなにがいちばん食いたいかわかるか？　臭豆腐さ、死ぬほど食いたかった、あとは焼餅油條《シャオビンヨウティアオ》（長い揚げパンを胡麻をまぶした焼きパンにはさんだ台湾の代表的な朝食）だ、わかるか、秋生、ヤクザやって汚《きたね》え金をしこたま稼いだところで、おれが食いたいのはけっきょく一皿十元の臭豆腐なんだ、小学生が学校帰りに買い食いするようなもんのためにわざわざ刺されたり撃たれたりする必要なんかねえ、なあ、そうだろ、臭豆腐と焼餅油條、それがおれの幸せなんだ――

「で？」そして、ついに訊いてきたのだった。「毛毛とはどうなってんだ？　まさかおれがなかにいるあいだに結婚なんかしてねえだろうな？」

「いや、彼女とは上手くいかなかったよ」

小戦の視線が横顔に突き刺さる。

「毛毛はいま結婚してアメリカに住んでる」すでに心の準備はできていたので、わたしは車を走らせながら穏やかにつづけた。「おれは日本に付き合ってる娘がいる」

「日本人か？」

「高雄の娘だ」

「そうか」

「そうなんだ」それから、なるべく自然な感じで話題を変えた。「そうそう、宇文叔父さんは中国に帰っちまったよ」

小戦が目を伏せた。なんといっても、こいつは宇文叔父さんがせっかく紹介してくれた船の仕事をたったの四ヵ月でほっぽり出し、あげくにこのざまなのだから。

「気にするな。すこし遠回りしたけど、これでおまえが高鷹翔と手を切ってくれるなら、叔父さんだってよろこんでくれるさ」

やつは何度も小さくうなずいた。

「宇文叔父さんにとってはやっぱり大陸が家なんだよ」わたしは、真実に嘘と願望をまぶして話した。「で、歳をとって里心がついたんだろうな。いくら蔣経国がだめと言ったって、台湾を捨てる覚悟さえあればどうにでもなる。林毅夫《リンイーフウ》がそうだ。李爺爺や郭爺爺もしょっちゅう帰りたいってぼやいてるよ。まあ、まさかあの歳で人生もうひと波乱ってわけにもいかないだろうがな。大陸には思い出したくないこともいっぱいあるはずだし」

「年寄りにゃ二十年、三十年なんかあっという間だからな」小戦が言った。「地獄ってのは死んでから行くところじゃねえ。戦争だろうがおれみたいなヤクザ者だろうが、人が人を殺せば閻魔大王に一生を担保に取られちまう。生きてるうちからもう地獄の炎がちょろちょろケツを焼きやがるんだ」

車を高速道路にのせ、台北方面へと走らせる。行く手には暗い雨雲が低く垂れこめ、空も道も灰色一色だった。だれよりも速く走ろうとする運転手たちが、ほかの車に水飛沫をひっかけながら猛然と追いぬいてゆく。フロントガラスをぬぐうワイパーが右へ左へと動くたびに、なにかが煮つまっていくような気がした。小戦は話のつづきを待っている。自分の出所の日に、なぜわたしが中国の話なんか持ち出したのかと考えている。わたしは気持ちを保つために車のスピードを一定に保ち、そして切り出した。

「宇文叔父さんが……」口のなかが粘つき、声をからめ取る。「じいちゃんを殺したのは宇文叔父さんなんじゃないかと思ってるんだ」

小戦が茫然とこちらにむきなおった。

「すこしまえに李爺爺のところに中国から写真が送られてきた」わたしは事実をひとつひとつ撫でるようにしてつづけた。「むかしじいちゃんに殺された人の息子がひょっこり村に帰ってきたときに、みんなで撮った記念写真だ。そのなかに――」

「宇文おじさんが写ってたんだな？」

「おれは中国の馬爺爺に問い合わせた。馬爺爺ってのは共産党だけど、うちのじいちゃんの幼馴染みだ。馬爺爺が手紙で言うことには、おれが宇文叔父さんじゃないかと言ってるその人こそが、むかしじいちゃんに殺された男の息子なんだそうだ。ほかの人にも訊いてまわったから、どうやら間違いないらしい。宇文叔父さんがおれのほんとうの叔父さんじゃないのは知ってるな?」

「葉爺爺が戦争のときにたすけた子だろ」

「宇文叔父さんはじいちゃんの戦友の許二虎という男の忘れ形見なんだ。それをじいちゃんが台湾に連れてきて自分の子として育てた。うちのばあちゃんはあんな人だから、えこひいきがすごかった。宇文叔父さんにつらくあたってたらしい。それで叔父さんは高校を卒業したらとっとと兵役を済ませて、とっとと船乗りになったんだ。でも、ほかの家族はみんな宇文叔父さんのことが好きだった。とくにじいちゃんは叔父さんのあの気風を気に入っていた。宇文叔父さんには命知らずなところがあるからな」

「あの日……おれは宇文おじさんが本気で高鷹翔を撃ち殺すんじゃないかと思ったよ」

「おれもさ」

「拘置所でも本気でおれらのことを心配してたな」

「ああ」

「あれは演技なんかじゃなかったぜ」

「その宇文叔父さんと、じいちゃんが殺した男のガキが同一人物? いったいどういうことなんだと考えたよ。いくら考えても、戦乱のどさくさでじいちゃんが間違えたとしか思えない。じいちゃんは宇文叔父さんが許二虎の息子だと頭から信じこんで、じつは自分が殺した男の息子をずっと育ててたんだ。宇文叔父さんが許二虎の家族を皆殺しにしたのかもしれない。じいちゃんが宇文叔父さんを見つけたときはそんな状況でもあったんだ。許二虎の家族がみんな死んでるなかで、宇文叔父さんだけが生き残っていた」

「宇文おじさんのほんとうの親父ってのはどんなやつだったんだ？」

「日本軍の間諜だったらしい。そいつのせいで中国人が大勢殺された。だからみんなには黒狗《ヘイゴウ》と呼ばれて蔑《さげす》まれていたそうだ」

　小戦には頭のなかをまとめる時間が必要だった。沈黙を埋めるために、煙草に火をつけた。それから、言った。

「つまり、おまえは宇文おじさんが仇討ちのために葉爺爺を殺したと思ってるんだな？」

「おまえもさっき言ったけど、もし人を殺すことが閻魔大王に借金をするようなものだとしたら、宇文叔父さんはとっくのむかしに借金まみれだ。そして借金まみれのやつってのは借金に借金を重ねる。金を借りることに麻痺しちまう。そんなもんだろ？　だから、あれが仇討ちかどうかと訊かれたら」言葉を切る。「うん、そう思ってるよ」

　それから台北市内に入るまで、わたしたちはほとんど口をきかなかった。長いあいだ心に秘めてきたことを吐露《とろ》したせいで、わたしは疲労困憊《こんぱい》していた。なにも考えることができなかった。

「宇文おじさんのほんとうの名前はなんだ？」

「王覚……覚悟の覚」

「どうするつもりなんだ？」

「中国に行ってみようと思ってる」わたしは言った。「宇文叔父さんに会ってはっきりさせたい」

「中国なんかにどうやって行くんだ？　泳いでか？」

「日本でビザを取る。東京の中国大使館の人たちは親切だったよ。必要な書類はもうそろえたから、あとは提出するだけだ」

「共産党を信じるのか？」

「いまは台湾に帰ってきたときのほうが怖いよ。家族を巻き添えにしちまうかもしれない」

「それでも行くのか？」

「ああ」

「はっきりさせてどうする？」

「宇文叔父さんが犯人なら殺すつもりか、もう十年近くもまえのことだぞ——って言いたいんだろ？」

「で、おまえは時間なんか関係ねえって言いたいんだろ？」

「………」

「おれが言いたいのは、それは高くつくぞってことさ」小戦が肩をすくめた。「けど、それはムショにぶちこまれてみなきゃわかんねえんだ」

道の先に圓山飯店が立ち上がり、わたしは高速道路を降りる。雨のせいで、道路だけでなく、どこもかしこも薄汚れて見えた。張り出し屋根の下は不法駐車のオートバイが占拠しているので、人々は不便を強いられていた。建物にこびりついたスモッグが雨に溶けて流れ出し、壁に黒い筋をつけている。雨水に流されたゴミが側溝の格子蓋に山と溜まり、そのそばでは少女が傘もささずにバスを待っていた。神様はきれい好きにちがいないけれど、汚れた街を水拭きした雑巾を、わたしたちの頭の上で絞っているのだった。

「幹《くそ》」やにわに小戦が身を乗り出して前方を指さした。「ちょっとそこで停めてくれ」

「なんだ？」わたしはウィンカーを出して車を路肩につけた。「臭豆腐屋でも見つけたのか？」
「あそこでちょっと写真を撮ってこいよ」
「はあ？」一〇メートルほど先に写真館があった。「なんでだよ？」
「ムショんなかで文書の偽造屋と知り合ったんだ」小戦がにやりと笑った。「餞別《せんべつ》におれがパスポートをつくってやるよ」

そんなわけで、わたしは「任善良《レンシャンリャン》」という名前でビザ申請をし、あっさり承認されたのだった。心配するようなことはなにもなかった。中国側は本気で「台湾の復帰による祖国統一の完成」を目指しているようで、パスポートにビザのスタンプを捺すのではなく、わざわざ別個に発給してくれるという気遣いまで見せてくれた。こうしておけば、台湾当局にわたしが中国へ渡ったという事実が露見することはない。しかしながら国民党であれ共産党であれ、国民に煮え湯を飲ませるのを屁とも思わないのが中国人気質というものなので、用心に越したことはない。偽造パスポートの使用は、いわば二重がけの保険のようなものだった。

二月末、長野県でのキャベツ畑見学のあと、わたしは社長をホテルまで送りとどけ、その場で辞職を願い出た。この数年後に自宅で首を吊ることになる社長には寝耳に水だったが、しばらく東京の彼女といっしょに暮らしたいというわたしの嘘を信じてくれただけでなく、別れ際に「おれがあと二十若かったら」みたいなことを言って理解まで示してくれた。

人は同時にふたつの人生を生きられないのだから、どんなふうに生きようが後悔はついてまわる。中国に行っても後悔するし、行かなくてもやはり後悔する。どうせ後悔するなら、わたしとしてはさっさと後悔したほうがいい。そうすればそれだけ早く立ち直ることができるし、立ち直りさえすればまたほかのことで後悔する余裕も生まれてくるはずだ。突き詰めれば、それがまえに進むということなんじゃないだろうか。

わたしは新幹線で東京駅にむかい、そこから中央線に揺られて中野へ行った。東京駅では金髪の男がやる気なさげにティッシュを配っていて、わたしにもごっそりくれた。このティッシュがのちのちわたしを精神的窮地から救い出してくれるわけだが、このときはもちろん、そんなことなど露知らなかった。わたしはいつものように胸をときめかせ、いつものようにすこしうしろめたい気分で通い慣れた商店街をぬけ、曲がり慣れた角を曲がり、そしてのぼり慣れた階段をのぼって夏美玲の部屋をノックした。

ドアを開けてくれた彼女は、真新しい石鹼の香りがした。そう、いつものように。

「早かったのね」

「一本まえの新幹線に乗れた」

「辞めてきたの?」

「うん」

「食事は?」

「新幹線のなかで済ませた」

「入って」

情熱的と言ってもいいほどの素っ気なさでわたしを迎え入れる夏美玲が、悲しかった。気持ちよく整えられた暖かい部屋に、浴室からの湯気がうっすらと流れこんでくる。フローリングの床に濡れた足跡がついていた。

わたしと彼女はほぼ完全にシンメトリーなのだ。彼女に欠けているところはわたしにも欠けており、わたしが持っているものは彼女も持っている。どちらからともなく肌を合わせると、彼女が幾度となくついてきた嘘を——わたしたちは束縛し合う仲ではなく、たとえあなたが会社を辞めて日本にこなくなっても、気がむけばまた会えばいいのだという嘘を、体じゅうに感じることができた。掌に、濡れた指先に、洗いたての髪に、まぶしい吐息に、胸に押しつけられる乳房に、からみ合う脚に。

「わたしもそろそろ台湾に帰ろうと思ってたんだ」わたしの腕のなかで夏美玲はそう言った。「だから、もっと気軽に考えてくれていいのに」

「きみはもっと自分に自信を持っていい」情を交わしたあとの満足感と幻滅のなかで、わたしは彼女に寄り添うふりをしながら、じつのところ彼女とのあいだに細い線を引いていた。「そんなに無理をすることはないんだ」

彼女の大きな瞳は潤んだりしなかった。頬が紅潮することもなく、唇をわななかせることもない。堰《せき》を切ったように感情を爆発させることもなかった。お見通しなのだ、わたしの欺瞞など。じっと天井を見上げるその目は乾いていて、いつものようにひたすら静かだった。

それなのに、わたしは彼女が泣いているような気がした。

その目からあふれる涙の熱さを感じた。

すると、あの日の毛毛が見えた。ドア越しのさよなら。わたしの人生から永遠に歩み去った毛毛も、やはり泣いていた。わたしは自分の涙にばかり気をとられていて、彼女の涙を見ようともしなかった。ほんのちょっとドアを開ければ、ちゃんと見えていたはずなのに。

夏美玲は泣いていた。涙を見せず、顔もゆがめずに。それどころか、微笑すら浮かべながら。

ああ、そういうことか。

わたしたちは魚なのだ。だから、どんなに泣いても、涙なんか見えるはずもない。彼女の涙は流れ落ちる間もなく、水に洗われてゆく。それをわたしはずっと見て見ぬふりをしてきたのだ。

胸に熱い塊がこみ上げ、気がつけば彼女を抱き寄せて唇を重ね合わせていた。二年も付き合ってきたのに、まるでいまはじめて夏美玲という女性をこの腕に抱いているかのようだった。わたしたちの舌は言葉よりも多くのことを語り合った。

彼女がにっこり微笑み、小首をかしげる。

「どうしたの？」

「おれにはとても好きな娘がいた」

「………」

「きみにはちゃんと話してなかったけど、きみと出会ったころおれは――」

有るか無しの覚悟が彼女の目に宿る。

「ずっとその娘のことが忘れられなかった」深呼吸をして自分をちゃんと束ねた。「おれが中国に行くのも、もしかするとその娘のことを吹っ切るためなのかもしれない」

彼女が顔を伏せた。

心から願うものが手に入らないとき、わたしたちはそれと似たもので満足するしかない。もしくは、正反対のもので。そしていつまでも、似たものを似たものとしてしか認めない。それを目にするたびに、妥協したという現実を突きつけられる。だけど、ほとんどの人は気づいていない。その似たものでさえ、この手に摑むのは、ほとんど奇跡に近いのだ。

「だけど、どんな人でも」とわたしは言った。「いつまでもだれかのかわりではいられないんだ」

「うん」

「おれはずっときみにとてもひどいことをしてきた。きみのやさしさにつけこむようなことをしてきた」

「ううん、そんなことない」彼女は一途に首をふった。「わたしだって……わたしはそれでよかったんだもん」

わたしはあの絵が飾ってあった場所に目をむけた。ほんとうは部屋に入ったときから気がついていた。青い海の絵はもうそこにはなかった。壁には額縁の跡が白く浮かびあがっていた。ずいぶん長くあの場所にかかっていたのだ。だから、彼女の返事が嘘偽りなどではないとわかった。

「おれには時間が必要だった。たぶん、きみもだろう。でもおれたちは、おれたちの出会いをもっと大切にするべきだったんだ」

「うん」

「上手く言えないけど、いま彼女のことがやっと過去になった気がする」

夏美玲がうなずく。頰を紅潮させながら。

「いっしょに暮らそう」わたしは言った。「おれが中国から帰ってきたら、結婚してくれないか？」

彼女の瞳が潤み、ふくれあがった涙が頰を流れ落ちた。洟をすすり、泣き笑いをしながら、何度もわたしの胸をたたいた。それは素晴らしいことをたくさん予感させる、春の嵐のような涙だった。

第十四章　大陸の土の下から

一九八四年三月十四日、成田空港を飛び発ったわたしは北京首都国際空港を経由し、ついに山東省の青島流亭《リョウテイン》国際空港へと降り立った。

二年前に完成したばかりという流亭国際空港は清潔で、まだ真新しいにおいがしていた。

預けた荷物がなかなか出てこないので作業員らしき人に尋ねると「俺不知道《おれは知らない》」と言われ、ささやかな感動を覚えた。日本語の「俺」は一人称だが、もちろん中国語でもそれはおなじである。ただし「俺《アン》」というのは、山東省のあたりだけで使われている一人称なのだ。祖父は、同郷の李《リ》爺爺《じいさん》や郭爺爺《グオじいさん》と話すときには自分のことを「我《ウォ》」ではなく「俺」と言っていたので、わたしには子供の時分から耳に馴染んだ音だった。そうはいっても、それがあたりまえに使われている場所にいるのは、なんとも不思議な気分だった。俺不知道《アンブズダオ》。だれもが口をそろえてそう言った。俺不知道。

「だったら、同志、おれの荷物はいったいどこへいってしまったんだ！」

いくら声を荒らげても、しかし、作業員たちの答えが変わることはなかった。

我が身は異郷にあるのに、まるで帰ってきたような、なつかしい感覚に囚われる。わたしは、そう、ついに帰ってきたのだ。祖父がその祖父から受け継ぎ、祖父の祖父がそのまた祖父から受け継いできた黄色い大地へ。体に荒々しい山東の血が流れる者たちのただなかへ。事実、彼らの荒々しさときたら目を見張るものがあった。ようやく荷物引き取りのターンテーブルにのって出てきたわたしのスーツケースは無残にこじ開けられ、ガムテープでぐるぐる巻きにされていた。しかもそのターンテーブルは、わたしが乗った飛行機とはちがう便の荷物を捌《さば》くためのものだった。これではわたしの荷物など見つかるはずがない。彼らに山東の血が流れているなら、このわたしにだって流れている。そこで制服をだらしなく着た職員を捕まえて激しく抗議したのだが、なにを怒っているんだ、おまえのスーツケースが壊れたのでおれたちが直してやったんだぞ、くらいの物腰でやんわり追っ払われてしまった。中身をあらためると、煙草が二カートンと秋葉原で購入したばかりのソニーのウォークマン、そしてお土産としてばらまくつもりだった百円ライターと女性のストッキングなどがそっくり消えていた。カメラを手荷物にしていたのは不幸中の幸いだった。

ほうほうの体で税関をぬけてロビーに出ると、すぐにわたしの名前が書かれたボードを発見した。〈歓迎葉秋生先生〉ボードを掲げているのは、こげ茶の革コートを着た年寄りだった。顔は骨ばっていて黒く、なめした革のようにつやつやしていた。全身に鋼《はがね》のような力強さをまとっているのだが、毛糸の帽子の下のふたつの目玉はしょぼしょぼしていて眠たそうだった。

「馬爺爺《マじいさん》?」わたしは近寄って声をかけた。「葉尊麟《イエヅゥンリン》の孫の葉秋生《チョウシエン》です」

「秋生か?」その声はかすれていたが、祖父や李爺爺や郭爺爺とおなじ力強い土のにおいがした。「おまえが秋生か?」

「はい」

わたしたちは握手をした。この節くれ立った手が、とわたしは思った。泣く子も黙る盗賊の一味を刺し殺したのか。三十五年前、許二虎《シュウアルフウ》を縛めていた縄を断ち切り、戦火から祖母を守りぬき、父や明泉《ミンチュエン》叔父さんや小梅《シャオメイ》叔母さんを台湾往きの船に乗せたのが、この万力のような手なのだ。

馬爺爺はわたしの手をいつまでも放さず、それどころか腕や肩に触り、何度もうなずきながら、好《よし》、好、と言った。よく来た、よく来た、と。

「秋生や、疲れたろ?」

「大丈夫です」

「お父さんは元気にしとるか?　わしが最後に明輝《ミンフィ》を見たのは、やつがおまえくらいのときだったが」

「おれはもう二十六ですよ」

「ほんとうか?　十七、八かと思ったぞ。台湾の食い物は栄養がええんだろうなあ、わしも国民党についとけばよかったわ」

わたしは笑った。

「嫂子《サオズ》は元気か?」

「雌鶏みたいにぴんぴんしてますよ」この場合、嫂子とは「姐さん」ほどの意味で、つまり祖母のことである。「しょっちゅう李爺爺の家に麻雀を打ちに行ってます。李爺爺も李奶奶《りばあさん》も郭爺爺もみんな元気にしてます」

馬爺爺はまた、好、好、とうなずいた。これほど心のこもった好《ハオ》を耳にするのは、二十六年生きてきてはじめてだった。目頭が熱くなった。たとえ世界中の人間がわたしと敵対したとしても、馬爺爺だけは味方になってくれるだろう。これが祖父の兄弟分なのだと思うと、誇らしい気持ちでいっぱいになった。

家族のことをしゃべりながら空港ビルを出ると、馬爺爺の雇ったタクシーが待っていた。くわえ煙草の運転手が出てきて、わたしの壊れたスーツケースをトランクに放りこむ。たとえこれが彼のスーツケースだとしても、この人はやはりこういうふうに雑に扱うのだろうかと思わずにはいられない。

中国の土を踏んでまだ間もないが、わたしは理解しはじめていた。この国は、大きいものはとてつもなく大きく、小さいものはあきれるくらい卑小なのだと。ちっぽけな台湾や日本のような平均化を拒絶する、図太いうねりのようなものを感じた。

山東省はかつてドイツの植民地だったので、美しいヨーロッパ風の建物がまだぽつぽつ残っていた。そのせいか、タクシーの窓を流れる風景は、懐かしさというより異国情緒を感じさせた。なだらかな坂道に沿って建つ石造りの家々の煙突からは、細い煙が幾筋も立ちのぼっていた。交差点では緑の長外套を着こんだ警察官が呼び子を吹き鳴らし、車や自転車や騾馬《ラバ》の牽く荷車を取り捌いている。背負子《しょいこ》に薪を山と積んだばあさんを見かけた。暖を取るために大きなビニール袋に入って、バス停で眠っている男を見かけた。バスは二両連結で、連結部がアコーディオンのようになっていた。山東省でもっとも有名なものといえば、山東大饅頭《マントウ》である。街角では湯気の立つ蒸籠《せいろ》のまわりにたくさん人があつまっていた。

カトリックの教会とプロテスタントの教会があった。そのむかし山東省では、白蓮《びゃくれん》教の流れをくむ義和拳《ぎわけん》という拳法の使い手たちがいた。彼らは秘密結社をつくり、西洋人やキリスト教信者を殺しまくった。この秘密結社が義和団と改称したのは一九〇〇年のことである。西太后《せいたいごう》の後押しもあって、華北一帯で反帝国主義武力抗争を展開していた義和団は北京へ入り、ドイツ公使を殺した。そんな気性の激しい土地柄ではあるが、それはそれとして、古い教会はやはりとても美しかった。

空港に降り立ったときに感じた、帰ってきたという感覚が薄れていく。いや、そのように言うのは正確ではない。わたしが青島の街並みを眺めながら感じていたのは、よく書けている青春小説を読んだときのような懐かしさだった。縁もゆかりもない他人の物語に自分の少年時代を投影し、はじめてとおる街角に個人的なほろ苦い思い出を見つけ、風のなかにきらきら光っているはずの夢や情熱に目を細めながら、わたしは自分に魔法をかけていた。そう、わたしの人生はこの大地に根ざしているのだという魔法を。そんな魔法は帰りの飛行機のタラップに足をかけたとたん、跡形もなく消えてなくなるだろう。だけど、ざっくばらんに言わせてもらえれば、それはなかなか素敵な感覚だった。

街中をぬけると、わたしたちは一路郊外へむけて突っ走った。白楊《はこやなぎ》の並木道、地べたにしゃがんで煙草を吸っている人民帽の男たち、道路脇にどっさり積まれたもうひとつの山東名物青大根——それらも飛び去ってしまうと、ところどころ陥没しているアスファルト道は荒涼たる大地を貫いて、どこまでものびてゆくばかりとなった。

「ああいう家の土壁を剝がしてな」助手席の馬爺爺が荒れ地に立つ小屋を指さす。「むかしはよく塩をつくったもんよ。土壁を一晩水につけて鍋で煮ると硝塩《しょうえん》がとれる。パサついた土っぽい塩だが、おまえのじいさんはつくるのが上手かったなあ。おまえのじいさんはなんでもそつがなかった。わしとはガキの時分からつるんどったが、抗日戦争のころはいっしょにピーナッツ油を仕入れて、この道をとおって売り歩いたもんよ。ほれ、あそこに枯れ木が一本立っとるだろ？一度、油を売った帰りに賊に襲われたことがあるんじゃが、おまえのじいさんはさっさと賊どもを撃ち殺して、ふたりであの木の下に埋めたよ。わしらは十六、七じゃったが、あのころから鉄砲を持っとったんだなあ」

山窮水尽疑無路
柳暗花明又一村

山は荒涼とし、水もなく、この先に道などないように思えても、いずれまた花が咲き乱れる村へとたどり着く――わたしたちの行く手にそんな村があるとはとても思えなかった。大陸の道はひたすらまっすぐで、風は乾いていて、どこまでも広がる冬枯れした畑は荒々しくて力強い。薄紫に霞む山並みを指さして、馬爺爺が言った。

「五蓮山だ。徐州へ行くまえ、おまえのじいさんはこのへんで共産党と戦っとったんだぞ。わしが許二虎を逃がしたのもこのあたりだ。徐州は知っとるか？」

「ええ」わたしは窓に顔を寄せた。「淮海会戦が戦われた場所ですね」

祖父はここから徐州へむかって転戦していったのだ。五蓮山を乗り越えて一路南下した。途中で台児庄もとおったかもしれない。抗日戦争中の一九三八年、敗走に次ぐ敗走を重ねる国軍がはじめて日本軍を打ち破った地である。蔣介石はすぐさま戦勝気分を戒め、日本軍閥に筆誅《ひっちゅう》を加えるのはやぶさかではないが、皇室と日本民族に対する誹謗中傷は厳に禁じた。抗日戦争勝利後の一九四五年八月、日本という共通の敵を失った国民党と共産党はふたたび袂《たもと》を分かち、内戦に突入する。そして一九四八年の年末、祖父はついに徐州へたどり着く。

年が明けて一九四九年一月、共産党の包囲網がじりじりとせばまるなか、祖父は身を切る寒風にかじかむ指で小銃の引き金を引いていた。まえの年の十二月十八日から降りだした雨混じりの雪のせいで、空からの補給は途絶えがちになっていた。たとえ飛行機が飛んできても、悪天候と、そしてなにより敵に撃墜されることを恐れたパイロットは、地上千メートルの上空から補給物資を放り出した。そのせいで、もともとすくない食糧や弾薬のかなりの部分が敵陣へと落下してしまった。

雪は十日間降りつづいた。補給の飛行機はなかなか南京を飛び立つことができず、祖父たちは餓えていった。思いがけず空から物資が落ちてくると、味方どうしで奪い合っては醜い殺し合いを演じた。餓えた兵たちは役畜を食い尽くし、火を熾《おこ》すために燃やせるものはなんでも燃やした。家屋が打ち壊され、棺桶までもが掘り出されて薪にされた。共産党は搦手《からめて》できた。この好機を逃さず、すかさず餓死寸前の国民党兵士に投降を呼びかけた。夜陰に乗じて食糧や煙草、つぶした豚の腹のなかに投降を勧めるチラシや共産党の宣伝物をぎゅうぎゅうに詰めてこっそり送りとどけた。

「どうせ負け戦じゃったから、わしらのほうに寝返るやつが後を絶たんかったな」まるでわたしの心中を察したかのように、馬爺爺がぼそりと言った。「わしは共産党に捕まって国民党と戦わされとったんだが、逃げ出してきた兵隊はみんな手土産に鉄砲を持ってきよった。手ぶらじゃ悪いと思ったんだな。しまいには一万四千人以上が投降してきおった。まあ、あれだけひもじい思いをすりゃ無理もないがな。おまえのじいさんたちはわしらに包囲されとったから、葉っぱや山芋の茎しか食うもんがなかったそうだ」

「国民党は脱走兵をどうしてたんですか?」

「見つけしだい殺しとったよ。ほかにどうしようがある? 投降を呼びかける声にくすりと笑っただけで殺されよった」

そして一月三日、祖父たちはついに蔣介石からの最終伝令を受け取る。包囲網を突破せよ。こうして祖父たちは胃袋も弾倉もほとんど空っぽの状態で、一月九日に敵陣へ打って出ることが定まった。

子供のころ、わたしはよく明泉叔父さんといっしょに映画を観に行った。当時よくあったプロパガンダ的な戦争映画では、いつも国民党が勝った。わたしは共産主義者どものあくどいやり口に憤慨し、機関銃を撃ちすぎたら銃身におしっこをひっかけて冷やさなければならないことを学び、仲間の命を救うべく自ら楯となって手榴弾に飛びかかる味方の雄姿に熱い涙を流した。我が方の英雄は、銃剣で腹をえぐられながらも獅子奮迅の戦いぶりで敵を蹴散らし、ついに難攻不落の要塞の一角を切り崩し、そこが突破口となって国民党が怒濤の反撃に打って出る。そして英雄は悲嘆に暮れる兄弟分に抱かれ、国をたのむ的な辞世を血といっしょに吐き出して絶命するのだった。

が、現実はぜんぜんちがった。機先を制したのは共産党だった。雪がやみ、飛行機による補給が再開されると、国民党側にまたすこしずつ物資が行き渡るようになった。馬肉がとどけられ、投降する者も目に見えて減っていった。おまけに国民党の無線を傍受したところ、敵の友軍と車両がぞくぞくこちらへ集結しているという。戦車の音すら聞こえるようになっていた。それらが意味するものは、国民党がついに打って出てくるということだった。

一月六日、馬爺爺たち共産党は国民党に先んじて総攻撃を開始した。その圧倒的な火力のまえに、国民党の陣地はたちまち火の海と化した。国民党側は士気があがらず、効果的な反撃ができなかった。敵陣へ斬りこんだ馬爺爺たちは、村をひとつずつ奪還していった。村をひとつ奪いかえすのに、二、三時間もかからなかった。

九日。国民党の爆撃機が大挙して押し寄せ、毒ガス弾を雨あられと降らせたものの、実際に爆発したものはほんのわずかだった。万事休す。さらにその夜、祖父たちの司令官、すなわち杜聿《ドゥユイ》明《ミン》や邱清泉《チョウチンチュエン》が部隊を放棄して遁走してしまった。錯乱した邱清泉は大音声で「共産党が来た！　共産党が来た！」と呼ばわり、ついに被弾して落命した。杜聿明も共産党の手に落ちた。このたった四日間の戦闘で国民党側は十七万六千人の死傷者を出したわけだが、わたしの祖父に関して言えば、お狐様のご加護で九死に一生を得たのだった。

豚を積んだ二頭立ての馬車を追いぬく。

「あれは豚じゃよ」馬爺爺が言った。「台湾にも豚はおるのか？　豚は一歳がいちばん美味いんだ」

白昼夢から呼び戻されても、わたしはまだぼうっとしていた。耳のなかでは爆音が、黒煙を噴く戦車の走行音が、兵士たちの阿鼻叫喚《あびきょうかん》を突き破る司令官のヒステリックな声が渦を巻いていた。

「秋生や、長旅で疲れたろ?」

「大丈夫です」

「だったら家に帰るまえに、ちょいとおまえのじいさんの碑を見ていこう」

「碑? なんの碑ですか?」

「まあ、見りゃわかる」

馬爺爺は運転手に何事か告げ、車はそのまま二時間ほど走り、そして荒れ地の真ん中で出し抜けに停まった。

「ほれ、あれだ」

その黒曜石の碑は、天と地のあいだにぽつねんと建っていた。黄昏の光を受けて、赤く輝いていた。

馬爺爺に促されて、わたしは車を降りた。三時間近く車に乗っていたせいで、足腰に軽い痺れが走った。運転手も降りてきて、煙草に火をつける。わたしは乾いた土塊《つちくれ》を踏んで、碑のまえに立った。

それは、祖父が滅ぼした村の慰霊碑だった。

高さは二メートルほどで、石切り場からだれかが持ってきてどすんと地面に立てたのではないかと思ってしまうほど、なんの意匠もへったくれもなかった。ただの細長い石だった。管理する者などいるはずもなく、碑面はところどころ剝がれ落ち、刻まれた文字も被害者の名前もかなり風化していた。

それでも、肝心な部分は辛うじて読み取ることができた。

一九四三年九月二十九日、匪賊葉尊麟は此の地にて無辜の民五十六名を惨殺せり。内訳は男三十一人、女二十五人。もっとも被害甚大だったのは沙河庄で――（数行にわたって判読不能）**――うち十八人が殺され、村長王克強一家は皆殺しの憂き目を見た。以後本件は沙河庄惨案と呼ばれるに至る。**


ここなのだ。

わたしは碑文に触れ、祖父の名に指を這わせた。この土の下に、宇文叔父さんの家族が埋められている。祖父の手によって埋められた。わたしが生まれる十五年もまえに、すべてはこの場所からはじまったのだ。

風もないのに、全身が粟立つ。この日の青島は気温が一、二度しかなかったが、寒いわけではなかった。ついに中国へ来てしまったのだという想いが心臓を摑まえて揺さぶった。宇文叔父さんはもうわたしの手のとどくところにいた。

下腹に違和感を感じながら、碑を写真に収めた。

「むかしはここに集落があったんだぜ」煙草の煙を吹き流しながら、運転手が声を張りあげた。「いまじゃだれも住んでねえがな」

彼の言うとおり、人煙は遠く、かすかだった。色の黒い年寄りがひとり、畦道に自転車を停めてじっとこちらをうかがっている。茫洋たる荒野の彼方に鉄道線路がのび、芥子粒ほどの人影がうずくまっていた。

「あの人たちはなにをしてるんですか?」

「ああ、ありゃ汽車が落としてった石炭をひろってんだよ」

「同志、ついでにもうひとつ訊きたいんですが」わたしは腹をさすりながら重ねて質問した。「どこかにトイレってないですか?」

運転手は難儀そうに、すこしばかり離れた道路脇に立つ壁を指さした。助手席の馬爺爺は陽だまりのなかでこっくりこっくり舟を漕いでいる。運転手が腕時計をちらちらのぞいた。

そんな馬鹿な!

それは立っているというよりはまだ倒れていないと言ったほうがいい、なにかの建物の残骸だった。わたしの胸ほどの高さしかない。そばに白楊の樹が一本生えており、落葉した枝を広げていた。

禁を犯しての帰郷だったので、わたしは日本を発つまえから便秘に悩まされていた。しかし無事に大陸の土を踏み、こうして馬爺爺と会い、祖父の石碑まで見て、触れて、緊張の糸が緩んだのか、わたしの胃腸は四日ぶりに激しく蠕動《ぜんどう》をはじめた。

背に腹はかえられない。ジーンズの尻ポケットには、先日東京駅でもらったティッシュが入っている。そのことに心から感謝しながら壁の陰に駆けこみ、一気にジーンズを下ろしてしゃがみこんだ。が、いくら力んでみても、下腹はまるでコンクリートでも詰まっているかのようにビクともしない。すぐに滝のような脂汗をかきだした。

人の気配に何気なくふりむくと、壁の上からのぞきこんでいる赤黒い顔があった。わたしは仰け反り、尻餅をつきそうになった。尻餅などついたら、先客のものの上にすわりこんでいたかもしれない。尻餅などつかなくてほんとうによかった。

それは濃緑色の人民帽をかぶり、白い山羊鬚《やぎひげ》をたくわえた先ほどの自転車の年寄りだった。

「你在干什么《なにをしとるんだ》?」

耳がおかしくなったのかと思った。もしもだれかがトイレと信じられている場所で尻を出してしゃがんでいるなら、台湾や日本ではまずされない質問である。年寄りはわたしをじいっと見つめた。まるで鴉のような黒い瞳で。わたしも肩越しに相手をにらみかえした。すると年寄りの頭がひょいとひっこみ、だらだらと歩き去る足音が聞こえてきた。

わたしは世界の広さを痛感しながら立ち上がり、ジーンズを上げ、ベルトをしめた。便意などすっかり雲散霧消していた。

壁をまわって出てくると、驚いたことに、年寄りはまだそこにいた。そしてわたしを見るや、もう一度おなじ質問をしてきたのである。

「你在干什么?」

「………」

「さっきあの石碑のところでなにをしとったんだ?」老人の目が鈍く光った。「ひょっとすると、あんた葉尊麟の息子かね?」

「いいえ、ちがいます」わたしは即答した。嘘などではない。わたしは葉尊麟の孫なのだから。

「人違いですよ」

「ちがうのか？」

「ぜんぜんちがいます」

「葉尊麟はここでたくさん人を殺した」

　ぐうの音も出なかった。

「それもむかしのことだ」年寄りが言った。「いまじゃそんなことを憶えとる者もおらん。あの石碑だってもうすぐ取り壊されるんだ」

「そうなんですか」

「あんた南のほうから来たのか？」

「わかりますか？」

「訛っとるからな」

　あんたもな、とは言わなかった。

「どこから来た？」

「台湾です」

「ほう、台湾か！　行き来できるようになったのか？」

「はあ、まあ」

「そういえば、葉尊麟は国民党じゃったなあ」

　しまった。

「あんた葉尊麟の息子なんじゃないのか？」

「絶対にちがいます」

「じゃあ、なんでこんな辺鄙《へんぴ》なところにおる？」

「親戚を訪ねて来ました」

「まあ、なんでもええが、投資だけはやめておけ。改革開放以降、中国は景気がええ。外国からの投資も多い。だがな、いいか、共産党を信用しちゃいかんぞ。やつらは朝令暮改じゃから、明日になったらまた人民公社時代に戻っとるかもしれん」

わたしはうなずいた。

年寄りはペダルに足をかけたが、地面のくぼみにタイヤをとられ、自転車がぐらりと傾いた。よろよろと足を踏ん張った拍子に、ズボンのポケットからなにかが滑り落ちた。それは金属質な音をたてて土塊道の上ではじけた。

小さなナイフだった。

「あんた葉尊麟の息子なんじゃろ？」呆然と立ち尽くすわたしに、年寄りがまたしても尋ねた。「もうむかしのことだから、だれも恨みになんか思っとらんよ」

わたしは首をぶんぶんふった。

すると年寄りはナイフをひろい上げ、よろよろと畦道を走り去ってしまった。

祖父は許二虎とともに王克強《ワンコオチャン》を討った。つまり沙河庄惨案が起こったとき、許二虎もこの場所にいたはずである。なのに村人の記憶からは許二虎の名前がすっかりぬけ落ち、祖父がたったひとりで五十六人もの人間を殺したことになっているのだ。

タクシーに戻ると、馬爺爺はまだうたた寝をしていた。どこからともなくちっちゃな翅虫が飛んできて、馬爺爺の鼻の穴を出たり入ったりした。馬爺爺は口を開けたまま、まるで死んだようにピクリとも動かなかった。

えらいところに来てしまった。


青島でホテルを探すつもりだったが、馬爺爺はわたしを強引に家に連れ帰った。

「馬鹿を言うな、せっかく家に帰ってきた孫を旅館なんぞに泊められるもんかい」

馬爺爺は煉瓦造りの小さな家に後妻の奥さんとふたりきりで暮らしていた。李爺爺たちからちらりと聞いてはいたが、やはり馬爺爺の子供たちは継母を嫌ってあまり家に寄りつかないとのことだった。奥さんのほうはそのことを気に病んでいるみたいだった。

界隈には、馬爺爺の家をコピーしたような家々が建ちならんでいた。煉瓦の壁には木の根が網目のように這い上がり、どの家にも干し草の山が積んであった。集落の真ん中をだだっ広い道が一本とおっており、道の両側には白楊の裸木が立っている。これといって見るものもなく、いちばんの見ものは二軒隣の家が飼っている驢馬《ロバ》くらいのものだった。前庭の隅には外便所があり、そのまえに黒々とした練炭がうずたかく積まれていた。馬爺爺は鶏を数羽と、小鈴《リンちゃん》という雪のように白い羊を一頭飼っていた。小鈴はわたしを見ると、頭をすり寄せてきた。空気には乾いた煤煙のにおいが染みついていた。

家のなかは台所と寝室のふた間だけで、寝室の三分の二を大きなベッドが占領している。寝室の扉の上には毛沢東と周恩来の写真がかけられていた。オンドルがあるので外よりはいくらか暖かいけれど、外套を脱げるほどではなかった。寝室兼客間のいちばん目立つところに子供たちの写真が飾られ、そのなかにわたしと夏美玲《シャアメイリン》がいっしょに写っている写真もあった。すぐ表の一本道を青いトラックがガタゴト走っていくと、その振動が床を伝わってとどいた。

奥さんが腕によりをかけてつくってくれた水餃子は、わたしの祖母がつくるものよりもずいぶん無骨だった。ほとんど味のしない餃子を醬油につけ、生にんにくをかじりながら食べた。子供のころは、祖父がなぜ餃子ばかり食べたがるのか、ちっともわからなかった。台湾には美味いものがいくらでもあるのに、祖父ときたら餃子と饅頭とにんにくと辛いネギ、そして高粱《コーリャン》酒さえあればいつでもご機嫌だった。にんにくをぼりぼりかじりながら熱々の餃子を頰張る祖父は、いつも幸せそうだった。祖父には欠点がいっぱいあったが、体に染みついたにんにくのにおいにはいつも閉口させられた。馬爺爺の家の餃子をわたしは、美味い、美味い、と言って食べたけれど、ほんとうはそれほどでもなかった。

どうして祖父と兄弟分になったのかと尋ねると、馬爺爺は餃子を口に放りこみながらこう答えた。

「ガキのころから知っとるし、まあ、おまえのじいさんとおったら食いっぱぐれることはなかったからなあ」

李爺爺や郭爺爺からさんざん聞かされて知ってはいたけれど、食うことと命を預けることはおなじことなのだと、このときあらためて腑《ふ》に落ちた。祖父たちは、いっしょに食うこと、ちゃんと食うことに大きな意味があった時代に生き、そのために命を張ったのだ。

馬爺爺が餃子を皿に取ってくれた。

「まあ、食え」

わたしは食べた。やはり美味くはないが、祖父の血と骨と、そして中国を丸ごと食べているような気がした。

「馬爺爺はどうして共産党に入ったんですか?」

「捕まったからよ」馬爺爺はわたしのコップに高粱酒を注ぎ足してくれた。「だが、まあ、捕まってよかったのかもしれん。あのころ、わしは盗賊をひとり殺して追われとったからな。兵隊になったおかげでまんまと逃げおおせたわ。秋生や、おまえは劉黒七《リョウヘイチイ》という山東盗賊のお頭を知っとるか?」

「うん、郭爺爺が教えてくれました。その人の手下を殺したんでしょ? 包丁で腹をえぐったとか」

「うんにゃ」

「え?」

「殺しはしたが、包丁で腹なんぞえぐっとらんよ。老郭はむかしっから知ったかぶりばっかりしよるからなあ!」

「じゃあ、どうやって殺したんですか?」

「遊んどった。打飛銭《ダアフェイチエン》ちゅうて、銅銭を木に吊るして鉄砲で撃つんだ。わしは鉄砲が苦手じゃったから、手元が狂って弾がそいつに当たったたんじゃ」

なんということだ!

「だが、ナイフは上手いぞ。むかしは飛刀小馬《シャオマ》と呼ばれたもんよ。ナイフを投げて二〇メートル先のトカゲに命中させたこともあるぞ」

語呂がいいのか語感がいいのか、飛刀某《なにがし》というのはいたるところにいる。これまでにわたしは何度もこの渾名を耳にしてきた。映画や武俠小説のなかで。テレビのコント番組で。あの明泉叔父さんでさえ、高校時代は飛刀小明《シャオミン》と呼ばれていたと言っていた。飛刀某に真実なし、これがわたしの飾らない感想である。

「このへんは盗賊がたくさんいたんですか？」

「ああ、いっぱいおったなあ。盗賊といってもいろいろおってな、ほとんどが賭け事やなんかで身代を食いつぶした者がなるんだが、なかには抗日のために寄りあつまった者たちもおる。ほれ、張作霖も馬賊だったろうが。まあ、日本人を殺したくてうずうずしとるやつらがたくさんおった」馬爺爺は酒をすすり、「おっと、話がへんな具合にそれたな……なんの話をしとったんだっけ？　そうそう、わしがなんで共産党へ入ったかじゃったな。捕まったのよ。あのころは国民党も共産党も男を捕まえて兵隊を増やしとった。で、うっかり人を殺してしまったわしは渡りに船とばかりに兵隊になったんじゃ。おまえのじいさんは国民党に加勢しとったが、国民党はもうだめじゃった。ずだ袋ひとつの穀物を買うのに、ずだ袋ひとつの金が必要じゃった。貨幣政策が破綻しとったんだな。どうせなら志願しとけばよかったと思っとるよ。志願兵のほうが待遇がよかったからなあ」

わたしたちは餃子を食い、酒を飲み、その夜は早めにお開きにした。早すぎるくらいだった。八時半には、馬爺爺と奥さんは寝支度をはじめた。老夫婦はひとつしかないベッドをわたしにゆずってくれた。

骨まで凍りつきそうな寒い夜で、老夫婦は換気に問題がありそうな小さな火炉《ストーブ》で練炭をガンガン焚いた。わたしは長旅でくたびれていたが、枕がかわって妙に目が冴えていたうえに、うっかり寝てしまおうものなら朝には一酸化炭素中毒で冷たくなってやしないかという恐怖で、なかなか寝つけなかった。

夜中に尿意をもよおして便所へ行こうとした。便所といっても、台所のかまどの横にしつらえた大きな木樽のことである。小用はここで足し、馬爺爺がひしゃくですくって裏の畑にまくのだ。そっとベッドを抜け出し、台所との境に立った。老夫婦は外と地つづきの土間にふとんを敷いて眠っていた。牛のようにごうごう鼾《いびき》をかきながら。それを見ていると、自分がいかに大事にされ、甘やかされてきたのかがわかった。子供のころに戻ったような気がした。祖父が生きていたころに。この世界にはわたしを愛さぬ者などひとりもおらず、わたしこそが万物を統《す》べる小さな覇王なのだという気分をひさしぶりに味わった。寒風が窓ガラスをカタカタ鳴らしていた。わたしは立ち尽くし、それからベッドへ戻ってふとんをかぶった。

山東でのはじめての夜は、わたしの人生でもっとも寒くて、もっとも暖かい夜だった。

翌朝は羊の悲鳴で目が覚めた。

外に出ると、庭で馬爺爺が羊を捕まえていた。片腕で羊の首をガシッと抱えこみ、もう片方の手には包丁を握っている。羊はメエメエ鳴きながら、霜の降りた土を前肢でひっかいていた。祖父の兄弟分なのだから、馬爺爺だってもう七十近いはずだ。が、腰をぐっとためて羊をねじ伏せるその姿は、とても七十の老人には見えない。わたしに気づくと、白い息を吐いて声を張った。

「秋生や、今日は美味い肉をたんと食わせてやるからな」

「やめてください」わたしは懇願した。「それより、今日は王覚《ワンジュエ》さんに会いに行くんですよね？」

「飯はちゃんと食わにゃいかんぞ」

「羊はあまり好きじゃないんです」羊肉は大好物だが、それはわたしが頭を撫でたことのない、名もなき羊にかぎる。「それに昨日の餃子があるじゃないですか」

「食わんのか?」

「小鈴がかわいそうじゃないですか!」

九死に一生を得た小鈴は庭の隅へ駆けていき、まるで邪気払いでもするかのように体をぶるぶるっとふった。

奥さんが餃子の皮の残りでこしらえてくれたしょっぱいだけの疙瘩湯《すいとん》で朝食を済ませると、わたしと馬爺爺は家を出、四十分ほど歩き、市が立っている一郭でタクシーを雇った。わたしは金を払おうとしたが、馬爺爺は頑としてゆずらなかった。

「おまえは金の心配なんぞするな」

「でも……」

「心配せにゃならんことはほかにある」

「…………」

「王覚と許宇文はおなじ人なんじゃろ?」

舌を巻いてしまった。

「おまえは王覚がおまえのじいさんを殺したと思っとるんだろ?」

「……はい」

「父さんには話したのか?」

わたしはかぶりをふった。

「ちゅうことは、台湾の家族はおまえがいま中国におることも知らんのだな?」

「はい」

「なにをするつもりかは知らんが、やめといたほうがええぞ」馬爺爺はわたしをじっと見つめ、タクシーの助手席に乗りこむまえにそう言った。「まあ、なかなか割り切れるもんじゃないがな」
五、六軒ほどの家が身を寄せ合うようにして建っているほかは、なにもない場所だった。さほど遠くないところに鉄道線路がとおっており、その線路に沿って電信柱が地平線まで等間隔にならんでいる。彼方に灰色に霞む山の稜線が望めた。俗に、鶏は卵を産まず、兎はくそをしない場所などと言うが、宇文叔父さんの暮らす集落はまさにそのような不毛の地の真ん中にあった。馬爺爺はタクシーの運転手に金を渡して食事でもしてこいと言ったが、店どころか、目路に入るのは枯れ草と石ころばかりだった。
「秋生や」集落のはずれまで来ると、馬爺爺が鋭く言った。「わしに話を合わせろよ」

「え?」

呆気にとられているうちに、馬爺爺はわたしには聞き取れない山東語でなにか呼ばわりながら、さっさと門扉をくぐって一軒の家に入っていってしまった。ここでも練炭の山が庭の半分を占め、煤煙のにおいがたなびいていた。家の壁に馬車の車輪がひとつ立てかけられている。凍った水たまりが地面にへばりついていた。家のなかから赤い綿入れを着た、赤ら顔の女性がなにやら怒鳴りながら出てくる。ふたりは怒鳴り合いながら家に入り、女性は怒鳴りながらわたしたちに熱い白湯《さゆ》を出してくれた。馬爺爺がわたしのことを上海に住んでいる孫だと紹介すると、奥から老若男女がぞろぞろ出てきてわたしをじっと見つめた。

「この村に住んどるのはみんな王《ワン》家の親戚ばかりじゃよ」白湯をすすりながら、馬爺爺が教えてくれた。「兄弟、従兄、甥や姪、その家族……いわば王家村じゃな。さっきの女は王克強の娘じゃ」

「あたしゃ王克家《ワンコオジャア》の娘よ！」赤ら顔の女性が割れ銅鑼《どら》のような声で怒鳴った。「王克強は父さんの兄さんだから、あたしの伯父さんさ！」

　すると全員がどっと笑った。それからまたわたしを見た。どの顔も煤と寒風のせいで黒ずみ、黄色い目をぎょろぎょろ光らせていた。髪の白い阿婆《アポ》のような老婆がいて、破れ袷《あわせ》を切りとって靴底をちくちく縫っていた。

「王克強は抗日戦争のときに殺されたんじゃ」馬爺爺が言った。「おまえは大学の論文でそのへんのことを書くんじゃろ？」

「え？」

「だから王覚の話を聞きたいと言っとったじゃないか」

　みんながわたしのことを見ていた。

「そうそう！」しどろもどろになりながらも、わたしはうなずきまくった。「沙河庄惨案についてすこしお訊きしたいと思って」

　こんがらがった頭でも、いくつかのことはどうにか理解できた。馬爺爺はわたしの正体と来意を偽った。これはつまり、この村で正体を明かすのは危険だと判断したからだ。だから、もちろん宇文叔父さんにもわたしがここへ来ることは伝わっていない。その宇文叔父さんは外出でもしているのか、いまだに姿が見えない。叔父さんがわたしを見てどういう反応を示すのかは、神のみぞ知るだった。

わたしの心中を察したのか、馬爺爺が王覚の行先を尋ねた。

「病院さ」

赤ら顔の女性がそう答えると、みんなが相槌を打った。病院だよ、ああ、病院じゃよ、青島の病院さ、肺だよ、肺さ、肺を悪くしてねえ。

「でも、もうすぐ帰ってくるはずだよ。待っててもいいけど、沙河庄惨案のことならあたしらだってよおく知ってるよ。このお兄さんはなにが訊きたいんだい？」

全員がわたしの口からなにか出てくるのを待った。

「えっと……」わたしは声を絞り出した。「じつはここへ来るまえに沙河庄惨案で犠牲になった方々の慰霊碑に寄ったのですが、ほんとうに葉尊麟は五十六人も殺したんですか？」

すると、全員の視線が靴底を縫っている老婆のほうへ飛んだ。

「そうだよ」老婆は手を休めて顔を上げた。「葉尊麟というのはこのへんで暴れとった盗賊さ。人を殺すのに、まばたきひとつせなんだ。あの日、数人の部下を引き連れてわしらの村にやってきた。ここではないぞ。むかしわしらが住んどった村はもっとずうっと南のほうにあって、もっと大きかった。やつらは銃を持っとった。ほれ、有槍就是《鉄砲があれば》――」

「草頭王《ならず者の王》」わたしと老婆の声が重なった。

老婆はうなずき、「わしらにはどうすることもできんかった。たすかったのはほんのわずかじゃよ」

あの葉尊麟はとんでもないやつだった、皆の衆が口々に祖父の悪行を呪った。村人に大きな穴を掘らせて、そのなかに入れてダイナマイトを投げこんだんだ、ひとりひとりの頭を撃っていったとおれは聞いたがな、夫を縛りあげて、目のまえで女房娘を犯したそうじゃないか、五十六人じゃなくて、おれは百人以上殺されたと思うぜ、そうとも、百人は下らないはずさ。

「でも！」

みんながピタッと口をつぐみ、声を荒らげたわたしにじっと目をそそいだ。

「――でも、それは王克強が先に日本人を引き連れて葉尊麟の村を皆殺しにしたからでしょ。王克強は日本人のために働いていたそうじゃないですか」

冗談じゃねえぞ、王家村の面々は耳まで真っ赤にして反論した。おまえは老爺《じいちゃん》が日本人の狗だったと言うのか、おれの目の黒いうちはだれにもそんなこと言わせねえぞ、いいか、老爺が葉尊麟の村に連れて行ったのは治安維持会の連中さ、日本人なんかじゃねえ、それにしたって、そもそもやつらが先におれたちの井戸に毒を入れたからなんだぞ。

百歩譲ってそのとおりだとしよう。しかしその治安維持会が日本軍の傀儡《かいらい》だと、李爺爺と郭爺爺が言っていたのだ。だったら日本軍を連れて行ったのとおなじじゃないか！

「あんたが葉尊麟のなにを知ってるってんだい？」赤ら顔の女性ががなった。「あの葉尊麟ってのはねえ、若いころから悪さばっかりしてたんだ。やつがなにをやったか知ってるかい？　まず目星をつけた村の井戸に毒を投げ入れるのさ。死ぬほどの毒じゃないけど、何日かは吐いたり下したりする。で、その村へ行って、おたくの井戸には水鬼が憑《つ》いてるって言うのさ。蠟を塗った紙銭に火をつけて、燃えないところを見せるんだ。ほら、やっぱり水鬼がいる、てなもんさ。あとは村人から金を巻き上げて、適当に香を焚いておしまい。そのころには毒も薄まってるから、村人も水鬼が退治されたって思うのさ。どう？　これでもあたしらが悪いってのかい？　葉尊麟みたいなクズを殺してくれるんなら、あたしゃ自分の娘をやってもいいと思っていたよ！」

わたしは村人をにらみつけ、村人はわたしをにらみつけた。

「まあ、戦争だったんじゃ、ほんとうのところはもうだれにもわからん」

馬爺爺がそう言うと、老婆もうなずいた。「だれが先に手を出したかなんて、いまとなってはもうどうでもいいことさ。死ぬ者は死んだし、生き残る者は生き残った。それだけじゃよ」

ぎこちない沈黙は、さほど長くはつづかなかった。わたしにとってはその一秒一秒がまるで鉛のように重たかったが。こんなに歯がゆい思いをしたのは生まれてはじめてだ。歯がゆすぎて気のきいた喩えすら思い浮かばない。卵が先か鶏が先か、などという生半可なレベルではない。卵が先だろうが鶏が先だろうが、それがいったいなんだというのだ！　わたしは戦争の話をしているのである。家族の名誉の話をしているのである！

ふつふつと怒りをたぎらせているところへ、表で車の停まる音がした。

感電したように椅子から飛び起きるわたしを見て、家の者たちが身構えた。わたしは待った。バタンと車のドアが閉まる音が聞こえた。彼方の鉄軌をガタゴト走ってゆく汽車。どこかで犬が吠えていた。

門扉をくぐって、宇文叔父さんが庭へ入ってくる。

埃まみれの窓ガラス越しに見えた叔父さんは、すっかり見違えていた。革のコートを着こみ、けば立った毛糸の帽子をかぶり、起毛の襟になかばうずもれた顔は痩せこけていた。もし手に可口可楽《コカ・コーラ》のペットボトルを持っていなければ、すぐには叔父さんだとわからないほどだった。目は落ちくぼみ、分厚かったあの胸板は見る影もなく、足取りはおぼつかない。青白い顔に生気はなく、吐く白い息は取りかえしがつかないほど薄かった。わたしは医者ではないが、だれが見ても叔父さんは死にかけていた。

気がつけば、わたしは庭へ飛び出していた。

叔父さんが足を止めた。目をすがめ、それから意外なことに、穏やかに笑ったのである。

「どういう意味だよ？」それがわたしの第一声だった。「なんで笑ってんだよ？」

「秋生」宇文叔父さんはゆっくりと言った。「いつかおまえが来るような気がしていたよ」

わたしは宇文叔父さんをにらみつけた。

「憶えてるか？　おまえと高鷹翔《ガオインシャン》の組に乗りこんでいったとき、バイクに乗って走りだそうとしたおまえを捕まえて拳骨を食らわせたな。あの晩のことをよく思い出すよ。何度も夢に見た。あのときのおまえの目、おまえのじいさんにそっくりだった」

「………」

「おれを肥え壺からたすけ出したときの葉尊麟の目に」

それで叔父さんは逃げも隠れもするつもりがないのだとわかった。そのひと言で、やっぱり祖父を殺したのは叔父さんなのだとわかった。その声の調子で、自分が人生の分かれ道に立っているのだとわかった。

いったい何事かと、家から老若男女が出てくる。

「こいつはおれの甥っ子だ」叔父さんはみんなにむかって言った。「台湾にいたころ世話になった」

「台湾?」だれかが言った。「こいつは上海から来たんじゃないのか?」

「おれは台湾から来た」

どうしてそうなのか、自分でもわからない。雷威《レイウェイ》と喧嘩をしたときも、包丁を握りしめてヤクザの事務所に突っこんでいったときも、ドラム缶に詰めこまれて山から蹴り落されたときも、いつもそうだった。物事が壊れかけたとき、わたしの心は修復よりもさらなる破壊に傾いてしまう。

「それがどうした?」わたしはぶちまけた。「おれは葉尊麟の孫だ」

彼らがすうっと冷たくなっていくのがわかった。

「こっちにはいつ着いた?」宇文叔父さんが訊いた。

「昨日」わたしは声を押し殺した。

「どこに泊まってる?」

「そんなことはどうでもいい」

「………」

「宇文叔父さん」嚙みしめた歯のあいだから言葉を押し出した。「あんたがじいちゃんを殺したんだな?」

叔父さんがひたと目を据えてくる。

わたしは待った。

活該《自業自得》！　まわりから野次が飛んだ。葉尊麟みたいなやつは殺されて当然だぜ、おい、こいつ、いい度胸してるぜ、わざわざおれたちの村に来てそんなことを言うなんてな、生きてるのがイヤになったんじゃないの、魯魯《ルル》、門を閉めといで、こいつを出すんじゃないよ。

「閉嘴《やかましい》！」

叔父さんの恫喝《どうかつ》に、彼らは声を失った。あとには煤けた冬の風と、怨霊《おんりょう》のような思念だけが残った。

「おれが殺《や》った」宇文叔父さんはひとつ、ふたつ咳をしたが、わたしからは目をそらさなかった。「おれが義《と》父《う》さんを殺した」

「なんで……」指の関節が白くなるほど、わたしは拳を握りしめた。無意識に、地面に落ちている割れた煉瓦や、壁に立てかけてある鍬《くわ》に目を走らせていた。「なんであんな殺し方をした？」

「忘れないでいるだけでは充分じゃないと思った」

「…………」

「おれの親はおまえのじいさんに生き埋めにされた。だから、おれの両親とおなじ苦しみを味わわせてやりたかった」

「許二虎の家を襲ったのも……奥さんとふたりの娘を殺したのもあんたなんだな？」

「そうだ」

「じいちゃんが来たから、肥え壺に隠れたんだな？」

「そうだ」

「ほんとうの許宇文も殺したのか？」

「おまえのじいさんが来たとき、おれはやつを肥え壺に沈めていた」

「それで……」息が苦しい。宇文叔父さんのひと言ひと言が、金槌《かなづち》のようにわたしの頭にふり下ろされた。祖父がこの男を肥え壺から引き揚げたとき、こいつの足下にはほんとうの許宇文が沈んでいたということか。「それで、許宇文のふりをして台湾までついて来たんだな？」

「葉尊麟の血筋を根絶やしにするつもりだった」

「王覚！」わたしの怒号に、叔父さんの体が強張った。「じゃあ、なぜすぐにやらなかった？ なんで二十年以上も待ったんだ？ なんでおれといっしょに高鷹翔の組に行った？ なんで……なんで……」

自分の声がふるえているのがわかった。浴槽に沈んだ祖父が見え、頭がカッと熱くなり、鼻血が出た。血がジャンパーの胸に滴った。おろおろと手の甲で鼻をぬぐう。そのとき、涙も出ていることに気がついた。右の瞼がひどくヒクついていた。

「こい、秋生」叔父さんが言った。「ちょっとそのへんを歩こう」

空には凍りついたような白い太陽がかかっていた。

畑とも荒野ともつかない大地を、わたしたちはあてどもなく歩いた。わたしはすこし遅れて、宇文叔父さんのあとをとぼとぼついていった。村のはずれに土を盛っただけの墓がいくつかあったが、そのひとつにはまだ煙を立ちのぼらせている線香が立っていた。

ひどく疲れていた。

頭の芯が痺れて、上手くものを考えられない。大気の寒さとはまるで別物の寒さが、体のなかで蛇のようにとぐろを巻いていた。そのせいで、体がずっとふるえていた。

すぐ手のとどくところに、叔父さんを打ち殺せそうなものがいろいろ落ちていた。大きな石、釘の飛び出た板切れ、中くらいの石。それなのに叔父さんは一度もふりむくことなく、ずんずん歩いていく。途中で一度だけ足を止めたが、それは咳をするためだった。叔父さんは体を折って、血の混ざった唾を吐き捨てた。

「二十年以上もかかっちまった」咳を抑えながら、宇文叔父さんはぽつりぽつりと言葉を重ねた。「あっという間だったよ。台湾に渡ったとき、おれは十六か十七だった。体が小さかったから、おまえの父さんより年下だろうと義父さんは思っていた。おれは自分の正体がバレるのが怖かったから、義父さんがそう思うんなら、それでいいと思った。どうせすぐにおまえの家族を殺すつもりだったしな。もう高校生の歳だったけど、中学にかよったよ。すぐにやらなかったのは、自分は絶対に生きて中国に戻ってやると誓っていたからだ。おれがくたばれば、うちの血筋が絶えてしまう」

不孝有三、無後為大（不孝に三つあり、跡取りのないのが最大であるの意）。中国人にとって傳宗接代（代々血統を継ぐの意）はなにより大切なことなのだ。

「だから、待った」叔父さんは足を止め、わたしにむき合った。「船乗りになったのは、船乗りになれば中国にも帰れるだろうと思ったからだ。言っておくが、これは待っているうちにすこしずつ情が湧いてきたなんて話じゃない。もしおまえが泣いて後悔するおれを見るためにわざわざこんなところまでやってきたんなら、悪いが無駄足だったな。おれは葉尊麟が両親と妹を生き埋めにするところを、大きな樹の上からすっかり見ていた。あの日、友達と樹にのぼって遊んでいたら、おまえのじいさんたちが鉄砲を持ってやってきた。五、六人いたが、許二虎が先頭に立っていた。で、村人を追いたてて穴を掘らせた。それから——」

「村人をその穴に突き落としてダイナマイトで吹き飛ばした」

「いや、ただ土をかけて埋めたんだ」

「………」

「おまえのじいさんは村人やおれの家族を埋め、盛り上がった土を足でならしてから立ち去った。妹は最期まで母親にしがみついていたよ。許二虎が唾を吐いた。それだけさ。おれは友達といっしょに必死で土を掘りかえした。日が暮れるまで掘った。手が破れて、爪が剝がれたよ。ようやくだれかの頭が出てきた。おれたちは掘った。その人は雑貨屋の黒子《ヘイズ》だった。ほんとうの名前は知らない。頭がすこし弱くて、みんなに黒子と呼ばれていた。葉尊麟はそんな黒子のことも埋めた。おれの父さんはたしかに日本軍のために働いていた。日本軍を引き連れて、葉尊麟の村を滅ぼしたのも事実かもしれない。ほんとうのところはもうわからない。葉尊麟がそうだと言えば、それがおまえたちの真実になる。それが戦争ってもんだ。だけど黒子になんの罪がある？　黒子は口いっぱいに土を食って、目を剝いて死んでいた。それを見たとき、おれはあいつらもおなじ目に遭わせてやると誓った」

わたしは奥歯を嚙みしめた。

「おれの母親は日本人だった」叔父さんがつづけた。「抗日戦争のときに、父さんと恋して中国に残った。あの時代に日本人を妻に迎えることがどういうことか、わかるか？　一歩間違えれば殺されちまう。おまえのじいさんや許二虎のようなやつにな。それでも、父さんと母さんはいっしょにいることを選んだ。そんな母さんやおれたちを守るために、父さんになにができる？　圧倒的な武力を持った日本軍と、せいぜい拳銃しか持っていなかった中国人。おまえならどっちにつく？　葉尊麟の孫なら、死んでも日本人には媚《こ》びないと言うかもしれないな。だけど父さんはまわりに黒狗と呼ばれても、どんなに蔑まれても、家族を守ることを優先させた。おれはそんな父さんのことが大好きだったよ」

「じゃあ、なんでおれたちを殺さなかった？」わたしはうなった。「なんで台湾から逃げ出した？」

「あの写真だよ」

「写真？」

「高鷹翔のところへ乗りこんだとき、おまえが見せてくれたおれの家族の写真」

　わたしは目をすがめた。

「あのとき、気づいちまったんだ。義父さんはなにも知らずにおれを育ててたんじゃないってことに。義父さんは知ってたんだ。おれが許二虎の息子なんかじゃなく、自分が埋めた男の息子だってことを」

　なにも言えなかった。大きな塊が喉元につっかえ、息をするのもままならなかった。じいちゃんは殺される覚悟で、王覚を育てていたのか？　なのに宇文叔父さんが航海から帰ってくるたびに、あんなにうれしそうにしていたのか？　なんで自分を殺そうとする男と笑い合いながら酒が飲めるんだ？

　もしかすると、じいちゃんは殺してほしかったのかもしれない。どこかで、だれかに過去の清算をしてもらいたかったのかもしれない。

「わかるか、秋生？　おまえのじいさんは、おまえたち一家の命をぜんぶおれのまえにならべていたんだ。市場の野菜のように。さあ、おまえの好きにしろと言わんばかりに。口ではどんなにでかいことを言おうが、自分のしでかしたことを心から悔いているんだとわかった。そう考えると、辻褄が合う。おれに襲われたとき、あの男はほとんど抵抗しなかったからな。だから、おれはおまえたちを殺すのをやめた。それどころか、葉尊麟を殺したことすら後悔したよ。あの男は死ぬまで罪の意識に苛まれてりゃよかったんだ」

「もうひとつだけ聞かせてくれ」わたしは言った。「じいちゃんが殺された日、迪化街の店に電話をかけてきたのはあんたか？」

「…………」

「おれがじいちゃんの遺体を発見したとき、店に無言電話がかかってきた。あれはあんただったのか？」

宇文叔父さんは口を開いたが、出てきたのは咳だけだった。口先だけの約束のような軽い咳ではない。叔父さんは咳きこみ、また血の混じった唾を吐いた。

「もしあれがあんたなら、なぜ電話なんかかけてきた？　ひょっとしたらじいちゃんがまだ生きてるかもしれないとでも思ったのか？　もし生きてたら、もう一度殺しに行くつもりだったのか？　それとも、生きていてほしかったのか？」

「それはおれじゃない」口をぬぐいながら、叔父さんは言った。声に空気の漏れるような音が混じっていた。「おれは電話なんかかけてない」

わたしはうなずいた。

「台湾で暮らした三十年近い年月、一度も迷いが生じなかったと言えば嘘になる……が、おれはやるべきことをやった。そのことを後悔してはいない」

「そうか」

「中国に帰ってきて、この大地を踏みしめたとき、まるでガキのころに立てた誓いを踏みしめているような気分になった。むかしの誓いは、葉尊麟の血を根絶やしにするというおれの誓いは、まるで骨のようにこの大地に埋まっていたんだ……いや、この大地の骨そのものだったよ」

わたしはもう十七歳ではない。叔父さんの声の裏に透けて見える悲しみに気づかないわけがなかった。それだけでも気が滅入るのに、気がついたことはほかにもあった。祖父が宇文叔父さんに殺される覚悟を決めていたように、叔父さんも、いま、この瞬間、わたしに殺される覚悟を決めている。わたしを挑発している。あの電話は、絶対に叔父さんがかけてきたのだ。

わたしは身をかがめ、落ちていた大きな石をひろい上げた。このいっさいがっさいを終わらせるために、そして宇文叔父さんを許すために、わたしは叔父さんを殺さねばならない。そう思った。叔父さんの血だけが、わたしの疑問や欺瞞や怒りに対する唯一の答えなのだから。

それは連綿とつづく憎しみの連鎖の、もっとも美しい終わらせ方だった。わたしたちは血を流さないこともできる。しかし血を流さずに、いったいなにを証明できるだろう？　祖父は家族みんなの命をかけて、過去のあやまちを償おうとした。悪い風が吹き荒れる心中の苦痛を証明した。逆説的だけど、その覚悟がわたしたちの命を救った。

宇文叔父さんは動かなかった。ただ静かに立っていた。こみ上げる咳が、薄くなったその胸を内側から突き上げていた。

わたしは両手で石を持ち上げた。

わたしたちの視線が交差した。

石を一段と高くかかげ、いままさにふり下ろそうとしたとき、腰のあたりをぐいっと押された。同時に、腹が爆《は》ぜた。長く谺《こだま》する銃声が耳にとどいたのは、地面に倒れ伏してからだった。

「魯魯！」宇文叔父さんの怒声が頭上で鳴った。「なにをやってるんだ！」

横向きになった視界に、両手で拳銃を支え持つ少年が映った。灰色の光を受けて鈍く輝く真《しん》鍮《ちゅう》の銃身を見て、それが祖父のモーゼルだとわかった。

「こいつは一族の仇だ！」

少年は叫び、ふたたび引き金を引いた。

わたしのすぐ目のまえの地面がはじけた。

銃声を聞きつけて、家々から村人たちが走り出てくる。なんだ、いったいどうしたんだ⁉　みんな口々に叫んでいた。魯魯が台湾人を撃ったのよ！　なんてこった、外国人に怪我させたら死刑だぞ！　でも、葉尊麟の孫なのよ！　いったいなんの話をしとるんだ、ぜんぶ過ぎたことじゃないか！

「こいつ、いま小覚《シャオジュエ》叔父さんを殺そうとしたんだ！　あの石で殴ろうとしたんだよ！」

弾はわたしの腰から入り、腹へとぬけたようだった。

なんてことをしてくれたんだ、この馬鹿たれ！　男たちが寄ってたかって少年を小突きまわし、拳銃を取りあげた。いったいどうすりゃいいんだ？　右往左往しながら、たがいに怒鳴り合った。こうなったらふたりとも殺しちまおう！　よろよろ走ってくる馬爺爺に数人が襲いかかる。こいつらさえいなくなりゃ問題ねえ！　馬爺爺はさっと懐からナイフを取り出して投げつけたが、その投げ筋ときたらひょろひょろで、明後日のほうへ飛んでいってしまった。

ほら、やっぱり飛刀某に真実なしじゃないか。

「やめろ！」宇文叔父さんがわたしにおおいかぶさる。「この子を殺すな！」

「でも小覚！」赤ら顔の女性がわめいた。「こいつらを生かしておいたら、魯魯が公安にしょっぴかれちまうんだよ！」

「おれが撃ったことにする！」

叔父さんはわたしを膝に抱き上げた。こんなときだが、まだほんの三、四歳のころ、よく叔父さんの脚の上に逆さまに寝ころがっていたことを思い出した。椅子にすわってのばした宇文叔父さんの脚は、まるで滑り台みたいだった。わたしは頭を下にして、叔父さんの脚に仰向けになる。すると叔父さんが脚を上下させて、わたしをキャッキャッと笑わせてくれたものだった。

「大丈夫、おれが撃ったってことにすればいい！」叔父さんが吼えた。「魯魯は公安に連れていかせないし、秋生もたすける！」

わたしたちを取り囲んだ皆の衆は、どうしたものやら心を決めかねている様子だった。叔父さんに従うべきか、それともやはりわたしを打ち殺したほうが無難か、思案がつかないようだった。わたしは口からすこし血を吐いた。馬爺爺は地面に押さえつけられていた。

白っぽい太陽が空に浮かんでいる。

その太陽がだんだん近づいてくるように見えた。わたしは腹から血を流しながら、目をしばたたいた。

「しっかりしろ、秋生！　たいしたことないぞ！　絶対におれがたすけてやるからな！　こら、しっかりしろ、秋生！　秋生！」

見間違いなんかじゃない。いや、やっぱり見間違いかもしれない。わたしが目を凝らして見ていたもの、それは太陽ではなく、あの狐火だった。

狐火はふわふわ漂いながら、わたしの腹のなかへすうっと吸いこまれていった。

「しっかりしろ、秋生……」宇文叔父さんが激しく咳きこみ、わたしの顔に血が降りかかる。

「目を閉じるな……こら、目を閉じるんじゃない」

あはは、葉尊麟の血を根絶やしにするんじゃなかったのかよ。

村人は動かなかった。

喧騒が遠のいてゆく。

お狐様はわたしとともにある。だから、なんの心配もしなかった。国民党が三十八年間つづいた戒厳令を解除し、集会、結社、新聞発行の自由を認め、台湾住民の大陸訪問を解禁する三年まえのことである。

大陸の風はまだ冷たかったけれど、春はもうすぐそこまで来ていた。

エピローグ

車椅子に乗った郭爺爺《グオじいさん》、そして李爺爺《リじいさん》と李奶奶《リばあさん》がイミグレーションの長い行列にならぶのを、わたしは見送りの人たちにまぎれて見送った。

郭爺爺が肩越しに、車椅子を押している空港職員になにか話しかける。すると李爺爺が腕をふりまわし、全身にただならぬ闘気をみなぎらせた。

「なんだ？」思わず舌打ちをしてしまった。「今度はなんなんだ？」

「大丈夫よ」妻が言った。「パスポートもチケットも、わたしが何度も確認したから」

「だけど李爺爺のあの怒りっぷりはただ事じゃないぞ」

わたしの胸中にまざまざと蘇ったのは、一年前の悪夢だった。

一九八七年に大陸訪問が解禁になったその三年後、李爺爺と郭爺爺はついに意を決して帰省の途についた。年寄りたちをためらわせていたのは、かつて山東省で自分たちがしでかした悪事の数々だった。しかもわたしの口から、彼の地には祖父の虐殺を風化させまいとする石碑まで建っていると聞かされたとあっては、ふたりのじいさんがしばらく政治情勢を静観することにしたのも無理からぬことである。彼らは国民党も共産党も信じていなかったので、この大陸訪問解禁のお祭り騒ぎが恐ろしい罠の可能性もあるという疑念をぬぐい去れなかったのだ。

「下手に帰ってみろ、なにが待っとるかわからんぞ」郭爺爺がそう言うと、李爺爺が吼えた。

「国はいつでもわしらを裏切りよるからな！」

　ふたりの態度を軟化させたのは、大陸からとどいた馬《マ》爺爺《じいさん》の手紙である。それは祖父の石碑が取り壊されたことを知らせる便りだった。取り壊しの日、馬爺爺は果物を買って出かけていった。タクシーを捉まえ、値段交渉をし、わたしもよく知っているあの荒れ地に乗りつけた。碑のまわりにはすでに立ち入り禁止のロープが張り渡されていたが、作業員にたのみこむと、人情を解してくれた。馬爺爺は碑に果物を供え、合掌した。すると、いずこからともなく自転車に乗った年寄りがやってきて、あんたは葉尊麟《イエヅゥンリン》の知り合いかね、と尋ねられたそうだ。

「ああ」馬爺爺は落ち着いてうなずいた。「ガキのころからな」

「そうか」と、年寄りは言った。「わしにも竹馬の友がおったが、ここで葉尊麟に殺されたよ」

「わしら下っ端にしてみりゃ、あの戦争はガキの喧嘩みたいだったな」

「まったくだ。右も左もわからんガキが鉄砲持って撃ち合っとっただけだ」

「それもみんなむかしのことだな」

「ああ、みんな過ぎたことだ」

　それだけだった。

　年寄りはまた自転車を漕いで荒野の彼方へと消えていった。

あっけないもんだったよ、と馬爺爺の手紙には書いてあった。ダイナマイトで老葉の石碑は木端微塵になりよった。

ずっとあとになって、わたしは馬爺爺の葬儀に参列するために、ふたたび山東の大地を踏んだ。石碑があったはずの場所に立ち寄ってみたら、大きな工場が建てられていた。わたしは地平線へとつづく土塊道に立って待ってみたが、自転車に乗った年寄りはついにあらわれなかった。工場の煙突からは白煙がもくもくと上がり、ダンプカーが土埃を巻き上げてとおっていくばかりだった。わたしの時計がちゃんと動いているように、大陸の時計だってなにも毛沢東が死んだ時間を指して止まっているわけではないのだ。

そうやって、世界はどんどん新しくなってゆく。祖父の狐狸廟があった中華商場も一九九二年に取り壊されてしまい、いまは跡形もない。

ときどき、あの狐狸廟のことを思い出す。お狐様はいまもわたしとともにあるのだろうか？それをたしかめるためには、また痛い思いをしなければならないだろう。わたしはとても痛い思いをした。祖父の拳銃によって。むかしむかし、祖父はあのモーゼルで人をたくさん殺し、後生大事に台湾に持ちこんだ。それを宇文叔父さんが中国へ持ち帰り、そして最後はわたしに、祖父の秘蔵っ子であるわたしにむかって火を噴いた。

なんとも象徴的な話ではないか！

ともあれ、台湾にいる兄弟分を故郷へと呼び戻したのは、馬爺爺のこの手紙だった。わたしは年寄りたちのために万事ぬかりなく差配した。馬爺爺に何度も電話をかけ、ホテルやら観光やらを取り捌いた。相手は中国人なので、わたしはなみなみならぬ忍耐力を発揮しなければならなかった。数ヵ月におよぶ交渉と追従でようやく色よい返事をもらえても、その翌日にはすべてが反故になってしまうお国柄である。中国人たちの言い分は、どれも判で捺したようにおなじだった。領導《指導者》がだめだと言っています。まるでこの答えで納得しない人間などいるはずがないという名調子で、すべてを白紙に戻してしまうのだった。このろくでもない指導者のせいで、わたしは数えきれない眠れぬ夜を過ごし、枕を涙で濡らした。

なのに李爺爺と郭爺爺のはじめての帰郷の試みは、あっさり頓挫《とんざ》したのである。命より大事なパスポートをなくしてはならないと、紐をとおして首にぶらさげていたところ、空港のチェックイン・カウンターで蠅のように追いかえされてしまったのだ。ふたりのじいさんは激怒したが、穴の開いたパスポートはもはやパスポートとは呼べず、わたしの半年近くにおよんだ努力は水泡に帰した。この一件でみだりにパスポートに穴を開けてはならないことを、年寄りたちはちゃんと学んだはずなのだが。

「そろそろ行かなきゃ」爪先立ちになってイミグレーションの行列をうかがうわたしに、夏美《シャアメイ》玲《リン》が声をかけた。「午後の講義に遅れちゃうわよ」

「でも！」

わたしの心配は、けっきょく杞憂《きゆう》だった。

五分後、年寄りたちはつつがなくイミグレーションをぬけ、わたしにむかって高々と親指を立てた。待機室へと消えていく老いた背中を見送りながら、ホッと胸を撫で下ろした。これから彼らは香港、上海を経由して青島へ飛ぶことになる。現地では馬爺爺が出迎えてくれる。李爺爺たちがたとえ中国で穴を開けてはならないものに穴を開けたとしても、それはそれで馬爺爺が気をもめばいいことなのだ。

　腰に鉛玉を一発食らいはしたが、わたしは死にもせず、脚を引きずるようなことにもならず、日々の暮らしにかまけている。

　魯魯《ルル》の罪をかぶった宇文《ユイウェン》叔父さんは、投獄されるようなことにはならなかった。共産党が寛大だったわけではない。肺の病気が命取りになって、裁判のまえに病院で亡くなったのである。馬爺爺の手紙によれば、宇文叔父さんはこの世とおさらばするとき、口から人工呼吸器をむしり取り「ああ、コーラが飲みたい」と言ったそうだ。

　一九八四年の四月、銃創がある程度ふさがると、わたしは桜満開の日本へ戻ってもう一度全身をくまなく検査してもらった。傷口の問題ではない。当時中国の病院では、注射器は基本的に使いまわしだった。わたしの体に刺しこまれた注射器のなかに赤いものがちょっぴり混ざっているのを発見したときは、卒倒しそうになったものである。しかしわたしはすでに銃で撃たれて卒倒しているのとほぼ変わらない状態だったので、もう一度卒倒することはできなかった。熱は下がらず、意識は朦朧《もうろう》としていた。ほとんど虫の息で注射器をかえてくれと医者に懇願したのだが、壊れてもいないものをなぜかえねばならないのか、と逆に怒られたのが印象的だった。中国の医者にエイズが怖いと訴えるのは、砂漠の駱駝《らくだ》に洪水が怖いと訴えるのとおなじだった。

　死ぬ目に遭ったのに人生を変えようとしないやつはど阿呆だ。わたしに関して言えば、一念発起して台湾大学の夜学へ入り、台湾文学を専攻した。そして一九八九年、めでたく学士の称号をあたえられたのだった。大学在学中に夏美玲と結婚した。龍関食品貿易有限公司で働いていたときの貯えと、小梅叔母《シャオメイ》さんの出版社から翻訳の仕事をまわしてもらったおかげで、つつましい新婚生活と学業を両立させることができた。一九八〇年代後半の日本は未曾有の好景気に沸いていて、わたしにはどうということもないように思える本が馬鹿みたいによく売れていた。翻訳の仕事はひっきりなしに舞いこんできたので、わたしの日本語はますます磨きがかかった。現在も翻訳と通訳、そして日本語講師をして糊口《ここう》を凌《しの》いでいる。

ちょうど卒業論文を作成していたころ、街の本屋でばったり汪文明《ワンウェンミン》と鉢合わせたことがある。除隊後、はじめての再会だった。さっそく喫茶店へ河岸を変え、久闊《きゅうかつ》を叙した。その流れで汪文明が白状したのである。みんなで碟仙《こっくりさん》をやったとき、小細工を弄したのは彼と曲宏彰《チュホンジャン》であったことを。

「え……でも……え……そんな……嘘だろ?」

「おまえとあいつ」汪文明は眉をくいっと持ち上げた。「ほら、教育召集班のやつ。おまえらが話してるのを聞いて、曲宏彰が言いだしたんだ。まさか信じてたのか?」

「そんな、まさか!」

わたしたちは昔話に花を咲かせ、連絡先を交換して別れた。汪文明は新聞社で記者をしていた。

たとえあのときの碟仙が八百長だったとしても、とわたしは思った。コインがわたしの指を〈王〉と〈古道熱腸〉へ導いたことに変わりはない。あのお告げは、まさに正鵠《せいこく》を射たものだった。もしかすると碟仙とは、人間が気づかぬうちに人心を操ってしまうのかもしれない。汪文明と曲宏彰にしてみれば軽い悪戯だったのかもしれないが、そこには碟仙のおおいなる御心《みこころ》が働いていたのだ。むかし明泉《ミンチュエン》叔父さんが言っていたように、軍隊ではまれにそのような奇怪なことが起こる。奇怪といえば奇怪だが、偶然といえば、まあ、それまでなのだが。

わたしを文学の道へと導いたのは雷威《レイウェイ》だが、彼はわたしが大学二年生のとき、高鷹翔《ガオインシャン》に刺し殺されてしまった。雷威の家は萬華の的屋である。縄張りを広げようとした高鷹翔が、的屋連事を構えたあげくの悲劇だった。軍隊で再会したとき、恥ずかしそうに自作の詩を読ませてくれた彼の顔をわたしはいまでも思い出すことがある。旦那なんかお呼びじゃないのさ／あたしを苦しめる旦那なんか／ほかの男だってお呼びじゃない／家が大きくたって／けっきょく男は男なんだから。ひょっとするとこの詩は政権を批判するために書かれたものではなく、切った張ったの任侠道を詠ったものなんじゃないだろうかと思う今日このごろである。詩人はドブのなかで死んだ。どうか灰色の監獄のなかで高鷹翔が想像を絶するひどい目に遭っていますように。

祖父にせよ、宇文叔父さんにせよ、雷威にせよ、人が死ぬたびにその人がいた世界も消え失せる。わたしは彼らなしでやっていかなければならない。もとの世界とはまったく別物の、もっと曖昧で、冷たくて、無関心を包み隠そうとしない新しい世界に、わたしの脚はすくむ。暖かな外套を一枚ずつ剝がされ、肉体がむき出しになっていくようだ。わたしの心はぬくもりを求めるが、しかし、わたしの魂はそうじゃない。年を追うごとに、わたしの魂は彼らとともに在るのだと感じる。彼らの目でものを見、彼らの耳で声を聞き、彼らの態度に永遠の憧れを抱く。けっして帰れるはずのない古い世界へと沈んでゆく。わたしの心は、そうやって慰められる。

妻とエスカレーターへむかっているとき、出発ロビーの運航掲示板がいっせいにパタパタとひるがえった。

足を止め、しばし見上げる。

ロサンゼルス往き便の最終搭乗を促すアナウンスを聞きながらわたしが思い出していたのは、小戦《シャオジャン》の結婚式のことだった。

出所後、小戦はすっかり極道から足を洗い、いまは母親といっしょに南門市場で野菜を売っている。一九八八年の九月に、おなじ南門市場で乾物を商っている店の看板娘を娶《めと》った。色の黒い、声の大きな、潑溂とした女性である。小戦が前科《まえ》を打ち明けると、彼女は目を丸くしてこう言ったそうだ。「なかではちゃんと食べてたの?」小戦は、そう、やっと大切な翡翠を手に入れたのである。

もちろんわたしも結婚式に出たが、胖子《パンズ》から毛毛《マオマオ》が離婚したことを聞かされたのは、その席上でのことだった。毛毛は医者の旦那さんと離婚し、いまは絵描きのアメリカ人男性といっしょに暮らしているという。へぇえ、ふぅん、とわたしは言った。結婚なんざするもんじゃねえな、と胖子が言った。永遠に変わらねえもんなんかどこにもねえんだからよ。

「どうしたの?」妻はそう訊いたが、わたしの心がどこへ迷いこんでいたのか、たぶんわかっていたのだと思う。その証拠に、つづけてこう言った。「ここからアメリカへ行けちゃうのね」

「そうだな」わたしは曖昧に微笑み、彼女の手を取ってエスカレーターへ導いた。「いつかふたりで行けたらいいな」

「ふたり?」

「ああ」

「じゃあ、子供は？」

「子供？」

見つめかえす夏美玲は、わたしがなにかを悟るまで、まばたきひとつしなかった。

「え？　それって、ひょっとして……」

目を伏せて、こくんとうなずく。

「ほんとうか！」

快哉を叫んで彼女を抱き上げるわたしに、まわりの人たちが肝をつぶした。妻が小さな悲鳴をあげ、笑いながらわたしをののしった。

「いつ？」

「いま三ヵ月だって」そして、言った。「ありがとうね」

「なにが？」

「いろんなことを胸にしまいこんでくれて」

「………」

「胸のつっかえを吐き出すのはいいことだけど、吐き出した言葉に引きずられて、あなたはわたしたちの手のとどかないところへ行っちゃうかもしれないから」

わたしは妻を下ろし、その手を大事に取ってエスカレーターを降りた。それから彼女を残し、駐車場へ車を取りに行った。

自動ドアが開き、十月のまばゆい光に包まれる。

ふりむくと、妻がそこにいて、にっこり笑って手をふっていた。うつろいゆく人の流れのなかで、彼女は笑っていた。

わたしはそういうふうに彼女のことを憶えている。

父親になるよろこびで胸をいっぱいにふくらませて、わたしは駐車場へ駆けていった。人生はつづいてゆく。この先になにが待っているのか、わたしにはわかっている。だけど、いまはそれを語るときではない。そんなことをすれば、この幸福な瞬間を汚してしまうことになる。

だから、いまはただこう言って、この物語を終えよう。

あのころ、女の子のために駆けずりまわるのは、わたしたちの誇りだった。

JASRAC 出 1504418-501

装幀：岡孝治+鈴木美緒
写真：©SEASUN/Shutterstock.com
©Chendongshan/Shutterstock.com
©カスバ/PIXTA（ピクスタ）

本書は書き下ろしです。

東山 彰良（ひがしやま・あきら）
1968年台湾生まれ。５歳まで台北で過ごした後、９歳の時に日本に移る。福岡県在住。2002年、「タード・オン・ザ・ラン」で第１回「このミステリーがすごい！」大賞銀賞・読者賞を受賞。2003年、同作を改題した『逃亡作法 TURD ON THE RUN』で作家デビュー。2009年『路傍』で第11回大藪春彦賞を受賞。2013年に刊行した『ブラックライダー』が「このミステリーがすごい！2014」第３位、「AXNミステリー 闘うベストテン2013」第１位、第67回日本推理作家協会賞候補となる。
近著に『ラブコメの法則』『キッド・ザ・ラビット ナイト・オブ・ザ・ホッピング・デッド』がある。
本書で第153回直木賞を受賞。

流《りゅう》

第一刷発行 二〇一五年 五月 十二日
第八刷発行 二〇一五年 八月 六日

著 者 東山彰良《ひがしやまあきら》
発行者 鈴木 哲
発行所 株式会社 講談社
東京都文京区音羽二―一二―二一 〒一一二―八〇〇一
電話 編集 〇三―五三九五―三五〇五
販売 〇三―五三九五―五八一七
業務 〇三―五三九五―三六一五

印刷所 凸版印刷株式会社
製本所 黒柳製本株式会社

定価はカバーに表示してあります。

落丁本・乱丁本は購入書店名を明記のうえ、小社業務宛にお送りください。送料小社負担にてお取り替えいたします。なお、この本についてのお問い合わせは、文芸第二出版部宛にお願いいたします。

Printed in Japan ISBN978-4-06-219485-3
N.D.C.913 406p 20cm